LADY CHATTERLEY'S LOVER

D.H. Lawrence

查泰莱夫人的情人

（修订版）

[英国] D. H. 劳伦斯 著　黑马 译

译林出版社

目 录

1

我们这个时代根本是场悲剧，所以我们不再作如是观。大灾大难已经发生，我们身陷废墟，开始在瓦砾中搭建自己新的小窝，给自己一点新的小小期盼。这可是一项艰苦的工作：没有坦途通向未来，但我们东绕西绕，或者翻越障碍前行，不管天塌下几重，我们还得活下去才是。

康斯坦丝·查泰莱的处境大致如此。大战[1]给她带来了灭顶之灾，也让她长了见识，她明白了，人活着就得学会应对一切。

1917年克利福德·查泰莱请了一个月的假回来与她完婚，蜜月后他又回了佛兰德[2]战场。可六个月后他就伤残了，运回英国时

---

1 此处指第一次世界大战。——译注

2 欧洲西部一地区，包括法国北部一地和比利时的一个省份，一战期间此地交战最激烈，是欧洲战场的象征。

浑身几乎支离破碎。康斯坦丝，他的妻子，时年二十三，他二十九。

他生命力极强，不但没死，破碎的身体似乎还复原了。一连两年他都在接受医生的治疗，两年后医生宣布他痊愈，但腰部以下半截却是永久地瘫了。

1920年，克利福德和康斯坦丝回到了克利福德的祖宅拉格比庄园。他父亲去世了，克利福德就继承爵位成了克利福德从男爵[1]，康斯坦丝因此成了查泰莱男爵夫人。他们在这颇为凄凉的查府里开始料理家务，过上了婚后的生活，但手头有点拮据。除了有个离家在外的姐姐，克利福德就没什么近亲了。长兄已经战死，查家就靠他来支撑。但他永远残了，明知自己不会有后嗣，还是回到这烟雾弥漫的中部老家[2]维持查家的烟火，能撑多久就撑多久吧。

他并没有灰心丧气。他可以自己摇着轮椅四处活动。他还有一辆带篷子的轮椅装了马达，因此他能独自驾驶着轮椅在花园里慢悠悠地兜风，还能驶入那座美丽但凄凉的邸园中去，他心里着实为这座园林感到骄傲，但表面上却故作轻描淡写状。

受尽苦难的他，看上去却不那么沧桑。他表情奇特，容光焕发，

---

1 也称准男爵，是低于男爵的一个爵位，但高于勋爵。它不属于由公、侯、伯、子、男五个爵位组成的贵族等级，男爵有资格进入上议院，但从男爵没有。1964年以后停止封授从男爵爵位，到1980年代，全英国还有大约一千三百多位从男爵。估计这个爵位以后将自行消失。习惯上男爵直呼其名，如克利福德·查泰莱称为克利福德男爵，而非查泰莱男爵。但男爵夫人则要以其夫姓相称，如康斯坦丝·查泰莱称为查泰莱夫人，而非康斯坦丝夫人。——译注

2 此处指英国中部的诺丁汉一带。那时该地遍布煤矿，采矿技术落后，因此空气中烟雾缭绕。——译注

生气勃勃，甚至可以说是兴高采烈。他满面红光，浅蓝色的眼睛目光炯炯，咄咄逼人，肩膀宽阔结实，手臂刚劲有力。他的华贵衣着都在伦敦定制，漂亮的领结是从邦德街[1]购得。可在他脸上还是会流露出一个残疾人警觉提防的神情，眼神里还是透着一丝儿残疾人的空虚。

他几近丧命，所以倍加珍惜自己的残生。他充满渴望的炯炯目光里透着巨大打击后生还的骄傲。可他受伤过重，身心深处已经有什么东西被彻底摧毁了。一些感觉已经灰飞烟灭，只剩下一个毫无感觉的空壳。

康斯坦丝，他的妻子，脸色红润得像个乡下姑娘。她生着柔顺的棕发，身体健壮，动作悠缓，蕴藏着过剩的精力。她那双湛蓝的大眼睛里露着好奇的目光，说起话来声音柔和，活脱儿一个乍离乡村的女子。

其实她并不土气。她的父亲老马尔科姆·里德爵士曾经是著名的皇家艺术学会会员，母亲则在拉菲尔前派[2]艺术盛行时期是修养甚高的费边社[3]成员。从小在艺术家和有教养的社会主义者中间耳濡目染，康斯坦丝和姐姐希尔达可以说是受着反传统的美学观念影响长大成人的。她们被家长带着去过巴黎、佛罗伦萨和罗马接受

1 伦敦高档商店集中的商业街。——译注

2 形成于1848年的一个英国艺术流派，模仿拉菲尔之前的意大利绘画风格，强调细节和自然冲动。

3 创建于1884年的一个政治派别，主张用温和渐进的方式实现社会主义。

艺术熏陶，还被带去海牙和柏林参加社会主义者大会，会上发言的人们言谈文明，举止大度。

这姐妹俩从小就对艺术和思想政治之类的东西毫无隔膜，那是她们天生于斯的环境。她们既有见多识广大气的一面，又有狭隘乡土的一面。在她们身上，大气与乡土气相得益彰的艺术观与纯洁的社会理想是并行不悖的。

十五岁时她们被送到德国德累斯顿去学音乐等科目。那段日子很是愉快。她们在当地学生中间毫无拘束地生活，同男人们争论哲学、社会学和艺术问题，在这方面她们和男人一样优秀，而因为她们是女子，显得比男人还强。她们与强壮的男生结伴，背着吉他到森林中去远足，唱起人称“候鸟”的徒步旅行者之歌，她们自由自在。自由！那是个多么伟大的字眼儿。在旷野里，在晨曦中的林地间，和那些身强力壮、歌喉动听的男孩子们在一起，随心所欲，畅所欲言。最重要的就是能畅所欲言，能充满激情地交谈。而爱情不过是无足轻重的伴奏曲。

希尔达和康斯坦丝在十八岁时初涉爱河。那些和她们放谈、高歌，在林间自由自在徒步旅行的男孩子们自然想跟她们建立爱的关系。姐妹俩起初对此有疑虑，可是既然这些东西都被谈过太多次了，就应该是不可或缺的。而那些男子又是那么低声下气地渴求她们，女孩子们为什么不能表现得像个女王，将自己当作礼物赠予他们呢？

就这样，她们将自己当作礼物赠予了和自己争论最透彻、最亲密无间的青年。那些争论和讨论是最举足轻重的事，而做爱之类不过是某种向原始的回归，有点扫兴。事后反倒对那男孩子不那么爱了，甚至还有点厌恶，似乎是他侵犯了自己的隐私和内在的自由。因为一个女孩子的全部尊严和生命意义在于获得一种绝对完美、全然高贵的自由。一个女子的生命还能意味着别的什么呢？就在于摆脱那种古已有之的肮脏的交媾和支配—服从的关系。

无论人们怎样对此动情，性这东西终归是古已有之的肮脏的交媾和支配—服从的关系。歌颂它的诗人多是男性。女人一直明白有什么东西比这更美好，更高尚。而现今她们比以往任何时候都更明白这个道理。一个女人最美丽纯洁的自由绝对比任何性爱更美好。唯一遗憾的是，在这个问题的认识上男人比女人落后许多，他们在性事上固执如犬。

因此女人不得不让步。男人就像孩子一样贪婪，他要什么，女人就得给他什么，否则他可能会像个孩子一样气急败坏，愤然而去，从而毁掉一段美好的姻缘。不过，女人尽可以在保留内在自我自由的基础上屈从于男人。这一点并没有被歌颂性爱的诗人和说教者充分注意。女人可以接受一个男人，同时也不放弃自我。当然，她也可以在接受一个男人的同时并不受这个男人的支配。相反，她可以利用性这东西来支配男人。在性交过程中，她只需收紧自己，听任他尽情到终了而自己并不进入高潮。然后她可以延长交媾达到高潮，把他仅仅当成一个工具。

大战爆发，两姐妹赶回国，此时她们都已经有了爱的经验。除非和哪个青年特别谈得来，她们才恋爱。和某个聪明绝顶的小伙子热烈地放谈，一小时又一小时，一天又一天，一连数月，这样的谈话给她们带来的震撼是惊人的、强烈的、难以置信的，这种感受如果不是亲历，她们是不会懂的。“汝将有可与之交心的男子！”这来自天堂的许诺并不曾耳闻，可对于她们在不知不觉中竟然成真了。

这些生动、触动灵魂的心交会唤起亲昵的感情，如果此时性交不可避免，就随它去。这标志着一章的结束。这本身就令人激动：它唤起体内奇妙的震颤，那是自我意志最后不由自主的抽搐，就如同最后一个激动人心的字眼，特别像一行星星标号，既表示一个段落的结束，又表示一个主题的间歇。

1913年这姐妹俩回来过暑假时，希尔达二十岁，康妮[1]十八岁。她们的父亲一眼就看出她们有了爱的经历，就像某个法国人说的那样：“如此这般领略爱情之一二。”他自己是个老手，便顺其自然了。至于她们的母亲，她神经质，正值风烛残年，她只是希望自己的女儿们能“自由”，能“如愿”。她自己这辈子从来就没有自由过，她走了背字儿。天知道这是为什么，按说她有自己的收入，也有自己的想法，怎么会如此呢？她埋怨自己的丈夫。可事实上这全是因为她无法挣脱某些束缚心灵的陈规所致，跟马尔科姆爵士无关，他放任自己智力超群、充满敌意的神经病妻子当家做主，自己则

1 康斯坦丝的昵称。

另行其是。

所以姑娘们才得以“自由”，过了暑假就回德累斯顿的大学继续学音乐，回到她们的小伙子身边。她们各自有个小伙子，恩恩爱爱，心心相印。凡是男孩子们能想能说能写出来的美妙词句，他们全都奉献给了这两个姑娘。康妮的小伙子是个学音乐的，希尔达的那位则是学技术的。他们简直就是为这俩姑娘而活着。当然，这种激情还是精神上的，而在别的方面他们有点受冷落，尽管他们并不明白这一点。

他们身上明显有经历过爱情的痕迹，也就是说有了肉体上的经历。奇特的是，爱情是如此精细无误地改变了男女双方的肉体：女子更娇艳了，更丰满娇嫩了，棱角磨圆了，脸上带着渴望或得意的表情；男子则沉静多了，内向多了，肩膀和臀部也收敛了许多，不那么气势汹汹的了。

肉体受到性的刺激，姐妹俩几乎是屈服了那奇特的男性力量了。但很快她们就恢复了理智，把性刺激看作是感官刺激，从而保持了自己的独立。反倒是男人，因为感激女人给了他们性，就把自己的心交给了她们。过后他们看上去倒像是丢了西瓜捡了芝麻[1]。康妮的小伙子有点郁闷，希尔达的情人则说起风凉话来。男人就是这样啊！忘恩负义，贪得无厌。你不要他们吧，他们恨你不要。一

1 原文意为“丢了一先令，捡了六便士”，表示失望。当时一先令等于十二便士。——译注

旦你要了他们，他们还会因为别的理由恨你。或者什么理由也没有，就是因为他们是贪得无厌的孩子，得寸进尺，女人无论怎样做他们也不会满足。

但战争爆发了，希尔达和康妮再次赶回家来。在这之前，她们五月份回来过一次，是给母亲奔丧。1914年圣诞节前她们的德国情人都死了。当时姐妹俩为自己热恋的男子痛哭了一场，但过后儿说忘就忘了他们，心里再也没他们了。

姐妹俩都住在肯辛顿[1]父亲的房子里，其实那本是母亲的家。她们和剑桥毕业的年轻人过从甚密，这是些号称捍卫“自由”的人，他们身着法兰绒裤，柔软的衬衫领口敞开着，教养良好，感情奔放，言谈轻声细语，举止细腻。后来，希尔达突然就嫁了人，男方长她十岁，是这个剑桥圈子里的前辈，手头宽裕，在政府里有一份舒适的差事，他家几代人都在政府里供职，业余还写点哲学随笔。希尔达和夫君住在威斯敏斯特区，来往的都是政府里的人，算是个正经圈子。这些人虽算不上精英，但却都是或者说会成为国家真正的智慧栋梁：他们言之有物，至少听上去如此。

康妮干点与战争有关的工作，交往的是那些穿法兰绒裤、固执己见的剑桥学生们，这些人对什么都冷嘲热讽。她的“朋友”就是二十二岁的青年克利福德·查泰莱，他刚从波恩赶回来，原本在那

1　伦敦的富人区。

里学习采煤技术[1]。在这之前他在剑桥上了两年学。现在他在一个出色的军团里当上中尉了，穿上合身的军服后更是目空一切。

和康妮比，克利福德·查泰莱更属于上层社会。康妮是富裕的知识分子，而克利福德·查泰莱是贵族，虽说不是大贵族，但终归算贵族。他父亲是个准男爵，母亲则是个子爵之女。

克利福德虽说出身比康妮高，而且“社交面”更广，可就是不但没康妮大气，反倒比康妮害羞。他在他那个狭窄的“大世界”里更游刃有余，那个“大世界”即是有地产的贵族们组成的小社会。而到了别的大世界里，如大量的中下阶级和外国人当中，他就会羞涩紧张起来。说白了，他就是有点怕中下阶级的人，怕与他不属于同一个阶级的外国人。他感到有点无能，感到无力保护自己，尽管他的特权受到了绝对的保护。这事儿听上去费解，但在我们这个年代里就有此等怪现象。

正因此，他让康斯坦丝·里德这姑娘身上所特有的那种从容自信给迷住了。在那个混乱的外部世界里，她比他能多了。

不过他也算是个叛逆者，甚至背叛了他自己的阶级。可能说叛逆言重了，过于言重了。他只不过是随大流，和其他年轻人一样反陈规陋习，反任何权威而已。父辈们是荒谬的，他那个冥顽不化的老爹则荒谬到了极点。政府是荒谬的，我们国家那个踌躇观望的政府则倍加荒谬。军队是荒谬的，那些老不死的将军们全这样，那个

1　1914年前德国大学在技术教育上处于欧洲领先地位。

红脸儿基奇纳[1]则荒谬绝伦。甚至这场战争本身就荒谬到家了，尽管它杀死了不少人。

事实上，一切事物都有点荒谬，甚至是荒谬透顶：任何东西只要与权威有关，无论是在政府里、军队里，还是大学里，都荒谬到了一定程度。只要统治阶级自命不凡地要统治，他们就荒谬。克利福德的父亲杰弗里男爵就荒谬至极。他砍伐自家的树木，把他的工人从煤井里像拔草一样弄上来，推到战场上去，自己却躲在后方自称爱国。还有，他为国家花钱，却落得自家入不敷出。

克利福德的姐姐爱玛·查泰莱小姐从中部到伦敦去做护士，心中暗自讥笑杰弗里男爵和他坚定的爱国心。身为继承人的长兄赫伯特干脆就公然嘲笑他父亲，尽管砍下来给战壕当支柱的木头是他的树。而克利福德则只是不自然地笑笑。一切皆荒谬，没错。可是，如果这荒谬离自己太近，当自己也变得荒谬时，又会是什么情形呢？至少另一个阶级的人如康妮对有些东西还是严肃认真的。他们还是信点什么的。

他们拿丘八、强制征兵的恐惧、食用糖和太妃糖短缺这些问题很当一回事来认真对待。在这些问题上，当局犯了荒谬的错误。可克利福德却对此不怎么上心。他认为当局压根儿就荒谬，而不是因为太妃糖和丘八的问题才荒唐。

1　霍雷肖·赫伯特·基奇纳（1850—1916），英国陆军元帅。一战期间以一幅著名的征兵招贴画而青史留名。招贴画上的口号是“你的国家需要你”，上方是他的头像和伸出的手指。1914年成为英国战争大臣。他使英国军队获得了空前的扩充。

当局感到荒唐了，可行为还是照样荒诞不经，一时间乱得天昏地暗，如"疯帽匠的茶会"[1]。直到那边乱得不可收拾了，[2]劳合·乔治[3]才出来收拾残局。可他的做法竟是荒唐得没了边儿，弄得那些信口开河的年轻人再也笑不出来了。

1916年，赫伯特·查泰莱战死，所以克利福德接替他成了继承人。这甚至让他感到害怕。作为杰弗里男爵的儿子和祖宅拉格比府的后人，他感到责任重大，无法摆脱。但他同时也明白，在喧闹的外部世界中的人们看来，这也是荒谬的。现在他成了继承人，担起了拉格比府的责任，这老拉格比！这还不够可怕吗？但这也很了不起，或者，只是纯属荒谬。

杰弗里男爵却丝毫不感到荒谬。他脸色苍白，神情紧张，憋足了劲儿固执地要拯救自己的国家，保住自己的地位，不管是劳合·乔治还是别的什么人当政。他是那么封闭，那么与真正的英格兰隔绝，那么无能为力，在这种情况下他甚至看好霍拉肖·博顿利[4]。他捍卫英格兰和劳合·乔治，就像他的祖先捍卫英格兰和圣乔

1 见刘易斯·卡罗尔的童话《爱丽丝漫游仙境》第七章。

2 英国军队在法国和佛兰德伤亡惨重。

3 大卫·劳合·乔治（1863—1945），在战事紧张的1916年上台任英国首相。劳伦斯的作品里经常对他嘲讽有加。——译注

4 霍拉肖·博顿利（1860—1933），英国下院自由党议员，煽动家。曾靠投机买卖大量赚钱，创办了《约翰牛》周刊（1906—1929）。劳伦斯在《袋鼠》中抨击他"大兴恐怖统治"，并指出在大战的关键时刻，英国人选择了博顿利，万众一声地为《约翰牛》欢呼，其选择是"低劣的"（这个词与博顿利的发音相同）。博顿利则于1928年和1929年在该杂志上猛烈抨击《查泰莱夫人的情人》。——译注

治一样。他从来弄不清这个英格兰和乔治与那个英格兰和乔治有什么不同，所以他才会砍伐自己的树木，捍卫劳合·乔治和英格兰，英格兰和劳合·乔治。

他还要克利福德娶妻生子。克利福德觉得父亲是个不可救药的过时人物。可他自己又比父亲强多少呢？他除了躲避荒谬的东西，就是想逃避自己的地位给自己带来的荒谬，只是这样而已。无论自愿与否，最终他还是郑重其事地继承了爵位，入主拉格比府。

战争开始时的狂热劲儿消停了，[1]破灭了。死人太多，恐惧太甚。一个男人需要支持和安慰，需要在世界上有个安全的港湾停泊下来，需要一个妻子。

查泰莱家三姐弟很怪，虽然与外界关系不少，却在拉格比府里封闭地生活着。孤独感使他们之间更亲密。他们感到地位不稳，感到无力自卫，尽管他们有爵位和土地，或许也正因为有这些东西他们才自危。他们与生活其间的工业化的英国中部地区隔绝着，也同自己的阶级隔绝着。这是他们的父亲杰弗里男爵造成的，他生性多虑，固执己见，孤僻封闭。子女们嘲弄他，但也很理解他。

他们仨发誓说要永远住在一起。可现在赫伯特死了，杰弗里男爵要求克利福德婚配。虽然杰弗里男爵嘴上很少提这事，他本来就少言寡语，可他那种沉默无声的坚持态度令克利福德感到难以

---

1 英国人普遍对大战的爆发毫无准备，过分低估了大战的残酷性和毁灭性。许多人甚至认为战争在当年的圣诞节前就能结束。所以佛兰德战场上的惨重伤亡彻底击溃了人们对战争的幻想。——译注

反抗。

可爱玛坚决不同意！她年长克利福德十岁，觉得克利福德的婚事是对他们姐弟约定的抛弃和背叛。

但克利福德还是娶了康妮，同她共度蜜月。那是可怕的1917年，他们两个亲密无间，就像站在同一条正下沉的船上。结婚时他还是个童男子，但他并不看重性这东西。除此之外，他和她十分亲密。而康妮则对这种超越了性和男人的“满足”的亲密颇感惊喜。克利福德就是和许多别的男人不同，他对性的“满足”并不在意。他们之间的亲昵要深刻得多，更像是一种亲情。性不过是心血来潮的事，或者说是次要的事：它是正在废退的人体器官笨拙地坚持进行的一个奇怪程序，真的是可有可无。

康妮特别想生几个孩子，为的是加重自己与大姑姐抗衡的分量。可1918年初克利福德瘫着回家来了，而康妮还没有孩子。杰弗里男爵为此抑郁而死。

2

1920年秋天，康妮和克利福德回到了拉格比府。爱玛小姐仍然对弟弟的失信怀恨在心，已经离家去了伦敦，住在一小套公寓里。

拉格比府是一座狭长低矮的褐色石头建筑，始建于十八世纪中叶，后来不断扩建，直到拥挤不堪，没了特点。它坐落在一片布满了老橡树的高丘上，看上去挺像样。可惜从这里看到的是附近特瓦萧煤矿烟囱里喷出的煤烟，远处雾气昭昭的山上是特瓦萧村杂乱无章的破房子——这村子几乎就从园林的门口开始，拖拖拉拉足有一英里长，看上去丑陋无比：满村都是一排排寒酸肮脏的小砖房，青石板顶，棱角尖锐，模样既别扭又死气沉沉。

康妮习惯了肯辛顿、苏格兰山地或苏塞克斯的丘陵草地，那是她心目中的英国。她一眼就看透了这个毫无灵魂、丑陋无比的中部煤铁世界，但凭着年轻人的毅力她忍了。这地方令人匪夷所思，不去想它就是了。在阴沉的拉格比府房间里，她听到了矿井上筛煤机的咣当声、卷扬机的噗噗声、火车转轨的咯噔声和矿车嘶哑的汽笛声。特瓦萧的矿井台[1]在燃烧，烧了不知多少年了。扑灭这火得花上一大笔款子，干脆就让它烧着去。当风从那边刮过来时——经常是这么个刮法，房子里就充满了烂泥里烧出的硫黄恶臭。即使是在无风的日子里，空气里也总是弥漫着地下冒出来的杂味：硫黄、煤炭、铁或硫酸。这煤尘甚至永久地吃进了冬玫瑰[2]花瓣里去，令人难以置信，就像黑色的吗哪[3]从厄运的天空而降。

就这样，它和别的东西一样是命中注定如此！这状况很糟糕，可为什么要抗争呢？你争不过它，它依然故我。一个人也是要活下去的。生活，都一样！夜晚低沉的黑色云层里，红色的斑点燃烧着，抖动着，扩散着，肿胀着，收缩着，就像烧伤一样疼痛。那是矿井上的高炉在喷火。最初这些高炉令康妮害怕，但她又想看：她感到自己就像生活在炼狱中。后来她习惯了。到了早晨，天开始下起雨来。

克利福德号称喜欢拉格比庄园胜过伦敦。这片乡村有其顽强的意志，这里的人很有勇气。康妮则怀疑，除此之外他们还有什么，眼光与头脑肯定是没有的。这里的人无精打采，形容枯槁，就跟这

---

1 从井下运上来的煤土等堆在井口，煤筛走后的垃圾就留在原地。这些垃圾会自燃或阴燃数年。

2 或称雪玫瑰，学名为圣诞玫瑰，圣诞节期间在雪地里开放，花瓣洁白，花边粉红。

3 据《圣经》记载，吗哪是以色列人逃离埃及经过荒野时，上帝从天而降的食物。在此劳伦斯反其意而用之。——译注

周围的乡村一样意气消沉，而且待人不善。不过他们也有让人感到惧怕和神秘的东西，那就是他们那口低沉含糊的土话，还有他们下班回家成群结队走在柏油路上时打了钉子的矿靴底发出的咔咔声。

这位年轻的乡绅还乡时并没受到欢迎——没有欢庆活动，没有代表出来迎接，甚至没人来献花。他们的汽车开上了一条阴森森的树木夹道的昏暗泥巴路，开到园林的坡地上，看见一群毛色发灰、浑身湿漉漉的羊在吃草，一直开到小丘上，开到拉格比府深褐色的房前。女管家和她的老公在房前徘徊着准备说句欢迎词儿，那模样就像两个站在地里心中没底的佃农。

拉格比府和特瓦萧村之间没有往来，一点也没有。见了面没人脱帽，没人说句客套话。矿工们干脆只瞪着他们，商人们就像见到个熟人一样冲康妮抬抬帽檐儿，冲克利福德不自然地点点头，仅此而已。他们之间隔着一道不可逾越的鸿沟，双方都暗自怀有抵触情绪。起初康妮还为村民们默默的抵触情绪感到难过。后来就变得坚强了，觉得那是一针强心剂，一种不可或缺的东西。这倒不是因为她和克利福德没人缘儿，而是因为他们是另一种人，一种与矿工截然不同的人。他们之间的鸿沟是不可逾越的，裂痕是难以言表的。这种事在特伦特河[1]以南可能是没有的。可在中部地区和工业化的北方，这种鸿沟就是不可逾越的，没有任何沟通的可能——你

1　英国第三大河，发源于斯塔福德郡，流经诺丁汉郡，是中部地区最大的河流。人们一般把它看作英国南北方的分界线。——译注

是你，我是我！这简直是莫名其妙，违背普通人性。

不过无形中，村里人对克利福德和康妮还是同情的。可一到具体的人与人上，双方就势不两立了——离我远点儿！

这里的教区长是个和蔼的人，六十来岁。他恪尽职守，可村民们那种沉默的"离我远点"的态度却几乎让他变得无足轻重。矿工的老婆们几乎全是卫理公会的教徒[1]。矿工们则什么教都不信。在这种环境里，他即使是教袍加身，也还是被当成一个普通人。他不过是阿什比先生，一个照本宣科的牧师，干的是祈祷的行当儿。

"就算你是查泰莱夫人，俺们跟你也是一样的人！"这种固执的本性起初让康妮感到十分困惑不解。她主动跟矿工老婆们打招呼，她们既提防着她，又故作友善，令她不解。她还常听到那些女人侉里侉气地带着鼻音套近乎说："天啊，跟查泰莱夫人说上话了，我也成个人物儿了呀！可她别以为我不如她！"这些都让她感到受了冒犯。可这事不可避免。这些不信国教的人[2]就这么冒犯人，奈何不得他们。

克利福德不搭理他们，康妮也学着这样做。她干脆对他们熟视无睹。人们盯着她，像是在看一个蜡人从身边走过。不得不跟他们打交道时，克利福德就表现得十分傲慢轻蔑，他知道自己无法对他

1 教区长是英国国教的牧师，但卫理公会则脱离了英国国教。所以教区里的人对他并不敬重。——译注

2 见上一条注。不信国教的人即非国教徒，这个词引申为离经叛道和激进的意思。——译注

们友好。事实上，对本阶级以外的人他根本瞧不起，他固执己见，从来不打算妥协。人们对他说不上喜欢，也说不上不喜欢，他们觉得他就是那么个东西，就像矿井口的废料堆或拉格比府那座房子。

可现在他残了，变得十分自惭形秽，过于敏感。除了家中的仆人，他讨厌见任何人，因为他不得不坐在轮椅上。不过他仍然像以前一样用伦敦裁缝制作的昂贵衣物装扮自己，仍旧系邦德街上买来的领结，如此一来，光看上身，他仍旧和以前一样仪表堂堂。他从来就不是那种女里女气的现代绅士，他生着红扑扑的脸膛儿和宽阔的肩膀，看上去很有点乡土气。可他那文静踌躇的声音，还有他的眼神，既果敢又胆怯，既镇定又犹豫，这些暴露了他的本性。他的举止时常傲慢压人，可有时又谦逊文静，几乎是怯生生的。

康妮和他相依相伴，但是像现代人那样相互保持距离。他自己内心深受伤害，残疾使他一蹶不振，再也轻松活泼不起来了。他是个受了伤害的人，为此康妮一腔热情地守着他。

可她又感到他和别人的联系太少了。矿工们在某种意义上说是他自己的人，可他只拿他们当物不当人，把他们看作矿井的一部分而不是生命的一部分，视他们为粗鲁的东西而不是像他一样的人。他挺怕他们，残了以后他不能容忍他们看他的眼神。他们奇特的粗野男子气在他眼里是不自然的，如同刺猬一样。

他若即若离的，看什么都像低头看显微镜或抬头看望远镜一样。他不接触他们，实际上他跟任何人和事都没有接触，除去因为传统的关系与拉格比府接触或出于保护家庭紧密纽带的关系与爱玛有接触。除此之外，没什么东西能真正触动他。康妮感到自己并没有真正触动他，从来没有彻底触及他，或许压根儿就没有什么可触及的，他根本拒绝人与人之间的接触。

可他又绝对地依赖她，每时每刻都离不开她。他虽然魁梧健壮，可却无能为力。他可以摇着轮椅活动，还有个装了马达的带篷轮椅，可以"突突突"地开着在邸园里兜风。可一旦独处，他就茫然起来。他需要康妮在其左右，以证实自己还活着。

不过他还是雄心勃勃的。他开始写小说，写的是他以前熟人们的奇闻逸事，文笔俏皮，有点恶毒，但说不上为什么，就是无聊。他的观察角度特别，很不一般，但缺少触角，没有实质性的触觉。似乎整个故事都发生在一个人造的地球上。不过，既然当今的生活界面基本上是一个虚幻的舞台，他的故事反倒奇特地忠实于现代生活了，也就是说是符合现代人的心理的。

克利福德对自己的小说上心到了病态的程度。他希望大家都看好他的小说，将它们当成极品。他的作品发表在最摩登的杂志上，评价自然也是褒贬不一。但对克利福德来说，贬损就是折磨他，就像刀子在捅他一样。他的全副身心似乎都扑在小说上了。

康妮尽力帮助他。起初她感到兴奋。他什么都对她说，聊得很枯燥，但还是没完没了，坚持不懈，她得竭尽全力做出反应，似乎她全部的灵与肉还有性都得兴奋起来，投入到他的小说当中去。这让她兴奋，也让她着迷。

除此之外他们并没有什么实实在在的日子。按理说她得监督管理这个家，可不行，这里的管家已经为杰弗里男爵工作多年了。那个面容干枯、说话字正腔圆的老女人——你很难说她是个客厅侍女，甚至都不能说她是个女人——她负责伺候用膳，已经在这家里干了四十个年头了。甚至屋里的女佣们也都不年轻了。这真可怕！拿这样的地方你能有什么辙，随它去吧！那些没人住的数不清的房间，那些中部地区循规蹈矩的事，那些过分死板的秩序，过分的整洁，爱怎样就怎样吧！克利福德坚持添了个新厨子，那是他在伦敦时就曾伺候他的老练女人。除此之外，这地方好似一个井井有条的乱摊子。一切都井然有序，一尘不染，一丝不苟，甚至诚实规矩。可在康妮看来，这里却是个井然有序的乱摊子。因为没有温暖的感情将这一切有机地凝聚起来，所以这房子就像一条废弃的街道那么凄凉。

除了顺其自然她还能怎么着？于是她就听之任之了。爱玛·查泰莱小姐有时会来一趟，看到这里什么都还保持着原样，那张贵族气的瘦脸上顿显得意。她永远也不会原谅康妮，认为是康妮把她和弟弟的默契给破坏了。应该是她爱玛和弟弟一起写出这些小说和这些书，这些查家的故事算得上世界上挺新鲜的事儿呢。这些东西之所以重要，就是因为它们是新鲜的，是他们查家人所写的。除此之外没有别的衡量标准，它与以前的思想和表现形式没什么有机的联系，只是这世界上某些新鲜的东西：写查家的这些书，完全是查家个人的东西。

康妮的父亲曾来拉格比小住，他私下里告诉女儿："克利福德的作品挺俏皮，可是空洞无物，是不会流传下去的！”看着这个壮实的一直很成功的苏格兰爵爷，康妮那双依然好奇的蓝色大眼睛变得迷离起来。空洞无物！他说空洞无物是什么意思？批评家们都褒扬克利福德的作品，他几乎是声名远播了，他的写作甚至还挣到了钱。她父亲为什么还说克利福德的作品空洞无物？写作写到这份上，还能怎样呢？

康妮这么想，是因为她采取的是年轻人的标准：当下好的就是对的。以后一个当下接一个当下，这些当下之间并不一定有所关联。

她在拉格比府住到第二个冬天时，父亲对她说：

“我希望，康妮，你别让这种处境给弄成个*demi-vierge*[1]。”

“*Demi-vierge*！”康妮含糊地说，“为什么，为什么不行呢？”

“你如果喜欢这样，当然没什么不行的！”父亲急促地说。

和克利福德独处时，他也对他说了同样的话。

“我觉得康妮不适合当个*demi-vierge*。”

“半处女！”克利福德很明白地将这个法文词翻译成了英文。

他想了想，脸唰地红了。他生气了，感到受了冒犯。

“怎么就不行呢？”他生硬地问。

“她越来越瘦了，干枯了。她不应该这样的。她不是个鱼干儿似的女孩子。她本是一条健美的苏格兰鳟鱼。”

1　法文，半处女，可意译为“守活寡”。

“当然，是一条没有斑点的鳟鱼！”[1]克利福德回敬道。

他想过后对康妮说说她守活寡的状况，可就是说不出口。他跟她既亲密又不够亲密。精神上他跟她十分默契，可肉体上他们没有共鸣，谁也不想谈论肉体上出格的事。他们是精神上亲密，感触上绝缘。

但康妮感觉到她父亲对克利福德说了些什么，克利福德心里有什么想法。她知道他并不在乎她是个守活寡的女人还是个风流女人，只要他什么都不知道或没人告诉他。反正是眼不见心不烦，就当什么事也没有罢了。

康妮来拉格比府快两年了，日子过得恍恍惚惚，只一门心思扑在克利福德身上，照顾他，帮他写作。两人在写作方面不谋而合。他们讨论着，苦心孤诣地写着文章，凭空感到真的是有什么事情发生着。

生活就在虚幻之中进行着，其他的一切都是不存在的。拉格比府，还有仆人们倒是在那，但像幻影，并不是真的。康妮到邸园和毗邻邸园的林子里散步，她喜欢那种寂寥和神秘，蹚着秋天褐色的落叶，掐几朵春天的报春花儿。可这一切都像一场梦，或者说是真实的幻影。橡树叶子在她看来就像在镜子里摇曳一般，而她自己则像故事里的人，她摘的报春花不过是幻影，或者说是回忆或文字。她觉得没有什么实质的东西，没有触动，没有接触，有的只是与克利

1　鳟鱼身上有黑色斑点。克利福德在此反驳岳父。——译注

福德在一起的生活，没完没了地编织着文字的网，编织着意识的细枝末节，这就是被马尔科姆爵士说成空洞无物、流传不下去的小说。为什么非要确凿有物，非要流传下去呢？“一天的难处一天当就够了。”[1]同理，眼下的现实表面怎样就怎样，不要想以后。

克利福德有不少朋友，严格说是些熟人，他把他们都请来拉格比府做客。他请来的各路人都有，包括批评家和作家什么的，这些人会帮着褒奖他的书。被邀请来拉格比让他们感到受宠若惊，于是就说好话。康妮对此完全明白。可为什么不呢？这就是镜子里飞快变幻着的花样儿罢了，有什么错呢？

作为女主人，她款待这些来客，多是些男人。她也款待偶尔来访的克利福德的贵族亲戚们。柔顺的她脸色红扑扑的，皮肤属于易生雀斑的那种，像个乡下姑娘。蓝色的大眼睛，褐色的鬈发，轻柔的声音，健壮丰满的腰肢，这样的长相和身材被认为有点过时，过于“女性化”。她不像男孩子一样胸脯扁平、臀部窄小，如同一条沙丁鱼。她的体态过于女性化，窈窕不起来。

所以，男人们，特别是那些已经不怎么年轻的男人，对她十分和蔼。可是她知道，如果她稍有调情的表情，克利福德就会受到莫大的折磨，因此她对那些男人丝毫也不赏脸。她表现得沉静漠然，跟他们没有接触，连想都不想。为此克利福德自觉万分得意。

---

1 见《马太福音》第六章第三十四节。原文为“不要为明天忧虑，因为明天自有明天的忧虑；一天的难处一天当就够了”。

克利福德的亲戚们对她十分友善。但她明白那种和气表明他们不惧怕她。这些人，你不吓唬吓唬他们，他们就不会尊重你。但就是跟他们，她也没什么接触。她就随他们去。她由着他们友善，忍受他们的轻慢，免得他们剑拔弩张的。她压根儿不跟他们接触。

时光在流逝。不管发生了什么她都置若罔闻，因为她成功地脱离了一切。她和克利福德生活在他们的构思中和他的书中。她招待大家，府里总是有客人。时光随着钟表的转动向前走，到了八点半就没七点半了。

3

可是康妮还是感到自己的躁动不安与日俱增。由于与别人断了联系，她开始感到这种躁动令她疯狂不能自持。不想让四肢抽动时，四肢却不由自主地抽动；不想挺直腰板，只想舒适地休息时，脊梁却猛然挺直。这感觉在她子宫里的什么地方，搅动着她的身体内部，直到她感到自己必须跳进水里去游泳，去摆脱它。这是一种疯狂的焦躁，令她毫无原因地心跳加快。就这样，她渐渐消瘦了下来。

真是焦躁不安。她想穿过园林逃跑，甩掉克利福德，趴在蕨草丛中。这样便可逃离这座房子……她必须逃离这座房子，离开所有的人。树林是她的避难所。

但树林并非真的是一处避难所，因为她跟树林没什么联系。它只不过是个她躲避别人的地方而已。她从来没有接触到树林的灵魂，如果树林真有这类不可言说的东西的话。

她朦胧地感到自己快要崩溃了。她朦胧地感到自己与世界失去了联系：与真实的、充满生命活力的世界失去了接触。剩下的只有克利福德和他的书了，可这些书并不存在，因为它们空洞无物！空虚对空虚，她朦胧地感到了这一点，感到荒谬徒劳。

她父亲又一次提醒她："为什么不给自己找个情人，康妮？要善待自己啊！"

那年冬天，米凯利斯来拉格比府小住。此君是个爱尔兰青年，已经靠自己的剧本在美国挣了大钱。他曾在伦敦的摩登社会里红极一时，因为他写的就是摩登社会的戏剧。可后来那个社会的人渐渐发现他们是被一个都柏林街头潦倒的小混混儿给涮了，就厌烦了他。米凯利斯被说成最下流低贱的人。这个人被发现是个与英国作对的家伙，在发现这个问题的那个阶级眼里，这是最十恶不赦的罪行了。他从此算是彻底让他们给灭了，恨不得连尸体都被扔进垃圾箱，再也不予理睬。

可是米凯利斯照样在五月市场[1]那儿有自己的公寓，依旧像个绅士般出没于邦德街。很明显，你无法令邦德街上即便最优秀的裁缝拒绝给那些下流的客户做衣服，因为人家出了钱。

克利福德在这个三十岁的年轻人事业不顺的时候向他发出了邀请，这事他做得毫不犹豫。米凯利斯的观众怕是有好几百万吧。当被其他摩登人士封杀，变为一个毫无前途的圈外人时，能

1　伦敦最时髦的商业区。

受邀来拉格比府，他肯定会对此感激不尽的。既然心存感激，他毫无疑问会帮克利福德在美国那边扬名。名望！一个人是可以靠着巧妙的吹捧获得很多名望的，无论什么名望，特别是在“那边”。克利福德正崭露头角，有着强烈的出名欲。最终米凯利斯将他写进一出话剧里，给他塑造了一个高贵的形象，克利福德一时间成了人人皆知的主人公。有了反响后，他才发现自己成了笑料。

康妮对克利福德这种盲目迫切的出名欲感到有点惊讶。出名，让那个难以名状的大世界知道他，知道他是个作家，一个一流的现代作家。而他自己并不了解那个世界，甚至有点不安地惧怕那个世界。康妮略通此道，从成功而直言不讳的马尔科姆爵士的言谈中她能感觉到，艺术家们的确要推销自己，努力去兜售自己的产品。可是她父亲利用的是现成的渠道，其他皇家艺术学会的人都是这样卖掉自己的绘画作品的。而克利福德发现了新的出名渠道，各式各样的渠道。他既能不降低自己的身份，又能把各色人等请到拉格比府来。他铁了心要迅速成名，为此能不择手段。

米凯利斯如约而至，坐的是一辆雅致的汽车，有专职司机，还带了个男仆。他绝对是一身的邦德街气派。见到他，克利福德骨子里“乡下人”的一面使他心凉了，觉得米凯利斯名不副实，事实上，他压根儿并不像他表面上那样出色。对克利福德来说，他们之间的关系就此结束了，但他还是对米凯利斯表现得十分客气，这份客气是冲其惊人的成就而来的。人们惯常说成功女神是条母狗[1]，现在这条母狗就狺狺然徘徊在米凯利斯脚边，保护着这个色厉内荏的家伙。可是克利福德却让他这副派头吓着了，因为他也想将自己卖身于成功女神这条母狗，只要她接受就行。

米凯利斯绝然不是个英国人，无论伦敦最时髦街区里的裁缝、帽匠、理发师和鞋匠怎么打扮他。不，不，他断然不是个英国人，因为他长着一张苍白扁平的脸，举止也有失体统，还怨气冲天的。土生土长的英国绅士一眼就看得出他的怨恨和怨气，这些人才不屑于让这些东西流露在言谈举止中呢。可怜的米凯利斯遭到了太多的打击，即使是现在，他看上去还是有点夹着尾巴做人的痕迹。他仅仅凭着本能，更凭着厚颜无耻打开了通向舞台的路，凭着自己的戏剧走向了舞台的最前端。他吸引了观众，从而觉得遭人打击的日子过去了。唉，才没有呢，那样的日子永远不会结束。因为在某种意义上，他遭打击是自找的。他渴求跻身于自己本不归属的上流社会，可人家多么开心地享受踹他的各式脚法呀！因此他恨透了他们！

尽管如此，他还是带着他的男仆，坐着神气的轿车旅行，这个都柏林杂种。

但他身上还是有康妮喜欢的地方。他不做作，对自己也不抱幻

1　原文为“bitch-goddess of success”，这个词是哲学家威廉·詹姆斯（1842—1910）的发明，意指金钱能使人失德。但在本书第六章中，劳伦斯却将其误认为是威廉之弟，作家亨利·詹姆斯（1843—1916）的创造。

想。谈起克利福德想了解的一切时，他言语理智、简洁、实在。他并不夸夸其谈，也不信口开河。他清楚他被叫到拉格比府来是要被派用场的，因此，像一个老奸巨猾、冷漠无情的商人巨贾，他听任别人提问，在回答时尽量不动声色。

“金钱！”他说，“金钱是一种本能。赚钱是一个男人的本性。这不是你干出来的，也不是你想要就要出来的花招。它是你本性里偶然成形的东西。一旦你开始了，你就赚钱了，赚了，就得继续下去，直到觉得该歇手了，我想——”

“可你总得有个开头儿啊。”克利福德说。

“哦，那当然！你得进去，如果你被挡在门外你就什么也干不成。你得打拼进去。一旦你进去了，你想不赚都难。”

“你除了写剧本，还有别的路子赚钱吗？”克利福德问。

“哦，恐怕没有！我可能是个好作家，也许是个差作家。但总归算个作家，一个剧作家，也只能是个剧作家。这毫无疑问。”

“你认为流行剧作家才是你的归宿吗？”康妮问。

“说到点子上了，很对！”他说着向她转过身，脸唰地就红了，“这没什么！流行没什么。流行，但跟大众没关系。我的戏剧里没什么流行的因素。不是那个原因。它们就是流行，就像天气，就是要流行的那种，眼下就这样。”

他的眼睛有点外凸，目光迟钝，深陷在无底的失望渊薮中。他的目光现在转向康妮，令她微微颤抖。他看上去那么老，老得没样儿了，似乎是一层又一层的幻灭垒起来的，在他身上积累了不知多少代的幻灭，就像地质岩层一样。与此同时，他又像一个孤儿，某种意义上说是个弃儿，可又有着老鼠求生一样的绝处勇猛。

“至少你干得很精彩，在你这个年纪。”克利福德若有所思地说道。

“我三十，是的，我三十岁！”米凯利斯突然尖声说，伴随着一声怪笑，既得意又苦涩。

“你一个人吗？”康妮问。

“看怎么说了。是说我一个人生活吗？我有仆人。一个男人不娶老婆，就得有个仆人。他是个希腊人，反正他自己说是，没什么能耐。不过我还是把他留在身边。我会结婚的，是的，我必须结婚。”

“怎么听着像理发一样？”康妮笑道，“结婚费劲吗？”

他景慕地看着她说：“查泰莱夫人，有点！我发现，对不起，我发现，我不能娶英国女人，甚至连爱尔兰女人都不能娶。”

“那就试试美国人。”克利福德说。

“美国人！”他干笑道，“不，我让我的仆人给我找个土耳其人，或者类似的东方人。”

这个成就非凡的人如此怪诞，如此抑郁，这让康妮感到好生奇怪。据说他每年仅仅从美国那边就能获得五万美元的收入呢。有时他看上去挺英俊的，他扭头看边上或看下面时，光线落在他身上，映出他沉静稳重的美，似一个象牙雕刻的黑人面具：有点凸出的眼睛，曲线奇特的浓眉，紧闭的双唇。那一瞬间流露出的凝滞，一种对于时空的超越，那是菩萨所要达到，而黑人虽不求有时却能达到的境界。一种古而又古的、一个种族默认的什么东西！对一个种族命运的永久认命，而不是进行个体的反抗。这副模样，感觉就如同老鼠在黑暗的河流中游过。康妮心头忽然掠过一丝对他的同情，这同情中夹杂着怜惜和憎恶，变得有点像爱情了。外人！外人！他们圈内人竟说他粗俗！与他相比，克利福德看上去不是更粗俗，更自以为是？比他愚蠢多了！

米凯利斯马上就明白他给了康妮一个好印象。于是他那双略微鼓凸的褐色大眼睛看她时眼神故作淡漠起来。他这是在揣度她，也是在揣度他给她的印象如何。与英国人在一起，他怎么也改变不了自己是个外人的处境，爱情也不能改变这一点。但女人们有时会与他陷入情网，英国女人也会这样的。

他明白他与克利福德之间是什么关系。他们两只陌生的狗，本来会对着狂吠，结果却是相视莞尔，当然是不得已而为之。可是同这女人怎么处，他却吃不准。

早餐是在各自的卧室里用的，克利福德直到午餐时分才与大家见面，餐厅里气氛有点压抑。上过咖啡后，米凯利斯这个不安分的人开始琢磨着干点什么了。这是个晴好的十一月，对拉格比庄园来说是个好天气。他向那阴郁的园林眺望过去：天啊，这是个什么地方啊！

他差仆人去告诉查泰莱夫人，他打算开车去谢菲尔德一趟，看能不能顺便为夫人做点什么。回答是方便的话请他上楼去夫人的起居室。

康妮的起居室在四楼，在这座房子中部的最高层。克利福德的房间自然都在底楼。应邀去查泰莱夫人自己的客厅，米凯利斯感到受宠若惊。他跟在仆人身后恍恍惚惚上了楼，他目不斜视，周围什么都没看清。进了厅里，他四下里扫了一眼，看到了德国仿制的雷诺阿和塞尚[1]的画作。

“这儿很惬意啊！”说着他脸上露出一个怪笑，似乎一笑就痛，龇牙咧嘴的，“选最高层算是选对了。”

“我觉得也是。”她说。

她的房间是这座房子里唯一明快、有现代气息的房间，是拉格比府里唯一能表露她个性的地方。克利福德从来没见识过这里，康妮也很少请人上来。

康妮和米凯利斯分别坐在壁炉两端聊了起来。她问起他自己、他的母亲、父亲和兄弟等，别人总是有点令她好奇，一旦她的同情心被唤起，她差不多就忘了阶级差别。米凯利斯直言不讳地谈起自己，毫不做作，直率地吐露他痛苦冷漠的丧家犬心情，然后又报复性地表现出成功后的骄矜。

“可你为什么像个孤独的小鸟儿？”康妮问他。他再次看着她，凸出的褐色眼睛在搜寻着什么。

“有些鸟儿天性如此。”他回答道，然后用熟悉的口吻反唇相

1 雷诺阿（1841—1919），塞尚（1839—1906），法国印象派画家。

讥，“可是，您自己呢？难道不也是一只孤独的鸟儿吗？”

康妮闻之稍稍一惊，思量了一会儿说：“只是有一点儿而已！可不像你那么彻头彻尾！”

“我是个彻头彻尾的孤独鸟儿吗？”他习惯性地咧嘴笑道，那样子像是得了牙痛病。他的笑那么有气无力，目光那么忧郁隐忍，充满着幻灭或者说惧怕。

“怎么？”说着她看看他，呼吸有点急促，“你就是，对不对？”

她感到他是在向她迫切地求助，这令她几乎失去平衡。

“哦，你说的很对！”说着他扭过头朝侧下方看去，那奇特的突如其来的凝眸属于一个古老的种族，在今天是难以见到的。看到他与自己若即若离，康妮真的没了气力。

他抬眼看看她，那一眼将一切尽收眼底，铭刻在心。与此同时，他胸中发出了一声黑夜里婴儿的哭泣[1]，那哭声感动了她的子宫。

“你心里有我，可真是太好了！”

“我心里为什么不能有你呢？”她感叹道，说这话时她几乎喘不过气来。

米凯利斯有气无力地轻声一笑。

“哦，是这样啊！那我能握一握您的手吗？”他突然问，眼睛凝

---

1 见英国诗人丁尼生的诗作《纪念》：“我算什么？／黑夜里哭泣的婴儿／为寻找光明而哭泣／没有语言，只有一声哭泣。”

视着她，放射出一股催眠的力量，这眼神里发出的求告直达她的子宫。

康妮惊呆了，眩晕了，一动不动。他一步上前跪在她面前，两手各攥了她的一只脚在手中，将脸埋在了她的两腿间，纹丝不动。眩晕中康妮有点惊讶地垂首看着米凯利斯那细嫩的后脖颈，感到了他的脸在挤压她的大腿。惊慌之中她的手禁不住温柔爱怜地放在他那毫不设防的后颈上，米凯利斯浑身一哆嗦，开始颤抖起来。

随之他抬头看着她，熠熠生辉的眼睛里露出那种哀感顽艳的祈求，令康妮全然无法抵抗。她感到一股巨大的渴望的热流从自己的胸乳间流淌而出，她定要把一切的一切都给他。

他是个奇特而十分温柔的情人，对康妮温柔至极。他难以自持地颤抖着，与此同时若即若离，清醒着，对外面的任何动静都能察觉到。

对康妮来说这不算什么，不过是委身于他。最终他停止了颤抖，十二分平静地躺着。冥冥中她的手指爱怜地抚摸起他枕在她乳上的头。

他起身时吻了她的双手和穿着羊皮拖鞋的双脚，然后默默地走到屋子的一头，背对着她。他们沉默了一会儿。然后他转过身，又走到仍旧坐在壁炉旁的她身边。

"我想你会恨我的！"他沉静但忍不住地说。

康妮抬头瞟了他一眼说："为什么呢？"

"她们大都这样儿，"他话刚出口就打住，"我是说，一个女人一般来说会这样的。”

“我是该恨你,可不是在这个时候。”她反感地说。

“我知道！我懂！你对我恩重如山……”他痛苦地叫道。

她不明白他为何要感到痛苦。

“你坐下来好吗?”她说。

他扫了一眼门口。

“克利福德爵士,他……！”他说道,“他不会……不会……?”

她寻思片刻说:“也许吧！”说着她抬头看看他,“我不想让克利福德知道,甚至不想让他怀疑。那会伤害他的。可我并不觉得我们这样有什么错,你说呢?”

“错！上天保佑,没错！你对我太好了,令我难以承受。”

说着他转过身去,她看得出,他快哭了。

“但我们别让克利福德知道,行吗?”她恳求道,“那会伤害他的。如果他永远不知道,不怀疑,就没人受伤害了。”

“我?”他急切地说,“他不会从我这儿知道什么的。不信你等着瞧！我怎么会泄密！哈——哈——！”他干笑着,嘲弄这种想法。

她不解地看着他。他又说:“我能吻你的手,然后就走吗?我想我得赶到谢菲尔德去,或许能赶上在那儿吃午饭,然后回来喝下午茶。我能替你做点什么?能让我放心,告诉我你不恨我,而且,永远不恨吗?”他最后一句话的口吻透着绝望和玩世不恭。

“不,我才不恨你呢！”康妮说,“我觉得你挺好的。”

“啊！”他激动地说,“我更喜欢你这么说,这比说你爱我还好呢！这句话太意味深长了！下午见吧，这段时间我会想很多很多的。”

他谦卑地吻了康妮的手，然后离开了。

“我觉得那年轻人让我无法忍受。”午餐时克利福德说。

“怎么了？”康妮问。

“他简直就是个小人，别看他金玉其外，时机一成熟他就会对咱们恩将仇报。”

“我觉得人们一直过于苛待他了。”康妮说。

“这有什么奇怪的！你以为他就把宝贵的时间都用在做善事上了吗？”

“我觉得他还是挺慷慨大度的。”

“对谁呢？”

“这我不大知道。”

“你当然不知道了。恐怕你是把胡作非为错当成慷慨了。”

康妮不语。是这样吗？很可能是。但米凯利斯的胡作非为对她很有点魅力。与他比，克利福德是小巫见大巫。他以自己的方式征服了世界，克利福德也想那样。可手段和方式呢？米凯利斯的路数就比克利福德的路数要卑鄙吗？那可怜的圈外人或身体力行或借助别人开路前进，而克利福德则是靠抬高自己获取名声，米凯利斯因此就比克利福德坏吗？成功这条母狗身后尾随着成千上万条气喘吁吁的甜言蜜语的公狗。先获取其芳心的是狗中豪杰——如果你用成功与否来衡量的话！这么说，米凯利斯完全可以翘尾巴了。

奇怪的是，他并没有翘尾巴。下午茶时分他回来了，捧着一大束紫罗兰和百合，可表情依旧像只忧郁的丧家犬。有时康妮猜想那是一种面具，为的是消弭别人的对立情绪，因为那表情太一成不变了。他真是个这样沮丧的人吗？

整个晚上他都在用这种丧家犬的神态掩饰自己。尽管克利福德看透了这表面下的狂妄，但康妮却没感觉出来：可能这种掩饰不是针对女人的，而是针对男人们的跋扈和虚伪的。这个下作小人身上那种内在的狂妄是不可改变的，这一点令男人们特别蔑视他。他的出现本身就是对有身份的男人的冒犯，不管他怎样故作优雅。

康妮爱上他了。但是她在一旁做着刺绣来掩饰自己，不参与男人们的谈话。米凯利斯嘛，他表现得很得体，依旧和头天晚上一样表情忧郁、神情专注、若即若离，和主人们保持着遥远的距离但又言简意赅地适度迎合他们，一刻也不靠近他们。康妮感到他肯定忘记了上午的事。其实他没有，但他明白自己的处境——他仍然在圈外的老地方，是个天生的圈外人。他并没有把上午的做爱当成天大的事。他知道那并不能把他从一条人人嫌弃的无主的狗变成一条惬意的上流社会的宠物狗。

他内心深处是个圈外人，一个反社会的人，这是不争的事实。他自己心里也承认这一点，不管他外表如何时髦。他被孤立是他咎由自取，正如同他表面上的恭顺和滥竽上流是自觉自愿的一样。

偶有爱情作为慰藉也不错，他并非一个不懂感恩的人。相反，谁对他发自内心地好，他都感激涕零。别看他脸色苍白，一副冷漠幻灭的表情，他内心里那个孩子似的灵魂在冲这女人感恩哭泣，巴望着再次亲近她。但他那弃儿的心知道他应该与她保持清白才是。

点燃客厅的蜡烛时，他伺机对她说："我能找你去吗？"

"还是我找你吧。"她说。

"那好吧！"

他等了很久，她才终于来了。他是那种激动起来就难以自持的情人，一阵颤抖就崩溃了。他的裸体疲软无力，看上去就像个赤裸的儿童。他的劲儿全在心智上，在他狡猾的本能里，而一旦不用斗心眼儿，身心缓和下来时，他就会像个赤子，发育不全，皮肉细腻，动起来无力无助。

他激起了这女人狂热的怜爱和渴望，还有狂野渴求的肉欲。他并没有满足她的肉欲，他总是来去匆匆，过于短暂，然后就萎缩了，伏在她的乳上等待恢复，而她则神情恍惚地躺着，怅然若失。

但很快她就学会了怎么让他坚忍延宕，让他高潮之后仍能保持在她体内。这方面他表现得很大度，保持着奇特的坚挺。他坚定地守在她体内，把自己交给她支配，随她激情万分地狂野律动，直至达到自己的高潮。他虽然是被动地坚挺着，但能感觉到康妮达到高潮时的疯狂，为此他莫名其妙地感到骄傲和满足。

"啊，真是太美妙了！"康妮颤抖着呢喃，安静地贴在他身上。他躺着觉得有点孤独，但还是感到些自豪。

他那次只住了三天，表面上对克利福德还一直像头天晚上那样，对康妮也没两样，外表上他一点也没有改变。

回去后他给康妮写信，语调照旧可怜阴郁，时有俏皮，但奇怪的是毫无性爱的流露。他爱她，但似乎并不抱什么希望，因此基本上还是敬而远之。他内心深处是没希望的，他宁愿没希望。他对希望这东西有点怨恨。他从哪儿读过这样一句法国人的话："巨大的希望掠过地球而去。"[1]对此他的评论是："它击沉了一切有价值的东西。"

康妮从来也没有理解过他，但就是爱他。她总是能感觉到他的无望对自己的影响。她是怎么也无法在无望中恋爱的。而无望的他则从来就没怎么爱得起来。

他们两人就这样处了很长一段时间，写写信，偶尔也在伦敦会会。她仍然念念不忘与他在一起时获得的那种性爱刺激，那是他的小高潮过去后她自己律动而得的。他也想让她得到这个。仅仅这一点就足以让他们保持联系了。

某种盲目的、稍稍令她自傲的东西足以使她感到一点莫名的自信。那几乎是机械的信心，是依靠技巧获得的欢乐。

在拉格比府里她显得特别快活。她把自己身上被唤醒的机敏和满足感都用来激发克利福德的想象力，使得克利福德这段时间的写作状态达到最佳，并且也感到莫名的幸福。他确实收获了米凯利

1 出自法国作家缪塞（1810—1857）。

斯被动的坚挺给康妮带来的肉体快感结出的果实。当然他对此一无所知,否则他绝不会对康妮表示感谢的!

可一旦那快活无度的日子过去了,康妮就变得压抑且易怒。克利福德是多么希望再过上那样的好日子呀!如果他知道这其中的秘密,或许还会让康妮和米凯利斯再度相聚也说不定。

4

康妮一直预感到她和米克（人们都这么叫他）没有希望。可别的男人她又看不上。她与克利福德相依为命，他需要占有她大量的生命，她把这给了他。可她也需要一个男人大量的生命，这，克利福德没有给她，因为他不能。倒是有米凯利斯时而出现，但康妮预感到这快要结束了。米克无法守住什么，这是他的天性使然，他必须断绝任何关系，放任自由，孤家寡人，当一条孤独的狗。他非这样不可，尽管他总在说："是女人甩了我！"

这世界似乎应该遍地是机会，但在多数人看来，机会都让少数人得了。海里有无数优质品种的鱼，或许是吧！但大量的似乎都是鲭鱼或鲱鱼，如果你自己不是鲭鱼或鲱鱼，你可能就会发现海里没什么好鱼了。[1]

---

1 典出英文习语"There is as good fish in the sea as ever came out of it."原意为好机会很多，失去一个还有更多别的机会。劳伦斯在此反其意用之，（转下页）

克利福德名声大噪，还赚了不少钱。人们开始来拜访他了。康妮似乎总在招待来拉格比府的客人。不过这些人不是鲭鱼就是鲱鱼，只偶尔有一条鲇鱼或大海鳗。

来者中有几个常客，他们是克利福德在剑桥读书时的同学。其中一个叫汤米·杜克斯，他一直在军中，而且当上了旅长。他说："军队给了我时间思考，省得我面对生活之战。"另一个叫查尔斯·梅，是个爱尔兰人，写些研究天文的科学文章。还有一个叫哈蒙德，也是个作家。他们都和克利福德年岁相当，是时下的青年知识分子。他们都信仰精神生活，要保持心智的纯洁。除此之外你做什么都是私人的事，无关紧要。没人想打听别人的事，如谁谁什么时候如厕。除了当事人，别人对此不感兴趣。

涉及日常生活中的事也是这样，如你怎么挣钱，爱不爱你妻子，或者是不是有外遇。这些只是当事人的事，就像何时如厕一样，不关旁人的事。

"整个性问题的核心是——"哈蒙德开口说，他是个瘦高个儿，有老婆和两个孩子，但和一个女打字员关系密切，"是没什么核心。严格地说，是没什么问题。我们不想尾随一个人进厕所吧，那我们干吗要跟踪他和女人上床的事呢？问题就在这里。如果我们不把后者看得比前者严重，那就没问题了。这纯粹是毫无意义，毫无要

（接上页）并引入鲭鱼和鲱鱼做象征。鲭鱼和鲱鱼都是普通的鱼，在此意味着差的机遇或普通人。——译注

领,纯属胡乱好奇。”

“很对,哈蒙德,很对!可是如果有谁向朱莉娅求爱,你会怒不可遏。如果他得寸进尺,你就会立即爆发。”朱莉娅是哈蒙德的妻子。

“那当然!如果他开始在我客厅的角落里撒尿,我会发怒的。干什么有干什么的地方。”

“你的意思是如果有人和朱莉娅在不碍事的壁龛里做爱,你就不在乎了吗?”

查尔斯·梅这话有点嘲弄的味道,他曾经与朱莉娅调过情,被哈蒙德粗暴地制止了。

“我当然在乎。性这东西是我和朱莉娅之间的私事。要是有人想插足,我当然不干。”

“说白了吧,”身体瘦弱、脸上长雀斑的汤米·杜克斯说话了,他看起来比苍白微胖的梅更像爱尔兰人,“说白了吧,哈蒙德,你有很强的占有欲,很大的心劲儿。你渴望成功。因为我进了军队,所以我彻底脱离了这个世界的轨道。可现在我看出来了,男人们是多么强烈地想独断专行,想成功。这方面他们走得太远了。我们的个性全朝着那个方向发展了。当然,像你这样的男人认为可以靠女人的支持而过得更好,正因此你才有那么强的妒忌心。那就是性对你的意义,是你和朱莉娅之间有力的小发动机,它能带来成功。一旦你开始在成功的路上走下坡路,你就会像不成功的查利那样开始调情。像你和朱莉娅这样的已婚者脸上贴着标签呢,就像旅行者的箱子一样。朱莉娅脸上的标签是'阿诺德·B. 哈蒙德太太'。你的标签是'阿诺德·B. 哈蒙德,阿诺德·B. 哈蒙德太太收转'。哦,你说得很对,很对！精神生活需要舒适的房子和精致的菜肴,你说得很对,甚至还要有后代。所有这些都取决于成功的本能,那才是一切事物运转的轴心呢。"

哈蒙德看上去十分不悦。他本来为自己心灵健全、不趋炎附势感到骄傲。但他的确还是渴望成功。

"不错,你离了金钱就活不了,"梅说,"你得有一笔钱供你过日子。甚至你要自由地思想,也得有一笔钱才行,否则你的肚皮就制止你思考了。不过我觉得,你可以揭下性的标签。既然我们能自由地同任何人交谈,我们为什么不应该向喜欢我们的女人求爱呢?"

"好色的凯尔特人才这么说。"克利福德说。

"好色？好啊,为什么不呢？我就看不出和女人睡觉哪儿就伤着她了,那和跟她跳舞或者甚至跟她聊天是一样无害的嘛。不过是把头脑换成了感官,所以说,为什么不呢?"

"那不是和兔子一样乱来了吗?"哈蒙德说。

"为什么不呢？兔子有什么错？难道它们比怀着满腔仇恨之人还坏吗?"

"即便如此,我们毕竟还不是兔子嘛。"哈蒙德说。

"说得对！我还有脑子,在天文学方面我还需要做点计算,对我来说这东西比生或死还让我操心。有时消化不良会打扰我。饥饿会灾难性地影响我。同样,饥饿的性欲也干扰我。怎么办?"

“我倒觉得性生活无度造成的性消化不良给你的干扰更严重些。”哈蒙德讽刺道。

“没有的事儿！我不暴饮暴食，也不放纵性交。暴饮暴食可以节制。可你也不能把我饿死呀。”

“不会的！你可以结婚呀。”

“你怎么知道我可以？结婚可能不适合我的脑力工作。婚姻或许会，而且肯定会损害我的精神活动。我可不会拿婚姻当成财产一样围着它转。难道这样我就得当僧侣啦？都腐败了，都臭了，小伙子。可我必须活着，做我的天文计算。我有时会需要女人。但我不小题大做，我也拒绝检讨自己作为男子的道德过错，也没有什么男人的禁忌。如果哪个女人身上带着我的标签东跑西颠，上面写着地址和到站名，那会让我感到耻辱，她不成了一个衣服箱子了？”

这两个男人还为与朱莉娅调情的事耿耿于怀呢。

“这看法挺逗，查利，”杜克斯说，“你认为性是另一种形式的聊天，你是在身体力行表演那些话而不是用嘴说。我想这挺有道理。我想我们既然能和女人聊天气什么的，就能跟她们进行感官和感情上的交流。性或许是男女之间正常的肉体对话。跟女人，没共同看法就别谈话，那样聊着没劲。同样，如果你和女人感情不通，相互不理解，你就别跟她睡。但是如果你有——”

“如果你和哪个女人有了一定的感情或相互理解，你就得跟她睡。”梅说，“这时候最体面的事就是跟她上床。这就如同当你有兴致和一个女人聊天时，最体面的事就是把话都说出来一样。你不会咬紧舌头不说话的，你会把该说的都说出来。跟女人上床是同一个道理。”

“不，”哈蒙德说，“不对。比如你吧，梅，你一半的精力都浪费在女人身上了。你永远也不会真正干你该干的事，尽管你有这么聪明的脑子。可在那方面你浪费得太多了。”

“或许是吧。可你在那方面的付出又太少了点儿，哈蒙德。无论你结没结婚，都太少了。你尽可以保持你的精神纯洁健康，可它是会干枯的。你的精神会变得和琴弓子[1]一样干枯，我看出来了。你简直是在用盐腌你的精神，腌成干儿为止。”

听到这里，汤米·杜克斯忍不住笑了出来。

“行了，你们两个聪明人儿！”他说，“看看我吧，我并不干什么高尚纯洁的脑力工作，只是写上几行这样那样的想法。我既不结婚，也不追女人。我觉得查利说得挺对，如果他想追女人，他可以自由决定自己追得多快多勤，我是不会禁止他追的。至于哈蒙德，他有占有欲，所以很自然，等待他的是直通目的地的大路和窄门[2]。你早晚会看到他成为一个英国文豪，从头到脚全是ABC[3]。我嘛，我什么都不是，只是爱叨唠。你呢，克利福德？你认为性是发电机，推动

---

1 原文为“fiddlesticks”，在此为双关语，暗喻“不值钱的东西”。——译注

2 见《马太福音》第七章第十三至十四节。原意为宽门引向灭亡，而窄门则通向永生。

3 当时英国有一套六十七卷的《英国文豪名录》，即*English Men of Letters*（1878—1919），入选意味着获得了经典身份。ABC的说法则是一种幽默。因为文人在英文中是“man of letters”，“letter”又有字母一意，故说文人浑身上下都是ABC字母。

男人获取功名利禄吗?”

一到这种时候克利福德就少言寡语了。他从来也不会滔滔不绝,因为他的理念并不强,而且过于混乱,人又容易激动。听汤米这么问,他的脸就红了,看上去很不自在。

“我嘛!”他用了个法文词说,“我都是没战斗力的人了,对这个问题还有什么可说的,不说也罢。”

“没关系!”杜克斯说,“你的上身还没失去战斗力嘛,思维十分健康活跃,所以,给我们说说你的看法吧。”

“唉!”克利福德支支吾吾道,“即便如此我也没太多的看法。结婚了,结束了,这大概就是我的看法吧。当然,在相互关心的男人和女人之间,那事儿是件大事儿。”

“怎样的大事儿?”汤米问。

“哦,它增进亲昵。”克利福德说,说起这类事时他像女人一样忸怩。

“好吧,查利和我都认为性和语言一样都是一种交流,就应该像说话一般自由。随便哪个女人跟我开始性的对话,时机一成熟,我就会自然而然地跟她到床上去结束这场对话。可惜啊,没有女人对我有所表示,所以我得一人孤零零地上床。但我并不因此就逊色——我希望是这样,管它呢,我干吗要知道这个?得了吧,我反正不需要忙什么天文计算,也不要写什么传世大作,我只是在军队里躲清静而已。”

随之一阵沉默,四个人自顾默默地吸着烟,康妮端坐一旁做着针线。是的，她是坐在那儿！她不得不缄默而坐，不得不像只耗子一样安静，不能打搅这些智慧的绅士们之间进行的意义重大的探讨。可她又不得不在场，没她，他们就无法和睦相处。他们的想法就无法自由衔接。克利福德说话模棱两可，神情紧张，康妮一不在他就容易害怕，造成谈话不畅。汤米·杜克斯表现最佳，康妮在场有点让他兴奋。而哈蒙德她则不怎么喜欢，这人过于自私。而查尔斯·梅呢，她倒是有点喜欢他，但就是觉得他的谈话格调不高，语无伦次，尽管说起天文来还行。

不知有多少个夜晚，康妮就这样坐在厅里倾听这四个人的高论，偶尔还会有一两个其他人加入进来。可他们似乎永远也谈不出个子丑寅卯来，但这一点并不令康妮感到苦恼。她喜欢听他们说些不吐不快的话，特别是汤米在场时。那样的谈话很令人愉快。男人不是在吻你，不是在用身体接触你，而是在向你袒露心声，这真是件乐事。可他们的心声是多么冷静啊！

有时他们的谈话也让人烦。米凯利斯，他们说起他的名字时都表示蔑视，好像他是个一门心思钻营的小杂种，是个最没教养的下流坯子。他们越这样说他，康妮就越敬重他。杂种也好，下流坯子也好，人家很快就得出了自己的结论，而不仅仅是没完没了地说来说去，炫耀自己的智慧。

康妮挺喜欢精神层面的生活，常能从中获得快乐。但她觉得这些人智慧得有点过头了。她喜欢那一个个弥漫着烟草味的美妙夜晚，坐在这几个“密友”中间，她私下里这么称呼他们。令她感到十分有趣和骄傲的是，没有她沉默地坐在他们身边，他们就谈不下去。她对思想有着无上的尊崇，而这些男人至少是在努力诚实地思考着。但是有什么东西他们没有谈出来，他们都在回避什么，至于是什么，康妮无论如何也说不清。这东西连米克也没弄清楚。

可米克并没有试图行动，他只是过他的日子，别人怎么蒙骗他，他也怎么蒙骗别人。他确实是个反社会的人。这正是克利福德和他的“密友”们跟他作对的原因。克利福德和他的“密友”们不是反社会之人，他们或多或少是致力于拯救人类的人，至少是要给人以济世良方的。

周日晚上有一场精彩的谈话，话题又转到了爱情上。

“保佑那纽带
将我们的心连成一体。”[1]

汤米·杜克斯说：“我想知道那纽带是什么！现在将我们连在一起的纽带是心灵的摩擦，除此之外，我们之间绝没有别的什么。我们和世界上别的该死的知识分子一样分崩离析，恶语相加。在这一点上，每个人都该死，因为人人都干这个。要不然就是用虚假的甜言蜜语掩饰我们之间的恶感。真怪，精神生活的丰富扎根于怨恨，不可理喻、深不可测的怨恨。一直是这样！看看柏拉图笔下的

---

1 系十九世纪某大主教所作赞美诗第一行的改写。

苏格拉底，还有他周围那帮人吧！纯粹是怨恨，恨不得将别人骂得体无完肤才痛快，无论是普罗塔哥拉还是别的什么谁，都这样！还有阿尔西比亚德等一干小喽啰走狗们也趁火打劫！[1]看看他们，就会向往静坐在菩提树下的菩萨，或者给信徒讲点礼拜日故事的基督，他们都是那么宁静，毫无精神上的唇枪舌剑。不对，这种精神生活的根就有点毛病，太过分了。它扎根在怨恨与妒忌、妒忌与怨恨之中。要知道一棵树怎么样，看它结的果子就行了。[2]”

“我不认为我们就那么仇恨满腔的。”克利福德不同意。

“亲爱的克利福德，想想我们之间是怎么说话的吧，我们所有人。我就比大家都差劲，因为我就喜欢直截了当的怨恨，不喜欢巧言令色的甜言蜜语，那简直是毒药。一旦我开始夸奖克利福德是个多么好的人，可怜的克利福德就得受到怜悯了。看在上帝的分上，你们都说点我的坏话吧，那样我就会知道我在你们心里还有分量。可别说好听的，那我就完蛋了。”

“哦，可是我确实认为我们发自内心地互相喜欢。”哈蒙德反驳说。

“我告诉你，我们必须这样。我们在背后说对方的坏话，相互辱骂。我是最差劲的一个。”

---

1 见柏拉图所著以苏格拉底为主角的一系列对话之一《普罗塔哥拉》。在这部对话中出现的有希腊哲学家普罗塔哥拉（公元前485—前410）和希腊将军阿尔西比亚德（约公元前450—前404）。

2 见《马太福音》第十二章第三十三节。

“但我认为你把精神生活和批评活动混淆了。我同意你说的，苏格拉底开创了批评活动的先河，一开始就不同凡响。可他所做的要比那多得多。”查利十分郑重地说。这些“密友”，表面上装得谦逊，内心里却自视甚高，个个目空一切。

杜克斯不愿搅到有关苏格拉底的争论里去。

“说得很对，批评和知识并不是一回事。”哈蒙德说。

“不是，当然了。”贝里附和着说，这是个皮肤黝黑、表情腼腆的年轻人，他是来看杜克斯的，准备在此过夜。

大家闻之都看着他，像是听见一头驴子开口说话了似的。[1]

“我说的不是知识，我说的是精神生活。”杜克斯笑道，“真正的知识来自意识的整体，在这方面，你的腹腔和你的尘柄与你的头脑和心灵同样重要。头脑只能进行分析和思辨，用头脑和理性来统领别的一切，唯一能做的就是批评和扼杀。我说的是唯一，它太至关紧要了。我的天，今天的世界需要批评，批到死为止。所以，咱们就在仇恨中风风光光地过我们的精神生活，把陈腐古老的矫饰都剥个精光。但是，我要提醒你们的是，当你生活时，你在某种意义上是一个有机的整体，过的是全部的生活。而一旦开始了精神生活，你就开始摘苹果了。于是你将苹果与苹果树的连接割断了，那是一种有机的关系。如果你的生活中除了精神生活以外什么都没有，那你自己就成了一个被摘下的苹果，离开了你的树。因此，按照逻辑，你肯

1　见《民数记》第二十二章，巴兰的驴突然张口说话，反驳其主人。

定会变得怨恨满腹，就如同一个被摘下的苹果自然要腐烂一样。”

克利福德听得瞠目结舌，这对他来说是一堆废话。康妮则暗自发笑。

“哦，这么说，我们都是被摘下来的苹果了。”哈蒙德略带尖酸，恼怒地说。

“那我们就把自己酿成苹果酒好了。”查利说。

“那你们怎么看布尔什维主义？”那皮肤黝黑的贝里插嘴道，似乎所有的话题都要归结到这个问题上。

“问得好！”查尔斯·梅叫道，“你怎么看布尔什维主义？”

“来来来，咱们来谈谈布尔什维主义。”

“恐怕这是个大问题。”哈蒙德摇着头严肃地说。

“布尔什维主义，要我说啊，”查利说道，“这种主义只是反对人们所说的资产阶级。可什么是资产阶级，却没个准确的定义。一种感情和情绪也被说成是资产阶级的东西。还有，个人，特别是有个性的人，也是资产阶级。甚至一个有机体也是资产阶级的，于是理想这东西必须是机械不可。唯一是个整体的、无机的、由各种不同但是平等的基础零件组成的东西就是机器。每个人都是一座机器的一个零件。”

“太对了！”汤米说，“在我看来，这还是对整个工业主义理念的完整描述。这正是工厂主理念的概括，唯一不同的是，他不会承认他的推动力是仇恨。其实就是仇恨，仇恨生命本身。你看看这中部地区吧，看看它是不是写满了仇恨二字。但这是精神生活的一部分，这是符合逻辑发展的。”

“这是对逻辑最大前提的否定。”哈蒙德说。

“亲爱的老兄，可它承认物质的前提啊。纯粹的精神也是一样，它甚至只承认物质的前提。”

“至少已经到了最底线了。”查利说。

“最底线！布尔什维克将会在短时期里建立世界上最优秀的军队，有最精良的装备。”

“可这东西不可能继续下去，得有人反对它。”哈蒙德说。

“哼，我们等了十年了，我们还能再等。仇恨跟别的东西一样是不断成长的。将理念强加给生命，强迫自己最深处的本能按照某些理念行事，就不可避免地会生出仇恨来。我们是按照某个公式来驱动自己的，就像机器一样。富有逻辑的头脑装模作样地当家做主，可结果是导致纯粹的仇恨。咱们都是布尔什维克，只不过我们是伪君子罢了。俄国人则是毫不做作的布尔什维克。”

“但还有很多别的路可走，”哈蒙德说，“这并非真聪明。”

“当然不是。但有时愚笨才是真聪明，如果你想达到你的目的。我个人认为我们西方的社会生活也是愚蠢的。我甚至认为我们声名远播的精神生活也是愚蠢的。我们都像白痴一样冷酷，像傻子一样没有激情。我们自以为是神，长得像人的神！人得是个人，有心脏，有生殖器，这样才能摆脱成为神。”

人们用沉默表示不同意，这时贝里不安地问：

“你相信爱吧，汤米，是吗？”

“你这可爱的孩子！”汤米说，“不，我的小天使，十有八九我是不信。爱在今天是另一种愚昧的行为。那些扭摆腰肢的家伙跟那些长着小男孩屁股的艳俗女孩子苟合，你说的就是这种爱情？还是财产共有，博取功名，我的夫，我的妻，那类爱情？不，好老弟，我一点也不信那个！”

“可你总得信点什么吧？”

“我？那是，说好听点，我相信人要有一副好心肠，一根生龙活虎的阳具，一个活跃的头脑和在贵妇面前敢骂‘狗屎’的勇气。”

“这些你都具备了。”贝里说。

汤米狂笑起来：“你这小天使！我要有就好了！要有就好了！你看看我，我的心像土豆一样麻木，我的阳具蔫了，永远抬不起头，我宁可把这东西一刀割了，换来勇气当着我母亲和姨妈的面骂‘狗屎’，告诉你吧，她们可是真正的贵妇呢。而且我并不是真聪明，不过是个吃脑力饭的人。聪明当然好，那样刚说过的那些零件，还有不便提及的零件，就都会活起来了。对任何聪明人，阳具都会抬起头来问候。雷诺阿说过他的画就是用阳具画出来的[1]，他确实画出了很可爱的画。我希望我也能用我的那物件做点什么。上帝啊，如果一个人只会谈话，那地狱里就又多了一种酷刑！谈话这玩意儿的始作俑者是苏格拉底。”

“可这世界上还是有优秀的女人的。”康妮终于抬起头说话了。

1　据雷诺阿的儿子说，雷诺阿在双手患关节炎不能正常作画时这样说过。

男人们对此表示不满，她应该装作什么都没听见才是。他们不愿意承认她一直在认真听他们谈话。

“上帝啊！

　　‘他们如果对我不善
　　我又何以在意他们是否是善人！’[1]

不，这毫无希望！我就是不能跟女人融合。一旦四目相对，没有哪个女人能让我真正渴望得到她。我也不会强迫我自己这样做。上帝！该是什么样就是什么样，我会继续过我的精神生活。这是我唯一能做的诚实的事。和女人聊天我会很高兴的，因为我喜欢女人，但我们之间很纯洁，纯洁到绝望的地步，绝望的纯洁。你怎么说，希尔德布兰德[2]，我的小孩？”

“如果一个人保持纯洁的话，事情就简单多了。”贝里说。

“没错！生活是简单得不能再简单了！”

---

1 此句是对乔治·威瑟（1588—1667）一句诗的套用。原句为：“如果她不对我如此／我又何以在意她有多美？”

2 教皇格里高利七世（约1021—1085）当僧侣时的本名，他提倡牧师独身。

5

二月的一个早上，雾气昭昭，阳光浅淡。克利福德和康妮穿过邸园去林子里散步。克利福德驾驶着他的轮椅，康妮走在一旁。

寒冷的空气里仍然弥漫着硫黄味，不过他们倒是都习惯了。近处的地平线上灰蒙蒙一片，烟雾缭绕，头顶上是一小片蓝天，让人感到像是被包围了起来，永远在圈内。生命就这样被包围着，不是在做梦就是疯了。

羊群在杂乱的干草丛中咳嗽着，草窝里的霜微微泛着蓝光。一条小路似一条粉红色的彩带穿过园子，通向树林的入口，克利福德让人从矿井台上筛了些沙砾，重新铺了一遍路面。地下的石头和废料经过燃烧脱去了硫黄，变成了粉色，在干爽的天气里呈透明的虾红色，潮湿天里颜色变深，呈蟹红。现在这条路上笼罩着蓝白泛灰的霜，蟹红色变浅了。这条用筛选出的沙砾铺就的粉红色小径总是让康妮心情愉快。看来，坏东西并非一点儿用都没有。

克利福德小心地驾驶着轮椅从拉格比府所在的小山丘顺坡下行，康妮扶着轮椅。前方就是林子了，近处是榛树丛，远处是微微发紫的茂密的橡树林。林地边上野兔窜来窜去在捕食，乌鸦忽地飞起，排成黑压压的一队飞离这片窄小的蓝天。

康妮打开树林入口的门，克利福德缓缓地把轮椅开进去，沿坡上了一条宽阔的马道，马道两侧是修剪得整整齐齐的榛树丛。这片树林是当年罗宾汉[1]狩猎的森林余下的一部分，而这条马道则是当年横贯乡间的一条大路。但现在它自然只是私人树林中的一条马道了。从曼斯菲尔德过来的路在这里拐个弯向北折去。

林子里万籁俱寂，落叶下仍隐匿着一层薄霜。一只松鸦发出刺耳的叫声，吓得许多小鸟儿纷纷飞蹿开去。但林子里没有狩猎活动，因为没有供狩猎用的山鸡。山鸡都在战争期间被捕杀一空，林子也一直没人看护。直到现在，克利福德才新找了一个猎场看守。

克利福德喜爱这片林子。他喜爱那些古老的橡树，感到它们一代又一代都属于他。他要保护它们，要保护这片地方不受侵害，要让它与世隔绝。

轮椅车在冻泥地上摇摇晃晃，缓慢地爬上斜坡。左手边突然出现了一片空地。满地都是乱糟糟的枯蕨丛，细弱的树苗左一棵右一棵东倒西歪，一根根被锯断的大树桩子裸露着断面，紧紧扎在地下

1　传说里中世纪的绿林英雄，在诺丁汉北部的舍伍德森林出没。

的树根，毫无生气。还有一片片黑斑，那是伐木工人焚烧树枝和垃圾时留下来的。

这就是杰弗里男爵大战期间为修战壕提供木头而砍伐树木的地方之一。马道右边微微隆起的山丘上树木都砍光了，看上去出奇地悲凉。山丘最高处曾经生长着橡树，现在则是一片光秃。从那里俯瞰树林子，可以看到林子外面的矿区运输铁路以及斯戴克斯门[1]的新矿井。康妮站在那里看着眼前的景象，发现那是在宁静隐秘的森林中撕开的一道口子，让外面的世界长驱直入。但她没有把这个感觉告诉克利福德。

这片砍秃了的地方总是令克利福德异常愤怒。他是经过大战的人，明白战争意味着什么。但是直到他亲眼看到这座秃山，他才真正感到愤怒。他正让人在此重新植树。可一看见它，他就痛恨杰弗里男爵。

轮椅车缓缓地向上开着，克利福德坐在车里，面无表情。来到山顶，他停住了车，不打算冒险驶上那狭长颠簸的斜坡了。下山的马道泛着绿色，在蕨草丛和橡树林中穿过，在山下打了个弯就不见了。这马道竟有着如此美妙柔和的曲线，那是骑士和贵妇们骑马踏出来的。

“我认为这才是英国的心脏[2]。”克利福德沐浴在二月浅浅的阳

1 原文为“stacks”，意指烟囱群。用这个词作地名加重了眼前一片工业化景象与自然风光的对比。——译注

2 诺丁汉所在的英国中部地区被称作“英国的心脏”。——译注

光里对康妮说。

“是吗?”康妮说,她身穿蓝色的针织外套,坐在路边的木桩上。

“是的! 这是古老的英格兰,是她的心脏,我要让它完美如初。”

“哦,对!”正说着,康妮听到斯戴克斯门矿井拉响了上午十一点的汽笛声。而克利福德因为太熟悉这声音对此毫不在意。他继续说:“我要让这片林子保持完整无损,不受伤害,不让任何人私自闯进来。”

克利福德的话说得有点悲凉。这片林子仍然透着几分野性的老英格兰的神秘。可杰弗里男爵战争期间的砍伐让它损伤了元气。这些树木曾经是多么安详,起伏的树梢耸入云天,灰白的树干顽强地从褐色的蕨草丛中拔地而起。鸟儿在林间安全地飞来飞去。这里还曾经有野鹿出没,射手在这里狩猎,僧侣骑着毛驴款款而行。这地方有这样的记忆,还记得这些。

克利福德坐在惨淡的阳光里,光线辉映着他光滑金黄的头发,红润丰满的脸上表情高深莫测。

“我到了这里,比在任何别的地方都更感到没有子嗣的遗憾。”他说。

“可这片林子比你的家族还要古老呢。”康妮轻柔地说。

她说得对。查家在拉格比才住了两百年的光景。

“对!”克利福德说,“但是我们使它存活了下来。要是没有我们,它早就消失了,和整座森林一起消失。老英格兰的一部分必须得有人保存!”

“必须?”康妮说,“必须要保存吗? 是为了同新的英格兰对抗吗? 我觉得这很可悲。”

“如果老英格兰一点也保留不下来,就没有英格兰了。”克利福德说,“我们这些有这类财产并且对她有感情的人必须要保存她。”

说完两人都感伤地沉默了。

“是的,可以保留上一阵子。”康妮说。

“一阵子! 我们能做的就是这些。我们只能尽自己的绵薄之力。我感到我家族的人都尽职尽力了,从我们拥有这个地方开始。人可以反抗陈规陋习,但必须保持传统。”

又是一阵沉默不语。

“什么样的传统呢?”康妮问。

“英格兰的传统! 这个传统!”

“是的!”她慢慢地说。

“所以说得有个子嗣才行。一个人只是一条链子上的一环。”他说。

康妮对链条并没有兴趣,她一言未发。她在琢磨他说到渴望儿子时表现出的那种奇特的冷漠。

“我很难过,我们无法有儿子。”她说。

他那双淡蓝色的大眼睛缓缓地打量着她说:“如果你和另一个男人有了孩子,那也算件好事。如果我们在拉格比把它带大,它就属于我们,属于这个地方了。我并不太在意我是不是它的亲生父亲。如果我们养大这孩子,它就是我们的了。而且它会传宗接代的。你不觉得这事值得考虑吗？”

康妮终于抬起头来看着他。孩子，她的孩子，在他眼里竟然只是个“它”。它，它，它！

“可是，那另一个男人怎么办？”她问。

“那很重要吗？那些事会很影响咱们吗？你在德国有过情人，现在不是挺好吗？几乎没什么嘛！对我来说，我们生活中的这些小动作和小小的关系并不那么重要。它们说过去就过去了，现在在哪儿呢？昨天的雪现在又在什么地方？[1]重要的是一生中长久坚持下来的东西。我自己的生活对我来说就至关重要，因为它经过了长久的延续和发展。可那些偶然发生的关系有什么了不起的？特别是那些偶然发生的性交！如果人们不去荒唐地夸大性交，那不过就像鸟儿的交配，过去就过去了。本来就应该这样，有什么大不了的！重要的是终身厮守的伴侣关系。天天生活在一起，而不是一两次苟合。你和我结合了，不论什么都不会把我们分开。咱们各自习惯了对方。习惯在我看来比偶尔的快感还要重要。长期、缓慢地持续下来的东西，我们就按照这种习惯生活，而不是凭着任何偶然的冲动。一点一滴，生活在一起，两个人就融为一体了。两人之间会产生说不清道不明的震颤，相互影响对方。这就是婚姻的秘密，而不是性，至少不是性的简单官能作用。你和我在婚姻中交织为一体了。如果我们恪守这个婚姻，我们就应该能够安排这桩性事，就像安排看

1　取自法国十三世纪诗人弗朗索瓦·维庸（1431—1489）的著名诗句。

牙医一样,因为命运让我们肉体上出了毛病。”

康妮坐在树桩上惊诧地听着这番话,听得害怕起来。她说不清克利福德是对还是错。她爱过米凯利斯,她这样对自己说。但这场恋爱不过是她与克利福德婚姻中的一次出行度假,短暂地离开这在五年的苦难与坚韧中长期缓慢形成的亲昵关系。或许人的灵魂需要多次出行度假,这种需求是不容否认的,但度假的关键是你还要回家。

“难道你不在意我生的是谁的孩子吗?”康妮问道。

“为什么呢,康妮?我相信你应该有维护体面和选择的本能。你肯定不会让哪个坏家伙碰你的。”

这时康妮想到米凯利斯,他绝对是克利福德认为的那种坏家伙。

“不过在坏家伙的看法上,男人和女人的感觉是不一样的。”她说。

“不,”他说,“你会考虑到我。我不相信你会接受一个对我完全冷酷无情的男人。你的良心不会允许你这样做。”

康妮沉默了。逻辑上这是不可理喻的,因为这话完全不合逻辑。

“你希望我如实告知你吗?”她问道,颇为小心地朝上瞟了他一眼。

“千万别,我最好不知道。不过你肯定同意我的话,就是说与长期共同的生活相比,偶然的性事毫无价值。你难道不认为一个人可以把性事放在比长期生活的需求更次要的位置上？既然我们不得不那样，那利用它一下也好。不过，这些短暂的快活重要吗？生命的核心难道不是在岁月的长河中逐渐培养起一个完美的人格并过一种完整的生活吗？人格分裂的生活是毫无价值的。如果缺少性事会让你感到人格分裂，那就出去闹一场恋爱。如果没有孩子会让你感到分裂，那就尽你所能生一个孩子。但是，你做这些事都是为了过一种完整的生活，它能让你长久地生活在和谐之中。你和我就可以共同完整和谐地生活，你不认为是这样吗？我们调整自己去适应那些必需的东西，同时将这种调整与我们稳定的生活结为一体。你同意我的话吗？”

康妮让他说蒙了。她知道他是对的，在理论上。可当她真正想到跟他一起度过的稳定生活，她就犹豫了。她命中注定要继续把自己的一生都融进他的生命中吗？难道就没有别的了吗？

难道只能这样？她要安心地与他编织一个稳定的生活，编成一件织物，不过也可能织进一朵偶然的冒险之花。可她怎么知道明年她的感觉如何？谁能知道呢？谁又能说个肯定的“是”字？那以后的一年又一年呢？那小小的“是”字如同一缕游丝！为什么要让那个蝴蝶般飘忽不定的词儿所左右？当然了，它会飘走，消失，随之而来的将是别的“是”与“不是”，就如同飞逝的蝴蝶。

“我觉得你说得对，克利福德。至少目前我同意你的话。可是生活可能会变得面目全非。”

“那么在面目全非之前你是同意的了？”

“哦，是的。我想我同意，真的！”

她看到小径上跑出来一只棕色猎犬，猎犬耸着鼻子朝他们看着，抖着茸毛，低声吠着。一个背着枪的男人大步赶上，脚步轻轻地跟着狗闪出来，朝他们这边看着，似乎是要攻击他们。然后他停住了脚步，敬了个礼，转身向山下走去。那是新来的猎场看守，可他却把康妮吓着了。他猛地出现，简直是吓人。她就那么看见了他，似乎是从什么鬼地方猛然出现的一种骇人的力量。

那个男人身穿深绿色的棉绒衣，打着老式绑腿，红脸膛，红胡子，目光冷漠，快步朝山下走去。

“梅勒斯！”克利福德叫道。

那人稍微转了转头，迅速敬了个礼，那是一个军礼！

“你能把椅子转过去，再推一下吗？那我就好办了。”克利福德说。

那男人马上把枪挎在肩上，走了上来，步子仍旧快得出奇，可脚步却很轻盈，似乎是想隐藏自己不让人看见。他中等个儿，偏瘦，表情沉静。他并没有看康妮，眼睛只盯着轮椅。

“康妮，这是新来的看守梅勒斯。你还没有同夫人说过话吧，梅勒斯？”

“还没有，先生！”那人不动声色地说，像是早就准备好了似的。

那人站起身时摘下帽子，露出一头近乎金色的密实头发。他的模样算得上英俊。他的眼睛直视着康妮的眼睛，一点也不害怕，目光冷漠，似乎是想看清她的长相。这目光令康妮羞赧。她羞涩地垂下头，他则把帽子换到左手上，冲她轻轻地鞠了一躬，那架势很像个绅士，但什么都没说。他就那么手拿着帽子一动不动地站着。

“你来这里有一段时间了吧？”康妮问他。

“八个月了，太太……夫人！”他平静地改口。

“喜欢这儿吗？”

她盯着他的眼睛。他的眼睛眯了起来，打趣或者说是无礼地说：“哦，是的，谢谢夫人！我在这儿土生土长……”

说完他又轻轻地鞠了个躬，转过身去，戴上帽子，走过去抓住轮椅。他说最后几个字时，拖着浓重的土腔，或许是故意嘲讽吧，因为前面的话一点土音都没有。他或许算个绅士。不管怎样他是个怪人，聪明但不合群，孤独但心里有数。

克利福德发动起小小的马达，那人小心翼翼地转过轮椅，将它对着蜿蜒没入黑暗榛树丛的坡道。

“还有什么事吗，克利福德男爵？”那人问道。

“是的，你最好跟着，以防车子走不动。这发动机其实没什么劲儿，怕是上不了山。”

那男人朝边上扫了一眼找他的狗，眼神里若有所思。那条猎狗看看他，轻轻地摇了摇尾巴。随之他莞尔一笑，像在嘲弄或戏弄那狗，笑容稍纵即逝，他又变得面无表情了。他们下坡走得挺快，那男人手握着轮椅的扶手保持着平稳。他看上去更像个悠闲的兵，而不是一个仆人。不知怎的，他令康妮想起了汤米·杜克斯。

来到榛树丛时，康妮突然跑上前去打开通往园子的门。她扶着门，两个男人过去时都看着她：克利福德的表情是在指责她，那个男人则显得不解，漠然地看着她，似乎是要看清她的模样。康妮从他那淡然的蓝眼睛里看到了一丝痛苦和超然，但也看出了一丝温暖。可是他为什么如此孤独，如此与世隔绝呢？

一过大门克利福德就停住了车，那人赶忙客气地快步过来关门。

"你干吗要跑去开门？"克利福德问，语调平静，但透着不满，"梅勒斯会开的。"

"我想这样你们就可以一直过去了嘛。"康妮说。

"那不就得让你在后面追我们吗？"

"没事，有时候我还愿意跑跑呢。"

梅勒斯又抓住了轮椅，看上去丝毫不动声色，但康妮感到他把什么都看在眼里了。他推着轮椅走上比较陡峭的坡路，张开嘴巴急促地呼吸起来。他很瘦弱，真的，可奇怪的是，却挺有劲儿。但终归是有点弱，心情有点压抑。这一点她凭着女性的本能感觉出来了。

康妮退后，让车子先行。天色阴沉了下来，那块烟雾包围中低垂的一小片蓝天又合拢了，盖上了盖子，天气寒冷起来。要下雪了，周围一切都变成了灰色，灰色！整个世界看上去衰败不堪。

轮椅在粉红色的马道尽头停下来等康妮。克利福德扭头问康妮："你不累吧？"

"哦，不累！"她说。

但她累了。她感到一阵渴求，奇特而令人乏力，那源自一种不满。克利福德没看出来她的这种感觉，这种事他是不会注意的，但那个生人却懂得。对康妮来说，世界上的一切和她的生命似乎都衰败了，她的不满是由来已久了。

他们来到宅子前，绕到后门，那里没有台阶。克利福德自己将就着挪到了一辆室内轮椅上，他身体很壮实，双臂也很灵活。然后康妮抬起他两条沉重的僵腿，帮他挪过去。

那猎场看守静候着主人发话让他退下，把一切都看在眼里。看到康妮的胳膊抱起那男人僵死的双腿抬到另一辆矮的轮椅中去，克利福德顺势转身坐好时，他脸色变白了，露出恐惧的表情来。

"谢谢你帮忙，梅勒斯。"克利福德顺口道谢，转动轮椅上了走廊，穿过仆人区。

"没别的事了吗，先生？"那人不动声色地问，像是在梦游。

"没了，再见。"

"再见，先生。"

"再见！谢谢你帮着把车推上山，但愿那车对你不是太沉。"康妮回头看着门外的看守说。

他的目光马上与她的目光相遇了，他似乎从梦中醒了，开始关注她了。

"哦，不，不沉！"他马上说，随后他又操着浓重的土音说，"夫人回头见！"

"你的猎场看守是谁？"午饭时康妮问克利福德。

“梅勒斯呀！你见过他。”克利福德说。

“是的。我问的是他是从哪儿来的？”

“哪儿也不是。他就是特瓦萧村的孩子，一个矿工的儿子吧，我猜。”

“他自己也干过矿工吗？”

“是矿里的铁匠，我想，是在井口上干活的铁匠。不过大战前他在这儿干过两年看守，一打仗他就参军了。我父亲一直挺喜欢他，所以他回来后去矿上当铁匠时，就让他回到这儿接着当看守。他当看守我最放心，因为这附近就很难找到个像样的人当猎场看守，再说了，当看守还得认识这里的人才行。”

“他结婚了吗？”

“结过！可他老婆跑了，跟……跟过好几个男人，但最终是跟了个矿工，在斯戴克斯门那边，我想她现在还在那儿住呢。”

“就是说这个人独居着？”

“差不多吧！他还有个母亲住在村里，还有个孩子，我估计。”

克利福德看着康妮，那略微鼓凸的淡蓝色眼睛变得朦胧起来。那眼睛的前方似乎很警觉，但后方却像这中部一带的空气，雾霭迷茫，而且那雾霭似乎在向前弥漫。因此，当他以自己特殊的方式凝视康妮，准确无误地回答她的问题时，康妮都会感到他的头脑背景是一片迷雾，一片空白。这令她恐惧，也让他显得不近人情，有点发痴。

朦胧之中她认识到了人类灵魂的一大规律：当感情的魂受到

一记打击而受伤但肉体并没有死亡，受伤的灵魂似乎会像肉体创伤一样得到恢复。可这只是表面现象，只是一种习惯上复原的机制在起作用。渐渐地，渐渐地，灵魂上的创伤开始让人感到创痛，就像伤疤的疼痛渐渐变得剧烈起来，直到这伤痛遍布整个心灵。当我们自以为康复了，忘记了，这个时候，那可怕的后遗症就会发作，痛到极点。

克利福德就是这样。一旦他“康复”了，回到拉格比庄园并开始写起小说来，无论以前如何，他都感到生命安全了。于是他似乎开始忘记，安之若素起来。随着日子一年年过去，康妮渐渐感到恐惧的伤疤开始复萌并在他身体里扩散。当初因为伤痕太深，人变得麻木了，甚至觉得伤痕不存在了。现在，那伤痕开始随着恐惧的加深而渐渐扩散开来，几乎让他瘫痪。精神上他依旧活跃，但那种瘫痪，也就是那种过于沉重的打击造成的伤痕，现在开始渐渐地扩散到他的感情上了。

随着那伤痕在他身上扩散，康妮感到它也在自己身上扩散开来。某种内在的忧虑，空虚，对一切的冷漠渐渐扩散至她的心灵。兴奋起来时，克利福德还能滔滔不绝地聊天，还能把握未来，就像他在森林里谈论怎么让她生个孩子替他继承拉格比庄园。但是一到第二天，那些高论就像落叶一样蜷缩起来，然后碎成齑粉，一点意义都没有，一阵风吹来就给吹得无影无踪了。因为那不是活生生的语言，像嫩叶一样充满活力，长在树上，而是一些落叶，生命已经枯萎的落叶。

在她眼里，到处都是如此。特瓦萧的矿工们又在谈论罢工[1]了。可在康妮看来，这并不是活力的展示，而是隐藏于深处的战争伤痕在渐渐浮出表面，导致疼痛不安和呆滞不满。那创伤过于深重，深重，深重，那是虚伪而非人的战争造成的。要溶化这些凝结在灵魂中的黑色血块，需要几代人的鲜血、很多年的时间才行，而且还要有新的期盼。

可怜的康妮！时光在流逝，她对生命空虚的恐惧令她惶惶不安。克利福德的精神生活，还有她的精神生活，渐渐开始让她感到空虚了。他们的婚姻，克利福德所说的他们那建立在亲昵习惯上的完整生活，这些，经过漫长的日子，变成了全然的空虚。只有谈话和文字，太多的话和字词，而没有任何实质的东西，在这之上只有字词的虚伪。

克利福德成功了，他获得了成功这母狗女神的青睐！没错，他算成功了，最新的这本书给他带来了一千镑的收入[2]。他的照片随处可见。一家美术馆里陈列着他的半身塑像，两家画廊里有他的画

1 指1926年5月1日开始的英国全国总罢工。劳伦斯在罢工期间返回故乡探亲，深深为劳资关系的紧张感到不安，写了一篇长文《还乡》，指出那将是一场革命，似“利剑刺穿英格兰的腹部”。研究认为，劳伦斯返乡看到的这场大罢工情景是导致他写作这部小说的重要直接诱因之一。——译注

2 1920年代的一千镑是一个小学教师年薪的十倍。当时，一本不赔本的小说能为作者赢得三百镑左右的收入，加上再版，比较畅销的小说作者如康普顿·麦肯齐（1883—1972）一本书往往能挣到一千多镑。如果再改编成流行戏剧在伦敦西区上演，作者就能获得很高的收入，有的高达每周六百镑。克利福德应该算比较成功的小说作者了，但还没进入最成功的作家之列。——译注

像。他的作品成了最摩登的作品，凭着他残疾人那种不可思议的造势本能，他在四五年之内就成了年轻“文化人”中的佼佼者了。康妮没看出来克利福德到底有什么智慧，不过他确实在幽默地分析人及其动机方面很机智，他能把人分析得体无完肤。但他的做法很像小狗将沙发垫子撕碎，不过他可不像小狗一样天真活泼，而是出奇地老练，甚至傲慢到可恶的地步。这很奇怪，很空虚。这就是康妮心里挥之不去的感觉：一切都是空虚，是空虚的精彩炫耀。仅仅是炫耀，炫耀，除了炫耀还是炫耀。

米凯利斯准备拿克利福德作为他一出戏的主角，已经把情节勾勒出来并写了第一幕。在炫耀空虚方面，米凯利斯可是比克利福德还要技高一筹。这些男人就剩下这最后一点激情了：炫耀的激情。在性方面，他们激情全无，甚至死了。现在米凯利斯追求的甚至不是金钱了。克利福德最初的动机也不是为了金钱，尽管他能赚就赚，因为金钱是成功的标志，而成功就是他们的追求。他们俩都要大大地炫耀一把，那是男人特有的炫耀，炫耀自己，去哗众取宠。

这真是咄咄怪事，人可以将自己出卖给那母狗加女神。康妮确实是在这个成功的圈子之外，而且对这种成功带来的激动早就麻木了，这些在她看来都是虚无。甚至将自己出卖给那母狗加女神，这本身也是虚无，尽管男人们出卖自己无数次了。即便如此，也还是虚无。

米凯利斯写信告诉了克利福德他那部戏的事，康妮早就知道了。克利福德闻之大为激动。他又要炫耀了，只是这次是别人替他炫耀，为他扬名。于是他邀请米凯利斯带着写好的第一幕剧本来拉格比庄园做客。

米凯利斯来了，那是在夏天，他身着浅色的西服，戴着羊皮手套，给康妮带来了美丽的紫红色兰花，还有第一幕剧本。剧本朗读很成功，连康妮都被感动了，感动得五体投地。米凯利斯被自己的感召力感动了，确实很出色，在康妮眼中他显得十分英俊。她从米凯利斯身上看到了一个绝不幻灭的种族所具有的那种与生俱来的沉静，一个纯粹的杂种的极端例子。作为一个向那母狗加女神卖身的极端者，他似乎是纯粹的，纯粹如非洲象牙面具，有着象牙般的曲线和平面，将芜杂臆想为纯洁。

他把康妮和克利福德都迷住了。与查家夫妇一起兴奋是米凯利斯一生中最为得意的时刻。他成功了，他将他们迷住了。一时间甚至连克利福德都爱上了米凯利斯，如果可以这么形容的话。

因此第二天一早米克更加焦躁不安，手插在裤袋里难以自持。他感到自己完了，因为康妮昨天夜里没有邀请他，他也不知道到哪里去找她。卖弄风情！在这胜利的一刻，需要卖弄点风情。

早上他去她的起居室。她知道他会来的。他明显有些局促不安。他向她询问对他剧本的看法，是否满意。他需要听到赞赏，那会给他带来最后一点点激情，其享受超过了性高潮。她激动万分地赞扬了他的剧本，但在说赞扬的话时，她内心深处知道那是虚无的。母狗加女神！

"听我说！"他终于脱口而出道，"为什么你和我不能做个决断，我们为什么不能结婚呢?”

“可我结婚了呀!”康妮惊讶地说,但心里并无感觉。

“你说的是那个婚姻呀! 让他跟你离算了。你为什么不能和我结婚? 我想结。我知道这是我最美好的事,结婚,过一种正常的生活。我过的是一种倒霉的日子,简直把我撕成了碎片。你看啊,你和我是天生的一对儿,如同手和手套那么合适。我们为什么不能结婚? 你觉得我们有什么不结婚的理由吗?”

康妮惊诧地看着他,可心里仍旧毫无感觉。这些男人,都差不多,他们是不计后果的。他们简直是忘乎所以,像爆竹一样放出去就不管了,期望你随他们那小小的爆竹壳子飞上天空去。

“但是我已经结婚了,”她说,“我不能离开克利福德,这你是知道的。”

“可你为什么不能? 为什么不能?”米凯利斯叫道,“你离开他半年,他也就对你没有感觉了。他不知道还有别人存在,只有他自己。要我说,这个男人对你一点用也没有,他把自己彻底包裹起来,心里只有他自己。”

康妮知道他说得对。但她同时觉得米克上演的也并非一出无私的戏码。

“难道男人们不都是心里只有他们自己吗?”她问。

“哦,多少是这样吧,我想。一个男人必须挺住,才能闯过难关。不过那不是关键。关键是他能给女人什么日子? 他能给女人美妙的时光,还是不能? 如果他不能,他就不适合这个女人——”他停顿了一下，凝视着她，那饱满的褐色眼睛充满了魅力，“现在我认为，我能给予一个女人她想要得到的最美妙的日子。我想我能保证自己可以做到。”

“但是什么样美妙的日子呢？”康妮问，她仍然惊讶地注视着他，似乎有点震惊，但心里其实什么感觉都没有。

“任何，什么样美妙的日子都有！最时兴的衣服和珠宝，任何你喜欢的夜总会，认识你想认识的任何人，花钱如流水，旅行……到哪儿都受人尊敬，那可真是享不尽的快乐！”

说这话时他几乎是神采飞扬，康妮装出一副着迷的样子看着他，实则心里毫无波动。甚至她心灵最肤浅的层面都没怎么被他许诺的辉煌前景撩拨动，她在别的时候会感到兴奋，可现在她最外在的自我都不会与之呼应。她简直一点感觉都没有，无法振奋起来。她只是坐在那注视着他，看似着迷，实则麻木，只觉得嗅到了从哪儿冒出的一股子铜臭气。

米克在椅子上如坐针毡，前倾着身子，几乎是发疯地看着她。或许他是出于虚荣急于等她说行，或许是更害怕她说不行！谁知道呢。

“我应该想想，”她说，“我现在不能答复你。你似乎觉得克利福德无所谓，可他不是可有可无的，你也不想想他都残成了什么样……”

“哦，去他的吧，一个拿自己的残疾当资本的人！我还可以说我都孤独成什么样了呢。说我一直孤寂无助，说我这样那样！一个人只会拿自己的残疾博得别人同情，算什么本事，去他的吧。”

他转过身去，双手在裤袋里拼命地抓挠着。

那天晚上他对她说：“今天晚上来我房间吧，行吗？我不知道你的卧室在哪儿。”

“那好吧。”她说。

那一夜，他比往常更兴奋。他那小男孩似的瘦弱裸体激动得跟什么似的。康妮发现他都结束了可她自己还无法达到高潮，可是他那小男孩似的裸体和温存已经唤起了她的渴望与激情，于是康妮不得不在他结束后自己继续。她的腰臀疯狂地起伏着，而他则意志坚强，主动奉献自己，让自己一直坚挺地守在她体内，直到她达到高潮，发出奇特的呻吟声。

最终从她体内退出时，他语调苦涩，甚至是嘲弄地低声说：“你就不能和男人一起达到高潮吗？你非得自己那样不可？你是要操纵整个过程！”

那一刻，这短短几句话成了对她一生的打击。那种被动奉献很明显是他真正的性交方式。

“你这是什么意思？”她问。

“你知道我什么意思。你能在我结束后持续折腾那么久，而我就得咬紧牙关坚持不懈，直到你由着性儿自己受用了为止。”

这番始料未及的粗话令她惊讶，要知道这可正是她感到妙不可言的时候，而且是对他刚刚萌生出一丝爱意之时。说到底，像很多现代男人一样，他几乎是刚一上阵就草草收兵。这是促使女人变主动的原因。

“你想让我继续下去,得到满足的,对吗?”她反问。

他有点干涩地笑道:“我想!好吧,就算我想。我想咬紧牙关任你那样折腾我!”

“难道不是吗?”她坚持说。

他对此避而不答。

“所有该死的女人都那样。”他说,“她们要么没高潮,跟死了似的,要么等男人结束了以后她们自己折腾到高潮,男人得奉陪到底。我从来还没遇上一个跟我一起达到高潮的女人呢。”

康妮对这种新奇的男性知识一知半解。她简直被他的反感情绪惊呆了,他怎么会如此粗鲁呢?她觉得自己是无辜的。

“但是你也想让我受用,是不是?”她重复这个问题。

“哦,没问题!我很愿意。可我死也不觉得这对男人来说是个好玩的游戏。怎么能让男人坚挺着等女人自己折腾到高潮呢?”

这句话是对康妮生活的一个重大打击。它扼杀了她身体中的什么东西。本来她就不太喜欢米凯利斯,他追求她,她对他还是没有欲望,似乎她从来没有主动想得到他。可一旦他让她觉醒了,她觉得自己就应该也从他那得到快感。她几乎因此爱上了他,几乎,在那个夜里,她爱上了他并想嫁给他了。

或许他本能地知道这一点,所以才要毁了这桩姻缘,因为这不过是一座纸屋。那个夜晚,她对他,对任何男人在性事上都绝望了。她的生活从此与他一刀两断,就如他不曾存在过。

她无聊疲惫地度日。什么都没了，除了克利福德所谓的完整生活，即两人习惯于在一个屋檐下的共同生活，这种没有出头之日的生活是那么空虚无聊。

空虚！接受生命的巨大空虚似乎就是活着的唯一目的。无数忙碌和举足轻重的微小东西组成的那个巨大的空虚！

6

“如今的男人和女人为什么不真正相爱了呢?”康妮问汤米·杜克斯,他有点像她的向导。

“嗨,谁说他们不爱,我可不这么看。自从有了人类,男人和女人从来没有像今天这样相爱过。真的相爱!就拿我来说吧,我确实喜欢女人胜过男人。女人更有勇气,跟她们我可以更开诚布公。”

康妮思忖着他的话。

“那当然,可是你从来跟她们没什么关系!”她说。

“我吗?我现在在干吗呢?不是正和一个女人十分真诚地谈话吗?”

“是的,谈……话……”

“如果你是个男人,我除了十分真诚地跟你谈话还能做什么?”

“或许不能了,可是一个女人……”

“女人希望我喜欢她、和她谈话，同时爱她、渴望她。但我觉得这两样东西是互相排斥的。”

“可不应该这样。”

“毫无疑问，水本不应该这么湿，水湿了，就过分了。可事实就是这样啊！我喜欢女人，跟她们谈话。这样一来我就不能爱她们，无法对她们有欲望。这两者在我身上不能同时发生。”

“我认为它们应该能。”

“那好吧。本来是这样却非要那样，这我就不懂了。”

康妮琢磨着他的话。

“不是这样的，”她说，“男人可以既爱女人也能跟她们谈话。我看不出，为什么他们不能爱女人的同时也能跟她们谈话并友好亲昵相待。怎么就不行呢？”

“反正就是这样！”汤米说，“我不知道为什么。我干吗要推而广之呢？我只知道我自己的情况。我喜欢女人，但就是对她们没欲望。我喜欢跟她们说话。尽管谈话让我在某一方面跟她们亲近，但却因此与她们隔开了距离，不想跟她们接吻。就这样！不要把我当成一个普遍的例子，或许我只是一个特殊的例子——一个喜欢女人但不爱女人的男人。如果她们迫使我假装爱她们或故作纠缠状，我还会恨她们呢。”

“那不让你觉得悲哀吗？”

“为什么呢？一点也不！我观察着查利·梅，还有那些有艳遇的男人们，但我丝毫也不嫉妒他们。如果命运给我一个我想要的女人，那自然好。我认识的女人我都不想要，也从来没看见过想要的，看来我是冷淡之人。可我确实特别喜欢某些女人——”

“你喜欢我吗？”

“非常喜欢！而且你知道我们之间是不会亲吻的，对吗？”

“绝对不会！”康妮说，“可是不是应该那样呢？”

“怎么，以上帝的名义吗？我喜欢克利福德。可是，如果我去亲吻他，你会作何感想？”

“可这不是两回事吗？”

“就我们而言，区别在哪里？我们都是充满智慧的人，男人和女人的事正悬而未决，暂时搁置着。这个时候，如果我开始行动，像时下欧洲大陆的男人们那样拿性当成什么东西来炫耀，你会怎么想？”

“我会讨厌你这样做。”

“那就好！我跟你说白了吧，如果我真是个男人，我永远也不会遇上和我秉性相投的女人。我不会为此后悔的。我只是喜欢女人而已。谁能强迫我爱或者装作爱她们并做欢爱游戏呢？”

“反正我不会那样做。不过，是不是有什么不对劲的地方？”

“或许那是你的感觉，我倒没觉得。”

“没错，我是感到男人和女人之间有不对劲的地方。女人对男人不再有魅力了。”

“男人对女人就有吗？”

她思忖片刻道：“不是很大。”话说得很实在。

“那就算了，从此相互之间文雅简单地相处，就如同普通人与人之间那样就行了呗。让虚假的性冲动见鬼去吧，我就拒绝这东西。”

康妮知道他说的确实是对的。可这让她感到十分孤寂，孤寂迷惘，觉得自己就像一潭死水上的一片木屑。她，或者任何事情的意义何在？

她年轻的生命是要反叛的。这些男人太老了，太冷漠了。一切看上去都是老而冷漠的。米凯利斯就是这么令她失望的，他毫无用处。男人不渴望女人，他们并不真正渴望女人，甚至米凯利斯也不是真心实意。有些恶棍则装作真心玩起性游戏来，这些人最坏。

这事就这么令人沮丧，可你不得不忍耐。不错，对女人来说男人魅力不再。如果你能自欺欺人地认为他们仍有魅力，甚至像康妮那样想米凯利斯，最多也就做到这样了。你也只是随波逐流，半点意义也没有。她完全懂得人们为什么热衷于鸡尾酒会、爵士乐和摇摆舞，闹到精疲力竭为止。你总得发泄，以各种各样的方式，让你的青春活力得到宣泄，否则你就会被它吞噬。可这等青春又是多么可怕！你感到自己像一个千岁老人[1]，可你的青春却在鼓噪，让你无法平静。这简直是一种卑贱的生活！毫无前途！她几乎希望和米克一起逃走，让自己的生活成为一场漫长的鸡尾酒会和爵士乐晚会，那无论如何也比虚度光阴等死强。

有一天她心情很差，就独自一人去林子里散步，她步履沉重，无意流盼，甚至不知身在何处。不远处响起枪声，吓了她一跳，随之又

1　见《创世记》第五章第二十一至二十七节。

让她感到愤怒。

朝前走走，她听到了什么声音，吓得倒退了几步。是人！她可不想见人。但她灵敏的耳朵听到了另一种声音，为之一惊。那是个孩子在抽泣。她马上注意听起来。听得出，有人在虐待孩子。

她迈开大步走下那条潮湿的车道，怒火中烧，觉得自己非跟谁大吵一场不可。

转过弯，她发现远处有两个人，一个是那猎场看守，还有一个身穿紫色外衣头戴厚布帽子的女孩，那孩子正在哭泣。

“嘿，闭上你的嘴巴，你这个假模假式的小母狗！”那男人气愤地说，女孩反倒哭得更伤心了。

康斯坦丝走近他们，眼里冒着怒火。那男人转过身看看她，冷漠地行了个礼。不过他也气得脸色发白了。

“怎么回事，她为什么哭啊？”康斯坦丝呼吸急促地问。

那男人脸上露出一丝嘲弄般的微笑。

“啥呀，你得问她。”他冷淡地回答，讲的是一口浓重的土腔。

康妮觉得他这是在打她耳光，立即变了脸。她一脸的蔑视，黑色的眼睛里微微燃着怒火。

“我问的是你！”她喘息着说。

他姿势奇特地冲她鞠个躬，摘下帽子。

“听到了，男爵夫人。”他说，随之又说起土话来，“可我没法儿跟你说。”

他一招一式都像个军人，只是脸色气得发白。

康妮转身看那孩子，发现她脸色红扑扑的，黑头发，九岁或十岁的样子。

“怎么了，小乖乖？告诉我你为什么哭啊？”她说着，口气透着平常人的温厚，毫不做作。

女孩哭得更凶了，看来是故意的。

康妮则显得亲切了。

“好了，好了，别哭了！告诉我他们怎么你了！”她口气里尽是温柔。与此同时，她在编织外套的口袋里摸摸，很巧，兜里有一枚六便士硬币。

“别哭了啊！”说着她弯下腰，“看！看我要给你个东西！”

女孩继续抽抽搭搭，吸溜着鼻子，但手却从哭肿的脸上移开了，黑黑的眼睛机灵地瞥了那钱一眼。然后又哭了几声，但哭声弱多了。

“乖！告诉我这是怎么回事！告诉我呀！”说着康妮把硬币放到小孩胖嘟嘟的手里，她立即就把那钱攥紧了。

“是，是，为了猫咪！”说着女孩又抽搭起来。

“什么猫咪呀？”

沉默片刻，女孩攥着硬币的手指指荆棘丛说：“在那儿呢！”

康妮顺着手指的方向看过去，没错，是在那里，一只大黑猫身上带着血迹，面目狰狞地挺着。

“哎呀！”她厌恶地叫道。

“是只野猫，夫人。”那男人说，语气透着嘲弄。

她抬头愠怒地瞟了他一眼。“怪不得这孩子哭了，”她说，“如果孩子在场时你开枪打死了那猫，她能不哭吗！”

他迅速瞪了康妮一眼，那眼神透着轻蔑，他并不掩饰自己的情绪。康妮的脸又红了，她感到自己吵闹了，那男人并不尊重她。

“叫什么名字呀？”她欢快地问那孩子，“能告诉我你叫什么吗？”

孩子吸溜一下鼻子，然后十分做作地尖声说：“康妮·梅勒斯！”

“康妮·梅勒斯！呵，这名字好啊！你跟爸爸出来玩，他开枪打死了那只猫咪，对吗？可那是一只坏猫咪！”

那孩子黑黑的眼睛大胆地打量着她，揣摩着她的怜悯。

“我原来想跟奶奶在一起。”小女孩说。

“是吗？可你奶奶在哪儿呀？”

小孩抬起胳膊，朝马道下方指指说：“村子家里。”

“在村舍里！你是想回她那儿吗？”

女孩又像刚才哭泣时那样猛地抽搭一下说：“想！”

“那就去吧！让我送你找奶奶好吗？这样你爸爸就可以干他的事了。”说着她转身问那男人，“是你的小女儿，对吗？”

他敬个礼，轻轻点头承认。

“我想我能送她回村舍去？”康妮问他。

“夫人想送，就劳驾了。”

他再次注视着康妮的眼睛，眼神平静地探询着，又显得漠然。这是一个十分孤寂但又自主的人。

“愿意跟我去村舍找你奶奶吗，小乖？”

孩子眼睛朝上翻翻，装笑道：“愿意！”

康妮不喜欢这孩子，这小女孩是给惯坏了，学虚伪了。但她还是给她擦擦脸，拉起了她的手。那看守默默地向她行了个礼。

“再会！”康妮告辞道。

到村舍要走大约一英里的路。看到看守家那漂亮的小屋子时，康妮已经让小康妮弄得不胜其烦了。那小孩子早就一肚子的坏水儿，就像只小猴子，使坏使得很自然。

村舍的门开着，屋里传出咔咔的响声。康妮迟疑地停下脚步，那孩子抽出自己的手跑进屋去。

“奶奶！奶奶！”

“怎么，你都回来了？”

这是周六早晨，那祖母正用铅油涂着壁炉。她来到门口，穿着粗麻布的围裙，手里握着涂铅油的刷子，鼻子上沾着铅油。她是个又矮又干瘦的女人。

“怎么，这是怎么回事？”看见康妮站在门外，她忙抬起胳膊在脸上蹭了一下。

“早上好！”康妮打了个招呼，“她刚才在哭，所以我就把她带回来了。”

老奶奶马上转身去，看着孩子问：“怎么回事，你爹呢？”

那孩子贴在奶奶裙子上傻笑着。

“他在那儿呢！”康妮说，“他打死了一只野猫，把孩子给吓着了。”

“哎呀，给您添麻烦了，查莱夫人！您太好心了。不过您不必麻烦管这事儿。怎么能让您管这事儿呢！”说着老女人转身对孩子说，“瞧你，怎么能让查莱夫人为你受累呢！真不该给人家添麻烦！”

“不麻烦，不过走一趟。”康妮笑笑说。

“真是太谢谢您了！她哭来着？我就知道，他们走不远就得出点什么事。孩子怕他爹，就这么回事儿。你发现没有，他爹就跟陌生人似的，着实让她认生。我就知道他们俩不那么投缘儿。他爹那人脾气怪着呢。”

这话让康妮无言以对。

“你看，奶奶！”孩子傻笑着说。

老妇人低头看到了孩子手中的那枚硬币。

“哎呀，六便士呢！哦，查莱夫人，您不该给她，不该给呀！你瞧瞧，查莱夫人是不是对你好呀？真是的，你今天早上真是好福气！”

她像所有这里的人那样，把康妮的姓念成“查莱”。“查莱夫人是不是对你好呀？”康妮禁不住看那女人鼻子上的污点。那女人又用手背胡乱抹了一把自己的脸，但没抹到那个污点。

康妮开始往外走了。

“哦，太谢谢您了，查莱夫人。”说完又对孩子说，“快说谢谢呀，跟查莱夫人说！”

“谢谢！”那女孩尖声道。

“真乖！”康妮笑着离开了，边走边道再见。能离开她们让她松了口气。真是奇怪，那个骄傲的瘦男人会有这么个尖酸的妈！

那老女人等康妮一走，就跑到洗涤间里的小镜子前照自己的脸。看到脸上的脏点子，她急得直跺脚，“偏偏让她看见这身粗布围裙和脏脸了！夫人不定怎么看我呢！”

康妮缓缓地朝拉格比府走去。家！这个温暖的词用在那座沉闷拥挤的大宅子上是不恰当的。这曾经是个崇高的词，但后来就莫名其妙地失去了意义。曾经。康妮觉得所有那些伟大的词对她这代人来说都失去了意义：爱、欢乐、幸福、家、母亲、父亲、丈夫，所有这些词汇现在都半死不活并且一天天消亡下去。家是你生活的地方，爱是你无法自欺的情愫，欢乐是和一场痛快的舞会连在一起的，幸福则是一个虚伪的词，是用来蒙人的，父亲是个自得其乐的人，丈夫是你在精神上与之共同生活的人。至于性，这些伟大词汇中的最后一个，不过是个鸡尾酒类的词，意味着短暂的兴奋与快乐，过后更疲惫不堪。耗损！似乎你是什么廉价的材料造就的，逐渐耗损，直至片甲不留。

真正剩下的只有顽强的坚忍，坚忍中自有其乐趣。体验生活的空虚，一步步，一段段，自能获得惊人的满足。如此而已！最后得出的就是这句话。家、爱、婚姻、米凯利斯，都不过如此！人一死，生命最后的几个字就是：如此而已！

金钱呢？可能对金钱我们就不能这么说了。一个人总是需要金钱。金钱，成功——母狗加女神，就像汤米·杜克斯学着亨利·詹姆斯[1]说的那样，是永生的必需。你不能花光了最后一个铜子儿还说：如此而已！而已不了，就算只要再活上十分钟，你就需要几个铜子儿换这个或那个。仅仅是为了让一切都机械地运转，你就需要金钱。你没它就不行。金钱是你不得不拥有的东西。别的倒是可以没有。就是这样。

当然，活着并不是你的错。你活着就得需要金钱，这是唯一的绝对必需，其余的尚可或缺，但金钱不可或缺。这才是必需！

她想到了米凯利斯，以及跟了他可能获得的金钱，但她不想要那钱。她更愿意帮着克利福德通过写作挣点小钱，她做到了。"克利福德和我一起靠写作一年能挣一千二百镑！"她给自己定下这个目标。挣钱！挣，空手而得，空穴生钱！这是人最终可以为之骄傲的功绩！其余的，都是废话。

于是她步履沉重地回家，同他合作，再无中生有地弄篇小说出来，而一个故事就意味着金钱。克利福德似乎很在意他的小说是否被认为是第一流的文学，而康妮并不很在意。她父亲说克利福德的小说空洞无物。可去年挣了一千二百镑，这就是对他简单而有力的驳斥！

如果你年轻，你只需咬紧牙关坚持干下去，直到金钱从空穴而来，那就意味着权力。这是个毅力的问题。你身上散发出某种微妙但强有力的意志，它还给你的是莫名其妙的金钱：纸片上写着字的

1　见前文注解，劳伦斯错把威廉·詹姆斯写成亨利·詹姆斯。——译注

钱。这简直是个魔术。当然也是个胜利。母狗加女神！如果一个人要卖身，那就卖给那母狗加女神吧！你可以一直蔑视她，但又在不断地向她出卖你自己。这太妙了！

克利福德当然还是挺天真的，有不少禁忌也拜物。他想让人们说他“确实优秀”。那简直是自以为是胡思乱想的。真正优秀的是实际上流行的东西。可流行一阵子就消失的并不是好东西。似乎多数“真正优秀”的人都搭不上车。说到底人只活一回，如果误了车，就留在了便道上，和别的失败者为伍。

康妮正考虑着在伦敦过一个冬天，和克利福德一起。他和她算是赶上了车的人，所以他们可以高高在上乘着车子炫耀一番。

可恨的是，克利福德开始变得恍惚，心不在焉，一阵阵地发呆，变得抑郁起来。这是因为他心理上的创伤发作了。这样子简直令康妮发疯。哦，上帝啊，如果他脑子开始出毛病，那可怎么办呢！见鬼去吧，我尽力了。要失望就失望到底吧。

有时她会哭得很痛心，但即使是在痛哭的时候她都会对自己说：“傻瓜，手绢都哭湿了。哭顶什么用！”

跟米凯利斯分手后，她决心不再想什么了。那似乎就是以不变应万变的最简单的办法了。她只想守住已经有的，其余什么都不想。她所想的就是在现有的基础上再上一层楼。克利福德、小说、拉格比庄园、查泰莱夫人的分内事、金钱，还有名望，在这些基础上再向前进。爱、性等诸如此类的东西，不过是冻果子露，舔掉它，抛到脑后去吧。只要你不一门心思想它，它就不存在。特别是性，那是无所谓的东西。心一横，问题就迎刃而解了。性，一杯鸡尾酒，效力差不多，意思也差不多。

但是一个孩子，一个小婴儿！那还是个很惬意的事。她会十分小心地对待这个实验，要考虑跟什么男人生这个孩子。奇怪的是，她不想和任何男人生孩子。米克的孩子吗？想想都恶心！那不等于欣然和兔子生孩子吗。汤米·杜克斯倒是不错的一个人，可你无法把他跟孩子和下一代联系起来。他就到此为止了。所有克利福德那个还算不小的熟人圈子里的人，那些男人，一想到跟他们当中哪个生孩子，她就无法不感到厌恶。其中有几个可能会成为情人，甚至米克。可让他们在你身上种下个孩子，呸，那是对你的侮辱，让你厌恶。

到此为止吧！

尽管如此，康妮心里还记挂着孩子这事。等待！等待！她要把这些男人都过过筛子，看能不能找到个合适的。“上街去，去到耶路撒冷，看你是否寻得到一个男人。”[1]在预言家的耶路撒冷找到个男人是不可能的，尽管有成千上万男的。可男人和男子汉可是两回事啊！

她想过那得是个外国人，不是英国人，苏格兰人不行，爱尔兰人更不行，得是个真正的外国人。

1　康妮在改编《耶利米书》第五章第一节。原文是：“你们当在耶路撒冷的街上跑来跑去，在宽阔处寻找，看看有一人行公义、求诚实没有？”

可是，等待！等待！这个冬天她会带克利福德去伦敦，下一个冬天就带他去国外，去法国南部，去意大利。等吧，她并不急着要孩子，那是她私人的事，而且是她心灵深处，以她女性独特的方式最需要严肃对待的事。她不会随便冒险的，否则她就不是她了。人任何时候都可以有个情人，但一个给你孩子的男人，还是等吧，等待吧！那是另一回事。"上街去，去到耶路撒冷——"这不是爱的问题，而是个男子汉的问题。你甚至可以恨他，但如果他是你要的男子汉，那么个人的恨又算得了什么呢！这事关系到自我的另一面。

像往常一样又下雨了，外面的路太泥泞，克利福德的轮椅出不去了。但康妮要出去走走。现在她每天都会一个人出去，主要是去林子里，在那里她能真正独处，谁也看不到。

今天，克利福德要给那猎场看守送个口信，可听差患了流感卧床不起——拉格比府里似乎老有人得流感——所以康妮说她可以去村舍送信。

天气潮湿阴沉，似乎整个世界都在缓慢地死去。阴沉，潮湿，寂静，连矿上的机车声都不响了，因为井下工时缩短了，今天干脆全停工。一切的末日！

林子里万籁俱寂，只听得到光秃秃的树干上落下的滴水溅到地上发出空洞的噼啪声。剩下的就是幽深的老树林子，死寂一片，毫无生机，虚幻空荡。

康斯坦丝昏昏沉沉地向前走着。老林子散发着一股古老的凄凉感，竟让她感到些许慰藉，比外面那冷酷无情的世界要好得多。

她喜欢这残余的老林子，它有一种内敛的气质，那是那些老树无言的矜持。它们似乎是一股力量，沉默着，但是一个强大的存在。它们也在等待着，固执、坚忍地等待，蕴含着沉默的力量。或许，它们只是在等待末日，等着被砍伐，清除，那就是森林的末日，而对它们来说则是一切的末日。但是，或许它们那强大高贵的沉默，强大的树木的沉默，意味着别的什么。

她从北面走出林子时，看到了那猎场看守的村舍。那是一座深褐色的石头房子，尖顶上有一根漂亮的烟囱，看似无人居住，静谧孤寂。但是烟囱里冒出了一缕青烟，屋前围了栅栏的小园子已经被翻过土了，园内收拾得整整齐齐。屋门关着。

现在她来到这里，感到有点羞于见那个目光奇特敏锐的男人。她不愿意给他传达命令。她觉得自己有点想走了。她轻轻地敲敲门，没人来开。她又敲了敲，但还是没用力，声音不大。还是没有人应。她透过窗子朝里窥视，看到的是黑乎乎的小屋，里面的东西看不清，影影绰绰的挺吓人，不想让人进去的样子。

她站着倾听，听到村舍后面似乎有什么声音。因为没听清，她反倒一心想知道是怎么回事。她不甘心。

于是她绕到房子后面去。房后的地面高了起来，形成了陡坡，所以后院是陷下去的，四周有一圈石头墙。她转过房角停住了脚步。离她几步远的小院里，那男人正在洗浴，对外面的动静一点没有察觉。他光着上身，棉绒马裤脱到臀部，露出精瘦的腰。他弓着白皙单薄的背，身下是一大盆冒着肥皂泡的水。他的头沾了水，然后动作奇怪、飞快地摇着脑袋甩水，随后抬起白皙的瘦胳膊，挤着耳朵眼里的水，那动作迅速而细腻，就像一只鼬鼠在戏水，全然自得其乐的样子。

康妮向后退了一步，退到墙角后面，然后快步朝林子走去。但她不由得受到了震动。可那不过是一个男人在洗浴而已，太平常不过了，天知道这是为什么。

可奇怪的是，这场景竟是如梦如幻，它击中了她身体的中心。她看到了那厚厚的马裤耷拉在他白皙瘦弱的腰上，胯骨若隐若现。一种孤独感打动了她，她感到他是一个纯粹孤独的人。一个孤独生活着的人，有着那么完美孤寂的白皙裸体，而他的内心也是孤寂的。除此之外，他还有着一个纯粹生命的美。不是什么美的东西，甚至不是美的肉体，而是某种温柔的火光，是一个生命的剪影在袒露自己时燃烧着的温暖的白火苗，这火可以触摸，因为那是一个肉体！

康妮感到这景象令她的子宫受到了震撼。她知道这一点，因为那震撼就在她体内。但她的理智不免要嘲笑自己。一个男人在后院里洗身子！毫无疑问，他用的是气味难闻的黄胰子！她挺反感那种肥皂味的。为什么偏偏让她遇上这种庸俗的私事！

所以她走开了。过了一会儿她坐在了一个树桩子上，脑子乱了，无法思考。但在混乱中她决定还是要把口信带给那家伙。她是不会畏缩不前的。不过她要给他时间等他穿好衣服，但时间又不能太长，以防他出去，估计他是要准备出去。

于是她缓步往回走，边走边听动静。走近了，发现那村舍还是老样子。一条狗叫起来，她敲敲门，心却不由自主地乱跳起来。

她听到那人轻轻下楼的脚步声，却没想到他那么快就开了门，快得让她吃惊。他神情有点不安，但脸上立即浮现出了笑容。

“查泰莱夫人！”他说，“能请您进屋吗？”

他举止十分自在优雅，康妮迈过门槛进到沉闷的小屋里。

“我来是给你捎个克利福德男爵的口信儿。”她轻柔但呼吸急促地说。

那男人蓝色的眼睛看着她，似乎看穿了一切，害得她稍稍转过头去躲开他的目光。他觉得她羞涩的时候挺好看，几乎算得上美丽。他立即控制了局面。

“能请您坐坐吗？”他问，估计她是不会坐的。门还开着。

“不了，谢谢！克利福德男爵想让你……”她传达了口信，不由自主地又去看他的眼睛。

现在他的目光热情又和蔼，一种特别的对女人的热情和蔼，既轻松又自然。

“是，尊贵的夫人！我马上就办。”

接到指令，他马上就变了一个人，态度生硬不算，人也变生分了。

康妮犹豫了。她本该走了，可她还是打量起这干净整齐但有点沉闷的小起居室，感到有点吃惊。

“你就一个人住这儿吗？”

“是的，一个人，夫人。”

“可你母亲她……？”

“她住在村里自己的房子里。”

“跟那小孩子一起吗？”

“跟小孩子一起！”

说话间他那张模样一般、有点憔悴的脸上露出一丝难以形容的嘲讽来。这是一张总在变化着的脸，让人琢磨不透。

“不过，”他发现康妮迷惑的神情，就说，“我母亲星期六来帮我清扫，其他时候我都自己干。”

康妮又看看他。他的目光里再次透出笑意，虽说还有点嘲弄，但蓝色的眼睛开始变得热情和蔼起来。她在揣摩他。他穿着长裤和法兰绒衬衫，打着灰色领结，他的头发柔软潮湿，脸色有点苍白，看上去很是沧桑。当他眼中的笑意消失时，那眼神看上去像是吃了很多的苦，但目光中仍然没有失去温暖。他的脸色因为孤寂而变得苍白起来，因为她并不是来看他的。康妮感到他那奇特的与众不同之处了：他有生气，但又离死亡不远。

康妮有许多话要说，但没说出口。她只是又抬头看着他说：“但愿我没有打扰你。”

他莞尔一笑，笑得眼睛都眯上了。

“不好意思，我刚才只是在梳头发。对不起，我没来得及穿外套！不过我真是不知道谁在敲门。这儿平常没人敲门。猛听到敲门声，还以为出什么事了呢。”

他在她前面上了花园小径，帮她扶着门。她发现不穿那件棉绒衣、只穿衬衫的他显得身材颀长、瘦弱，还有点驼背。从他身边走过，她感到他柔软的金色头发和目光敏锐的眼睛让他显得年轻活泼。他该有三十七八岁了吧。

她步履缓慢地走进林子，知道他正在后面看着她。这让她不由自主地感到不舒服。

而他呢，回到屋里时还想："她很好，真的很善良。她不知道她自己有多善良。"

她对他感到十分好奇：他太不像个猎场看守了，太不像个劳动阶级的男人了，尽管他和本地人有共同之处。不过他确有与众不同之处。

"那个叫梅勒斯的看守是个怪人，"她对克利福德说，"他几乎可以算是个绅士。"

"他是吗？"克利福德说，"我没看出来。"

"可是他不是有点特别吗？"康妮坚持说。

"我觉得他是个不错的人，但我对他不太了解。他去年才退伍，还不到一年呢。是从印度回来的吧，我猜。他可能在那儿学到了点什么气质。或许他是某个长官的侍从，在那个位置上有了长进。他们当中有些人就是那么变体面的。但那对他们并不好，因为他们一回家就得恢复原样儿。"

康妮若有所思地凝视着克利福德。她看出来了，他特别排斥那些有可能真正向上攀升的下层阶级的人。她知道克利福德这类人都这样。

“但是,你不觉得他有点特别吗?”她问。

“坦白说吧,没觉得！我根本没注意到。”

他好奇地看着她,眼神不安,有点怀疑。她则觉得他没有说实话,他也没对自己说实话,就是这样。他不喜欢听到说哪个人确实出众。人们应该大概是在一个水准上,最好比他低点。

康妮再次感到与她同代的男人是多么固执吝啬。他们太固执己见,太惧怕生命!

7

康妮上楼进了自己的卧室，她做了很久以来都没做过的事：脱去衣服，在大镜子前观看自己的裸体。她并不知道自己到底在寻找或看什么，但她还是调着灯光，照亮全身。

像平时一样，她想：一个赤裸的人体是多么羸弱，多么易受伤害，多么可怜啊，有点像一件没有完工的作品！

她的身材曾经算得上不错，但现在却过时了，因为它过于女性化，不太像个少年郎。她个子不算高，有点像苏格兰人的那种矮身量。但她的身体有着流畅优雅的线条，应该说曾经很美。她的皮肤有点泛黄，四肢很是沉稳，整个身体应该说是丰腴的，呈现出下滑的线条美，但还是有缺陷的。

她身体的那条清晰下滑的曲线本该成熟起来的，但现在却变得扁平，皮肤有点粗糙。似乎是因为缺少阳光和温暖，皮肤略微发灰，有些苍白。它谈不上是真正的女性身材，也不像少年郎那样单薄光洁，而是黯淡无华。

她的乳房有点小，呈梨形下垂着。但这一对梨并不成熟，有点青涩地垂悬着，毫无风韵。而她的小腹已经失去了年轻时的紧绷，失去了娇嫩的光泽。和德国小伙子在一起的日子里，那人确实爱着她的肉体。那时她的小腹细嫩诱人，是其本来的样子。但现在它变松了，平了，也瘦了，但瘦得松弛。她的大腿也是一样，曾经极其富有女性美，浑圆、灵动而有光泽，现在则平了，松了，没了风韵。

她的身体正失去风韵，变得枯燥无味，行尸走肉一般。这让她感到极端沮丧无望。还有什么希望？才二十七岁，她就老了，老了，肉体没了光泽和风采。老，是因为忽视和拒斥的缘故，是的，是因为拒斥。时髦的女人们把自己的肉体保养得如同娇娆的瓷器，在外表上下足了功夫。可那瓷器内部却是空虚的。可她连人家那光鲜的外表都没有。精神生活！突然间她对此生出了激愤，所谓精神生活是个大骗局！

她看看另一面镜子里自己的后背、腰肢和臀部。她正日渐消瘦，但瘦得不好看。她转过头去看自己的腰，发现腰上添了不少疲软的褶皱，可她的腰肢曾经是多么活泼可爱！倾斜的长胯，还有双臂，也已失去了光泽和丰腴。没了！只有那德国小子曾经爱抚过它们，可是他都死了快十年了！时光可真是无情啊！可她也才二十七岁。那个健壮的小子死了十年了，那时他的肉体还是那么稚嫩，动作还是那么笨拙，她还曾经那么看不起他呢！可现在她上哪儿找那样的肉欲去呢？男人们早就没这东西了。他们只有可怜的几秒钟颤抖，像米凯利斯那样，但没有健康的、人的肉欲来温暖你的血液，更新你整个的生命。

她仍然认为她最美的部位是腰线以下斜滑的长胯和浑圆慵懒的双臀。阿拉伯人爱说，那些部位像沙丘，柔软、下滑的长坡。在这个地方，生命犹存，希望犹在。但她的这个部位也消瘦了，生涩了，僵硬了。

让她痛苦的是她的前身，这一面已经开始干枯松垮了，几乎是凋谢了的样子，还没有真正焕发出生机就衰老了。她想到自己可能会生孩子的事。她能做个健康的母亲吗？

她套上睡衣上床了，上床后开始难过地哭泣起来。这痛苦点燃了她的怒火，她恨克利福德和他的写作及谈话，恨所有他这样的男人，是他们欺骗了女人，甚至欺骗了女人的肉体。不公平！不公平！肉体上巨大的不公平感令她的灵魂燃烧起来。

但到了早上，一切又都恢复了常态。她七点钟起床，下楼到克利福德屋里。所有贴身伺候的事都得她帮忙做，他没雇男仆，也不让女仆做这些。女管家的丈夫从他童年时起就跟他熟，这个人帮他做所有翻身搬动的事，但贴身的私事要康妮来做。康妮也愿意做这些。这是对她的要求，她也乐意做她力所能及的事。

为此她几乎就没怎么离开过拉格比府，就是离开也不超过一两天，让管家贝茨太太代为照顾克利福德。日久天长，克利福德自然就把康妮对他的照顾看作理所应当的了。他这样想也是合乎情理的。

但在康妮内心深处，一种不平和受骗的感觉开始翻腾。肉体的不平感，一旦觉醒就是危险的事。它必须要得到宣泄，否则它就会将这肉体的主人消耗掉。

可怜的克利福德是不该受到指责的。他更不幸。所有这些都是这场大灾难的一部分。

可是，在某种意义上说，难道他就不应该受指责吗？缺少温暖，缺少简单热情的肉体交流，难道他不该因此受到指责吗？他从来就不曾真正热情过，从来没有过。他善良、周到、体贴，但那是出自良好的教养，做得冷静！他从来没有一个男人对一个女人的热情，甚至还没有康妮的父亲热情，一个养尊处优的男人既要生活优裕也要能够用自己男性的热情抚慰一个女人。

可是克利福德不是这样。他那一类的人都不是这样。他们都内心僵硬、孤立，热情对他们来说是低下的情调。你得没有热情地活着，要学会收敛。如此这般当然无可厚非，如果你也是那个阶级的那类人。那样的话，你就可以保持冷淡和尊严，保持内敛并且享受这样带来的满足感。可如果你是另一个阶级的另一类人，这就行不通，因为保持内敛并自以为属于统治阶级的感觉毫无乐趣可言。当最时髦的贵族实质上毫无优秀的东西可以守护时，当他们的统治实则是闹剧、形同虚设时，摆出这种架势来到底有什么意思？到底有什么意思？不过是冷淡的胡闹而已。

康妮心中生出了叛逆。这一切都有什么好？她的奉献有什么用？她把生命献给克利福德有什么用？她到底是在为什么奉献自己？一个虚荣冷漠之人，毫无热情的人与人的交流，那和任何低贱的人渴望献身于成功这个母狗加女神的行为一样令人堕落。甚至克利福德这种冷漠无情的人，他是那么自信自己属于统治阶级，还是不可避免地张着大嘴伸着舌头，气喘吁吁地追求着成功母狗加女神。反倒是米凯利斯在这方面更有尊严些，而且远比他成功得多。说到底，如果你仔细看看克利福德那种追求成功的气喘吁吁的模样，你会发现他是个小丑。一个小丑自然比一个恶棍更无耻。

两个男人中，米凯利斯确实比克利福德于她更有用，他甚至也更需要她，因为照顾下肢瘫痪的人，随便哪个护士都行！说到英勇的行为，米凯利斯是一只英勇的鼠辈，而克利福德则更像一条炫耀自己的鬈毛狗。

家里住着些客人，其中一个是克利福德的姨妈爱娃——班纳利夫人。班纳利夫人六十开外，消瘦，长着红鼻头，虽是个寡妇，但依旧有点贵妇人的派头。她出身最高贵的世家并一心要发扬贵族遗风。康妮喜欢她，因为她十分单纯直率，至少她想单纯直率时她做到了。表面上她和蔼可亲，至于内心，她很会妄自尊大，自觉高人一等。她并非一个势利者，因为她过于自信了。在社会的角力场上，她能完美地端着架子，让别人对她俯首称臣。

她对康妮很和气，同时又试图凭着出身高贵的女人的敏锐观察进入康妮的内心世界。

“我觉得你真是了不起啊，”她对康妮说，“你在克利福德身上创造了奇迹。我还没有见过他的天才崭露头角呢，他就成功了，风靡一时。”看来爱娃姨妈为克利福德的成功感到骄傲自豪，他是这个家族头上一根可以炫耀的羽毛！其实她根本不在意他写的书，也是，她为什么要在意呢？

“哦，我不觉得那是我的功劳。”康妮说。

“肯定是！不可能是任何别人的功劳！而且我看出来了，你并没有从中得到你应该得到的。”

“怎么得呢？”

“看看你如此封闭自己吧。我对克利福德说过：如果那孩子哪天跟你闹，那全都怪你。”

“可是克利福德从来没亏待我什么呀。”康妮说。

“瞧你，我亲爱的孩子，”说着班纳利夫人枯瘦的手搭在康妮胳膊上，“一个女人应该享受她自己的生活，否则就会后悔的。请相信我！”说着她又呷了一口白兰地，或许那就是她表达后悔的方式。

“我不是正在享受自己的生活吗？”

“我可不这么看！克利福德应该带你去伦敦，让你到处转转。他那帮朋友跟他说得来，可对你有什么用？如果我是你，我应该觉得现在的生活不够好。你在空度青春，到老年甚至中年时你就会后悔的。”

说着老夫人陷入了沉思，平静了下来，是白兰地让她镇静的。

但是康妮并不热心去伦敦，也不太愿意让班纳利夫人引见给伦敦的时髦圈子。因为她自己并不觉得自己时髦，对此也不感兴趣。

她感到的是那个圈子里的人内心都特别萎缩、冷漠，就像拉布拉多[1]的土地，表层上开着美丽的小花儿，可一英尺下面却是冻土。

汤米·杜克斯也住在拉格比，还有几个人，一个是哈里·温特斯罗，另一个叫杰克·斯特伦治威斯[2]，他还带来了他的妻子奥利芙。与“密友”之间的谈话相比，这些人的谈话要显得有一搭无一搭的，每个人都感到无聊，因为天气不好，只有台球消遣，还有就是伴着自动钢琴跳跳舞。

奥利芙在读一本写未来的书，书上说到那时可以通过试管生育孩子，女人们则可以“绝育”。

“这可是件大好事！”她说，“那样女人就可以独立生活了。”

斯特伦治威斯想要孩子，但她不想要。

“你愿意绝育吗？”温特斯罗做着鬼脸问她。

“我希望我能，当然是自然地绝育，”她说，“反正未来总会更合理，女人就不会被自己的生理分工拖垮了。”

“或许她还能飞到外空间去呢。”杜克斯说。

“我确实觉得足够的文明手段应该能消除很多身体的残疾，”克利福德说，“像做爱这等事，或许也就用不着了。我想会的，如果能用试管培育婴儿的话。”

“不会的！”奥利芙叫道，“那只会让人们有更多的机会享受

---

1 加拿大东部的一个半岛。——译注

2 温特斯罗的英文意思是“缓慢的冬季”。斯特伦治威斯的英文意思是“行为怪异”。劳伦斯的取名是别有深意的。——译注

快乐。”

“我想啊，”班纳利夫人思忖道，“如果没了做爱这事儿，就会有别的东西来替代它。或许是吗啡吧。空气中洒点吗啡，每个人都能觉得气定神闲。”

“政府每周六都往空气中洒点乙醚，周末会多么快活呀！”杰克说，“听上去不错。可星期三我们怎么办呀？”

“只要你忘记了自己的身体，你就幸福了，”班纳利夫人说，“一旦你意识到自己的肉体，你就痛苦了。所以，如果说文明有什么好，那就是它帮助我们忘记自己的肉体，然后时光就在不知不觉中快乐地流逝。”

“干脆就是帮助我们全然忘却我们的肉体，”温特斯罗说，“是时候了，男人们开始改进自己的本性，特别是在肉体这方面。”

“设想我们会像香烟一样缥缈！”康妮说。

“不会的，”杜克斯说，“我们的老把戏会演砸的，我们的文明将要衰落。它正走向深渊。相信我吧，唯一横跨深渊的桥梁将是阳物！”

“哦，你，你就胡说吧你，将军！”奥利芙叫道。

“我相信我们的文明将要崩溃了。”爱娃姨妈说。

“那崩溃之后呢？”克利福德问。

“我一点也不知道。不过总会有个什么吧，我想。”老夫人说道。

“康妮说人像一缕缕香烟，奥利芙说绝育的女人和试管婴儿，而杜克斯则说阳物是通向崩溃后的桥梁。我想知道究竟会是什么样子。”克利福德说。

“嗨，操那心呢！过一天算一天，”奥利芙说，“不过还是快点做出培育婴儿的试管来，好让我们可怜的女人解脱。”

“可能下一个阶段会出现真正的男子汉，”汤米说，“真正智慧又健康的男子汉，还有健康美丽的女人！那不就是变化吗？变得跟我们大不一样了！我们算不上男子汉，女人也算不上女人。我们不过是理性的暂时现象，是机械和精神的实验品罢了。早晚会出现一个真正的男人和真正的女人的文明，取代我们这一小撮七岁智商的聪明人。那将会比香烟和试管婴儿还要令人惊叹。”

“谁谈论真正的女人，我就不说话了。”奥利芙说。

“当然只有我们的精神值得拥有。”温特斯罗说。

“精神！”杰克说，他正喝着加苏打的威士忌。

“你也这么认为吗？让肉体复活吧！”杜克斯说，“会的，假以时日这一天会到来的，那时压迫我们的理性之石[1]将会被推开，抛掉金钱什么的东西，然后我们就会建设起人与人接触的民主，而不是金钱的民主。”

康妮感到自己内心与之产生了共鸣。“让肉体复活吧！要一个人与人接触的民主！”尽管她不太懂这后半句话的意思，但它让她

---

1 暗指《路加福音》第二十四章第二节，耶稣下葬七日后人们发现他坟墓上的石头被搬动了，有人说，耶稣复活了。

感到了慰藉，就算没意义，可她感到了慰藉。

一切都是那么愚蠢，令她感到万般无奈的厌倦：克利福德、爱娃姨妈、奥利芙、杰克、温特斯罗，甚至还有杜克斯。聊，聊，聊！没完没了的都叨叨什么呀！

可这些人离开之后，她感觉还是不太好。她继续步履沉重地散步，但愤怒和恼火已经占据了她的下身，让她欲罢不能。日子似乎是在奇特的痛苦中熬过去的，什么也没发生，只是她又消瘦了。甚至管家都这么说，关切地询问她怎么了。甚至连汤米·杜克斯都坚持说她病了。她告诉他们说她没事，但她开始害怕特瓦萧教堂下山坡上那些矗立着的白墓碑了，它们是卡拉拉大理石[1]做的，惨白的样子令人恐惧，就像一颗颗招人厌恶的假牙。从邸园这里就能看到那些阴森森的光面墓碑。山坡上那些耸翘着的假牙般的墓碑是如此可恶，令她毛骨悚然。她感到自己离被埋在那里的日子不远了，会加入那恐怖苍白的一大堆墓碑中去，埋在这肮脏的英国中部地区的墓碑与纪念碑下。

她需要帮助，她知道。于是她写了一封短信给姐姐希尔达求助："我最近情况不好，不知何故。"

希尔达马上从苏格兰赶了过来，她住在那里。她是在三月里独自开着一辆双座的轻便小汽车来的。她的车顺着马道开来，响着喇叭驶上斜坡，绕过长着两棵野山毛榉的椭圆草坪，来到拉格比府门

1　一种意大利大理石，雪白色，经常被用来做石雕与纪念碑。

前的平地上。

康妮跑到门前的台阶上去迎接，希尔达停了车出来，吻了妹妹。

“康妮，到底怎么了？”她问。

“没什么！”康妮有点不好意思地说。但她知道，和希尔达比，她是一副苦相儿。姐妹俩的肤色本来都稍稍闪着金黄的光泽，都生着褐色的软发，身体自然都是结实、热情四溢的。可现在，康妮消瘦了，面色土黄，套头衫的领口处露着瘦黄的脖颈。

“你生病了吧，孩子？”希尔达声音柔和、略带发颤地问，姐妹俩的声音都这样。希尔达差不多比康妮大两岁。

“不，没病。或许是有点烦吧。”康妮有点苦涩地说。

希尔达的脸色一变，像是要去打一场仗似的。她是个温柔的女人，但还是有点像古代的亚马孙女斗士，天生与男人不和。

“这个鬼地方！”她轻声说着，环顾这陈旧不堪的拉格比府，气不打一处来。她看似温柔热情如一个熟透的梨子，但实际上却是真正的亚马孙传人。

她默默地进屋来到克利福德房里。克利福德觉得她看上去很是英气逼人，便开始防着她了。妻子的家人都没有他所具备的举止和礼节，因此他认为她们都是圈外人，可一旦她们进入了圈内，他就不得不委曲求全了。

克利福德正襟危坐，衣着得体，金黄的头发油光可鉴。他脸色红润，眼睛呈淡蓝色，眼球稍稍突出，脸上露着难以捉摸的表情，但仪态高雅。这副样子在希尔达看来有点阴郁和愚蠢。他是在拭目以待。他摆出一副镇定自若的神态，可希尔达却不在乎他是什么神态，她反正是刀枪在握，准备打仗，即使对手是教皇或皇帝也不在乎。

“康妮看上去身体状况很差。”她轻柔地说着，漂亮的灰色眼睛凝视着他。她看上去是那么纯洁，康妮也是这样的。但克利福德心里很明白，她们内心里都十分执拗，坚硬如苏格兰石头。

“她是瘦了点。”他说。

“你没有想想办法吗？”

“你觉得有必要吗？”他问，声音柔和而不失坚定，在英格兰人身上这两者经常并行不悖。

希尔达不语，只是怒视着他。她并不能言善辩，康妮也不行。所以她只能怒视。这样子比说点什么还令克利福德不舒服。

“我得带她去看医生，”希尔达终于开口说，“你知道这附近有好大夫吗？”

“我怕是说不上来。”

“那我就带她去伦敦，那儿有我们信得过的大夫。”

克利福德尽管已经火冒三丈，可还是一言不发。

“我想我得在这里过夜，”说着希尔达脱下了手套，“明天开车带她进城。”

克利福德气得脸色发黄，到晚上连眼白都开始有点发黄了，看上去像得了黄疸病。可希尔达一直表现得很谦卑，像个小女孩。

晚饭后喝咖啡时，气氛表面上很平静，希尔达说：“你得找个护士什么的贴身看护你。真的应该雇个男护士。”她说话的语气很温柔，但对克利福德来说却如当头一棒。

“你是这么想的吗?”他冷漠地回答。

“是的，我觉得这是必要的。要不然，父亲和我就把康妮带走几个月。反正不能再这样继续下去了。”

“什么不能继续下去了?”

“你难道没有看看康妮这孩子吗?”希尔达冲他瞪大了眼睛。

此时他看上去很像一只煮过的大虾，或者说她觉得是这样。

“康妮和我会商量这事的。”他说。

“我已经跟她商量过了。”希尔达说。

克利福德让护士们看护的时间太久了，他讨厌她们，因为她们把他的隐私全了解了个透。而一个男护士！他无法忍受一个男人伺候左右，雇任何一个女人都比雇个男的要好。可为什么不能是康妮呢?

姐妹俩第二天一早就驱车上路了，在把着方向盘的姐姐身边，康妮看上去就像一个复活节时的羔羊那么渺小。马尔科姆男爵不在家，但肯辛顿的家却开着门。

医生仔细地替康妮做了检查，并询问了她生活的方方面面。“我时常在画报上看到你和克利福德男爵的照片。你们几乎算声名远播了，对吗？一个文静的女孩就这么长大了。即使是现在，尽管画报上登了那些照片，你也还是个文静的小姑娘。没什么，没事儿，你的器官没什么问题。可这样不行，不行啊！告诉克利福德男爵，他得带你进城来，要么就带你去国外走走，让你有点娱乐。你需要点娱乐，一定要！你的元气太弱了，没底蕴了，没底蕴了。心脏神经已经有点异样了，是的，不是别的，就是神经的问题。我一个月内可以帮你调理好，去戛纳或者比亚里兹[1]。无论如何不能再这样下去了，不能了，听我的，否则我无法对你的后果负责。你只是在消耗生命而没有补充。你得有娱乐消遣，适当健康地消遣。可你现在是仅仅消耗元气而不进行补充。你知道的，不能这样下去了。抑郁！你要避免抑郁！”

希尔达咬紧牙关，那是有什么意思的。

米凯利斯听说她们在城里，忙不迭地带着玫瑰来了。

“怎么了，哪儿不好了？”他叫道，“你瘦得不行。我怎么没注意到你变成这样了！你怎么不让我知道呢！来，跟我去尼斯，去西西里！走吧，跟我去西西里，现在那儿气候正好。你需要晒太阳！你需要活力！你干吗要浪费生命！跟我走吧！去非洲！哦，绞死克利福德男爵！撇下他，跟我走。他一和你离婚我就娶你。来吧，开始生活！天知道，拉格比那个地方能害死任何人的。可恶的地方，肮脏的地方，害死人的地方。跟我走吧，去晒太阳！你需要的是阳光，当然，还有一点点正常的生活。”

可一想到抛弃克利福德，康妮就于心不忍。她做不出那样的事来。不，不，她做不出来。她得回拉格比去。

---

1 法国南部比斯开湾的著名度假区。

米凯利斯招人讨厌。希尔达虽然不喜欢米凯利斯，但跟克利福德比她倒宁可选米凯利斯。姐妹俩又回了中部。

希尔达找克利福德谈话。克利福德的眼球到现在还发黄呢，其实他也是心力交瘁。但他得听希尔达说的一切，听她转述医生的话，当然不是米凯利斯的话。希尔达给了他最后通牒，他则纹丝不动地坐着。

“这是一个男护士的地址，他伺候过那个医生的病人，直到上个月那病人去世。他确实是个好人，应该会来照顾你的。”

“可我不是病人，我也不要男护士。”可怜的克利福德说。

“那好，这里有两个女护士的地址。我见过其中的一个，她会干得很好的。她五十来岁，人挺文静，身体好，善良，而且还挺有教养的——”

克利福德拒绝回答，自己怄着气。

“那好吧，克利福德。如果明天还定不下来什么，我就给父亲发电报，我们会把康妮带走的。”

“康妮会走吗？”克利福德问。

“她倒是不想。可她知道她必须走。我母亲当年得癌症，就是愁的。我们可不想让康妮再冒险。”

第二天克利福德建议雇特瓦萧教区的护士博尔顿太太来。很明显这是管家贝茨太太建议的：博尔顿太太马上就要从教区的岗位上退休了，退休后会干私人看护。克利福德对生人照顾他有一种奇怪的恐惧，可博尔顿太太曾经在他得猩红热时照顾过他，因此他们比较熟悉，雇博尔顿太太来就顺理成章了。

姐妹俩立即去见了博尔顿太太，她住在特瓦萧村一排比较新的房子里，在那个村算得上是讲究的住房了。她们见到的是一个四十多岁的女人，模样不错，身穿白领配围裙的护士制服，正在拥挤窄小的起居室里沏茶呢。

博尔顿太太十分殷勤客气，看上去挺和气。她讲话有点口音，但是一字一顿的标准英语。多年来她照看生病的矿工，管着他们，因此自视甚高。总之，虽然是个小女子，她却是村里的统治者之一，深孚众望。

“没错，查泰莱夫人看上去气色确实不好！她原先是个多水灵的人儿呀，现在可差多了！整个儿冬天她一直在走下坡路！哦，日子难啊，真难！可怜的克利福德爵爷！唉，打仗，都怨那场仗。”

博尔顿太太说只要沙德罗医生同意，她马上就能来拉格比府。按说她还得在教区里当两个星期的看护，“不过他们或许能找个人替我。”

希尔达马上就去找了沙德罗医生。星期天博尔顿太太就带着两口箱子，坐着雷沃家的出租马车来了。希尔达同她谈了话，博尔顿太太什么时候都愿意交谈。博尔顿太太看起来还那么年轻，一激动苍白的脸上居然还会泛起红晕，其实她都四十七了。

博尔顿太太的丈夫特德·博尔顿二十二年前死在了矿井里，就是二十二年前的圣诞节，大过节的，留下她和两个孩子走了，其中一个还是个妈妈怀抱里的婴儿。哦，现在连那婴儿都结婚了，她叫伊迪丝，嫁给了谢菲尔德城里布茨连锁药店[1]的一个年轻伙计。另一个女儿在附近的切斯特菲尔德当老师，周末没人请出去玩时会回来看看。现在的年轻人可会享受生活了，可不像她艾维·博尔顿年轻的时候那样安分。

特德·博尔顿二十八岁时死于一次井下爆炸事故。前面的工头冲大家喊话让他们迅速趴下，他们一伙共四个人，其他人都及时趴下了，没出事，只有特德没趴下，就给炸死了。调查矿主时，人们说博尔顿吓坏了，试图逃跑，就没听工头的口令，听起来像是他自己的过错，因此给他的抚恤金只有三百英镑。而矿上做出的姿态更像是发了一笔赠款而不是法律上的赔偿，因为他是死于自己的过失。即便如此，他们也不让博尔顿太太一次性把钱拿到手，她本来还想用这笔钱开个小铺子呢。他们说她可能会把钱挥霍掉，没准儿拿这钱喝酒呢。于是她每周只能领三十先令[2]。是的，她每星期一都得去办公室排队等着领钱，一站就是几个小时。是的，她就这样每

1 布茨药店是英国药业大王布特创办的布茨药厂开办的连锁店，遍布英国各地，是英国的支柱产业之一。布特也是诺丁汉人，由于其在商业上取得的巨大成就和对文化教育事业的赞助被封为特伦特勋爵。特伦特河是流经诺丁汉的英国第三大河流。诺丁汉大学新校园为布特所捐献。劳伦斯的外祖父曾与布特就一座教堂的管理问题发生过争吵。而劳伦斯本人则认为布特捐献诺丁汉大学新校园是资本家为自己树碑立传，为此写诗《诺丁汉的新大学》对此举加以讽刺。但劳伦斯和布特现在都作为诺丁汉的骄傲收入《诺丁汉旅游指南》。诺丁汉大学里竖立着他们两个人的铜像，布特的铜像在校园东门口，劳伦斯的铜像则矗立在校园图书馆附近。——译注

2 当时一镑等于二十先令，三十先令即是一镑半。——译注

个星期一去一次，去了几乎四年才把那笔钱全拿到手。拉扯着两个小孩子，她能怎么样呢？不过特德的母亲对她很不错。当婴儿还蹒跚走路时，她白天看着两个孩子，让艾维·博尔顿去谢菲尔德上课学习救护和特护，到第四年她甚至学了护士课程并取得了护士资格。她决心自立，自己抚养孩子。于是她有一段时间在医院里当助手。等到特瓦萧煤矿公司，干脆说是杰弗里男爵看到她能自立了，便对她很好，给了她教区护士的职位并维护她的利益。她也念他们的好儿，从此就一直干那份工作。现在那份工作对她来说是有点吃力了，她需要一份轻省点的活儿。当教区护士那会儿是过于奔波忙碌了。

"确实，公司待我特好，我总这么说。可我永远也忘不了他们是怎么说特德的。自打他一下井，他就一直是个稳健勇敢的人，公司那么说他不就是把他说成了胆小鬼了吗？反正他死了，跟他们谁也没法子掰扯了！"

这女人说起话来流露出的是一种奇特的复杂感情。一方面她喜欢矿工们，她这么些年一直在照顾他们。可她觉得自己比他们优越，她几乎觉得自己是上等人。另一方面，她对有产阶级心怀不满。矿主！一遇上矿主和工人的问题，她总是站在工人一边。可如果没有斗争时，她就自以为优越，把自己当成上等阶级的人。上等阶级令她心仪，激起她心目中英国人对优越所怀有的热情。来拉格比府令她兴奋不已。同查泰莱夫人说话也令她兴奋不已。哎哟，人家和普通矿工的老婆就是不一样嘛！她不停地这么说。

但她明显对查泰莱家的人有怨恨，怨恨这家的主人。

“可不嘛，查泰莱夫人非得给熬坏了不可！幸亏她有个姐姐来帮她。男人就不会想到这一点，不管是上等男人还是下等男人，都一样，他们把女人为他们做事当成应当应分的。哼，我对那些矿工们说了不知多少遍了。可跟克利福德爵爷就不好这么说，人家都伤成那样了。他们家一直高不可攀，不待见别人，人家那样也对。可倒那么大的霉，这可真是的！这让查泰莱夫人多为难呀，或许呀她比谁都难呢。她太亏了！我跟特德只做了三年夫妻，你可不知道，他是个让我永远也忘不了的丈夫。他是千里挑一的人，老是那么快活。谁能想到他会出事死了呢！到现在我也不信这是真的，从来也不信。我亲手替他擦洗身子送他走，可我就不信他死了，他没死，我就不信——”

这可是拉格比府里的一个新声音，这种说话的方式对康妮来说十分新鲜，令她感到耳目一新。

头一个星期左右，博尔顿太太在拉格比府里显得很安静。对待矿工的那种自信和颐指气使全没了，她感到紧张。在克利福德身边，她还羞涩，几乎是害怕，因此言行都很谨慎。克利福德喜欢她这样并且很快就恢复了镇定自若，指使她时都不拿正眼看她。

“她有用，但一钱不值！”克利福德说。

康妮闻之惊奇地睁大了眼睛，但没有反驳他。两个人的印象居然如此不同！

克利福德很快就对这女护士颐指气使起来。她也有点希望他这样，所以他要起态度来竟是毫不自知。人往往容易顺竿爬。当她给矿工们包扎或护理他们时，他们就像孩子一样跟他聊，告诉她他们的伤心事。于是她感到自己特别了不起，简直像超人了。现在克利福德则让她感到渺小，像个用人，而她则二话不说就接受了这种地位，让自己适应上层阶级。

她总是默默地进屋照顾他，她的脸狭长而漂亮，但是眼皮总是低垂着。她会十分谦恭地问："克利福德爵爷，我能做这个吗？能干那个吗？"

"不用，先留着，等以后叫你干你再干。"

"好的，克利福德爵爷。"

"半个小时以后再进来吧。"

"好的，克利福德爵爷。"

"把这些废报纸拿出去，好吗？"

"好的，克利福德爵爷。"

她悄悄地走了出去，半小时以后又轻轻地敲门了。她被使唤着，但她不在意。她是在熟悉上层阶级呢，因此她既不反感也不讨厌克利福德。他不过是一种现象的一部分，是上层阶级的一员，她还不了解他们，但现在必须了解他们。她和查泰莱夫人更处得来，说到底，在这个家里，和女主人处得好坏最重要。

博尔顿太太晚上伺候克利福德入睡，她就在隔着走廊对面的屋里就寝，这样只要他夜里按铃叫她，她就能随时过来。早晨她也伺候他起床，并且很快承担起男仆的活儿，什么都管，甚至以女人的柔和手法给他刮脸，刮得轻柔又细致。她干得不错，很称职，而且很快就懂得怎么控制他了。归根结底，给他的脸打上肥皂泡沫，轻轻地揉搓他的硬胡茬时，他跟那些矿工们没有多大不同。至于他的矜持和拿腔拿调，她倒不往心里去，这对她来说是在熟悉一种新的生活。

康妮放弃亲自照料他，雇了个陌生女人替她，这让克利福德打心眼里无法原谅她。他心里说，这一招将他们两人之间的亲昵之花彻底掐死了。但康妮对此并不在意，对她来说，那美丽的亲昵之花就像寄生在她的生命之树上，开出的是一朵寒碜的兰花。

现在她有了更多属于自己的时间了。她可以在楼上自己的房间里轻轻地弹弹钢琴唱唱歌，歌词是："荨麻碰不得／爱的束缚松不开。"[1]至今她也不明白这些爱的束缚怎么就不能解开。谢天谢地，她已经松解开了这些束缚。独处让她十分快活，用不着总跟克利福德聊啊聊的了。只剩他一个人时，他就会没完没了地、噼里啪啦地在打字机上打字。可他不"干活"而她又在身边时，他就会说，说个没完，详细地分析人们的动机、结果、性格和人格什么的，现在康妮算是听够了。过去几年中，她一直喜欢听，听够了以后，突然就觉得烦了。能独处真好，谢天谢地。

似乎他与她的思想中成千上万盘根错节的枝蔓交织成一团，到了实在无法继续纠缠的地步时，这植物就只能死去了。现在她就在悄然将他们的思想剥离开来，悄然将那些纠缠在一起的线索一根根

1　1840年间流行的一首歌。

斩断，耐心或不耐心地将它们理清。可那爱的束缚竟是比大多数别的束缚更难解开。当然，博尔顿太太的到来帮了大忙。

但是克利福德仍然想让康妮和往常一样，在晚上同他亲昵地聊天，谈话或一起朗读点什么。现在康妮可以安排博尔顿太太到十点就进来打搅他们，然后她就可以上楼去独处，把他留给博尔顿太太细心照料。

博尔顿太太和贝茨太太一起在管家房里用餐，她们两人很合得来。奇怪的是，现在仆人们待得离主人越来越近了，都到了克利福德书房的门边上，而以前则离得很远。有时贝茨太太会坐在博尔顿太太房里，康妮能听到她们在低声嘀咕什么。当她和克利福德各自独处时，她能感到这些干活的人的动静几乎要闹到客厅里了。拉格比府仅仅因为博尔顿太太的到来就改变了许多。

但康妮感到她自己是自由了，有了自己的世界。她感到自己的呼吸都与以前不一样了。但她仍然害怕，因为她的无数条根，或许是最致命的根仍与克利福德的根盘缠在一起，即便如此她还是呼吸得自由多了。她生命中的一个新阶段就要开始了。

8

博尔顿太太对康妮也挺关心，觉得自己作为一个女人和一个专业护士，必须对康妮也施以保护。她总是催促着夫人出去走走，开车去伍斯威特，去呼吸新鲜空气。这是因为康妮习惯于安静地坐在壁炉前，要么心不在焉地阅读，要么有气无力地做点针线，几乎不怎么出去。

希尔达刚走就开始刮大风。博尔顿太太对康妮说："干吗不到林子里去散散步，到那个看守的房子后面看看仙花儿？那儿的景致儿最好看了。你还可以采一些来放在你屋里。仙花儿看上去总是那么喜庆，不是吗？"

康妮听懂了她话中的好意，尽管她把水仙花给简化说成了"仙花儿"。野水仙！再怎么着也不能老这样自寻烦恼不是？春天回来了。"四季轮回，但春天并没回到我身边……"[1]

1　见弥尔顿《失乐园》第三章第四十一至四十二行。

还有那个猎场看守，他消瘦白皙的身体就像一朵花中半隐半现的孤独花蕊！在难言的压抑中她把他给忘了。可现在她心里又有什么被唤醒了。“门廊与大门后面一片苍白。”[1]要做的就是穿过这门廊和大门。

她比以前壮实了，更能走了。树林子里的风不会像邸园里的风那样横扫一切，令她疲于应付。她想忘却，忘却这世界和所有那些可怕的行尸走肉！“你们必须再生！我相信肉体的复活！——一粒小麦种子掉进土里，除非死了才会发芽。——当藏红花绽放时，我也会出来见太阳！”[2]在三月的风中，她的脑子里涌现出无休无止的句子和段落。

一阵风吹过，天上洒下一片奇亮的阳光，照亮了林边榛树下的地黄连，亮晶晶、黄灿灿的。树林里一片寂静，静得不能再静了，但一有风刮过，就会透进一缕缕阳光来。第一茬银莲花已经开了，那无边的白银莲花撒满了林地，令这林子都看似苍白了些。“世界因你的呼吸而苍白。”[3]但此时是冥后珀耳塞福涅[4]的呼吸。她是在一个料峭的早上出了地府。寒风吹拂，头顶上愤怒的风在纠缠着的树梢

1 出自斯温伯恩的诗。

2 “你们必须再生”见《约翰福音》第三章第七节。“我相信肉体的复活”见《使徒信经》。“一粒小麦种子掉进土里，除非死了才会发芽”是《约翰福音》第十二章第二十四节的释意。

3 出自斯温伯恩的诗，意指耶稣。

4 希腊神话中宙斯和得墨忒尔的女儿，采花时被冥王哈迪斯掠到冥府，只能在每年春天回到地面，因此也被看作春女神。劳伦斯经常在作品里提到她。

间呼啸。这风被树梢所缚，像押沙龙[1]一样要挣脱自己。银莲花看上去是那么冰冷，赤裸的白肩在绿色的裙边上抖动着，但它顶住了风的摧残。小径边上第一茬报春花绽放出小小的花朵，尚有黄色的花蕾正含苞欲放。

头上方狂风呼啸，树林摇动，下面感到的也只有寒风阵阵。康妮在林子里居然感到一种奇怪的激动，她脸色红润起来，眼睛更加湛蓝。她缓慢地走着，不时掐几朵报春花和第一茬紫罗兰，那花儿散发着冷香，阵阵扑鼻。她就这么游荡着，不知身在何处。

直到她来到林子尽头的空地上，看见了那座青石村舍，那房子看上去发红，就像蘑菇伞下的菇肉，村舍的石头在阳光下色调显得温暖。房门口开着一蓬黄色的茉莉花，但门关着呢。四下里鸦雀无声，烟囱里没冒炊烟，园子里也没有犬吠。

她悄悄地走到房子后面的斜坡下，她来这里是有借口的，那就是看水仙花。

在那里，那些短梗的花朵在风中摇曳飘舞着，是那么生气勃勃。因为它们的脸无处躲藏，所以都背风开放着。

水仙花在郁闷中抖动着它们那鲜亮明媚的小花瓣儿。不过它们或许是喜欢这样的，真的。或许它们就喜欢这么抖动。

康斯坦丝背靠着一棵小松树坐了下来，那松树摇晃着，让她感

---

1 押沙龙是大卫王的第三子。他组织人马反抗父王，失败后企图骑马逃走，但他的长发被树枝缠住，未能逃走，后被大卫手下所杀。见《撒母耳记》第十三至十九章。

到一种奇特的生命在冲撞着自己，富有弹性和力度，在向上挺着身子。这挺直的活生生的东西，树梢沐浴在阳光中！看着水仙花在阳光下光鲜夺目，她的手和腿都感到了温暖。她甚至闻到了略带柏油味的花香。她是那么孤寂，似乎陷入了自己命运的湍流中。她一直都被一根绳子束缚着，像一条被拴住的船颠簸着，但逃不出绳子的圈套。现在她则解了套，开始自由漂流了。

阳光还是抵不过寒气，水仙花又笼罩在了阴影中，默默地垂下头。它们会这样垂着头待上一天一夜。别看它们那么柔弱，其实它们很有生命力！

她站起来，身子有点僵直，掐了几朵水仙花才离开。她不喜欢掐花，可她又特别想带上一两朵走。她得回拉格比，进到大墙里去。她开始恨拉格比府，特别恨它那厚重的大墙。墙壁！总是这些墙壁！可人需要墙，在这样起风的日子里。

进门后克利福德问她："去哪儿了？"

"穿过了整个林子！看，这些水仙花儿多可爱呀！简直无法想象它们是从地里长出来的！"

"没空气和阳光它们也长不出来的。"克利福德说。

"反正是先在土里成形的。"她立即反驳说，出口之快令她自己都有点惊讶了。

第二天她又到林子里去了。这次她走的是一条蜿蜒而上的宽阔马道，穿过落叶松林，来到被称为"约翰井"的泉眼。这边山坡上挺冷，落叶松林中一朵花也没有。可是冰冷的泉水却在轻柔地向上涌着，泉眼周围铺着白里透红的鹅卵石。多么清冽的泉水！真好啊！毫无疑问这些新的鹅卵石是那个新来的猎场看守铺的。康妮能听到这涓涓细流顺山而下时发出的微弱叮咚声。山坡上的落叶松虽然无叶，但松枝翘耸，还是黑压压一片，发出阵阵嘶鸣。可松涛盖不住泉声，她还是能听到泉水的叮咚声，如同水做的铃铛一样清脆。

这地方又冷又潮，有点阴森。这口泉井一定是几百年来人们饮水的地方。不过现在人们不来这里汲水了，这小小的空地绿草茵茵，但也阴冷可怕。

她站起身慢慢朝家走去。走着走着，她听到右边不远处有敲打声，就站住谛听。是锤子的声音还是啄木鸟在啄木？肯定是锤子在敲打什么。

她继续走着，听着。然后她发现冷杉幼苗之间有一条窄径，不知通向什么地方。但她感到这路一直有人在走。于是她冒险地走上了这条路。开始路边是厚厚的冷杉幼苗，很快就是老橡树林了。她沿着路越往前走，那锤子的敲打声就越近，在这寂静的林子里，风声遮不住锤子的声音，因为即使有风树林里也是安静的。

她看到了一片秘密的小空地，空地上有一座用没加工的木头搭起的小木屋。她从来没来过这个地方！她意识到这个安静的地方是用来养山鸡的。那猎场看守穿着衬衣，跪在地上敲打着什么。狗见来了人就狂叫着跑过来。看守猛然抬起头，看到了她，眼睛里闪过一丝惊诧。

他直起身向她行礼，默默地看着她脚步无力地走过来。他不喜欢别人侵犯他的领地，因为他把自己的孤独看作是自己生命中最后也是唯一的自由。

“我是想知道这敲打声是怎么回事。”她边说边喘着，显得力不从心，而且由于他的眼睛直视着她，她觉得有点害怕。

“我正给小雏鸡儿们准备笼子。”他操着浓重的地方口音说。

她听了不知该说什么，只是感到虚弱。

“我想坐会儿。”她说。

“来，屋里坐呗。”说着他在前面带她进屋，扒拉开一些木头什么的物件，拉出一把粗榛木做的椅子。

“要生上点儿火不？”他问，奇怪的是他讲方言时显得挺天真。

“哦，不必麻烦了！”她说。

但是他看看她的手，发现它们都冻得发青了。于是他马上找了些落叶松的枝条，放进墙角砖砌的小壁炉里，不一会儿黄黄的火苗儿就开始升起来。然后他又在炉前腾出一块地方来。

“上这儿坐会儿，暖和暖和吧。”他说。

她顺从着，他的言谈举止里有一种奇怪的保护者的威严，令她马上就服从了。她就这么坐下，在火边烤着自己的双手，不时往火里添几根树枝，而他则在外面继续敲打着。她其实并不想固定地坐在墙角里的火炉边上，而是更想在门边看他干活。可既然是受到了照顾，也就只好服从了。

这小木屋里很舒服，墙壁是没有上油的松木板，她的椅子边上放着原木做的小桌子和凳子，还有一条木匠用的条凳和一只大箱子。屋里还摆列着工具，堆着新做的板子，散落着钉子，钩子上挂着很多东西：斧子、短柄小斧、捕兽夹子、皮子做的物件儿，还有装着东西的袋子和他的外衣。屋子没窗户，光线是通过敞开的门透进来的。这里杂乱无章，但也是个小小避难所。

她倾听着那个男人用锤子敲打的声音，从锤声中听得出来他并不快活，他有些压抑，因为有人侵入了他的私人地盘，而且是个危险的人，一个女人！他已经到了一种极其需要孤独的地步，可他又没有能力保住自己的孤独。他是个雇工，雇他的人都是他的主子。

他是个不再想和女人接触的人。他惧怕接触，因为过去的接触给他留下了巨大的创伤。他感到如果他不能独处，如果别人不让他独处，他宁可死。他已经彻底避开了这个世界，他最后的藏身之处就是这林子，把自己隐在林子里！

康妮让炉火烤暖和了，柴加得太多了，火烧得过旺，所以她身上都感到燥热了。她便坐到门道里的凳子上去，看着那男人干活儿。他似乎没注意到她，但他知道她在边上看着呢。可他还是继续干着活，似乎是全神贯注，他的那条棕毛狗就蹲在他旁边，监视着这可疑的周边世界。

这个身材颀长的男人沉默寡言，但干起活来动作很快，不一会儿就把鸡笼子做好了，试试下滑的门没问题，就把笼子放到了一边。然后他站起身，去拿一个旧笼子，把它放到刚才干活的木墩子上。他蹲下，试试木条行不行，有几根就在他手中折了。他又开始拔钉子。拔完了，把笼子掉过来，开始想着怎么办。他一直没有表现出自己意识到有个女人在旁边。

康妮于是盯着他看起来。她曾经看到过如此孤独的他，那次他裸着身子，而这次的孤独则是穿着衣服的。孤独，聚精会神，就像一个忙着干什么的动物那样，躲避着人与人的接触，独自思考着。即便是现在，他也在沉默耐心地躲避着她。男人本是缺乏耐心、激情澎湃的，可这个人竟是这样沉静，有着无限的耐心，这一点触动了她的子宫。她看出来了，从他低垂的头颅、灵活但沉稳的手臂、弯曲着的瘦弱而敏感的腰肢，看出了他的耐心和内敛。她能感觉出来，这个人过去的经历一定比自己的要复杂，复杂得多，或许是经历过生离死别的人。这让她松了口气，几乎觉得自己用不着为今天冒犯他而负疚。

她就那么如梦如幻地坐在小屋的门道里，全然忘却了时间和自己所处的环境。她走神走得很厉害，他抬头迅速地瞟她一眼，看到了她脸上那宁静、期待的表情。在他看来，那就是期待的表情。于是，一道微弱的火舌突然间舐起他的腰臀，就在后背的根部，他的精神为之呻吟起来。他害怕任何人与人之间进一步的接触，怕得要死。他最希望的就是她赶快离开，让他一个人独享自己的私人空间。他害怕她的那股劲儿，那种女人的劲头，还有她那现代女性的坚忍。总之，他害怕她那上等人冷静的头脑，以及我行我素的傲慢态度。可说到底他只是个雇工。他烦她待在这里。

康妮突然间清醒了过来，感到一阵不安。她站起身，意识到下午已经过去,快到黄昏时分了。可是她不能就这么走。她朝那个男人走过去。他站起身准备听她说什么,憔悴的脸上表情僵硬麻木,但他的眼睛在看着她。

“这儿太好了,真悠闲,”她说,“我以前没来过这儿。”

“是吗?”

“我想我以后还要时不时来这儿坐坐。”

“那好啊!”

“你不在时屋子锁门吗?”

“锁,夫人。”

“你觉得我是不是也该有把钥匙呢?那样我就能时不时来坐坐了!有多余的钥匙吗?”

“说不上,估摸着是莫有。”

他不知不觉地说起土话来。康妮犹豫着不知说什么才好。他这是在跟她作对呀,难道这小木屋是他的不成?

“我们能再有一把钥匙吗?”她问,语气柔顺但透着一个女人不达目的决不罢休的决心。

“再有一把!”他扫了她一眼,眼神里既有愠怒也有不屑。

“是的!另一把。”她说着脸红了。

“备不住克利福德男爵知道在哪儿吧。”他以此堵她的嘴。

“对!”她说,“他或许有另一把。或者我们可以用你这把再配一把。用不上一天就行,我想。能借一下你的钥匙吗?”

“这我可不敢保证,夫人!据我所知,这地界儿没有配钥匙的人。”

这话让康妮突然大为光火。

“那好吧！”她说，“我来弄。”

“那就随你，夫人。”

他们的目光相遇了。他的目光冷漠而恶毒，充满厌恶和蔑视，也透着对后果满不在乎的态度。而她的眼神里则是愤怒和斥责。

但她的心却为之一沉。她看出来了，她不顺着他他就恨她。她还看出了他心中的压抑。

“再见！”

“回头见，夫人！”他行个礼，立即转身而去。这女人激起了他心中已经沉睡许久的强烈怒火，那是对任性的女人所怀的怒火。可他又无能为力，无能为力！他知道这一点！

康妮也为这个任性的男人生气，而且他还是个仆人！她一路生气一路走回了家。

在山坡上那棵大山毛榉树下，她看到了博尔顿太太，她也正在找康妮呢。

“我正想您什么时候回来呢，夫人。”那女人快活地说。

“我晚了吗？”康妮问。

“哦！克利福德男爵在等着用茶点呢。”

“那你怎么不准备呢？”

“哦，我觉得我干那个不行。克利福德男爵怕是不喜欢这样吧，夫人。”

“我看不出为什么不行。”康妮说。

她进了屋，到了克利福德的书房里，看到那把旧铜壶放在茶盘里，壶里已经灌了开水。

“我回来晚了，克利福德！”说着她放下手中的花，拿起茶叶罐，连帽子和围巾都没有摘，“抱歉！你怎么不让博尔顿太太给你沏茶呢？”

“我可没想到让她干这个，”他略带自嘲地说，“我不愿意让她操持茶点。”

“哦，银茶壶并没那么神圣。”康妮说。

他闻之不解地瞟了她一眼。

“整个下午都在干什么呀？”他问。

“散步啊，还在一个棚子里坐了会儿。你知道吗，大冬青树上还有浆果呢。”

说着她摘下围巾，但没摘帽子，就坐下来沏茶了。烤面包肯定都不脆了。她给茶壶套上壶套，就起身去找个玻璃杯子来插她的紫罗兰花。可怜的花朵无精打采地垂着头。

“它们会缓过来的！”说着她把装花的玻璃杯放到他面前让他闻闻花香。

“比朱诺的眼睑还漂亮。”他引用莎士比亚的话说。

“我没觉得紫罗兰与朱诺的眼睑有什么关系，”康妮说，“那些维多利亚时代的人真是喜欢玩弄辞藻。”

她给他倒上茶，问：“离‘约翰井’不远的那个木屋还有另一把钥匙吗？哦，就是养小雏鸡的地方。”

“或许有吧，你问这个干什么？”

“我今天碰巧发现了那个地方，以前从来没见过的。我觉得那地方好可爱呀。我可以常去那儿坐坐，对吗？”

“梅勒斯在那儿吗？”

“在呀，我就是听到他用锤子敲东西才发现那个地方的。他好像不喜欢我闯进去。事实上，我问他有没有富余钥匙时他态度挺粗鲁的。”

“他说什么来着？”

“倒没说什么，可就是那态度！他说钥匙的事他不知道。”

“可能还有一把，在父亲的书房里吧。贝茨全知道，所有的东西都放在那里。我回头让她去找。”

“哦，行啊！”她说。

“梅勒斯居然敢表现粗鲁！”

“哦，没什么！我就是觉得他不想让我随便到他的地盘上去。”

“我想也是。”

“可我不懂他为什么不愿意。怎么说那也不是他的家，不是他的私人住所。我不知道如果我想在那儿坐坐，为什么不行。”

“就是！”克利福德说，“他太拿自己当回事了，那个人。”

“你觉得是吗？”

“哦，绝对是！他认为自己非同一般人。你知道，他曾有个老婆，但两个人合不来，所以他1915年参了军，后来被派到印度去了，没错。不知怎么回事，他有一段时间又在埃及的骑兵团里干过铁匠，总是在侍弄马，在那方面他是个聪明的家伙。后来就有个驻印度的上校看上了他，提拔他当了个中尉。不错，他们给了他个军衔儿。我肯定他跟他的上校回了印度，到了西北部的边境地区[1]。后来他病了，得了一笔抚恤金，但直到去年才退伍。像这样的人，自然很难倒退到自己原来的位置上去，所以他注定要出错儿。不过他干活儿还挺尽职，至少我这么看。不过我可不许他摆什么梅勒斯中尉的架子。”

“他说一口浓重的达比郡[2]土话，他们怎么还让他当官呢？”

“他一般不说，只是偶尔说说。他能讲标准的英语。我想，他是有想法的，如果他回到老百姓中间了，就得说老百姓的语言。”

“你以前怎么从来没对我说起过他？”

“哦，我才没有耐心说这些传奇故事呢。传奇破坏秩序。发生这些就是天大的不幸。”

康妮挺相信他的话。那些心怀不满、到处都错位的人有什么用！

偶遇好天气，克利福德也要到林子里去转转。风很冷，但并不让人厌烦，阳光则像生命，温暖而灿烂。

“真奇怪，”康妮说，“遇上个真正的好天儿，人的感觉竟然完全

1 指印度和阿富汗交界的地区，那里常年战事不断。

2 劳伦斯的家乡在诺丁汉郡与达比郡交界的地方，但本地人都讲达比郡方言。——译注

变了。平常总感觉连空气都半死不活的。其实破坏空气的是人。”

“你认为是人在干这种事吗？”他问。

“我是这么想的！所有人的怨气、愁气和怒气足以扼杀空气的生气。我相信这一点。”

“也许是空气的原因让人的生气低落呢。”克利福德说。

“不是！是人毒化宇宙。”她坚持说。

“玷污了自己的巢穴。”克利福德补充道。

轮椅“突突”地向前开着。低矮的榛树上垂落着淡黄色的杨花，在阳光灿烂的地方银莲花怒放，似乎是在放声唱着生命的欢乐，就像在过去人们可以同它们一起歌唱时一样。银莲的香味很像淡淡的苹果花香。康妮摘了几朵银莲给克利福德。

克利福德接过花，好奇地看着。

“你这宁静的尚未被奸污的新娘，”克利福德引用济慈《希腊古瓮颂》里的诗句道，“这句诗用在花上比用在希腊花瓶上更合适。”

“‘奸’这个字很令人恐怖！”她说，“只有人才强奸。”

“哦，我不知道，蜗牛什么的都干这个。”他说。

“甚至蜗牛也不过是啮食。蜜蜂是不会强奸的。”

康妮生克利福德的气了，什么他都用比喻描述。紫罗兰是朱诺的眼睑，银莲花又成了未被奸污的新娘。她恨透了这些字词，它们总是把她和生命阻隔开！如果说奸污，字词才是在干着奸污的勾当呢。这些现成的字词和短语把所有活生生的生命元气都吸干了。

和克利福德的散步并不愉快。他和康妮之间的气氛挺紧张，但双方都佯装不知，可紧张是存在的。蓦地，康妮凭借着强烈的女性本能力量，暗自要甩开他。她要摆脱他，特别是摆脱他的想法、他的写作和他对自我的迷恋——他对自己和他的写作怀有无限的迷恋。

又开始下雨了。但隔了一两天，她就冒雨到林子里去了，一到林子里她就去小木屋。下着雨，但并不很冷。林子里静悄悄的，让人觉得很是遥远，在昏暗的雨中，似乎难以接近。

她来到空地上，那儿一个人也没有。小屋的门锁着。她就在粗木门廊下木桩子做成的台阶上坐下来，蜷缩着身体以求暖和点。她就那样坐着看雨，倾听寂静的林中的各种声音，听树林高处奇特的飒飒风声，尽管似乎并没有风。周围是老橡树林，强壮的灰色树干被雨打湿后颜色发黑，又圆又壮，枝叶茂密。地面上少有矮树丛，银莲花星星点点，偶见一两处灌木丛，有接骨木或荚蒾，还有一团团略微发紫的野生黑莓。翠绿的银莲花茸毛盖住了那褐色的羊齿草，几乎令其消失殆尽。或许这才是未被奸污的地方呢。未被奸污！可整个世界都被奸污了。

有些东西是无法奸污的。你无法奸污一听沙丁鱼。很多女人都像一听沙丁鱼，有的男人亦如此。可大地——！

雨渐渐停了。橡树林里不那么黑了。康妮想走，可她还是坐着不动。她感到冷了，可她内心的反感产生了巨大的惰性，让她待着不动，几乎像瘫痪了一般。

奸污！一个人居然在没有接触的情况下受到奸污！字词僵死直至污秽，观念僵死直至令人痴迷，这些都可以将人奸污。

这时跑来一条湿漉漉的棕毛狗，它没叫，只是翘着湿漉漉的尾巴。那男人尾随而来，他穿着黑色雨布外衣，样子像个出租车司机，脸色有点发红。康妮感到他看到她时有点收住了疾速的脚步。她站起身，粗木头廊檐下只有很小一条干爽的地方。他无言地行个礼，缓缓靠近。康妮开始向后退缩着。

“我这就走。”她说。

“你是等着进屋吧？”他问，不看她，只看着小屋。

“不！我只是在廊下避雨。”她沉静而矜持地说。

他看看她，她看上去身上发冷。

“克利福德男爵莫有别的钥匙呀？”他问。

“没有！不过没关系。我可以在廊下坐坐，淋不着的。再会！”

她讨厌他大讲土话。

他紧紧盯着她离去的背影。紧接着他拉起上衣，从裤袋里掏出小屋的钥匙冲她说：“没准儿你拿着这把钥匙更好。我得琢磨别的法子养小鸡子了。”

她看看他问：“你这是什么意思啊？”

“我是说没准儿我能找着别的什么地界儿养小鸡子。要是你想在这儿待着，就不会乐意我老在这地界儿倒腾来倒腾去地瞎忙活。”

她看着他，大概猜中了他土话里的意思。

“你为什么不讲标准英语呢？”她冷漠地问。

“我！我觉着我说的就是标准英语。”

康妮生气了，半天不说话。

“你要是想要这把钥匙，就拿着呗。不过我最好明儿个再给你，等我先把屋儿里乱七八糟的家什给清喽。那样儿成不?”

她更生气了。

“我不想要你的钥匙，”她说，“我也不想让你清理任何东西。我一点也不想把你赶出你的屋子，谢谢！我只是想有时候来这里坐坐，就像今天这样。我完全可以就坐在廊檐下。所以你别再提钥匙的事了。”

他又用那双恶意的蓝眼睛看了她一眼。

“这话儿怎么说的，”他仍讲着浓重的方言，但语速慢了下来，“夫人来小屋儿我欢迎，钥匙什么的都随夫人用。就是吧，年年儿这个时候我都得张罗着孵小鸡儿，得里里外外忙活着照看它们！冬天我用不着怎么到这地界儿来。就是一开春儿，克利福德男爵要打山鸡了——夫人你一来了吧，怕是不乐意看我瞎转磨……”[1]

她听着他说话，暗自感到惊诧。

“我为什么不喜欢看见你在这里呢?”她问。

他好奇地看看她。

“碍手碍脚呗!”他简单地说了一句，但这就够了。她听了脸唰地就红了。

“那好!”她最后说，“我不会给你添麻烦。但我不觉得坐在这儿看你照顾雏鸡有什么不好。我喜欢那样。不过既然你觉得干扰

1　作为猎场看守，梅勒斯职责的一部分是饲养山鸡供主人狩猎用。——译注

你了，我就不会来了，别怕。你是克利福德男爵的猎场看守，不归我管。”

这句话说得令人费解，她也不知道怎么会这么说，但说了也就说了。

“不，夫人。这是夫人你的小屋儿。什么时候想来就来，您也可以提前一个礼拜通知辞了我。只是——”

“只是什么？”她不解地问。

他把帽子往上推了推，样子有点奇怪和滑稽。

“只是，你想一个人在这里待着，你来了，我就不来瞎忙活了。”

“为什么？”她生气地说，“你不是个文明人吗？你以为我会怕你吗？我为什么要盯着你，在乎你在不在这儿？这事重要吗？”

他看着她，脸上露出恶意的笑，说：“不重要，夫人，一点儿都不重要。”

“那又为什么——？”她问。

“要我为夫人您另配一把钥匙吗？”

“不，谢谢，我不要。”

“反正我会再弄一把的。最好有两把钥匙。”

“我觉得你挺无礼的。”说着康妮脸红了，呼吸有点急促起来。

“不，不！”他赶紧说，“可别那么说呀！不，不，我压根儿没那意思！就是寻思着你会来，我就该出去。那活儿可够受的，另起炉灶嘛。要是夫人不在意我，那就好。这是克利福德男爵的屋子，夫人您想怎么着就怎么着呗。怎么着都行，只要夫人喜欢，只是别在意我东忙西忙的，我得干活儿。”

康妮离开了，全然莫名其妙。她不知道自己是不是受了侮辱或受到了巨大的冒犯。也许那男人的意思的确是说他以为她想让他避开。还以为她做梦都想这事呢！还以为他自己有多重要呢，就他那个愚蠢的样子。

她回到家，脑子挺乱，不知道自己在想什么，也不知道感觉如何。

9

康妮开始厌恶克利福德了，这让她感到惊讶。不仅如此，她感到自己一直就不喜欢他。倒也不是恨他，这里面没有感情的问题，只是从肉体上深深地厌恶他。似乎她跟他结婚就是因为不喜欢他，在肉体上不喜欢。不过，她嫁给他确实是因为他在精神上吸引了她并让她兴奋。在某种意义上说，他似乎是她的主人，令她无法企及。

现在，那精神上的兴奋劲儿早已过去，支离破碎，她感觉到的就只有肉体上的厌恶了。这种厌恶是发自内心深处的，让她意识到自己一直都被这种感觉蚕食着。

她感到身体虚弱，无限孤独。她巴望着外界有谁能帮她。可整个世界就没人能帮她。社会是恐怖的，因为它早就疯了。

文明的社会疯了。金钱和所谓的爱情是它的两大疯癫症，其中金钱远远跑在前面。个人就在金钱与爱情中分裂着，发着疯。看看米凯利斯！他的生活和行动就是疯癫的，他的爱情是一种疯狂，他写的戏剧也是某种疯症的表现。

克利福德也一样。什么谈话！什么写作！什么疯狂的挣扎，推动自己进取！都不过是疯狂而已。这种状况每况愈下，确实疯狂。

康妮感到自己害怕至极。不过至少克利福德放松了对她的纠缠，转而纠缠博尔顿太太了。这一点他自己意识不到，像很多疯子一样，他疯狂的程度是要靠他意识不到什么来衡量的，那是他意识中的荒漠地带。

博尔顿太太在很多方面都令人起敬。奇怪的是她无意中显得很霸道，总是将自己的意志强加给别人，这是现代女性疯狂的标志。她以为自己全然是为别人效劳的，是为别人而活着的。克利福德令她着迷，因为他总是，或者说经常是不动声色地就挫败了她的意志，靠的似乎是某种细腻的本能。与她相比，他的自我意志更加细腻微妙，这就是博尔顿太太眼中克利福德的魅力之所在。

或许那也曾经是迷惑过康妮的魅力。

"今儿个天儿多好呀！"博尔顿太太会半是抚慰半是说服地劝他道，"我觉得你肯定会喜欢坐着轮椅出去逛逛的，这阳光真是爱死个人儿。"

"是吗？能递给我那本书吗，在那儿，那本黄皮的。顺便把那些风信子拿走吧。"

“怎么了，不是挺好看吗？”她特别加重说好看二字，“香死个人儿呢。”

“我烦的就是那股香味儿，”他说，“有点丧气，像葬礼上的味儿。”

“您怎么那么想呢！”她惊讶地大叫道，显得受到了冒犯，但还是服从了，把那些风信子拿出屋去了。她服的是他那种高雅的挑剔劲儿。

“今儿早上胡子是让我刮呢，还是您自己来？”博尔顿太太总是用这种轻柔、抚慰、顺从但又是管人的口吻说话。

“我不知道。你能等一会儿吗？我准备好了会按铃叫你的。”

“好的，克利福德男爵！”她柔顺地回答着，悄然退了下去。但每次受到冷遇都会令她意志更坚强。

过了一会儿，他一按铃，她就立即出现了。他说：“我想今天还是你来给我刮吧。”

她心里一阵激动，随后特别温柔地回答道：“好的，克利福德男爵！”

她很灵巧，触摸他时手指轻柔、舒缓。起初他挺反感她的手指触摸他的脸时那种过分的温柔，但现在他喜欢了，渐渐感到受用了。他几乎每天都让她给自己刮脸。刮脸时她的脸紧挨着他的脸，目光十分专注，一丝不苟地盯着，生怕出错。渐渐地，她的指尖能准确地感觉出他的脸颊、嘴唇、颧骨、下颌和喉部。他养尊处优，容颜保养得好，他的脸和颈生得完美无瑕，不愧是个绅士。

她也很标致。白净的长脸，表情沉静，眼睛明亮，但丝毫也不泄露内心的秘密。渐渐地，她凭着自己无尽的温柔，几乎算是爱，控制住了他，让他服帖了。

现在她几乎什么都为他做，他也觉得同她相处和谐多了，让她干起脏活儿来比让康妮干更好意思些。博尔顿太太喜欢侍弄他，喜欢将他的身体掌握在自己手中，什么都管，最脏的活儿也都包了。有一天她对康妮说："你一摸到男人们的底儿，就会发现他们都是孩子。你猜怎么着，特瓦萧矿井下最难伺候的病人我都伺候过。别管他们得的是什么毛病，你伺候上他们，他们就成了孩子，简直就是大孩子。嗨，男人们呢，没什么太大的不同！"

起初博尔顿太太还以为一个绅士，一个像克利福德男爵这样真正的绅士或许真跟别人有什么不一样，所以克利福德一开始把她给镇住了。可渐渐地，用她的话说一旦她摸到了男人的底儿，她就发现克利福德跟别人一样，是个长成大人模样的孩子，但是个脾气古怪、举止文雅、有钱有势的孩子，是个满腹经纶的孩子，那一肚子莫名其妙的知识她做梦也弄不懂，因此他还是能压制住她。

有时康妮忍不住想说："看在上帝的分上，别让那个女人给钳制住！"但她又发现自己还没到对他那么牵挂的地步，因此也就不说了。

他们仍然按照老习惯，两个人一起待到晚上十点才分手。他们在一起聊天、读书或研读他的手稿。可以前做这事的兴奋感早已烟消云散，她烦了他的手稿，但仍然尽职地为他打出稿子来。不过，就这很快也成了博尔顿太太的事。

康妮建议博尔顿太太学着用打字机打字。早就有这念头的博尔顿太太说干就干，练得十分努力。所以现在克利福德有时会给她口授一封信什么的，她会记录下来，速度有点慢，但字打得准确无误。遇上难字或偶尔的法文短语什么的，克利福德会十分耐心地拼出来。博尔顿太太打起字来兴奋异常，因此教她打字几乎是件快活的事。

现在康妮有时会以头疼为托词一吃完晚饭就上楼去。“或许博尔顿太太能陪你玩双人皮克牌。”她对克利福德说。

“哦，我挺好。你回房间休息吧，亲爱的。”

可是她一走，他就按铃叫博尔顿太太来玩皮克牌、比齐克牌甚至下棋。他教会了她玩所有这些游戏。看到博尔顿太太像个小姑娘那样红着脸哆里哆嗦，游移不定地摸摸象、摸摸马又抽回手的样子，康妮就特别反感。而克利福德却微笑着，带着调笑的口吻居高临下地对她说：“你必须说*j'adoube*[1]！”

她抬起眼皮，明亮的眼睛惊悚地看看他，然后顺从地喃喃道：“*J'adoube*！”

没错，他是在教育她呢。他乐为人师，因为这让他感到一种权威。而博尔顿太太也高兴，因为她逐步地掌握了绅士阶层之所以成

1　法语，意思是调整棋子，并不走棋。

为绅士的那些东西，除了金钱之外。这令她兴奋不已。与此同时她也使他离不开她了。她这种发自内心的激动让他微微感到是对他的一种至高的奉承。

而在康妮看来，克利福德似乎是露出自己的真面目了：有点俗，有点平庸，毫无生气，身材也有点臃肿了。艾维·博尔顿的手腕和绵里藏针是过于明显了点，可康妮确实为她从克利福德那里获得的兴奋感到惊讶。说她爱上了他倒还不至于。她的激动来自同这个男人的接触，一个上等人，一个有爵位的人，一个会写书作诗的写家，人家的照片都登在画报上了呢。她是因着某种奇特的激情而激动。他给她的“教育”激起了她的激情和反应，其结果是任何爱情都无法比拟的。事实上，正因为不可能有爱情这一说，她才能伴着他的另一种激情纵情地激动，那就是求知的激情，尽可能地求知。

不错，这女人在以某种方式爱着克利福德，无论我们怎么解释“爱情”这个词的意思，那都应算是爱。她看上去是那么标致，那么年轻，灰色的眼睛有时看上去是那么精神。还有，她时不时会显出满足的样子来，甚至是得胜的样子，康妮讨厌的就是这个。偷着得意，私底下满足！呵，偷着得意！康妮恨透了这个！

怪不得克利福德让这女人俘虏了呢！她对他绝对仰慕，从不动摇，俯首帖耳地为他效劳，任他使唤。也难怪他感到被奉承了！

康妮听到这两人在长谈。其实大部分时间里是博尔顿太太在说。她没完没了地说着特瓦萧村的流言蜚语。她的话比飞短流长还更甚。那是集盖斯凯尔夫人、乔治·艾略特和米特福德小姐[1]于一炉，外加这些女人挂一漏万的那些东西。一聊起人们的家长里短来，博尔顿太太简直胜过任何一本书。她对村里的人都了如指掌，而且对他们的事特别热衷。听她道来，真是精彩，虽然有点掉价儿。起初她并没有敢像她说的那样对克利福德"唠唠特瓦萧村"，可一旦开了头儿就收不住了。克利福德倾听着，是为写作找"素材"，还真听出不少料来。康妮意识到，他的"天分"就在于此：他能天才地利用那些飞短流长，听的时候可以不动声色。博尔顿太太一旦"唠唠特瓦萧村"自然就特别热心，干脆就收不住了。她知道的这里发生的那些事儿真是有意思，让她聊起来，能写成十来本书呢。

康妮听她说这些事也听得入迷，但过后总觉得有点掉价儿。她觉得自己不应该这么带着猎奇的心态去听。一个人不妨听听别人最隐私的事，但应该是对人家的挣扎和倒霉抱以尊重的态度，因为人人都如此，而且应该对此怀有细微、明察的同情心，甚至讽刺也算是一种同情。对我们的生活起决定作用的是我们的同情心释放或收敛的方式。对了，小说的重要性也在于此，如果笔法得当的话。它能影响我们的同情心并将它引入新的天地，也能引导我们的同情

1　这三人均是十九世纪的英国女作家。盖斯凯尔夫人以描写产业革命时期的长篇小说《南与北》著名。劳伦斯在此处提到她，是因为她还写过一本有关村民生活的小说《克兰福德》(1853)。乔治·艾略特以一系列描写英国中部地区乡村生活的小说而著名，其中描写村民的小说有《亚当·比德》(1859)和《织工马南》(1861)。玛利·罗素·米特福德曾出版五卷本的乡村生活特写《我们村》。

心从死亡处收敛回来。因此，如果笔法得当，小说可以披露生命中最为隐秘的地带：正是在生命里情欲的隐秘地带，不是别处，敏锐的感觉潮汐在涨落、洗涤和刷新着。

但是小说和流言一样，也能激起虚假的同情，制造虚假的收敛，对人的心理造成机械致命的影响。小说能将最腐朽的感情化为神奇，只要这些感情是符合传统意义的“纯粹感情”。在这种情况下，小说就像流言，最终变得恶劣，而且像流言一样，因为它总是明显地站在天使一边而变得更恶劣。博尔顿太太的流言就总是站在天使一边。“他是个特坏的家伙，可她是个挺好的女人”，她会这么说别人。可康妮甚至从博尔顿太太的闲言碎语中都能听得出，她说的那个好女人不过是个说话讨人喜欢的女人，而那个坏男人则是个脾气不好的老实人。可在经过博尔顿太太正儿八经地一番搬弄是非、错施同情之后，脾气不好但老实的人就成了“坏家伙”，甜言蜜语则让她成了个“好女人”。

这样一来，闲言碎语就是对人的侮辱。同样，大多数小说，特别是流行小说，也是侮辱人的东西。公众现在只喜欢迎合他们阴暗心理的东西。

无论如何，博尔顿太太的话还是能让人对特瓦萧村有新的认识。这里的生活看上去丑陋、混乱得吓人，并不像从外面看上去那样只有单调乏味而已。克利福德自然见过博尔顿太太提到的那些人，康妮则只认识其中一两个。听上去这里更像一处非洲中部的丛林而非一座英国乡村。

“我猜你听说奥尔索普小姐上礼拜结婚的事了吧！你怎么也想不到吧！奥尔索普小姐，就是老鞋匠詹姆斯·奥尔索普的闺女。你知道的，他们在派伊克罗夫特那边盖了房子。可那老头儿去年摔了一跤，死了。都八十三的人了，腿脚儿还像个小伙子呢。去年冬天小年轻儿们在贝斯特伍德山上修了条滑道滑冰，他也去滑，就摔断了大腿，结果就那么死了，可怜的老头儿，真怪可惜的。猜怎么着，他把钱都留给了女儿塔蒂，却没给儿子们留下一分钱。我知道，塔蒂大我五岁，去年秋天都五十三了呢。哎哟，天知道，他们可是些特信教[1]的人啊。塔蒂在主日学校里教了三十年的课，一直教到她爸爸去世。打那以后她就开始跟金布鲁克的一个家伙勾搭上了。不知你认不认得，那是个挺老的家伙，长着红鼻子，打扮得像个花花公子儿，叫威尔科克，在汉森家的堆木厂工作。估摸着有六十五了。可你看他们挎着胳膊，在大门口亲嘴儿的样子，还当他们是一对儿小鸳鸯呢。没错儿，在派伊克罗夫特路边的房子里，她坐在他腿上，就在外飘窗窗台儿上，是故意让人看。那男人的儿子都四十大几了，他老婆死了才两年的工夫儿，他就干这个。老詹姆斯·奥尔索普没从坟里出来管他们，那是因为他不愿意出来，他觉得自己生前把女儿管得太厉害了，现在放她一马！现在两个人结了婚，住到金布鲁克去了。听那儿的人说呀，塔蒂从早到晚都穿着睡袍晃悠，真是活现眼呀。我就看不惯这个，老年人怎么会这个德行！他们简直

1　指脱离了英国国教的那些教派，有卫理公会、公理会和浸礼会等。

比年轻的还差劲，那德行样儿更让人恶心。我觉得这都是电影闹的，可你又不能不让人们看电影啊。所以我总是说：看点儿让人学好的电影，看在老天爷的分儿上，别看那些瞎编乱造的剧情片儿和爱情片儿。无论如何也不能让孩子们看那个。可你瞧瞧，大人反倒比孩子还差劲，老的学坏更快。还说什么道德呢！去他的道德吧。人们想怎么着就怎么着，活得比原先滋润，这我得承认。可现如今他们得收敛点儿了，矿上的生产不怎么行，人们拿不到钱。他们怨气冲天的样子可怕极了，特别是女人，闹得更厉害。男人们反倒还挺通情达理，挺有耐心的！他们能怎么着，可怜的伙计们！可女人们，哦，她们可不管那一套，闹！她们里里外外地张罗，为玛丽公主的嫁妆[1]凑份子，可后来看到人家得到的是那么豪华的东西，她们简直要闹翻天了，'她算老几，比我们强不到哪儿去！凭什么斯旺-爱德加百货店[2]一件毛皮大衣都不给我，却一下子给了她六件儿！我就不该出那十先令[3]！她能给我什么，我倒想知道知道。我今年春天连件新外套儿还没有呢，我爹干半天活儿也挣不着钱，可她却一车一车地收礼物。不能再这么下去了，我受不了了。该让穷人有点钱花了，富人们有钱的日子太长了呀。我就是想要件春天穿的外套儿，没别的。可我上哪儿弄去呀？'我就劝她们，别不知足，你们能

1 1922年2月，英王乔治五世的女儿玛丽公主（1897—1965）出嫁。

2 伦敦著名的百货店。

3 当年一英镑等于二十先令，一先令等于十二个便士。劳伦斯在诺丁汉当职员时周薪仅十三先令，矿工的平均工资也是每周二十多个先令，最好的时候能达到四十先令。足见十先令是一笔可观的钱。——译注

吃饱穿暖就行了，没那些个好衣裳也能凑合着过不是！她们就回嘴说，'凭什么玛丽公主不穿着破衣服知足呢？让她什么都没有试试看！像她那样的人就可以成车成车地收礼，我却连件春天的外套都没有，这太不公平了。公主！什么他妈的烂公主啊！不就是有钱嘛。她越有钱，人们给她的反倒越多！没人给我一分钱，可我跟大家一样也是人啊。少跟我说我没受教育，没钱还教什么育呀。我想要一件春天穿的外套儿，就这，可我穿不上，就是因为我没钱。'她们就关心那个，穿的。她们花上七八个几尼买件冬天的外衣，或者花两个几尼给孩子买一顶夏天的帽子，[1]眼都不带眨的，别忘了，她们可是矿工的女儿啊。她们就戴着两几尼的帽子上原始卫理公会[2]教堂做礼拜去，而我年轻的时候女孩子有顶三个半先令的帽子就美得跟什么似的了。我听说，今年的原始卫理公会办周年庆祝会，专门给主日学校的孩子们搭了个台子，又高又大，高到房顶上去了呢。我听第一个在主日学校办女生班的汤普森小姐说，给上台的孩子做主日新衣服就花了上千镑呢！她们就是会赶时髦呀！谁也挡不住她们，她们在穿上真是发疯了。男孩子们也这样儿，他们把钱都花在自个儿身上，穿戴，抽烟，在矿工俱乐部里喝酒，每礼拜上谢菲尔德城里玩儿两三次。哼，这世道变了。他们什么心都不用操，什么人都不放在眼里，这些年轻人就这德行。上年岁的男人们多么好脾

---

1 几尼是旧英国金币，一个几尼等于一英镑一先令。由此可见这些矿工家的女人在买衣饰上出手大方。——译注

2 1811年从美以美教会分离出来的一个教派，成员多来自劳动阶级。

气儿，多么好心眼儿呀，他们把什么都交给他们的女人管，结果就是这样儿，女人成了自高自大的魔鬼。可小伙子们可不像他们的爹，他们可是一点儿亏都不吃，才不呢，他们整个儿就是为自己活着。要是你跟他们说省着点儿花，成个家，他们会说：顾不上那个，再说吧。趁着能享受先享受，别的先搁一边儿去吧！哎，他们真是没心没肺，自私自利，你说是不是。什么都让老爹去扛着，真让人看不下去。”

通过博尔顿太太的话，克利福德对自己的村子有了新的认识。这地方一直让他感到害怕，可不管怎么着还算平安无事。那现在又如何呢？

“这儿的人里想闹事的吗？”他问。

“哦！”博尔顿太太说，“有几个大嗓门儿嚷嚷的人。但都是背了一屁股债的女人。男人们才不理会那个呢。特瓦萧的男人都是本分人儿，不会当那个的。可是年轻人有时会胡说倒是真的。但他们也是有口无心。他们只是想多挣俩小钱儿去俱乐部花，或者去谢菲尔德找刺激，他们关心的也就这些东西。他们没钱的时候，就去听宣传鼓动，但没谁真信那些话。”

“就是说你觉得没什么危险？”

“哦，没有的事儿！只要矿上生意好，就没事。可情况要是老这么不好，年轻人就要出事。你就信我的话吧，他们可是一群自私自利、被宠坏了的家伙。不过我不信他们敢怎么着。他们对什么都不那么认真，就知道骑着摩托耍威风，上谢菲尔德的舞厅跳舞。谁也没法子让他们认真起来。认真点的人会穿上晚礼服上舞厅，在姑娘们面前显摆、跳新式舞什么的。我相信，不定什么时候，公共汽车上会挤满了穿晚礼服的年轻人，都是矿工的孩子，去舞厅，更不用说那些骑着摩托车带着姑娘的人了。这些人根本不会严肃地合计点什么，满脑子都是顿卡斯特和艾普森的赛马会[1]，因为他们每场赛马都下注。还有足球儿呢！现在连足球赛也比不得从前了，差远了。他们说踢足球简直是干苦活儿，他们才不踢那个呢，他们更乐意星期六下午骑着摩托去谢菲尔德或诺丁汉。"

"他们上那儿去干什么呀？"

"哦，闲逛，上'米卡多'之类的高级馆子吃茶点，去舞厅跳舞，去看电影，或者去'帝国'[2]，当然是带着女孩子啦。女孩子们和那些小子们一样随便，想怎么着就怎么着。"

"可是如果他们没钱怎么办呢？"

"他们好像是有地方弄钱，不清楚。要是没钱，他们就开始胡说八道了。可我就是不信他们会搞什么主义，这些小子脑子里只想着花钱享受，女孩子们也一样，只不过想的是衣裳，除了这个什么也不当回事。他们根本不是真想，因为他们根本没那么严肃，从来不拿任何事当真，永远也不会的。"

康妮觉得，这些下层阶级的人听上去和别的阶级的人简直没两样。特瓦萧和伦敦的五月市场或者肯辛顿这样时髦高尚的地方何

1　这两处赛马会在英格兰最为著名。

2　"米卡多"是诺丁汉的一家著名饭店。"帝国"指诺丁汉城里的帝国剧院和附属的娱乐场所。

其相似乃尔。眼下只有一个阶级了，那就是拜金阶级，男女都拜金，人们之间唯一的区别就是钱的多少和欲望的强弱。

受博尔顿太太的影响，克利福德开始对矿井产生了新的兴趣。他开始感到自己属于这里了。他有了新的自我主张。归根结底，他是特瓦萧真正的主子，矿井就是他。他有了一种新的权力感，而在这之前他却因为惧怕而逃避这权力。

特瓦萧煤井里的煤越采越少了。这里只有两处采煤场，一处是特瓦萧，还有一处叫新伦敦。特瓦萧曾经是有名的富矿，赚了大钱。可它的黄金时代过去了。新伦敦从来就不那么景气，一般情况下业绩平平。现在整个情况都不好，像新伦敦这样的采煤场就得关门了。

“不少特瓦萧的男人离开这里去了斯戴克斯门和怀特奥沃，”博尔顿太太说，“你还没看见过战后在斯戴克斯门开张的新煤场吧，克利福德男爵？哦，你哪天得抽时间去看看，崭新崭新的，井台上建起了大化工厂呢，看上去都不像采煤场了。他们说靠化工副产品赚的钱比靠卖煤赚的钱还多呢，我忘了是什么化工产品了。给工人们住的新房子简直像宫殿一样！好多特瓦萧的人在那儿发了，比咱们这儿的人混得强多了。他们说特瓦萧完了，也就几年的事了，早晚得关门。新伦敦矿肯定得先关。哎呀，要是特瓦萧的矿井都关了门那可惨了。闹起罢工来情况是惨透了，不过你听我的，要是彻底关了张，那就是世界的末日了。我还是姑娘时，这儿可是全国最好的矿啊，谁能上这儿干活儿都觉得有福。特瓦萧是赚过钱的呀。可这会子人们却说它是一条往下沉的船，得赶紧逃走。这都是什么事儿啊！当然还是有不少人撑着，能不走就不走。他们不喜欢这些玩新花样儿的煤矿，那么深的井，全让机器干活儿。有些人怕那些铁人，他们管机器叫铁人。让机器挖煤，可以前那一直是人干的活儿呀。他们还说那纯粹是浪费。浪费就浪费吧，可工资减了，减大发了。地面儿上的人看样子很快就没用了，全是机器了。他们说，当初人们废了旧织袜机时就这么说过，我还记得一点儿呢。可我就觉得，机器越多，人也越多，看上去就是这样啊！人们又说啊，特瓦萧的煤里弄不出斯戴克斯门煤里的化学东西，这可真是有意思，两个矿隔着还不到三英里呢。反正他们说是这么回事儿。大伙儿都说，没本事想点什么办法让大家日子好起来，倒把女孩子招去做工，这是挺丢人现眼的事。姑娘们天天跑远路上谢菲尔德去！哎呀，特瓦萧要是能重新振作起来，那可就成了人人夸的美事儿了。可现在人人都在说它完了，是条沉船，还说大家要像老鼠一样逃走呢。人们的闲话多了去了。大战的时候，矿上兴旺过一阵子，杰弗里男爵不知怎么把财产托管了，那样他的钱就一辈子上了保险了。大家都这么说呢！可现在人们说，连矿主和业主都挣不到什么钱了。你简直无法相信这个，是不是？不是吗，我还是个姑娘家时，一直觉得咱们矿能永远这么过下去，怎么能想到现在会到这步田地！新英格兰矿关张了，科尔威克伍德矿也关了。穿过那片矮树林儿，看到科尔威克伍德矿停产了，在森林里荒废着，真是可怕呀，灌木长了老高，都没过出井台了，运煤铁路的铁轨都锈了。看到这个，哎呀，就跟看见鬼一样！就是死了呀，矿井死了呀。要是特瓦萧矿关了门，我们可怎么办呀,我都不忍心想这个。除了罢工的时候,矿上一直都忙,就是罢工,换风的轮子也没停过,只有往井上运拉煤车的马时,轮子才停转呢。我觉得这是个说不清道不明的世界,过了今年没明年,真的。”

博尔顿太太的一席话的确激起了克利福德新的斗争精神。他的收入,正如她所说的,是铁定的,因为是来自他父亲的信托财产,尽管那笔钱数目不是很大。矿井并不让他烦心,他想抓住的是另一个世界,是文学和名望的世界,是新潮的世界,而不是劳动者的世界。

现在他意识到了成名与工作上成功的区别了。一方面是娱乐大众,另一方面是劳动者群体。作为个体,他一直为娱乐大众炮制故事而努力并且走红了。可娱乐大众表象的下面是劳动者,可恶、肮脏,而且特别可怕。这些人也得有人供养他们,这与娱乐他们相比可是件更让人厌恶的差事。他忙着摆弄他的小说并以此在世界上出人头地时,特瓦萧则正走向末日。

他现在明白了,成功这条母狗加女神主要有两个胃口:一个是需要赞美、谄媚、抚慰和挑逗,作家和艺术家能满足她这个胃口;另一个则可怕,她要吃肉啃骨头,开工挣钱的人才能满足这个胃口。

于是就有了两拨儿狗在那母狗加女神面前争宠:一拨儿是谄媚者,他们为她提供娱乐、故事、电影和戏剧;另一拨儿虽不那么炫耀,却是更野蛮的一类,他们给她肉吃,那可是实实在在的金钱。那些衣着光鲜、哗众取宠的狗们在这母狗加女神面前相互撕咬着。可这样的狗咬狗跟另一拨人之间的争斗比就算不了什么了,那些不可或缺的肉骨头提供者之间无声中进行的可是生死搏斗啊。

博尔顿太太的话引诱着克利福德去加入另一拨的争斗，用野蛮的工业生产去捕获那母狗加女神的芳心。反正他开始摩拳擦掌了。某种意义上说，是博尔顿太太让他成了个男子汉，康妮则没这本事。康妮让他脱离社会，使他对自己和自己的境况有敏感清醒的认识。而博尔顿太太则让他只关注外界的事情，内心则变得软弱无助。但他开始变得外向，要干点什么了。

他甚至打起精神再次到矿上去，到那儿以后他就坐上吊桶下井了，下井后他坐上矿车到巷道里去视察。大战前他学过但似乎又都忘记的东西现在都记起来了。他瘫坐在矿车里，井下的监工打着强光向他解释煤层的问题。他沉默寡言，但脑子却开始转了起来。

他捡起以前学过的采矿方面的技术书来读了。他还读了有关的政府报告，仔细研读了采煤、煤炭化学和页岩方面的德文书籍。当然，最有价值的发现人家是尽可能保密的。可是一旦开始了采煤方面的某种研究，研究其方法和手段、其副产品以及从煤炭中提炼化学成分的可能性，你就会惊奇地发现现代技术方面的人才是多么聪明，聪明得几乎难以置信，似乎魔鬼把自己的智慧都借给工业界的技术人员了。工业技术科学比艺术和文学要有趣得多，他们捣鼓那些可怜的感情玩意儿多蠢笨呀。在技术科学领域，人就像神或魔鬼，受了灵感的启发去发现并且奋力把发现变成现实。在这项活动中，人超越了任何可计算的精神年龄。可是克利福德知道，一旦回到感情和人的生命中，一些人的精神年龄也就才十三岁的样子，是脆弱的小孩子呢。这两者之间竟有天壤之别，简直令人觳觫。

随它去吧。让人在感情和“人”的精神上统统滑向愚蠢吧，克利福德才不在乎这个呢。让那一切都见鬼去吧，他关心的是现代采煤技术，是怎么把特瓦萧从深渊中拯救出来。

他一天又一天地下到井里，他研究，他把总经理、井上经理、井下经理，还有那些工程师等一干人马好好考问了一番，这是他们做梦也想不到的。权力！他感到自己身上涌动起一股新的权力感来，统治所有这些人的权力，统治成百上千的矿工的权力。他在发现，也在把这里的一切都掌握在自己手中。

他确实感到自己获得了再生。现在生命又回到了他身上！在封闭的艺术和精神生活中，他和康妮在渐渐地死去。现在，让那种生活见鬼去吧，让它休眠吧！他感到生命涌进了他的体内，来自煤炭，来自矿井。煤矿上弥漫的陈腐空气对他来说比氧气还好闻，因为它让他感到一种权力，权力。他是在干着什么，他将要干一番事业了。他要赢，要赢，不是像写小说那样靠斡旋人际关系赢，招来的是嫉妒与恶毒的喧嚣，而是要靠煤炭，靠特瓦萧矿井里挖出来的脏东西赢得人生。

最初他想到的方法是发电，将煤转换成电力，就在井台上建电厂，卖电。然后又有了新主意。德国人发明了一种新式机车，可以自行补充燃料，不需要锅炉工。机车所用的是一种新燃料，在特殊条件下很少量就可以产生巨大的热能。

首先吸引克利福德的就是这种浓缩燃料，燃烧速度缓慢，但释放的热能巨大。这种燃料只靠空气无法燃烧，必须靠某种外部的促燃剂才行。于是他开始了实验，还找了一个在化学上颇有建树的聪明小伙子给他做帮手。

他感到成功了，因为他终于走出了自我，他实现了有生以来的秘密愿望，那就是走出自我。艺术没让他走出自我，非但没有，反而更糟。但现在，他做到了。

他并没意识到博尔顿太太对他有多大的帮助，不知道自己是如何依赖着她。虽然他没有这种意识，但一跟她在一起，他的声音就明显降低，变得柔和亲昵，几乎有点俗气。

和康妮在一起，他就有点僵硬，感到自己什么都欠她的，因此对她表现出最大的尊敬和关爱，只要她表面上还尊敬他。但他明白，自己暗地里惧怕她。他长着阿喀琉斯的脚后跟[1]，康妮这样的女人完全可以让他受到致命的打击。所以他因为惧内而显得低声下气，对她特别和气。同康妮说话他不免有点紧张，她一出现他就沉默。

只有和博尔顿太太单独在一起时，他才真正觉得自己是主人，他也像她一样絮叨，两个人聊得很投机。他还让她给自己刮脸，偶然用海绵给自己擦身，样子就像个小孩，真像个孩子一样。

---

1 希腊神话中阿喀琉斯出生后，其母握其踵在冥河中浸过，这样他的身体即可刀枪不入，但忘记将踵也浸水，此踵便成了阿喀琉斯的“软肋”，他最终被帕里斯击中此处而死。成语“阿喀琉斯之踵”由此得来，意为某人的致命弱点。

10

康妮现在颇为孤独,因为来拉格比府的人越来越少了。克利福德不再需要他们了,他甚至连他那几个"密友"都不理睬了,宁可听收音机。他花了一大笔钱置办了一套收音机,最终安装好了,在信号不强的中部地区有时能收到马德里或法兰克福的广播。

他能在收音机前一坐好几个钟头,听那喇叭吼叫。那样子令康妮惊诧不已,也吓得够呛。可他照样端坐着,一脸空虚迷狂的表情,就像丢了魂儿,听着,或者说似乎在听着那些难以言说的广播。

他真在听吗?或许是拿广播当催眠曲,心里在想事儿?康妮不知道是怎么回事。于是她要么逃回自己的房间里去,要么就出门到林子里去。有时她心里充满了恐惧,惧怕这整个文明世界患上的早期疯癫症。

现在克利福德正朝着工业活动的古怪方向游离而去。他突然就变了，变成了一个外表坚强、高效但内心却软弱的人，成了现代工业和金融界里一只奇特的螃蟹或龙虾，属于无脊椎的甲壳类动物，钢铁的外壳如同机器，内心却是稀烂的一摊。康妮自己都感到一筹莫展。

她还是没有自由，因为克利福德非得要她守在身边不可。他似乎神经紧张，害怕她离开他。他那奇怪软弱的一面因为恐惧而依赖她，在情感上他更像个孩子，甚至说像个痴子。她必须待在拉格比府，当查泰莱夫人，当他的妻子，否则他就会迷茫，如迷失在荒原上的痴呆儿。

他太依赖她了，意识到这一点康妮不禁感到恐惧。她听他对他矿上的经理、董事会成员和手下的年轻技术人员说话，对他的精明见解感到惊讶，惊异于他的权力，他对那些干实事的人们的那种不可思议的驾驭能力。他已经变成了一个实干家了，而且是一个精明强干的人，一个主子。康妮认为这是受了博尔顿太太影响的结果，恰恰是在他生命遇上危机的当口上，他变了。

如此精明强干的实干家在独自面对自己的感情生活时却几乎成了一个痴呆儿。他崇拜康妮，她是他的妻子，但是个比他高级的人，因此他崇拜她，以一个弱者的崇敬之心，就像一个野蛮人看一个文明人一样。那是一种因为怕甚至恨而生出的崇拜，对可怕的偶像力量既怕又恨。他唯一需要的就是让康妮发誓，发誓不离开他，不抛弃他。

后来她拿到了一把林中小屋的钥匙。有一天她问道:“克利福德！你真希望我怀上孩子吗?”

他那有点鼓凸的眼睛里目光暗淡,怯生生地看看她说:“我倒没什么,只要不影响咱们两个人的关系就行。”

“影响我们什么呢?”她问。

“你和我,我们之间的爱情呀！如果影响到爱,我就反对。或许什么时候我还能有我自己的孩子呢！”

她惊诧地看着他。

“我是说,不定哪天我能好呢。”

她仍然惊讶地盯着他,看得他都不好意思了。

“就是说你不喜欢我有孩子了?”

“我跟你说吧,”他急切地回答,像一条被逼急的狗,“我愿意,但条件是这事不影响你对我的爱情。如果会影响,那我死也不同意。”

康妮听了,只能沉默,既怕他,又蔑视他。这简直是个痴子的胡说八道。他已经不知所云了。

“哦,那不会影响我对你的感情。”她略带嘲弄地说。

“这就对了！”他说,“这是关键！那样的话,我就一点儿都不在意了。我的意思是说,家里有个孩子跑来跑去该多么好,让人觉得这家有前途。我就会有为之奋斗的东西,而且如果是你的孩子就好,对吗,亲爱的?我会视如己出。那都是因为你的缘故,你至关重要。这你明白吧,亲爱的?我无所谓的,无足轻重,从生命的角度说，你才是伟大的‘自有永有者’[1]。你明白，是不是？我是说，这是我的想法，我只为你着想，我自己是无足轻重的。我是为你活着的，为你的未来活着。我对自己都算不得什么了——”

康妮听了这话简直惊呆了，也厌恶至极。这是最可怕的假话，是对人类存在的荼毒。但凡理智尚存的男人怎么能对女人说这种话呢？除非是没有理智的男人才这样。但凡有一分廉耻的男人怎么会把生命的全部责任这样巨大的负担全推给一个女人并将她遗弃在旷野中呢？

更为可气的是，半小时之后康妮就听到克利福德热情洋溢地同博尔顿太太聊上了。他对博尔顿太太表现出若有若无的热情，似乎她是他的半个情妇加半个养母。一边聊，博尔顿太太一边精心地为他穿上晚礼服，因为家里要来生意上的重要客人了。

遇上这种情况，康妮有时真想去死。她感到自己要被莫名其妙的谎言和惊人的愚昧残酷给碾死了。克利福德在生意上奇特的干练有点令她惧怕，而他私下里对她表现出的崇拜又让她恐慌。他们之间不存在什么。现在她甚至都不触摸他了，他也不触摸她。他甚至从来不友爱地握握她的手。没有！因为他们彻底没有接触，他冲她说的那些崇拜的表白就成了对她的折磨。这是彻底阳痿造成的残酷之举，让她感到要么会失去理智，要么就一死了之。

---

1 犹太人认为上帝这个词是神圣的，不能直接念出来，所以用“I-AM-THAT-I-AM”替代。中文《圣经》将其翻译成“自有永有者”，姑且借用。见《出埃及记》第三章第十四节。——译注

于是，她得空儿就逃避到林子里去。一个午后，她正在“约翰井”旁看着清冽的泉水喷涌，边看边想事儿，这时那猎场看守迈着大步走了过来。

“我给你配了把钥匙，夫人！”说着他敬了个礼，把钥匙递了过来。

康妮一惊，忙道谢。

“小屋儿不太整洁，请多包涵，”他说，“我尽力打扫了。”

“我可没想给你添麻烦啊！”康妮说。

“哦，一点儿都不麻烦。下周我就该安排母鸡抱窝儿了，不过它们看见你不会害怕的。我一早一晚都得来照看照看它们，不过会尽量不打扰您。”

“你才不会打扰我呢，”她说，“如果我妨碍你了，我还是不去小屋的好。”

他敏锐的蓝眼睛看看她，和气但若即若离。但至少他是理智的，理智而且健康，即便看上去瘦弱，似乎还生着病。他正害着咳嗽。

“你正咳嗽着呢！”她说。

“没什么，就是着凉了！上次得了肺炎，就落下了咳嗽的毛病，不过没什么大不了的。”

他跟她保持着距离，不肯再靠近了。

她开始去小屋里去得勤了，有时早上去，有时午后去，但每回都碰不上他。毫无疑问，他是故意躲着她呢。他是要自己自由自在。

他把小屋收拾得挺整洁，把小桌子和小椅子摆在壁炉边上，预备好了一堆引火用的柴火和劈好的小木头梓子，把工具和捕兽夹尽可能放得远一些，为的是把自己的痕迹隐藏起来。在屋外的空地上，他用树枝和茅草为母鸡搭起了一个小矮棚子，里面放着五只鸡笼子。一天，康妮来时发现笼子里两只褐色的母鸡正警觉地卧着，凶相毕露。它们正在孵蛋，骄傲地抖开羽毛，沉溺在自己母性的热血涌动中。这场景几乎令康妮心碎。她自己是那么孤寂，那么形同虚设，根本算不上是个女性，不过是个害怕的物件儿。

后来全部五只笼子都有了母鸡，三只褐色的，一只灰的，一只黑的，都紧紧地护着身下的鸡蛋，羽毛扑棱开，母性的欲望、天然的母性让它们沉溺在抱窝的柔情蜜意中。可是康妮一旦在它们面前蹲下来，它们就会怒目而视，发出愤怒的警号，主要是出自母性的自卫本能。

康妮在屋子里盛谷物的桶中找到些谷粒，放在手掌上拿给母鸡们吃。它们才不吃呢，只有一只母鸡在她手上猛地啄了一口，吓了康妮一跳。但她真是想喂它们点吃的，那些抱窝母亲们不吃也不喝。她又用小罐头盒给它们弄来水，其中一只居然喝了，这让她十分高兴。

现在她每天都来看望这些母鸡，感到这世界上能温暖她心田的只有这些母鸡了。克利福德的反对让她从头凉到了脚。博尔顿太太，还有家里来的那些商人说话的声音也让她心里发凉。米凯利斯偶尔会来封信，但读他的信也让她觉得心里发凉。她感到如果这情形继续下去，她肯定会死的。

但春天到了，林子里风铃花开了，榛树发芽了，绽开了，看上去恰似碧绿的雨滴。可怕呀，都是春天了，一切还那么让人心凉，透心凉。只有这些母鸡，那么美滋滋地扑棱开羽毛卧在鸡蛋上，它们的身体是温热的，孵崽时那温热的母亲身体！这情景让康妮感到自己随时都会昏过去。

转机出现了，那是一个明媚的艳阳天儿，榛树下报春花怒放，小径上紫罗兰斑斑点点。她午后来了，发现一只小雏鸡儿在鸡笼前淘气地蹦跳着，鸡妈妈则恐惧地“咯咯”叫着。那娇小的雏鸡浑身灰褐色，长着黑斑点儿，一时间康妮觉得它是全英国最可爱的小东西了，逗引着她蹲下去，忘情地看起来。生命！生命！纯粹、充满活力、无所畏惧的新生命！新生命！那么娇小，可又那么无所畏惧！即使是听到鸡妈妈发出大声的警号，慌忙钻进笼子里并藏在鸡妈妈的翅膀下，它也没有给吓着，只是把这当成了一场游戏，当成过家家。不一会儿，鸡妈妈黄褐色的羽毛下就钻出一只尖尖的小脑袋来观察这大千世界了。

康妮让这小雏鸡给迷住了。与此同时，她感到了一种从未有过的强烈痛苦，那是来自她自身母性的忧伤，这令她难以忍受。

现在她只有一个欲望，那就是到林间空地上去，其余的都成了一场痛苦的梦。但有时她被迫整天待在拉格比府里，尽她主妇的责任。待在家中让她觉得心中空落落的，空虚得要发疯。

一个黄昏时分，她顾不上家里有没有客人，用过茶点后就溜了出来。天色已晚，她小跑着穿过邸园，那样子就像生怕让人叫回去似的。到了林子里时，夕阳西斜，天上一片玫瑰色，可她还是在花丛中加快步伐赶着路，天光还能持续很久的。

她来到林中空地时已经面红耳赤，昏昏沉沉的了。那猎场看守还没走，穿着衬衫，正忙着关笼子门，以便小鸡们安全过夜。但还是有三只小鸡在草棚子下踮着小爪子跑来跑去，这几个机警的黄褐色小东西，任它们的妈妈怎么焦急地招呼也不回笼里去。

“我得过来看看这些小雏鸡！”她一边喘着说，一边害羞地瞟了那看守一眼，好像没意识到他的存在，“又孵出新的来了吗？”

“到现在都三十六只了！”他说，“真不错！”

他同样也怀着一种奇妙的愉快心情看着新生命降临。

康妮在最后一个笼子前蹲下。那三只小鸡已经跑回笼了。它们那顽皮的小脑袋还从黄色的羽毛中探出来又缩回去，最后只有一个圆圆的小脑袋从鸡妈妈那宽大的身体下面钻出来观望着。

“我真想摸摸它们呀！”说着她手指小心翼翼地从笼子栏杆缝里伸进去，没想到那母鸡狠狠地在她手上啄了一口，吓得康妮赶紧缩回了手。

“它居然啄了我一口！它是恨我！”她惊讶地说，“可我是不会伤害它们的呀！”

那男人笑了，在她身边蹲下，双膝分开，然后十分自信地把手缓缓地伸进笼子里去。那老母鸡啄了他手一口，但并不狠。他轻柔、缓慢但准确地用手指在母鸡的羽毛中摸索着，掏出一只小雏鸡，那小鸡还在他手里东张西望呢。

“给!”他把手向她伸过来。

她接过那黄褐色的小东西,握在手中,那小雏鸡站在她手掌上,两条小腿细若火柴杆儿,那几乎毫无重量的小脚在康妮的手心里战栗着,让她感到小鸡在靠着微弱的生命力保持身体的平衡。但它仍然大胆地抬起轮廓清晰的漂亮头颅,机警地四下里观望着,并发出一声细弱的喳喳声来。

“真可爱! 真勇敢!”她轻柔地说。

那蹲在一旁的猎场看守也颇有兴致地看着她手中的小鸡。突然,他发现一滴泪滴在她手腕上。

他站起身,挪动脚步到另一个鸡笼那边去。这是因为他突然感到那股久远的火苗在自己的腰腹[1]间窜动、升腾,而他一直以为这团火永远熄灭了。他在与这火焰做着斗争,因此将自己的背对着她。可那团火流窜着,燃烧着,一直烧到身下,绕膝而燃。

他再次转身看她,看到她跪在地上,缓缓盲目地将手伸出去,让雏鸡跑回鸡妈妈身边。她是那么沉默,那么凄楚,那模样令他顿生同情,让他感到五内如焚。

---

1 “腰腹”(loins)这个词经常在劳伦斯的小说中出现,源于《圣经》,如《约伯记》中就称其为力量与勇气的所在,是蕴藏生殖力的中心。在《创世记》中则有国王等出自腰腹间的说法。英文俗语“to be a child of one’s loins”即指自己的亲生子女。这个词用作复数时亦有耻骨区和生殖器的意思。因此劳伦斯使用这个词的频率很高,但意思往往不一,有时确指腰臀部。但译成“腰腹”时则暗指生殖器部位,须根据上下文明察。——译注

不知不觉中他很快靠近了她，又在她身边蹲下，从她手中拿走小鸡，将它放回笼子里去。他知道她怕那母鸡。这时他感到腰腹间那团火突然烧得更旺了。

他面带惧色地瞟了她一眼，她的脸扭向一边，自顾哭泣，哭出了她一辈子的痛苦和凄楚，一时间把他的心都哭化了，化成了一星火花。他情不自禁地伸出手去，手指搭在她膝盖上。

“你不该哭！”他轻柔地说。

她用手捂住自己的脸，感到心都要碎了，径自不管不顾地哭泣着。

他把手放在她肩上，开始温柔地顺着后背轻轻地捋下去，不知不觉地抚慰着她，一直滑到她弯曲的腰窝。他的手停在那里，无限温柔地抚摸着她的腰肢，凭的是不知不觉中的本能。

她摸到了自己的小手帕，胡乱在脸上擦着，想把泪水擦干。

“到小屋里去吧。”他不动声色地说。

说着他的手轻柔地抓住她的上臂把她拉起来，引着她缓缓地朝小屋走去，直到进了屋，手才松开。随后他把椅子和桌子推到一边，从工具箱里取出一条棕色的军毯，慢慢地铺开。她瞥了一眼他的脸，仍站着不动。

他脸色苍白，没有表情，就像一个认命的人那样。

“你躺下吧！”他轻声道，说着他关上了门，随之屋里一片漆黑。

她莫名其妙地服从了，躺在了毯子上。紧接着她感到他充满欲望的手轻柔地摸索着、抚摸着她的身体，寻找她的脸。他的手万分温柔地抚摸着她的脸庞，带给她无限的温存和安慰，最终他轻轻地吻起她的脸颊来。

她安静地躺着，半梦半醒。随之，她浑身一颤，因为她感到他的手在她的衣服里轻柔且十分笨拙地摸索着。但他的手自然知道该如何脱掉她的衣服。他缓缓地，小心翼翼地拉下她身上单薄的丝绸紧身衣，一直脱到脚面上。难言的欣愉令他颤抖起来，他开始抚摸她温热柔软的身子，还亲了她的肚脐。他要立即进入，进入到她身体里那柔软安然的宁静之乡。进入女人身体的那一刻，他感到的是纯粹的安宁。

她静静地躺着，像睡着一般，一直像睡着一般。那动作，那高潮，都是他的，她再也动弹不得。甚至他的双臂搂紧了她，甚至他身体剧烈起伏，还有他在她体内播撒着生命的种子时，她都似乎是在睡着，直到他结束了，伏在她胸乳上微微地喘息，她才醒来。

醒来后她开始感到惊讶，感到莫名其妙：为什么，为什么要这样？为什么这样一来她心头的乌云散了，她感到了宁静？这是真的吗？是真的吗？

可是她那倍受煎熬的现代妇女的心还是无法平静下来。这是真的吗？她知道，如果她把自己给了这个男人，这就是真的。可如果她固守自我，那这就跟没有发生一样。她老了，她感到自己有千百万年那么老，老到自己不能承受自己。谁把她掠走就让谁拥有自己吧，掠走，拥有吧。

那男人在神秘的寂静中伏在她身上，他有怎样的所感、所想？

她并不知道。对她来说他还是个陌生人，她并不了解他。她也只能等待，因为她不敢打破他那神秘的寂静。他伏在她身上，双臂拥抱着她，汗湿的身体贴着她的身子，两个身体亲密无间。他们之间全然是陌生的，但没有什么不安，他是那么安宁，沉静。

最终他醒了，从她身子里退了出来，她感觉到了，觉得那就像是抛弃了她似的。黑暗中他拉过她的衣服盖上了她的腿，在她身边站了一会儿，显然是在整理自己的衣衫。然后他轻轻地开了门，出去了。

她瞥见橡树梢头的夕照上有一轮小小的皓月，便马上起身，把自己的衣衫整理好，然后朝小屋的门走去。

低矮的林子上笼罩着阴影，天几乎黑了。但头顶上方的天还是亮堂的，虽然不再洒下光线。他从矮林子的阴影中向她走来，抬起的脸像一个苍白的斑点。

"咱们这就走吧？"他说。

"去哪儿？"

"我陪你到园门口。"

他按自己的方式安排了事情。他锁上小屋的门，尾随她而来。

"你不后悔吧？"说着他走到了她身边来。

"我？才不！你呢？"她问。

"为那个吗？不！"他说，随后又补充道，"可别的就不好说了。"

"什么别的？"

"克利福德男爵。还有别人！所有的麻烦事。"

“怎么麻烦了？”她问，为此感到失望。

“总是这样。对你对我都一样。总归是有麻烦的。”他在黑暗中不慌不忙地走着。

“你后悔吗？”她问。

“有点！”他望着天空回答道，“我原来以为我断了这种念想儿呢，谁知道我又开始了。”

“开始什么？”

“生命。”

“生命！”她重复着，感到奇特的激动。

“是生命，”他说，“无法逃避。如果逃避，还不如去死呢。所以，要是我非得再次身败名裂不可，我豁出去了。”

她倒不那么看，但还是……

“不过是爱情罢了，怎么会那样呢？”她欢快地说。

“无论是什么！”他回答道。

他们在夜幕降临的林子里默默地走着，直到快到园门口。

“你不恨我吧？”她有些惆怅地问。

“不，不！”说着他突然将她紧紧地抱在怀里，那拥抱充满着交融的激情，“不，我觉得很好，你呢？”

“我也一样的。”她随口说，有点言不由衷，因为她没什么感觉。

他一再温柔热情地吻她。

“如果这个世界上没那么多别人就好了！”他不无忧伤地说。

她笑了。他们来到了园门口，他为她推开门说：“我就不远送了。”

“不用！”说着她伸出手去，像是要握手，但他却用双手握住了她的手。

“我能再来吗？”她渴求道。

“来呀，来呀！”

她离开他，独自穿过邸园回去了。

他倒退一步，站在门口目送她朝黑暗中走去，前方的地平线上一片苍白。望着她远去的背影，他感到心里发苦。在他想孤独的时候，是她又让他有了交融。她让他牺牲了一个铁了心要遗世独立的男人那苦涩的孤独。

他转身走进黑暗的林子中，四下里一片寂静，月亮静止在天际。但他能感到夜的喧嚣，那是斯戴克斯门矿井上隆隆的机器声，是大路上来往车辆的嘈杂声。缓缓地，他爬上了那座光秃秃的山顶。从山顶上，他能俯瞰整个乡村：斯戴克斯门矿上一排排通明的灯火，特瓦萧矿上微小的灯光，还有特瓦萧村里昏暗的灯光。黑暗的乡间，遍地灯火，远处的高炉火光微微呈现出玫瑰色，晴朗的夜空下，那白热的金属烧出一片玫瑰红来。斯戴克斯门那耀眼恶毒的电灯光！那灯火中定有一个无形的活生生的恶魔！中部工业区之夜，到处孕育着不安，让人不断地生出恐惧！他能听到斯戴克斯门矿上的卷扬机在往井下运送晚七点上下井的矿工。矿井上施行的是三班制。

他走下山坡，再次走入森林中，那里黑暗但远离尘嚣。但他知道林子里的遁世是虚幻的。工业的噪声打破了林子里的宁静，刺眼的灯光，尽管这里看不到，却是在嘲弄着林子里的寂静。一个男人再也无法遗世独立了。这个世界不允许有隐士的存在。现在他有了这个女人，就是给自己套上了痛苦与毁灭的枷锁。凭着他的经验，他知道这意味着什么。

这并不是这女人的过错，甚至也不是爱情的过错，也不是性的过错。过错在那边，在那些邪恶的电光中，在那些恶魔般喧嚣的机器里。在那里，在那个物欲横流的世界里，贪婪的机械化和机械化的贪婪正喷发着电光，喷吐着灼热的金属。机车在轰鸣，是在那里存在着巨大的罪恶，随时准备毁灭任何异己。很快森林就会被毁灭掉，风铃花将不再绽放。所有脆弱的东西非得在滚滚的铁流下灭亡不可。

他柔情万般地思念那女人。可怜孤单的人儿，她不知道自己有多好。还有，哦，她身边那些粗俗之物怎么配得上她呢！可怜的人儿啊，她也像野生的风信子一样脆弱，可不像现代的小女子们那样如同橡皮和铂金一样皮实刚强。那些粗俗之物可是要把她拖垮的！肯定是这样，他们要拖垮她，就像他们要拖垮世间所有娇嫩的东西一样。娇嫩！她内心什么地方是娇嫩的，就像生长中的风信子那样娇嫩，这种娇嫩是当今女人们所无法拥有的，她们都是化学合成的假象牙做的。他下决心要保护她，保护上哪怕短短的一段时间，反正那冷酷无情的钢铁世界和机械化贪婪的财神早晚会把他们双双毁灭的。

他背着枪，领着狗回家了，回到那黑乎乎的村舍。点上灯，生上火，开始吃晚饭，吃的是面包夹奶酪，就着小葱头，喝着啤酒。他独自一人生活，喜欢这种安宁。他的房间很整洁，但有点寒酸，不过火是热的，壁炉台面是洁白的，铺着白油布的桌子上方悬挂着的油灯里的灯光是明亮的。他拿起一本写印度的书想读，可今晚他读不下去。他穿着衬衫坐在炉火前，没吸烟，只有一缸子啤酒相伴，一心只想着康妮。

实话说吧，他感到悔不当初，或许这主要是替她悔。他有一种预感。他不觉得这是是非问题，他并没有良心上的困扰。他知道所谓良心主要是对社会的惧怕，或对自己的惧怕。他并不惧怕自己，但他十分明白自己惧怕社会，凭本能他知道社会是个恶毒的、半疯的野兽。

那女人！如果她能同他在一起，这世界上再也没有第三个人那该多好！想着想着他欲念又起，那尘柄便像一只活生生的小鸟一样躁动起来。与此同时，他感到一种压抑，害怕他和她被暴露给那个闪烁着恶毒的电光的外界，这让他心情沉重。她，可怜的小女子，在他眼里不过是个年轻的女人，不同的是，他进入了这个年轻女人的体内，而且还对她怀着欲望。

在那奇特的欲望驱使下他伸了个懒腰。在过去的四年里一直独身，与男人和女人都割断了联系。他站起身来，拿起外衣，拎上枪，捻小了灯捻儿，带着狗走入了星光灿烂的夜色中。在欲望的驱使下，怀着对恶毒的外界的恐惧，他开始巡视林子，走得很慢，脚步很轻。他爱这黑暗，将自己藏匿在这黑暗中。这黑暗的夜很像眼下他高涨的欲望，无论如何，这种欲望是一种财富：那躁动不安的尘柄，腰腹间燃着的火苗！哦，如果有别的男人同他一起与那谣言的电光世界做斗争，那该多好。那样就能将生命的温存、女人的温存和欲望这天然的财富抢救并保护起来。如果有其他男人并肩战斗就好了！可那些男人都在那个外界里混得志得意满，在机械化的贪欲或贪欲的机械化中沉浮。

这边，康斯坦丝正疾步穿过邸园朝家里走去，她脑子里几乎一片空白，对刚刚发生的事还来不及反思，她要赶回去正点用晚餐。

发现门锁着，她有点烦，因为那样的话她就得按门铃叫门。开门的是博尔顿太太。

“哎呀，是您呀，夫人！我正想您没准儿走丢了呢！”她有点逗趣地说，“克利福德男爵倒是还没问起您呢，他正接待林利先生，谈事儿呢。看来林利先生是要在这儿用晚餐，您说是不是，夫人？”

“像是吧。”康妮说。

“要不要晚一刻钟开饭？您得有时间踏踏实实地换衣裳呀。”

“最好这样。”

林利先生是矿上的总经理，比克利福德年长，是打北边过来的。他这人不够有活力，令克利福德不是很满意。他跟不上战后的形势，也对付不了战后的矿工们，他们使出的绝招就是磨洋工。不过康妮喜欢林利先生，但不喜欢他那个谄媚的太太，今天她没来，这让康妮心里高兴。

林利留下来吃晚饭了。康妮是男人特别喜欢的女主人，她是那么谦和，对客人又那么殷勤细心，一双大大的蓝眼睛和娴静的神态足以掩饰她的内心。康妮扮演这样的女人的技艺算是炉火纯青了，几乎成了她的第二天性，当然绝对是“第二”天性。但奇怪的是，当她扮演这样的角色时，她总能忘我地投入。

她耐心地等待着，直到能上楼独自想点自己的事。她总是在等待，似乎这就是她的命。

回到自己的房间里，她仍然感到困惑不解，不知道该作何感想。那个人到底是什么样的人呢？他真的喜欢她吗？她感到并不怎么喜欢。但他心肠好。他身上有什么东西，某种温暖、天真的善良，来得奇特，来得突然，几乎令她的子宫为他绽开。不过她觉得他可能对任何女人都那么善良。尽管如此，她还是感到奇特的慰藉。他是个有激情的男人，健康而热情。不过他或许不很挑剔，他可能像待她一样对待任何女人，他不太在乎是谁，她在他心目中仅仅是个女人。

也许那样更好。无论如何，他对作为女人的她是友善的，以前还没有哪个男人这样对待她呢。男人们对她这个人很和善，但对作为女人的她则有点残酷，要么看不起她，要么全然忽视她。对康斯坦丝·里德或查泰莱夫人的她，男人们简直是彬彬有礼，但对作为女人的她则不然。而这个男人却不理会她是康斯坦丝还是查泰莱男爵夫人，只顾抚摸她的腰臀和她的乳。

第二天她又去了林子里。这是个阴沉寂静的午后，榛树丛下，墨绿的多年生山靛枝蔓遍地，所有的树木都在沉静中努力发芽。今天她几乎能够感同身受，觉得自己就像那些高大的树木，元气充足的体液在向上、向上涌，直涌到嫩芽的顶尖上，冲绽开小小的火苗样的橡树叶，那叶子呈现出如血的古铜色来。这就如同一股潮汐，喷涌而上，直冲天空。

她来到那片小空地儿，可他不在。她并没有太想他来。那些小雏鸡儿在轻快地满地乱跑着，就像一些小昆虫一样，笼子里的黄毛鸡妈妈们则不安地咕咕叫着。康妮一边坐下看着它们跑，一边等待着。她只是等待着，因此连小鸡她也没怎么注意。她在等待。

时间过得像梦一般缓慢，可他没有出现。她并没有太期待他能来，因为他下午从不来这里。她必须回家用茶点了，可要走却要下一番决心强迫自己才行。

回家的路上下起了细雨。

“又下雨了吗？”见她抖落着帽子，克利福德问她。

“毛毛雨而已。”

她沉默地倒茶，还一门心思地想着自己的事。今天她确实想见到那个猎场看守，想知道那一切是不是真的，是不是真是真的！

“喝了茶以后要不要我念点什么给你听？”克利福德说。

她看看他，不知道他是否嗅出了什么。

“春天让人犯懒，我想先歇会儿。”她说。

“随你。不舒服，是吗？”

“不！就是有点累，春天人都乏。让博尔顿太太跟你玩点什么游戏行吗?”

“不了,我还是听听收音机吧。”

从他的声音里她听得出他感到特别满足。于是她就上楼到自己房间里去了。从那儿她听到楼下的扬声器在高叫,发出某种傻乎乎的矫揉造作之音,像是一连串街头的叫卖声,是典型的老式叫卖声的模仿,拿腔拿调的很做作。于是她穿上紫色的旧雨衣,从边门溜了出去。

细雨霏霏,如同拉起了一道帷幕,雨中的世界显得神秘、寂静,但并不冷。她匆匆穿过邸园,跑得身上都热了,不得不解开那薄薄的防水雨布。

细雨潇潇,这夜色下的林子更为幽静、神秘了。遍地的蛋,半开半闭的叶芽和花蕾让这个世界显得神秘莫测。黑暗中,赤裸漆黑的树身隐隐闪烁着微光,它们似乎在夜里脱去了自己的衣服,而地面上绿色的植物似乎在燃着绿光。

空地上还是没有人。雏鸡们几乎都藏到鸡妈妈身下去了,只有一两只冒险的小鸡还在草棚子下干爽的地方啄食。

原来如此!他还是没来过,他是有意躲着呢。也许是出了什么事,最好去村舍里看看。

但她命中注定是要等待的。于是她用自己的钥匙开了小屋的门。屋里到处都收拾得整整齐齐,谷粒都收进桶里了,毯子叠得好好的放在架子上了,柴草都整齐地码放在角落里,那是一捆新草。风灯悬挂在钉子上,桌子和椅子都放回了原处,她曾经在那里躺过。

她在门廊里的一张凳子上坐下来。一切都是那么宁静！霏霏细雨似薄雾轻飘,随风潜入夜色中,但那风却悄无声息。万籁俱寂,树木挺立着,似强大的人,半明半暗,沉静但生机勃勃。一切都充满着生机!

夜色浓了,她得回去了。看来他是在躲她。

就在这时他突然大步流星地来到空地上,他穿着油布夹克,像个汽车司机,夹克淋了雨,湿得发亮。他匆忙瞟了一眼小屋,向她简单行个礼,就转身到鸡笼那边去了。他默默地蹲下,仔细地查看一遍,然后把笼门都关好,让母鸡和小鸡安全过夜。

做完这些事他才缓缓地朝她走来,她还坐在凳子上呢。他来到廊檐下,站到她面前。

“来咧呀。”他操着土腔儿说。

“是啊!”她说,朝上看看他道,“你来晚了!”

“唉!”他叹着气扭脸去看林子。

她缓缓地站起身,把凳子挪到一边。

“想进来吗?”她问。

他低下头,目光敏锐地看着她问:

“你见天儿晚上来这儿,人们不会说闲话吧?”

“怎么会呢?”她迷惑不解地仰脸看着他道,“我说过我要来。别人都不知道。”

“很快他们就会知道,”他说,“那时怎么办呢?”

她不知如何作答。

"他们怎么会知道呢?"她问。

"还不是早晚的事。"他无可奈何地说。

听到这她的嘴唇微颤起来。

"那我可管不了那么多。"她支吾着。

"别!"他说,"你不来就没事了。"随后马上补充半句,"如果你不想来。"

"可我不想不来。"她喃喃道。

他扭脸看看林子,沉默不语。

"可要是人们发现了怎么办?"他终于说,"你再想想吧。你会觉得掉价儿,和你丈夫的仆人!"

她仰脸看着他的侧面说:"是不是……"她有点口吃起来,"是不是你不想要我呀?"

"你想想!"他说,"想想吧,要是人们发现了,克利福德男爵,还有,还有所有的人会怎么说——"

"说去吧,我可以离开这里。"

"去哪儿呢?"

"任何地方!我有我自己的钱,我母亲给我留下了两万镑,是托管的钱,克利福德不能动这笔钱。所以我想走就能走。"

"也许你不想走呢。"

"那又怎么样!出什么事我也不在乎。"

"哦,你是这么想的呀!可你会在乎的!你得在乎,每个人都这样。你要记住自己的身份。一个贵妇人和一个猎场看守厮混!这跟我是个绅士可不一样。没错,你得在乎,你得好好儿想想!”

“没那个必要!我干吗要在意自己的贵夫人身份?我恨这个称谓还恨不过来呢。每次人们这么称呼我时我都感到他们是在取笑我。他们就是在取笑我,真的。甚至你这么称呼我时也是在取笑我。”

“我!”

他第一次直视着她,盯着她的眼睛。

“我没取笑你。”

他凝视她的眼睛时,康妮发现他的眼神暗淡下来了,暗淡无光,瞳孔都放大了。

“你不怕冒险吗?”他声音沙哑地问,“你应该当心,否则就太晚了!”

他的话音里既有警告又有恳求,很不一般。

“我没什么可失去的!”她烦躁地说,“如果你知道我失去的是什么,你就会明白我乐意失去那东西。不过你是不是为自己担心啊?”

“唉!”他支吾道,“是的!我是担心。我担心,我怕事。”

“什么事?”她问。

他的头奇怪地向后扭扭,指的是外面的世界。

“所有的事!所有的人!他们那些人。”

说着他低下头,猛然吻起她表情难过的脸,边吻边说:“不,我不在乎!咱们来吧,去他的别人吧。不过如果你要是为做了这事后悔的话——”

“你别不要我！”她请求着。

他的手指摩挲着她的脸颊，又猛然吻了她。

“先让我进去，”他轻柔地说，“把你的雨衣脱了吧。”

他挂上自己的枪，褪下潮湿的皮夹克，伸手去拿毯子。

“我还拿了一条毯子来，”他说，“这样咱们就有的盖了。”

“我不能待太久，”她说，“七点半得回去吃晚饭。”

他扫了她一眼，然后又看看自己的手表说：“来得及！”

他关上门，点亮了悬着的风灯，火苗很弱。

“赶哪天咱们再多待会儿。”他说。

他仔细地在地上铺着毯子，把毯子的一头卷起来当枕头。随后他坐在凳子上，把她拉过来，一只手紧紧地搂着她，另一只手在她身上摸索着。当他发现她薄薄的衬裙下身体赤裸着时，他的呼吸骤然哽了一下，她听到了。

“哦！抚摸你可是真美妙啊！”他说着手指在她腰腹间细腻温暖而神秘的皮肤上爱抚着。他垂下头去，脸颊在她的小腹和大腿上来来回回滑蹭着。这次，她还是有点不太明白这给他带来的是怎样一种狂喜。她不懂，他通过触摸她活生生的肉体找到的是怎样的美，何以为这美而欣喜万分。只有激情才能懂得这美。激情如果死了或心不在焉，那这美的奇妙律动就得不到理解，甚至还会被看成卑贱的。可触摸这活生生温暖的美比观察这美得到的感受要深刻得多。她感到他的脸颊在她的大腿、小腹和臀部滑动着，他的胡须和柔软浓密的头发在刷着她的身子，这一番爱抚令她的双膝不禁颤抖起来。在她身体的纵深处，她感到了一种全新的鼓噪，一个新的裸体在浮现。这反倒让她有点害怕，她有点希望他不要这样爱抚她。可他几乎是席卷了她。但她还是在等待，等待着什么。

他欣然进入她体内，感到十分安宁、美好，可她还在等待着。她感到自己是有点迟钝。她知道，这部分归咎于她自己，她是有意制造隔阂的，或许现在她正受着惩罚。她安静地躺着，感受着他在自己身体里的抽动，感到他是那么沉迷专注，感到了他射精时突如其来的颤抖，随后他的节奏渐缓下来。他臀部的冲动看上去委实有点荒唐！如果你是个女人而且与这等事情无关，那男人臀部的冲动简直算得上荒谬至极。不错，男人做这种事的姿势确实是荒唐到了极点！

但她仍然安静地躺着，没有松懈。甚至当他停了下来，她并没有像跟米凯利斯那样让自己激动起来去自行达到满足。她静静地躺着，泪水渐渐涌了上来，最终夺眶而出。

他安静地伏在她身上，紧紧地搂着她，想用自己的腿盖住她裸露着的可怜的腿，以此来温暖她。他伏在她身上，紧紧拥抱她来温暖她。

“你冷吗？”他低声温柔地问，似乎她很近，就紧贴着他。实际上她离他很远。

“不冷！不过我得走了。”她悄声道。

他叹口气，将她紧紧地搂了一会儿，才放开手歇息。他没想到她会流泪,还以为她跟他一样受用呢。

“我必须走了。”她重复道。

他抬起身,在她身边跪着待了片刻,垂首吻了她的大腿根,这才为她放下裙子,也给自己系上扣子,做这些时他心无旁骛,连身体都没有转过去,没有背对着那暗淡的风灯灯光。

“哪天你得上村子里的家来。”他低头看着她,目光温暖,表情自信而随意。

可她一动不动地躺着,眼睛向上凝视着他。陌生人!陌生人!她甚至有点反感他了。

他穿上自己的外套,找着自己掉在地上的帽子。然后把枪背上肩。

“回头来呀!”他热情而平静地看着她说。

她缓缓地站起来。她并不想走,也不愿意留。他帮她穿上薄薄的雨衣,给她整理好。

他为她打开门,外面天色已经很黑了。见到他,房檐下那条忠诚的狗开心地站了起来。蒙蒙细雨下得灰茫茫一片,天色很晚了。

“我得拎上灯!”他说,“路上没别人!”

他们上了小径,他走在她前面一点,将风灯靠下摆动着,照亮了水湿的草、黑亮的蛇身般的树根和苍白的花朵。灯光照不到的地方雨雾蒙蒙,漆黑一片。

“哪天你得上村子里的家来,”上了宽敞的马道并肩而行时他说,“来不?咱们干脆豁出去了。”

她感到困惑不解，他对她如此穷追不舍，好生令她奇怪，其实他们之间没什么，他还没跟她切切实实地说过点什么呢。还有，不知怎么她就是烦他那口土话，什么“上家来”，听着不像是在跟她说话，倒像是跟哪个平常的女人说话。

她认出了马道上的毛地黄叶子，便大概知道这是到哪儿了。

“七点一刻了，”他说，“你还能赶上晚饭。”

感到了她的冷漠，他忙改了口音。

转过马道最后一个弯，朝榛树篱墙和园门走去时，他熄灭了风灯。

“咱们这就再见吧。”说着他拉住她的手臂。

别时不易。他们脚下的土地神秘莫测，但他能摸索着前进，因为他已经习惯了这样。

在园门口，他把自己的手电筒给了她。

“园子里倒是稍微亮些，”他说，“不过还是把这个带上吧，免得失足走到路下头去。”

他的话不错，空旷的园子里的确似乎闪着苍白的鬼影。

他猛然一把将她拉过去，手又在她裙子里摩挲着，沾着水的凉手抚摸着她温热的身子。

“能摸摸你这样的女人，我就算死了也瞑目了，”他哑着嗓子说，“求你再多待一下子——”

她感到他突然想要她了。“不！我必须赶回去。”她有点焦急地说。

“唉！”他猛然松手，放了她。

她转身而去，但马上又向他转回来说：“吻我！”

他弯下腰来，看不清她的脸，那个吻落在她左眼上。她努起嘴巴，他蜻蜓点水般吻了一下就移开了自己的嘴。他不喜欢亲嘴。

“明天我再来，”说着她离开了，“只要我能来。”她又补充半句。

“哎！可别太晚呀。”他在黑暗中回答道。这时她已经看不见他了。

“晚安！”

“晚安，夫人！”黑暗里传来他的声音。

她停住脚步，转身看着湿漉漉的黑夜，只能看到他的身影。

“干吗叫我这个？”她问。

“不那么叫了！”他说，“晚安！赶紧走吧！”

她一头扎进那漆黑如磐的夜色中。

她发现边门开着，便悄然溜进自己的房间。刚关上门，晚饭的锣声便响了。但她依然要冲个澡，必须要冲个澡。

“不过以后不能再晚了，”她自言自语道，“这样真烦人。”

第二天她没有去林子里，而是同克利福德一起去了伍斯威特。他现在偶尔会坐汽车出门，他雇了一个身强力壮的小伙子为他开车，需要时这司机能帮他从车里挪下来。

他特别想见他的教父莱斯利·温特。温特住在离伍斯威特不远的希普利府。温特现在是个老绅士了，很富有，他曾经是爱德华国王[1]时代最富有的矿主之一，那个时候他们正逢鼎盛。爱德华国王曾几次来希普利狩猎，就住在他的府邸里。这座老房子的墙壁抹着拉毛灰泥，家具典雅。温特是个单身汉，情调高雅，可惜的是，这座大房子坐落在矿区，周围都是煤矿。

莱斯利·温特喜欢克利福德，但看不惯克利福德的照片老出现在画报上，还摆弄文学，所以就不很敬重他了。这老头儿跟爱德华国王一样，是个纨绔子弟，认为生活就是生活，胡编乱造写故事的人则非我族类。

对康妮，这位乡绅总是很殷勤，他认为她是个娴静的处女，跟了克利福德算是白费了，万分可惜的是，她没有机会给拉格比府留下子嗣。不过他自己也没有子嗣。

康妮不知道，如果温特知道克利福德的猎场看守与她有了性的交往，他会作何评论。那人还要她去他村里的家中私会呢！他会反感她，蔑视她，他对劳动阶级的人攀高枝的做法几乎充满仇恨。他倒是不会反对她与同一个阶级的男人私通。

康妮天生丽质，一派娴静柔顺如处女，当然也许她本性也就如此。温特称她为“亲爱的小孩”，还送她一幅十八世纪贵夫人的袖珍肖像画。他总是不由分说地送她点什么，尽管她不愿意要。

康妮是沉迷于同猎场看守的私情中了。但温特先生是个真正的绅士，是个精通世故的人，很看重她，把她看作一个不同一般的

1 爱德华七世（1841—1910），1901—1910年间在位，以生活放荡与沉溺享乐著称。

人,不把她与一般的女人混为一谈,他跟她说话总是以“您”相称。

那天她没有到林子里去,第二天和第三天都没去。只要她觉得或幻想中觉得那男人在等她,渴望着她,她就不去。

可到了第四天,她就开始焦躁不安起来。她仍然拒绝到林子里去,再次为那男人叉开双腿。她在想自己能做的一切事,如驾车去谢菲尔德,访亲探友什么的。可一想到这些事她就感到厌恶。

于是最终她做出了决定,去散步,但不是到林子那边,而是朝着相反的方向走。她要去马里黑,走邸园篱墙另一面上的小铁门。

这是个静谧阴沉的春日,天气几乎算得上暖和。她埋头走着,胡思乱想着,至于想的是什么,她自己都没意识到。她茫然地走着,直到马里黑农场上的狗冲她狂吠,她才清醒过来。这里的牧场一直伸延到拉格比邸园的篱墙边上,这么说他们还是邻居呢。过了好一会儿康妮才喊:“贝尔!”她是在跟那头大白犬打招呼,“贝尔,你把我忘了吗?不认识我了吗?”

她天生怕狗。贝尔边朝后退边发出咆哮声。可她想穿过农场的院子到通往小猎场的那条小路上去。

这时弗林特太太出来了。她和康斯坦丝年纪相当,当过学校教师,举止很优雅,但康妮怀疑她是个虚伪之人。

“哎哟,是查泰莱夫人!哎哟!”说着她眼睛一亮,脸红得像个小姑娘,“贝尔!贝尔!怎么能冲查泰莱夫人叫唤呢!贝尔,安静!”说着她跑过来,用手中捏着的一块白毛巾轰开那狗,然后朝康妮迎上来。

“它原先认识我的。”说着康妮同弗林特太太握起手来。弗林特家是查泰莱家的佃户。

“它肯定认识夫人您！只不过是要要威风。”弗林特太太红着脸，有点不知所措地说，“不过它是有些时候没见过您了。您好多了吧？”

“是的，谢谢，我挺好的。”

“这一冬我们都没怎么见到您呢。进来看看我们家小娃娃吗？”

“哦！”康妮迟疑着，“那就看看吧。”

弗林特太太慌忙进去收拾一下，康妮则慢慢地跟在后头。她在阴暗的厨房里止了步，炉子上的水壶里烧着开水。这时弗林特太太回来了。

“您千万别介意，”她说，“这边请吧。”

她们进了起居室，屋里有个婴儿正坐在碎布缝制的炉前地毯上，桌子上马马虎虎摆着茶具。一个年轻的女仆见她们进来就羞羞答答地退出去了。

那孩子大概一岁的样子，是个傲慢的小东西，红头发像父亲，淡蓝色的眼睛看人一点也不认生。还是个女孩儿呢，但是个不吃亏的女孩。孩子坐在垫子上，身边是碎布做的布娃娃，还有不少玩具，那样子很有点现代人的奢侈。

“哦，这孩子可真是个小乖乖呀！”康妮说，“都长这么大了呀！是个大姑娘了，大姑娘了！”

这孩子出生时康妮送了她一条披巾，圣诞节时又送了几只人工象牙做的小鸭子。

“约瑟芬你瞧谁来看你了？看这是谁，约瑟芬！是查泰莱夫人呀！你认识查泰莱夫人，是不是？”

那奇特活泼的小东西大胆地凝视着康妮。什么夫人不夫人的，对这孩子来说谁都一样。

“来！上我这儿来好吗？”康妮逗着孩子。

那孩子并不理会她，所以康妮就把她抱起来，放在自己的腿上。把一个孩子抱在自己腿上，多么温暖、多么可爱呀！那柔软的小胳膊儿，还有那胡乱踢腾的小腿儿。

“我刚才是自己凑合着吃的茶点。卢克去市场了，所以我可以随便想什么时候吃就什么时候吃。您喝杯茶吗，查泰莱夫人？我家的茶点您肯定不习惯，不过如果您不介意的话就——”

康妮并不介意，但她不乐意别人提醒她她习惯喝什么茶。随之桌子上的摆设被撤了重新布置，换上了精制的茶杯和茶壶。

“这太麻烦你了！”康妮说。

可如果不让弗林特太太忙乎一番，又有什么乐趣呢？于是康妮逗起孩子来，让这孩子身上那女性的顽强劲儿逗得直开心，从她那年幼柔软的身体中获得了一种强烈的肉体快感。真年轻，真大胆！她那么大胆是因为她用不着护着自己！而人长大了，就会因为恐惧而变得狭隘！

她喝了一杯茶，茶是太浓了点，但抹了黄油的面包却很好吃，还吃了罐头李子。弗林特太太脸色通红，情绪激动，好像康妮是个豪爽的骑士。她们说了些真正的女人之间的悄悄话，聊得很开心。

“不好意思啊，这顿茶点寒酸了些。”弗林特太太说。

“比我家里的好吃多了。”康妮诚恳地说。

“哎呀！瞧您说的！”弗林特叫着，她当然不信了。

康妮站起身来，说：“我得走了！我丈夫都不知道我在哪儿呢，他会胡思乱想的。”

“他怎么也想不到你会在这儿！”弗林特太太兴奋地笑道，“他会差人到处找您。”

“再见，约瑟芬！”说着康妮吻了那婴儿，还挠挠她那一小缕红头发。

弗林特太太坚持让康妮走前门[1]，为此她要开锁，拉门闩。康妮进到弗林特家前门的小花园里，花园围着水蜡树篱。小径旁种着两排熊耳朵花，看上去柔软又富贵。

“可爱的熊耳朵！”康妮说。

“卢克管它们叫怒放花儿！”弗林特太太笑道，“采一些吧！”

说着她就迫不及待地摘了一些柔软的熊耳朵花和报春花给康妮。

“够了，够了！”康妮忙说。

1 英国人一般情况下是走后花园的门通过厨房进出房子的，一般客人只是在兼作餐厅的厨房逗留，只有贵客来访才走前门进出客厅。——译注说话间她们走到了花园的小门旁。

“朝哪边走啊？”弗林特太太问。

“小猎场那边。”

“让我想想啊。哦，对了，母牛都在围栏里，还没进圈里去呢，围栏的门锁着，您得翻过去。”

“我能爬上去的。”康妮说。

“或许我能陪你上围栏那儿去呢。”

她俩走在被兔子啃噬得光秃秃的草场上。林子里鸟儿在唱着晚间的颂歌。一个男人在召唤着最后一批母牛归圈，那些母牛在布满小径的草场上蹒跚前行。

“他们今天晚上挤奶要晚了，”弗林特太太严厉地说，“他们知道卢克要很晚才回来。”

她们来到篱墙根下，篱墙那边是密密匝匝的冷杉幼苗林。篱墙上有个小门，但上着锁。门里的草丛里有一个瓶子，是空的。

“那是猎场看守的空瓶子，等着装牛奶，”弗林特太太解释说，“我们把瓶子带到这里来，他自己取走。”

“什么时候取？”康妮问。

“哦，他随便什么时候过来都行。一般是在早上。好啦，查泰莱夫人，再会吧！一定再来呀。今天您来这儿，真好。”

康妮越过篱墙，走上了茂密的冷杉夹道的小路。弗林特太太小跑儿着穿过草场到小山那边去，她还戴着遮阳帽呢，不愧是个当过老师的人。

康妮不喜欢这片密实的新生林子，它让人觉得可怕、窒息。她自顾低头赶路，心里想的是弗林特家的婴儿，那真是个小宝贝儿，但那孩子将来会是个罗圈儿腿，像她父亲，现在就初露端倪了，不过也许能长直了也不一定。多么温暖，多么美呀，有个孩子。瞧弗林特太太那个显摆劲儿吧，就是显摆她有的康妮没有而且肯定不会有。没错，弗林特太太就是在炫耀她的母仪，这让康妮稍稍地感到那么一丁点儿嫉妒，可这是无奈的事。

她猛地一激灵，从沉思中醒来，吓得叫出声来，前面出现了一个男人。

定睛看她发现是那看守，像头巴兰的驴子站在前头，挡着她的路。

“这是怎么回事？”他吃惊地说道。

“你怎么来了？”她喘息着问。

“你呢？去小屋了吗？”

“没，没有！我去马里黑了。”

他好奇不解地看着她，她则有点负疚地垂下了头。

“现在去小屋吗？”他的声音有点严厉。

“不，我不能去！我在马里黑待了很长时间，没人知道我在哪儿。我得赶回去，要不就晚了——”

“躲着我，是吧？”说着他脸上闪过轻微嘲弄的一笑。

“不是！不是！不是那个意思！只是——”

“还有什么别的意思！”说着他向前朝她走过来，张开双臂把她抱在怀里。她感到他的前身紧贴着她,充满了活力。

“哦,现在不行！现在不行！”她叫着,试图将他推开。

“干吗不？刚六点。你半小时以后走还来得及。好了,好了！我要你。”

他紧紧地搂着她,她感到他迫不及待了。她的本能是要为自己的自由而争斗,可是她身体里有什么奇怪的东西让她动弹不得。他的身体急迫地紧贴着她,她再也没有心思去抗争了。

他四下里张望了一下,说:“来,来,上这儿来！穿过这儿！”他敏锐的目光穿透了那密实的冷杉幼林。

他回头看看她,她发现他目光犀利、严厉,毫无爱意。但此时她已经管不住自己了,四肢感到奇特的沉重。她屈服了,顺从了。

他拉着她穿过刺人的树丛,艰难地走过去后到了一块空地上,地上有一堆树枝。他扔了一两根干树枝在地上,把自己的外衣和马甲铺在上面,她得躺下去,躺在树下,像一头动物那样。他身上只剩下衬衣和马裤,站在一旁凝视着她。他想得很周到,照料着她,让她躺舒服了。可他还是扯断了她内衣的带子,因为她自顾慵懒地躺着,不帮他。

他也解开衣服,裸露出自己的前身。他进入她的身体时,她感到他赤裸的皮肉贴到了自己身上。他在她体内停了片刻,在那里膨胀着,颤抖着。突然他开始难以自持地抽动,直到高潮。这阵抽动激起了她体内一股新奇激动的涟漪,那涟漪荡漾着,荡漾着,恰似温柔的火苗,轻若鸿毛,直到美妙的顶点,完美,完美至极,将她灼热的身体彻底融化。这感觉就像铃铛,铃声如涟漪荡漾着,荡漾着,最终,她不知不觉地发出狂野的叫喊声来。只是这一切结束得太快了,太早了!

现在她再也无法强制自己自行行动了。这次与以往不同,不同,她什么也不能做了。她再也不能打起精神,利用他去获得自己的快感了。她只能等待,等待。她感到他在从她体内退出,退出,收缩,在可怕的最后一刻就要滑出去了,离她而去,她的心为此发出了呻吟,因为她整个的子宫还在绽放着,轻柔地,轻柔作响,像海浪下的海葵,呼唤着他再次进来让她彻底受用。

她在不知不觉中依旧激动地紧贴着他,他并没有滑出。她感到他那柔软的肉蕾在自己体内耸动起来,以一种奇特的节奏冲进来,有节奏地膨胀着,膨胀着,直至将她整个意识的空白填满。随之,他又开始了那难以言表的抽动,那简直不是抽动,而是纯粹深入的旋动,如旋涡愈旋愈深,穿透了她整个肉体与意识,直至她变成一条感觉的流水。她不自觉地叫喊着,叫得没了人声,那是漆黑夜色中发出的叫声,是生命的呼喊。当那男人的生命泉水在她体内喷涌时,他听到了身下的叫声,几乎为这声音所惊慑。随着她的叫声渐弱,他也平静了下来,全然僵住,浑然不知,而她紧抓住他的手也渐渐放松了下来,一动不动了。

他们横陈于斯,失去了意识,甚至意识不到对方,全然丢了自己。

最终是他先醒过来,发现自己精赤着。她也开始意识到他的身体松弛了下来，渐渐离开了她。但她心里不忍让他离开后自己毫无遮盖。他现在必须覆盖她，永远。

但他最终还是离开了她，吻了她，给她套上衣服，也开始给自己穿衣服。她躺着，透过头顶上的树枝看天，还是动弹不得。他站起来，系着马裤，朝四下里观望着。四周林木茂盛，万籁俱寂，只有那条狗有点受惊，趴在地上，把鼻子埋在两爪之间。

他又在树枝上坐下来，默默地牵了康妮的手。她转过身看着他。

"这回咱们俩一块儿高潮的。"他说。

她没说话。

"那样儿才好。好多人活了一辈子都没有过这个呢。"他如梦如幻地说着。

她凝视着他沉思中的脸。

"是吗？"她说，"你开心吗？"

他凝视着她的眼睛说："开心呀！"但他不想让她说话，就阻止道，"嗨，别说了吧！"

他弯下腰来吻她，她觉得他应该一直这么吻下去。

她总算坐了起来，天真好奇地问："难道不能经常一起达到高潮吗？"

"不少人从来都没有过呢，看看人们那不明不白的表情就知道他们是怎么回事了。"他不想说话，后悔自己又说话了。

"你和别的女人也能这样同步吗？"

他看看她，感到好笑。

“不知道，”他说，“我不知道。”

她知道，他不想告诉她的就永远也不会告诉她。她看着他的脸，体内的激情又开始荡漾。但她尽量抑制着自己，因为那意味着自我迷失。

他穿上背心和外衣，拨开树丛走上小路。最后一抹夕阳落在林梢上。

“我就不跟你去了，”他说，“最好不去。”

她恋恋不舍地看了他一眼才转身离开。他的狗正焦急地等他走呢，而他也似乎没什么可说的了，该说的都说了。

康妮缓缓地朝家走去，意识到自己内里深处有了什么更深刻的东西。她体内生出了另一个自己，就在她的子宫和五脏六腑中燃烧着、融化着，温柔而敏感。因为有了这个自我，她仰慕他，爱慕他，爱让她走起路来膝头发软。她的子宫和五脏六腑都荡漾着激情，都变得生机勃勃。因为像个天真无邪的女人那样爱慕他，她现在都变得娇弱无力了。

“这感觉就像变成了个孩子！”她对自己说，“就像体内有了个孩子。”

的确如此。似乎她那一直关闭着的子宫一下子绽开了，充满了新的生命，那生命是个负担，但感觉很美。

“如果我怀上了孩子！”她想，“怀上个孩子，就等于让他待在我的身体里了！”

想到这里她的四肢都酥软了。她明白，为自己怀孩子和为一个自己全副身心渴求的男人怀上孩子，这两者之间有着天壤之别。前者在某种意义上说就是普普通通那么回事。可是为一个让自己爱得心肝寸断、子宫绽放的男人怀孩子！这让她感到脱胎换骨了，感到似乎自己在下沉，下沉，沉到了女性的最中心，沉到了创世之前的昏睡中。

对她来说，激情这东西并不新鲜，新鲜的是对他的渴望与爱慕。她知道她一直害怕这个，因为有了这种感情她就无法自已了。现在她依然害怕这个。如果她太爱慕他，她就会失去自我，自我湮灭，她还不想自我湮灭呢。一个奴隶，就像一个原始的女人，她绝不想成为一个奴隶。

她害怕自己对他的爱慕之情，但又不愿意立即与此抗争。她知道她会与此抗争的。她心中有一个自我意志的魔鬼，它能战胜她五脏六腑和子宫里生出的那种彻底温柔而深情的爱慕，能将之击得粉碎。现在她也能这样，或者说她认为她能。她能让理性驾驭自己的激情。

好吧，就像崇拜酒神巴克斯的女人[1]那样疯狂地疾步穿过森林，去找巴克斯，那聪明的阳物，他没有独立的性格，纯粹是上帝派来伺候女人的仆人！这个男人，不得妄为，他不过是个神庙的仆人，是那

1　酒神巴克斯有一群女崇拜者，传说在宗教狂热的驱使下，她们醉酒后可以撕碎野兽和男人。

聪明阳物的携带者和守护者[1]，而那阳物是属于女人的。

于是，在新的觉醒过程中，那历久弥新的热情在她体内燃烧了一阵，一时间男人变得渺小可怜，不过是阳物的携带者，当他履行自己的义务时他要粉身碎骨。她感到自己的四肢和全身充满着那些女酒神的力量：女人神采奕奕，飞速疾驶，将男人打败。

生出这种感觉却让她心情沉重起来。她并不想要这种感觉，这感觉来自既有的知识，是苍白的，没有生命力。而那种爱慕才是她的珍宝，那么深不可测，那么温柔，那深情又是那么神秘。不行，她一定要放弃她那坚强、耀眼的女性力量，她对此厌倦了，麻木了。她要到新的生命中去沐浴，沉到自己的子宫和五脏六腑的最深处，在那里，爱慕的歌在无声地哼唱着。现在还不是惧怕男人的时候。

"我到马里黑去散步了，还和弗林特太太一起吃了茶点呢，"她对克利福德说，"我想看看那孩子，真是太可爱了，头发就像红蜘蛛网，真是个乖乖！弗林特先生到市场上去了，所以就我们和孩子一起用的茶点。你以为我上哪儿去了？"

"我是好奇来着。不过我猜你是在哪儿吃茶点了。"克利福德嫉妒地说。

但过后再想想，他感到她变了，她身上有什么东西让他很是无

1 传说酒神祭拜阳物。

法理解。但他把这归结为她看见那孩子的缘故。他以为康妮身体不适都是因为没孩子造成的，一般来说，这事自然就会让人往这方面想。

“我看到您穿过园子到铁门那边去了，夫人，”博尔顿太太说，“我还以为您去教区长那儿了呢。”

“我差点儿就去了，可中途我拐弯去了马里黑。”

两个女人的目光相遇了：博尔顿太太明亮的灰眼睛在探询着，康妮的蓝眼睛里目光迷离，但显得出奇美丽。博尔顿太太几乎肯定康妮有情人了。可这怎么可能？能是谁呢？这里哪有这样的男人？

“哦，您能时不时出去看看朋友，这对您有好处，”博尔顿太太说，“我还对克利福德男爵说来着，出去多跟人们接触接触对夫人大有好处。”

“是啊，我挺愿意出去的。那孩子真是让人喜欢，又乖又勇敢，克利福德！”康妮说，“她的头发就像蜘蛛网，是发亮的橙色！还长着最奇特好看的淡蓝色小眼珠，像细瓷儿一样呢。当然是个女孩，不然怎么那么勇敢呢，比任何一个小弗朗西斯·德雷克男爵[1]都勇敢。”

“您说得对，夫人，弗林特家的都那样儿！他们家的人都头发密实，胆儿也大。”博尔顿太太说。

---

1 弗朗西斯·德雷克（1543—1596），英国航海探险家，进行过两次环球航行。

“你想见那孩子吗，克利福德？我请她们来吃茶点了，为的是让你看看那孩子。”

“谁呀？”他问道，十分不安地看着康妮。

“弗林特太太和孩子呀，下周一来。”

“你可以让她们到楼上你的房间里喝茶。”他说。

“怎么，难道你不想见那孩子吗？”她问。

“哦，我会见她的，可我不愿意和她们坐在一起度过整个下午茶的时间。”

“哦！”康妮迷惑地睁大眼睛看着他。她并没有真正看他，他不是她想看的人。

“您可以在楼上的房间里舒舒服服地喝茶，如果克利福德男爵不在场的话，弗林特太太会更随意些。”博尔顿太太说。

她相信康妮有了情人，看得出她心里是狂喜的。可那会是谁呢？是谁？或许弗林特太太能提供线索。

今天晚上康妮不打算洗澡。他的皮肉贴过她，在她身上留下的胶着感对她来说是宝贵的，在某种意义上说是神圣的。

克利福德感到心里不踏实。他一定要她晚饭以后再离开，而她却十分想独处！她看着他，但显得出奇的顺从。

“咱们玩个游戏好不好？或者我给你读点什么？或者做点别的什么？”他局促地问。

“你读点什么吧。”康妮说。

“读什么？诗歌还是散文，或者剧本？”

“读拉辛[1]吧。”她说。

过去，庄重地以法国气派读拉辛是他的一绝。可现在他不行了，他也有自知之明。他其实更想听收音机。

康妮在缝东西，在给弗林特太太的小孩缝一件淡黄色的绸衣，那绸子是从她自己的一件衣服上裁下来的。回家后吃晚饭前她就裁下了这块布料。她就这样一边听着克利福德朗读，一边安静地缝着，很是自我陶醉。在内心深处，她能感到激情在嗡嗡作响，就像一座高大的钟响过后的回声。

克利福德对她讲了一通拉辛的作品，直到他说完她才弄清他的意思。

“是的，是的！”她抬头看着他说，“确实很了不起。”

她那双深邃的蓝眼睛和她坐在那儿柔和而沉静的神态又让他感到害怕了。她从来没有这样柔顺沉静过。她让他情不自禁地着迷，似乎是她身上的香味让他沉迷。他有气无力地朗读着，那法语的喉音在康妮听来像是烟囱里的风声，至于拉辛的作品，她一个音节也没听进去。

她正沉溺在微微的狂喜中，就像树林在春天里喃喃低吟着发芽。她能感到和那个男人、那个充满阳物神秘的无名男人，在同一个世界里步态优雅地做美丽的漫游。而她自己，她全身心都能感到他和他的孩子，他和他的孩子就在自己身体里。他的孩子在她的血

1 拉辛（1639—1699），法国新古典主义剧作家。

管里，如同曙光一般。

“手没有，眼没有，脚也没有，金色

珍宝般的头发，也没有——”[1]

她就像一片树林，像盘根错节的橡树林，无数的树芽于无声处哼唱着绽放。与此同时，欲望的鸟儿则在她身体那盘根错节的密林里休眠。

可是克利福德的声音还在继续着，那嘈嘈切切的声音听着很是奇特。这东西怎么这么怪！他这人怎么这么怪，低着头看着书，一个充满激情的文明人，肩膀宽阔但却没有腿！一个多么奇怪的人，有着尖刻、冷漠和固执的性格，却毫无热心！毫无热情！他是一种未来的动物，没有灵魂，但有特别警醒的意志，冷漠的意志。想到这儿，她害怕地打了个寒战，但那柔和温暖的生命之火比克利福德要强烈得多，那真实的东西还瞒着克利福德。

朗读结束了。她吃了一惊。抬起头，更吃惊了，因为克利福德正用那苍白、费解的眼神看着她，那很像仇恨的目光。

“太感谢你了！你读拉辛读得实在很美！”她温柔地说道。

“和你倾听的模样一样美。”他恶狠狠地说。

“你做什么呢？”他问。

“做件小孩的衣服，给弗林特太太的孩子。”

他转过身去。孩子！孩子！她脑子里都是孩子。

1　出自斯温伯恩的诗《朝觐·黎明前的歌》(1871)。

“说到底，”他像宣布什么似的说，“从拉辛的作品里你能得到你想要的一切。有序有规矩的感情比无序的感情更重要。”

她睁大眼睛看着他，目光迷离而蒙眬。

“是的，我相信是这样的。”她说。

“现代世界放纵感情，只能让感情变庸俗。我们需要的是对感情加以古典的约束。”

“是的！”她缓缓地说，心里则想象着他面无表情地听收音机里有关感情的废话的样子，“人们佯装有感情，其实他们什么也没感觉到。我想那就叫浪漫吧。”

“没错！”他说。

其实他累了。这个晚上令他感到疲惫。他其实更乐意读读他的技术书籍，或跟他的矿井经理在一起，要不然听听收音机什么的。

博尔顿太太端着两杯麦芽奶进来，一杯给克利福德，促进睡眠，另一杯给康妮，为的是让她胖起来。这是她介绍的睡前饮料，经常要喝。

康妮喝了她那杯就可以走了，为此她感到高兴。谢天谢地，她不用帮克利福德上床。她接过克利福德的杯子放在了盘子里，然后把盘子端了出去。

“克利福德，晚安！好好睡呀。拉辛会帮人做梦。晚安！”

她向门边飘然而去，没吻他就走了。他目光尖锐冷漠地看着她。她居然这样！他花了整个晚上给她朗读，她竟不吻他道声晚安。她怎么这么冷漠！即便只是走走形式亲吻一下，那也是生活必须的形式啊。他冷漠、愤怒地盯着她离去后的门口。愤怒!

他又开始怕黑了。他的神经形成了一个网络,当他没有紧张工作但又精力充沛时,或者说当他没有全神贯注听收音机,无所事事时,他就会感到焦虑,就会感到危险,感到被空虚笼罩。他怕,而康妮能驱逐他的恐惧,只要她愿意。可现在很明显,她不愿意,就是不愿意。她冷漠、冷酷,对他为她所做的一切都漠然。他为她放弃了生活,可她却对他冷漠以待。她只想自己。"贵妇爱任性。"[1]现在她又对孩子着迷了。她想的是她自己的孩子,完全是她自己的,而不是他的。

就克利福德的情况而言,他算是十分健康了。他脸色红润,神采奕奕,肩膀宽大健壮,胸肌发达,最近又胖了些。可他却很怕死。似乎有一种可怕的空虚感在威胁着他,就是一片空虚,他的元气就在这空虚中消耗殆尽。没了元气,他感到自己就死了,真死了。

他那有点凸出的淡灰色眼睛里眼神古怪,既怯生,又有点残酷,太冷漠了,几乎是肆无忌惮。这种肆无忌惮的表情十分冷酷,似乎他没有生命却战胜了生命。"谁知道意志的神秘呢——它甚至能战胜天使。"[2]

但他怕的是无法入睡的夜晚。那样的夜晚实在是糟糕,虚无感从四面八方向他袭来。过一种没有生命的日子,那是可怕的:在夜

1 出自传统歌谣《四爱歌》(*The Four Loves*):"雄鹿爱密林/野兔爱山冈/骑士爱利剑/贵妇爱任性。"

2 见爱伦·坡(1809—1849)小说《利盖娅》中的铭文。

晚，没有生命，但还要活着。

但是现在他可以按铃招呼博尔顿太太来。她总是一叫就来，这对他是个巨大的安慰。她进来时身穿睡袍，头发编成发辫披在肩上，有点怪模怪样的，乍看上去像个女孩，可那棕色的发辫中却夹杂着白发。她会为他泡上咖啡或沏上甘菊茶，陪他下下棋或玩玩两人打的皮克牌。她有一种女人的特别本事，能在半梦半醒状态中下一手好棋，输得虽败犹荣。于是，在夜间沉默的亲昵气氛中，他们或者都坐着，或者她坐着、他躺在床上，伴着阅读灯孤独的灯光，下棋玩牌，她几乎昏睡着，他则逃离了恐惧。游戏结束后他们就着饼干喝杯咖啡，几乎无言，在寂静的夜里，彼此都感到有个依靠。

而今夜，她在猜想谁是查泰莱夫人的情人。她也想到了自己的男人特德，他都死了那么久了，可对她来说他还跟没死似的。一想到特德，她对这个世界憋了这些年的火就往上蹿，这火是特别冲矿主们发的，是他们害了他。虽然不能说真是他们杀了他，但从她的感情来说，就是他们杀了他。在她内心深处，就因为这，她成了个虚无主义者，还是个彻头彻尾的无政府主义者。

半睡半醒中，对她家特德的思念和对查泰莱夫人那秘密的情人的猜想交织在一起了，她感到她与另一个女人有了共同的深仇大恨，那就是恨克利福德和他所捍卫的一切。可与此同时她居然和他玩着双人皮克牌，还下了六便士的赌注。可与一个准男爵玩皮克牌挺让她感到欣慰，就是输了那六便士她也心甘情愿。

一玩纸牌，他们就赌，这样他才玩得忘我。一般情况下是克利福德赢钱。今天晚上他又快赢了，所以他非要打到黎明时分再去睡。还好，四点半左右就曙光初照，他该去睡了。

康妮上床后一直睡得很香。但那猎场看守却不能休息。他把鸡笼都关了，围着林子巡逻了一圈，这才回家吃晚饭。晚饭后他也没有上床休息，而是坐在炉火前沉思。

他在想自己在特瓦萧度过的童年和他五六年的婚姻生活。一想到他妻子，他就难过。她似乎十分凶悍。不过1915年春天他参军以后就没再见过她。但她就在那里，在不到三英里远的地方，甚至比原先还要野。他希望自己在有生之年再也不要见到她。

他想起自己在国外当兵的日子。印度，埃及，然后又回印度，和军马在一起度过的日子，没有目标，根本不用动脑子。还有那个爱他、他也爱的上校。想到自己当官的几年，当了中尉，很有可能当上尉。可上校得肺炎死了，他也差点死了，从此健康受到了损害。他特别不安分，后来离开了军队，回到英国，又成了个卖力气的。

他是在混日子。他一直以为在这林子里至少能过上一段安全的日子。狩猎活动还没开始，他得先把狩猎用的山鸡养大。他不愿意背着枪替人家效劳。他宁可独处，远离生活，他唯一需要的就是这样的生活。但他又需要有个什么依靠。这里是他的老家，甚至他的母亲也还在这里生活，尽管她从来都跟他不亲。他可以过一天是一天，没什么牵挂，也没什么盼头儿，因为他不知道自己该怎么办。

他不知道该怎么办。当了几年军官，与其他军官和文职人员共事，与他们的妻小交往，让他失去了“腾达”的野心。中上层阶级的人很有韧性，就如同胶皮一样柔韧，但毫无生气，他了解了他们之后感到心寒，知道自己跟他们不是一类人。

于是他回到了自己的阶级中来。本来是想找回自己离开后这些年忘记的那些东西，可是他却发现本阶级的人行为举止卑贱庸俗，十分让他倒胃口。他终于承认修养是多么重要了。他也承认，对几个小钱或生活琐事至少应该做到佯装不在意，这很重要。普通百姓可没有佯装这一说，对他们来说咸肉的价钱贵一分贱一分比修改《圣经》还重要。这让他无法忍受。

还有工资上的争吵。在有产阶级中生活过的他懂得，工资上的争吵是无望解决的。没有解决方案，除了死。唯一要做的就是不要在乎，不要太在意工资的多少。

可是如果你一贫如洗，你就得在意。问题是，工资成了他们唯一关心的事。对金钱的关注就像一个巨大的癌瘤，把所有阶级的人都消耗殆尽。于是他拒绝关心金钱。

那还有什么？除了关心金钱，生活还能给人们什么？没了。

好在他可以独处，勉强能自得其乐。他的工作就是养山鸡，最终提供给那些脑满肠肥的人早餐后猎杀用。无聊，虚无到极点了。

可干吗要为这担忧，为这发愁？他一直都无忧无虑，直到这个女人进入了他的生活。他比她年长近十岁。可论经验，他是底层出身，要比她年长一千岁。但他们之间的距离在缩短。他能看到这道鸿沟弥合的那一天,他们能生活在一起。"爱情的束缚松不开!"

然后呢?然后呢?他必须从头开始,从无开始吗?他必须缠住这女人吗?他必须要与她的残疾丈夫发生可怕的争执吗?还有,与他凶悍的妻子发生可怕的口角?她恨他。痛苦啊!太多的痛苦!再说他已经不再年轻,不再青春勃发。他也不是漫不经心的那种人。任何一点痛苦和丑陋都会伤害他,也伤害那女人!

可是,即使他们摆脱了克利福德男爵和他自己的妻子,摆脱了他们,接下来要做什么呢?他自己准备做什么?他准备过什么样的生活?他总得做什么吧。他不能游手好闲,靠康妮的钱和他自己的一点养老金过活。

这问题无法解决。他只能打算去美国,去换换新的空气。他完全不信任美元,不过,或许那里还有别的什么。

他无法平静,甚至无法上床去休息。他坐在那里昏昏沉沉地痛苦思索到半夜,突然从椅子里一跃而起,拿起外套和枪。

"走,姑娘,"他冲他的狗说,"咱们最好出去。"

外面星汉灿烂,但没有月亮。他慢慢地巡视,一丝不苟,脚步很轻,甚至有点蹑手蹑脚的。他唯一要注意的是矿工们埋下的捕兽夹子,特别是马里黑那边斯戴克斯门的矿工们。不过现在是动物的繁殖期,即使是矿工们也会发善心,不会下夹子的。不过,这趟蹑手蹑脚的巡逻,搜寻一通偷猎人,让他安静了下来,脑子里不再乱想了。

结束了一轮缓慢细心的巡视——这一圈下来就是差不多五英里,他累了。他来到山丘的顶端放眼望去。四下里一片寂静,只有斯戴克斯门矿井那边有微弱的杂音。那边从来也不停工,四周几乎没有灯光,只有工地上一排排的电灯光。世界在烟雾弥漫的黑夜中昏睡着,此时已经是半夜两点半了。即使在睡眠中,这也是个不安的、残酷的世界,火车或是大货车在路上发出喧嚣,一座座熔炉燃着玫瑰红色的火光。这是个铁与煤的世界,铁和煤烟的残酷无情与那难以满足的贪欲推动着这一切。只有贪欲,贪欲在睡梦中依旧鼓噪着。

夜凉了,他开始咳嗽。一阵寒风吹过山顶,让他想起那女人。现在他真想把那女人搂在怀里暖着她,两个人裹在一张毯子里一起入眠,为这个他愿意放弃他所有的,甚至他可能有的一切。未来的全部希望和过去获得的一切他都愿意放弃,就为了跟她裹在一张毯子里,暖暖和和地一起睡,就为了睡在一起。似乎让那女人睡在自己的臂弯里是他唯一的祈求。

他去了小木屋,自己裹上毯子躺在地上准备睡去。可是他睡不着,他感到冷。还有,他残酷地感到自己的本能欲望没有得到圆满的结局,残酷地感到了自己形单影只的缺憾。他想要她,想抚摸她,想紧紧地把她搂在怀里,在瞬间成为一体,然后再睡去。

他又起来走了出去,这次是朝着邸园的大门走去,然后缓缓地沿着小路朝拉格比府走去。快凌晨四点了,天晴着,但很冷,还没有黎明的迹象。他很适应黑夜,可以看得清路。

渐渐地,渐渐地,那大房子吸引着他,就像一块磁铁。他想靠近她。这不是欲望,不是那东西。是孤独让他残酷地感到自己不完整，要完整就需要一个沉默的女人蜷缩在自己怀抱里。或许他能找到她。或许他甚至能把她叫出来，或找到进屋的途径。他非找到她不可。

他默默地轻手轻脚地爬上通往大房子的斜坡，来到坡顶上那几棵大树下，上了车道，车道绕过一个菱形的草坪就到了大屋的门口。他已经看得清屋前这块平展展的菱形大草坪上两棵高大漂亮的山毛榉了，这两棵大树在夜色中影影绰绰的。

大屋就在眼前，它低矮、狭长，形状模糊，只有楼下的一个房间亮着灯，那是克利福德男爵的房间，他知道。可她在哪个房间里呢，那根游丝的另一端，无情地拽着他的女人？他不知道。

他靠近了些，手里握着枪，纹丝不动地站在车道上，盯着大房子看。或许现在他还能找到她，想法子跟她在一起。这房子并非针插不进，他可是和盗贼一样聪明啊。为什么不找到她呢？

他纹丝不动地站着，在等待，他身后微熹渐显。他看见大屋里的灯光熄灭了。但他看不到的是，博尔顿太太熄灯后走到窗前，拉开墨绿色的旧窗帘，站在黑屋里看外面黎明降临前半明半暗的天色，盼望着黎明到来，等着，等克利福德确实感到黎明到来了。一旦他确信黎明到了，他就会马上入睡。

在半昏睡状态下，她盲目地站着等克利福德睡去。可她为眼前的东西吃了一惊，差点喊出声来。她看见外面的车道上站着一个男人，那是曙光中的一个黑影。她醒了一半，继续观察着，但不露一点声色，免得吵醒克利福德。

晨光开始渗透进这个世界了，那黑影似乎开始变小，模样开始清晰。她认出了那枪、长筒胶靴和松松垮垮的夹克衫，那竟是奥利弗·梅勒斯，那猎场看守。没错，那就是他的狗，像个影子一样嗅着，等他呢！

这男人想干什么？他是想吵醒大屋里的人吗？他站在那里干什么呢，直愣愣的，抬头看着这房子，像条相思的公狗站在母狗的窝外面那样！

天啊！博尔顿太太冷不丁儿明白了。他就是查泰莱夫人的情人！他！就是他！

这是什么事呀！她，艾维·博尔顿曾经有点爱上过他。那时他是个十六岁的小伙子，而她都是个二十六岁的少妇了。那时她正上学，他帮她学解剖学和别的一些必修课程。他是个聪明的孩子，得了奖学金去谢菲尔德文法学校读书，学了法语和别的一些课程。可后来却到矿上在井口当铁匠，给马打铁掌。他喜欢马，他自己这么说的。他说得不错，因为他害怕出去面对这个世界，只是他从来也不承认自己害怕罢了。

可他是个好小伙子，可好了，帮了她不少忙，给你解释起问题来那个聪明劲儿，讲得清清楚楚。他的聪明劲儿跟克利福德差不多，而且特有女人缘儿。人们说，他跟女人的关系比跟男人处得还要好。

后来他走了，跟那个叫伯莎·库茨的人结婚，好像就是要泄愤似的。有些人结婚就是为了泄愤，因为他们对什么东西失望了。怪不得他们的婚姻完了呢。一连好几年，他离开了，整个战争期间，混了个上尉什么的，很是个绅士了，真的，简直就是个绅士！可后来就回了特瓦萧，干上了猎场看守！不错，有些人就是有机会也不会用！他又说起那口浓重的达比郡土话，像个最下等的人。可艾维·博尔顿知道，他能像任何绅士一样说话，没错。

好啊，好啊！男爵夫人看上他了！其实，男爵夫人不是第一个爱上他的女人。他有迷人之处。可是这该有多奇妙啊，一个土生土长的特瓦萧孩子和拉格比府的男爵夫人好上了！那肯定是对位高权重的查泰莱家的一记耳光！

随着天大亮起来，那猎场看守意识到这样不行！想摆脱自己的孤独是不行的。他得保持孤独下去，一生都如此。只是偶尔，那空虚会被填充。偶尔！可是这偶尔是可遇不可求的。对你的孤独就认了吧，孤独一生。但是，如果空虚被填充的时刻到来，也要顺其自然。这样的时刻总会到来的，但你不能强求它到来。

猛然间，那促使他对她穷追不舍的欲望"咔嚓"一声断裂了。是他将这欲望斩断的，因为必须这样。在一起必须是双方的事。如果她不来找他，他也不会对她穷追不舍了。他不能这样。他得走，等她来。

他若有所思地缓缓转过身，再次接受了孤独。他知道，最好是这样。她必须来找他。他这样尾随是没用的。没用！

博尔顿太太眼看着他的身影消失了，他的狗紧随其后。

"好啊，好！"她自言自语，"我怎么也想不到是他，根本不可能想到。他还是个大孩子时，对我可好了，那会儿特德刚死。好啊，好！要是克利福德知道了，看他说什么！”

想到这里，她一边解气地看看已经入睡的克利福德，一边蹑手蹑脚地退出房去。

11

康妮正在收拾家里的一个杂物间。家里有好几个这样的杂物间。这个家简直就是个仓库，从来没有卖过任何旧物件。杰弗里男爵的父亲爱好收藏油画，母亲则喜欢收藏十六世纪的意大利家具。杰弗里男爵自己喜欢收藏橡木雕花老箱子和教堂的圣衣柜。这些收藏就这样一代又一代地积累了下来。克利福德收藏的是特别现代的油画，但出价却很低。

因此，杂物间里有埃德温・兰西尔[1]爵士的劣质作品，也有威廉・亨利・亨特[2]画的惨兮兮的鸟巢，还有一些学院派的作品，这些东西足以将一个皇家艺术学会会员的女儿吓倒。她打定主意把这些东西盘查一遍后彻底清理掉。不过她对那些奇形怪状的家具倒

1　埃德温・兰西尔（1802—1873），通俗动物画画家。

2　威廉・亨利・亨特（1790—1864），以静物和鸟巢画著名。

是挺感兴趣。

那件家传的旧青龙木摇篮被悉心地包裹着，为的是防止磨损和干裂。她得拆开包装才能看到它的真相。这东西自有其迷人之处，她看了很久。

“真是可惜了，这东西用不上，”帮忙拆包装的博尔顿太太叹息道，“不过这样的摇篮现在不时兴了。”

“说不定就用得上呢。我或许会有孩子的。”康妮不经意地说，就像说她要有一顶新帽子似的。

“您是说，如果克利福德男爵万一好了？”博尔顿太太结结巴巴地说。

“不！我是说他没问题。克利福德爵士只是肌肉萎缩，这并不影响生育。”康妮神态自若地撒着谎。

是克利福德向她灌输这种理念的，他说：“我当然有可能生个孩子。我并不是被肢解了。我的生育能力很容易就能恢复，就算是臀部和腿的肌肉都萎缩了也无碍大局，影响不了种子的传递。”

他精力充沛地忙于矿务时，真的感到自己的性力开始恢复了。康妮看到他这副样子不禁感到害怕。但她很聪明，利用他的启发为自己打掩护。如果她能，她一定要一个孩子，但那不是克利福德的孩子。

听她这样说，博尔顿太太惊得一时语塞。她才不信呢，她看出了这话里的诡计。不过现在的医生倒是能干这类事，他们会人工移植精种。

“好啊，夫人。我盼着呢，替您祈祷着呢。有个孩子，对您，对大家都是再好不过的事了。说实在的，拉格比府添丁儿，就跟以前大不一样了！”

“可不是嘛！”康妮说。

她挑了三幅皇家艺术学会会员六十年前的绘画，打算送给肖特兰兹公爵夫人下次的慈善义卖会用。公爵夫人被称为“义卖公爵夫人”，因为她总是向全郡士绅征求义卖品供她举办义卖会。三幅镶了镜框的皇家艺术学会会员的画会让她满意的，她或许还会为这几幅画登门致谢呢。她一来，克利福德就怒不可遏！

天啊！博尔顿太太自忖。你怀的就是奥利弗·梅勒斯的孩子吗？我的乖，那就是特瓦萧的孩子进了拉格比的摇篮了呀，嘿！那也不会辱没拉格比的门楣！

这杂物间里还有一件怪物，是一个大黑漆盒子，做工精细，独具匠心，是六七十年前的东西，里面装满了各种物件儿。最上面是一套梳妆用品，有刷子、瓶子、镜子、梳子、小盒子，甚至还有三片套在保险套中的精美小剃刀、刀柄等一应刮脸用品。下面是一套写字台用品，有吸墨水纸、钢笔、墨水瓶、纸、信封和记事簿。再下面则是一全套缝纫工具：三把大小不同的剪刀、顶针、针、丝线、棉线，球形织补架什么的，全都做工精细，质地优良。此外还有个药品柜，瓶子上标着各种药名，如“鸦片酊”“松香水”“丁香油”等，但瓶子都是空的。每件东西还都是崭新的。这盒子一旦关上，就像一个内容丰富的周末度假用品袋。盒子里面的东西排列紧凑，如同迷宫。小瓶子里的液体绝无可能溢出，因为盒子里的东西紧密地挤在一起，根本没有空当儿。

这东西设计精细，做工考究，体现了维多利亚时期最精美的技艺。但它确实有点又大又怪。查家一定也有人觉得别扭，因为这盒子从来没被用过，因此看上去很是没有灵气。

博尔顿太太很是为这盒子兴奋。

“看看这漂亮的刷子，多么值钱，连刮脸的刷子都那么好看！看看那些牙刷吧，三把个个儿精致！嚯，瞧这些剪刀！钱能买到的东西里头这可是最好的了。真是太美了！”

“真的吗？”康妮说，“那就归你了。”

“哦，这怎么好意思呢，夫人！”

“拿去吧！搁在这儿一辈子也没用。你不要的话，我就把它和那些画儿一起送给公爵夫人。她才不值得我送这么些东西呢。你就拿着吧！”

“哎哟，夫人呐，我可该怎么谢您呢——”

“谢什么呀。”康妮笑道。

于是博尔顿太太腋下夹着那个大黑盒子迈着方步儿下楼了，激动得满脸放红光。

贝茨先生赶着双轮轻便马车送她和那个大盒子回村里的家。她得请上几个朋友来家里，给他们展示那个盒子，有学校女教师、药铺的老板娘和出纳助理的女人威顿太太。她们都觉得这东西妙不可言，随后就议论起查泰莱夫人的孩子了。

“奇怪的事层出不穷啊！”威顿太太说。

可博尔顿太太却坚信，如果查泰莱夫人生孩子，那必是克利福德男爵的孩子，绝无问题！

不久后教区长来拉格比府造访，他温文尔雅地对克利福德说：“拉格比真有希望有个子嗣了？那真是上苍有眼啊！”

“对呀！希望总是有的。”克利福德有点自嘲但又相当自信地说。他开始相信自己或许真的能有孩子，甚至是他自己的孩子。

一天下午乡绅莱斯利·温特来了，人们都叫他温特老爷。清瘦雅洁的古稀老人，“从头到脚，是个十足的绅士。”博尔顿太太这样对贝茨太太说。确实是不差毫分！他言谈老派，胜过戴假发的十八世纪绅士。飞逝的时光已经把这类精致的老古董甩在了身后。

他们讨论起矿上的问题。克利福德的意思是，他矿上的煤，即使是质量差的那种，也可以制成坚硬的浓缩燃料，在适度的强压下，这种燃料在含酸的潮湿空气中能发出巨大的热量。其根据是，人们多年来就观察到，在某种强湿的空气中，矿井台上的煤就能烧得很透，几乎不冒烟，燃烧后留下的是精细的煤粉，而不是粉红的粗沙砾。

“可你上哪儿找到那种合适的机器烧你的燃料呢？”温特问道。

“我自己生产。而且是烧我自己的燃料。然后我会卖电。我相信我能干这个。”

“如果你能做到，那可太好了，太好了，我的好孩子。嗯，好啊！如果我能帮上你，我会很高兴这么做的。不过我怕是有点跟不上潮流了，我的矿井也跟我一样。不过，也难说，等我撒手离开了，可能会出现你这样的人。好！那我的矿就能再次雇用上原来所有的人。那样就没有卖不卖煤的问题了。好主意，我希望这能成真。要是我有自己的儿子，他们会为希普利矿想出时髦的招数来，肯定会的！对了，小伙子，有人道听途说，说拉格比府有希望有继承人了，此话当真？”

“有这种谣传吗？”克利福德问。

“哦，我的好孩子，是菲林伍德的马歇尔这么向我打听的，如果是谣传，这就是全部了。当然，如果没有依据，我是不会跟外界重复这些话的。”

“嗯，温特先生，”克利福德局促地支吾着，但眼睛却放出奇亮的光来，“是有点希望，有点希望。”

温特闻之一步上前，握住克利福德的手。

“我的好孩子，好孩子呀，你知道这消息对我意味着什么吗？有希望得子，工作起来就大不一样了。你或许能再次让特瓦萧的每个人都有工作。哦，我的孩子！保持住竞争的势头，给每个想工作的人都准备一份工作！”

这老人确实是激动了。

第二天，康妮正在玻璃花瓶里插高大的黄郁金香时，克利福德问她：“康妮，你知道有个谣言吗，说你要为拉格比府生个继承人了？”

康妮感到恐惧，眼前发黑，但她仍然静立着摆弄着花。

“没有的事！”她说，“是开玩笑还是恶意中伤？”

他迟疑一下说：“希望都不是。我希望是个预言。”

康妮一边继续整理她的花一边说：“今天早上我接到了父亲的信，他说他替我接受了亚历山大·库珀男爵的邀请，七月和八月份去威尼斯的埃斯梅拉达别墅度假。”

“七月和八月？”克利福德问。

“哦，我不会待那么久。你肯定不来吗？”

“我才不去国外旅行呢。”克利福德脱口说。

康妮把花放到窗台上，问：“我去你介意吗？不过你知道，去那里度夏天，这是答应了人家的事。”

“那你要去多久呢？”

“大概三个星期吧。”

一时间两人都沉默了。

“好吧！”克利福德缓慢但有点阴郁地说，“我想我能坚持三个星期，只要你让我相信你想回来。”

“我应该想回来。”康妮很是干脆地说，显得语重心长。其实她正想着另一个男人呢。

克利福德感到她的话是真的，而且挺相信她。他相信她这样是为他好，于是感到极大的宽慰。

“那就好，”他说，“你说呢？”

“我也是这么想的。”她说。

“换换环境你挺开心的吧？”

她抬头看看他，蓝眼睛里露出奇特的神色。

“我愿意再看看威尼斯，”她说，“再去环礁湖那边的鹅卵石岛上沐浴。你知道的，我讨厌利多岛的海滨浴场！我也不喜欢亚历山大·库珀男爵和他太太。不过，如果希尔达在那里，我们自己有一条船，嗯，那就太好了。我真希望你也能去呢。”

她这话说得诚恳。她很想用这种方式让他开开心。

“嗨，你就想想我坐火车从伦敦到巴黎北站的样子吧。还有，在加莱轮渡码头上的样子。多尴尬呀！”

“那有什么！我见过战争中的伤员让人用轮椅抬着。再说咱们不一样，咱们一直开着汽车过去。”

“那我们得带上两个男仆。”

“哦，不用！带上菲尔德就行了，那边总会有个仆人的。”

但克利福德还是摇着头说：“今年不行！今年不行！明年或许我可以试试。”

康妮郁闷地走了。明年！明年能怎么样？她自己并不真想去威尼斯，不是现在，因为她现在有另一个男人了。但她得去，似乎是服从纪律。她要去还有个原因，那就是，如果她怀上了孩子，克利福德就会认为是她在威尼斯有了个情人。

已经是五月了。六月份他们就该开始行动了。总是这些安排！总是一个人的生活被安排好了！像轮子带着你转，逼着你转，可你对此无能为力！

时值五月，可天又转凉了，开始下雨。潮冷的五月，有利于谷物和牧草的生长！现如今，谷物和干草最要紧！康妮得去趟伍斯威特，那是他们附近的小城。在那座小城里，查泰莱家仍然是至高无上的家族。她是独自去的，菲尔德给她开车。

尽管是五月，到处一片新绿，可乡村却是一片晦暗。天很冷，雨中飘着烟雾，空气中弥漫着一股衰竭的味道。人必须抗争才能生活，难怪这些人看上去那么丑陋粗鲁。

汽车艰难地爬上山坡，在特瓦萧那狭长肮脏的街区里穿过。黑乎乎的砖房散落在山坡上，房顶是黑石板铺就，尖尖的房檐黑得发亮，路上的泥里掺杂着煤灰，也黑乎乎的，便道也是黑乎乎、潮乎乎的。这地方看上去似乎一切都让凄凉晦暗浸透了。这情景将自然美彻底泯灭，把生命的快乐彻底消灭，连鸟兽都有的外表美的本能在这里都消失殆尽，人类直觉功能的死亡在这里真是触目惊心。杂货店里堆着一堆一堆的肥皂，蔬菜店里堆着大黄和柠檬，女帽店里挂着难看的帽子，一个店接一个店，丑陋，丑陋，还是丑陋。接下来是那个模样吓死人的电影院，外墙装饰是石膏和镀金的，一幅伤感的广告画上写着《一个女人的爱情》片名，还有那个新建的原始卫理公会礼拜堂，样子确实挺原始的，外墙是裸露的砖，窗格里的玻璃红绿相间。较高的地势处是美以美会的礼拜堂，由发黑的红砖砌成，外面架着铁栅栏，栏杆外的灌木上浮着一层黑煤灰。公理会礼拜堂自视清高，是由粗红砂岩石砌成的，还竖立着一个尖顶，但并不高。边上是新建的学校，用昂贵的粉红色砖砌成，有砂石铺成的操场，外面围着铁栅栏。这些看上去十分堂皇，但让人觉得既像教堂又像监狱。五年级的女孩子们正上音乐课，刚练完“拉咪哆&拉”，开始唱一首“甜美的儿童歌曲”。但那根本不像歌曲，不像自然的歌儿，简直无法想象，就是顺着曲子扯着嗓子发出奇怪的吼叫。这声音不似野蛮人，因为野蛮人还是有其微妙的音乐节奏的。也不像兽语，动物吼叫时它们的叫声是有意思在里边的。这些女孩发出的声音与地球上的任何声音都不同，那被称为唱歌。菲尔德在给汽车加油，康妮在听这歌声，听得心里直绝望。这样的人还有什么救？他们内心里活生生的知觉器官已经彻底死了，只会机械地发出叫声，只有莫名其妙的意志还残存着。

一辆运煤车在雨中咣咣当当地驶下山坡。菲尔德开始朝坡上开，一路经过的有那间量大但看着乏味的布店和成衣铺，经过邮局，来到那个凄凉的小集市上，山姆·布莱克从“太阳”客栈的门里朝外看着，向查泰莱夫人的汽车鞠了个躬。这个地方自称是客栈，而不是酒馆，因为这里常有商人住宿。

教堂就在客栈左边不远处，四周是黑乎乎的树丛。汽车朝坡下滑行，经过“矿工酒馆”。前面已经经过了几家酒馆和客栈，如“威灵顿”“尼尔森”“三桶”“太阳”。现在车开过了“矿工酒馆”，然后是机械馆，然后是新建的那座华而不实的矿工福利大楼，一路上还过了几座新建的“别墅”呢，这才出了城来到通往斯戴克斯门矿的大路上，大路的一边是黑乎乎的篱笆，另一边是煤灰覆盖着的绿色田野。

特瓦萧！那就是特瓦萧！是快活的英格兰！莎士比亚的英格

兰！不，那是今日的英格兰，康妮从一住到这里来就意识到了这一点。今日的英格兰正培育出一类新人，他们在金钱、社会和政治方面过于用心，而他们的自然本能和直觉却死了。半死不活的人，大家都是，可另一半却活得执着，令人恐惧的执着。这些真是匪夷所思，难以言表。这是个莫测的地下世界。我们怎么能理解那半具尸体的反应呢？康妮看到从谢菲尔德开来的卡车上装满了钢铁工人，这些怪模怪样的矮小的男人们是去麦特洛克风景区游玩的。此情此景让康妮心肝俱颤，她想：上帝啊，人对人都做了些什么？人中豪杰对他们的同胞都做了些什么？他们把别人糟蹋得没了人样，他们之间不再有友爱了！这简直是噩梦。

一阵恐惧感袭上心头，她再次感到一种挥之不去的幻灭。如此众多的工业人群，还有她认识的那些上流阶级，这些人是没希望的，再也没什么希望了。但她想要生个孩子，一个拉格比府的继承人！拉格比的继承人！想到此，她怕得浑身发抖。

可是梅勒斯就出身于此。不过像她一样，他与这一切都没什么关系。甚至在他内心里也没什么友爱可言，早就死了，友爱早就死了。面对这一切，心中只有隔阂与幻灭。而这就是英国，是英国的主体，康妮懂得英国，因为她正乘车行驶在英国的中心。

汽车向坡上的斯戴克斯门开去。雨停了，天空露出少有的五月的明媚来。乡村绵延逶迤，南面是达比郡的丘陵地带，东部通向曼斯菲尔德和诺丁汉。康妮的车在朝南行驶。

她的车上了高地，她看到左边开阔的田野一个高冈上矗立着的沃索普城堡，那灰暗的巨大城堡看上去影影绰绰的，城堡下方散落着淡红色的矿工住宅，是新盖的。再下方则弥漫着从巨大的煤矿里冒出的黑烟和白蒸汽。这个矿每年都把千百万的金钱添进公爵和其他股东的腰包。那雄伟的老城堡只是一座废墟了，但它还是巍峨矗立在天际线上，俯视着下面潮湿的空气中弥漫的黑烟和白蒸汽。

拐个弯，车子上了更高的地带，向斯戴克斯门驶去。斯戴克斯门，从大路上看过去简直就是一座庞大华丽的新饭店。红砖白窗，金碧辉煌的“康宁斯比酒店”孤零零地坐落在路边的荒野中。不过，如果你细看，会发现左手边有一排排好看的“摩登”住宅，排列得像多米诺骨牌一样，房与房之间留出空地和花园，这是某些荒诞不经的“主子”在地球上玩的一种奇特的多米诺骨牌游戏。而在这些住宅条块后面，则矗立着现代煤矿骇人的高大建筑，那些化学工厂和长廊，其形状之庞大，模样之古怪，是前所未有的。在这些新的设备中，原先的矿井架和井台都显得渺小了。而这些建筑前面的那副永久的多米诺骨牌，则等待着人们去玩出惊喜来。

这就是斯戴克斯门，战后在地球上出现的新景象。其实连康妮都不知道的是，在山下离“饭店”半英里的地方是老斯戴克斯门。那里有一座小型的老矿井，散落着黑乎乎的旧红砖住房，还有一两座礼拜堂、一两家店铺和一两家小酒肆。

可这些东西无足轻重了。上面那些新工厂里冒出的浓烟和蒸汽才是现在的斯戴克斯门，没有礼拜堂，没有酒馆，甚至没有商店。只有那巨大的工厂，那是现代的奥林匹亚，里面有供奉所有神的神庙。还有那些模范住宅和那家饭店。其实那饭店不过只是一家矿工酒馆而已，但外表看上去很讲究。

这个新地方在康妮来拉格比的时候才在地球上崛起，那些模范住宅里住着些来路不明的流氓无赖，他们所从事的行当之一就是偷猎克利福德狩猎用的野兔。

汽车在高地上行驶着，车窗外闪过的是本郡一望无际的田野。这个郡！它曾经是个令人骄傲、贵族气十足的郡。前方天际线上巍峨耸立的是庞大的查威克府邸，墙壁上布满了窗户，是最负盛名的伊丽莎白时期的府邸建筑之一。这座高贵的府邸孤零零地俯瞰着一座宽大的邸园，它已经陈旧、过时了。之所以还保存着，仅仅是因为要把它当作一个文物展览，告诉人们："看，我们的祖先是多么威风凛凛！"

那就是过去。现今在那大府邸下方。天知道未来在何方。汽车又转了个弯，在又旧又小的黑乎乎的矿工住宅间下行朝伍斯威特方向驶去。伍斯威特，在潮湿的天气里，遍地冒着一柱一柱的烟雾，像是为什么神仙烧着香。谷地里的伍斯威特，通往谢菲尔德的铁路穿行其间，煤矿和钢铁厂高大的烟囱在吐着烟火，教堂顶上那可怜的小塔尖快要倒塌了，但依旧在烟雾中挺立着。就是这么一个地方，却一直影响着康妮，委实令她匪夷所思。这是一座莫名其妙的商业小镇，是这片山谷的中心。其中最重要的客栈是用"查泰莱"命名的。在伍斯威特，拉格比府被称作拉格比，对外人来说似乎那是个地名而不是一座府邸的雅号。特瓦萧附近的拉格比府。拉格比，一座“大宅子”。

黑乎乎的矿工住宅区紧贴着人行道，看上去和一百年前建的矿工住宅一样密集窄小。这些房子一路铺展开，房子之间的小路就变成了马路。走进这些街道中，你马上就会忘记那开阔无垠的田野，那里仍然高耸着城堡和大府邸，尽管像鬼影一般。现在你正好俯视着那交错着的铁路线，四周矗立着铸造厂和其他工厂，这些工厂是那么高大，让你感到四周只有那些高墙。钢铁铸件发出巨大的轰鸣声，大货车隆隆驶过，汽笛声声鸣响。

可一旦你走进那弯弯曲曲的镇中心的街道里，来到教堂后面，你就来到了两个世纪前的世界里了。查泰莱客栈和老药店就在这弯弯曲曲的街上，这些街道曾经通向由城堡和庄严的府邸组成的开阔世界。

街角上的一个警察抬起胳膊来指挥着三辆装着钢铁的货车隆隆驶过，那可怜的老教堂被震得直颤。等货车开过去了，那警察才顾得上向男爵夫人行礼。

这小镇就是这个样子。古老的曲折街道两旁挤满了黑乎乎的矿工住宅。紧挨着这些老屋建起了较新较大的粉红色房子，布满了谷地，这些是比较现代的工人住宅。更远处，在城堡所在的广阔地带，烟雾弥漫，一片一片的新红砖房是新的矿工住宅，有的在洼地里，有的则在坡顶上，模样丑陋无比。这些新住宅之间，还残存着马车和村舍组成的老英国，甚至是罗宾汉时期的英国，矿工们工休的时候会在那里活动，以释放自己被压抑的好动本能。

英格兰，我的英格兰！可哪个才是我的英格兰呢？英国大地上那些豪宅能拍出美好的照片来，让人恍惚觉得与伊丽莎白时期的人有什么关联。那些漂亮的老府邸从好女王安妮和汤姆·琼斯时代[1]就矗立于斯。但是煤灰落在灰褐色的拉毛泥灰墙上，把墙染得越来越黑，原来的金黄色早就消失殆尽。于是，同那些豪宅一样，这些老府邸也一个接一个被荒废了，现在则正一个接一个地被拆除着。至于那些英国的村舍，它们还在，那些红砖房像膏药似的贴在希望渺茫的田野上。

人们正在拆除那些豪宅，乔治时期的府邸正在消失。那座名为福里契里的完美的乔治风格大宅子则正在拆除之中，康妮坐在车里经过此地，眼看着它被拆除。大战之前它整修得很好，威特比家在里面过着讲究的生活。可现在，它显得太大，花费太高，还有，乡间变得过于不适于居住。于是乡绅们就离开这里去了更惬意的地方，从而可以只花钱而不必看到钱怎么挣到手的了。

这就是历史。一个英国抹去另一个英国。煤矿曾经使这些府邸兴盛，现在则把它们消除，就像它们消除了那些村舍一样。工业的英国取代了农业的英国，一种意义消灭了另一种意义。新英国替代了旧英国。但它们之间的传承不是有机的，而是机械的。

康妮属于悠闲安逸阶层，因此她依恋老英国的遗风。这么多

---

1 安妮女王（1665—1714），1702—1714年间在位。汤姆·琼斯，见亨利·菲尔丁的同名小说（1749）。

年过去，她才意识到老英国让这个可怕的、骇人的新英国消灭了，这个过程还会继续下去，直到把老英国消灭殆尽。福里契里销声匿迹了，伊斯特伍德没了，希普利正在消失，那可是温特老爷心爱的希普利呀。

康妮在希普利庄园逗留了一会儿。邸园后门正开在煤矿铁路与马路的交叉路口旁。希普利矿就在树林那边。邸园的门敞开着，因为一条公用的路从园中穿过，矿工们就走这条路。穿过园子时他们会在园子里逛逛。

汽车经过那个人工水池，她发现矿工们竟把报纸扔进了池子里。康妮的车上了私家车道，开到了温特家门口。这座建于十八世纪中叶的房子矗立在高处的路边上，拉毛泥灰墙面，很是赏心悦目。房子边上有一条美丽的紫杉树夹道的小路，通往一座更古老的房子。大宅子默然铺展开来，满墙的乔治式窗格，一格格的玻璃在闪光，似乎是在快乐地眨着眼睛。房后则是一座美丽至极的花园。

比起拉格比来，康妮觉得这里的内部装饰要好得多。它更亮堂，更有生气，讲究并且高雅。墙壁包了奶油色的镶板，天花板涂了金色，每样东西都摆放得井井有条，家具用品精美绝伦，当然是不惜重金的。甚至连走廊都造得宽敞漂亮，略带曲折，营造出活泼的氛围。

可是莱斯利·温特确是孤独的。他热爱自己的宅子，可他的邸园三面却和自己的煤矿连着。他这人很慷慨大方，几乎欢迎矿工们到他的邸园中来。让他阔起来的不就是矿工吗！所以，当他看到一群群衣衫不整的矿工们在他的水池子旁逗留——当然不是在他的私人园子里，他的私人花园与这边是界限分明的——他会说："矿工们在园子里或许不像鹿一样给园子增辉，但他们比鹿的好处多得多呢。"

但那是在维多利亚女王[1]统治的后半段，矿工们能挣大钱的黄金时代。那个时候矿工们都是"好工人"。温特曾经略带歉意地对他的客人威尔士亲王这么说。亲王用他那带着浓重喉音的英语说："你说得对。如果辛德灵汉下面有煤，我就在草坪上开个矿，那将是一流的园艺。哦，我很愿意不惜代价把獐子换成矿工。我听说你的矿工都是好人呢。"

亲王脑子里或许对金钱带来的美德和工业带来的好处有不切实际的概念。

后来这亲王就当了国王[2]，他死后又上来一个新国王[3]，这个新国王的主要任务似乎就是给穷人开免费粥厂。

那些"好工人"们却包围了希普利。新的村落在邸园里形成了，这位乡绅老爷感到与这些人格格不入了。他曾经善良慷慨地认为自己是自己领地的主子，是他的矿工们的主子。而现在，在新的观念影响下，他有点被排挤出来了。是他，找不到自己的归属了。这没错。这些矿，还有这里的工业自有其意志，这种意志与其绅士

1　维多利亚（1819—1901），1837—1901年间在位。

2　指爱德华七世（1841—1910）。他于1863年买下辛德灵汉作为皇室驻地。

3　指乔治五世（1865—1936），爱德华七世之子，1910—1936年间在位。

所有者是背道而驰的。所有的矿工都是这种意志的一部分，它是难以抗拒的。它要么将你赶出这个地方，要么干脆将你的生活都毁灭。

当过兵的温特老爷挺住了，但他晚饭后再也不愿意到邸园中去散步了，他几乎是躲在屋里不出门。一次他陪康妮散步，没戴帽子，穿着漆皮鞋和紫色的丝袜，操一口贵族腔和康妮聊着天走到了园门口。经过一群矿工时，矿工们盯着他看，并不向他行礼，也没有任何别的举动。众目睽睽之下，康妮感到那教养良好的消瘦老人在退缩，就像一头高贵的羚羊被关在笼子里，在粗俗的目光下退缩着。矿工们的敌视并不是冲他个人来的，绝不是。但他们的神情是冷漠的，是在驱赶他。在他们内心深处充满了怨恨。他们是"为他干活"的。他们以自己的丑陋抵制他的高雅、斯文和教养。"他算老几！"他们嫌弃温特的不同。

作为一个在行伍里混过多年的英国人，他内心的隐秘处懂得这些人对他的与众不同表示反感是对的。他自己也觉得占有这么多好处有点不大对。可他代表的是一个制度，他绝不愿意被排挤出局。

除非是死才能将他驱赶。康妮造访他后不久，他猝然故去。他在遗嘱里给克利福德留下了一笔可观的财产。

他的继承人立即下令拆除希普利庄园，因为维持这个大庄园花费太高。谁都不想住在这里。这座庄园就这么分崩离析了。那条紫杉树林荫道两边的树全砍了，邸园的树木也砍光了，分割成了一块块小片用地。这里离伍斯威特相当近。于是，在这块新的无主荒地上，盖起了一座座的双户联排房，进而形成了一条条的街道，这类房子还供不应求呢！于是这里成了希普利庄园住宅区！

康妮最后一次造访一年以后，这里就变了样。希普利庄园住宅区起来了，那是新街道上一座座红砖双户联排“别墅”。人们做梦都不会想到，十二个月前，这里曾经矗立着一座拉毛泥灰墙面的大府邸。

不过这已经是爱德华国王后期的园林风景了：花园草坪上开了一座装饰性的煤矿。

一个英国将另一个英国消灭了。那个温特老爷和拉格比府的英国消失了，死了。只是老英国被消灭的还不那么彻底而已。

那以后会怎么样呢？康妮想象不出来。她能看到的就是布满新砖房的街道向田野里伸延，新的建筑在矿区拔地而起，新派女子穿上了长筒丝袜，新派矿工青年到舞厅和俱乐部里去闲晃。新的一代人心里根本没有老英国，他们是思想的断层，几乎像美国人一样，但绝对是工业化的一代。下一步会怎么样呢？

康妮一直觉得没有下一步。她只想把头扎进沙堆中去，或者至少是扎在某个有活力的男人怀中。

这世界太复杂，太古怪，太可憎！普通人太多，真的太可怕。她在回家的路上这么想着，正好看到矿工们从井下陆续上来，一个个蓬头垢面，没了人形，歪着膀子，穿着打了铁掌的沉重靴子踢踢踏踏地走着。他们在井下弄得一脸黢黑，只有眼白在翻动着。在低矮的巷道里，他们整天要低头，从井下上来后依旧缩着脖子，肩膀也早就走了形。男人！男人！天啊，可以说他们是有耐心的好人，也可以说他们压根不存在。男人应该有的东西在他们身上被消灭了，可他们是男人，他们传宗接代。不定谁会为他们生孩子。想想这事该有多么可怕！他们是些好人，善良的人。可他们只是半个人，半个阴暗的人。尽管如此，他们还是“好人”。但那也是好人的一半，猜想一下他们那死了的一半什么时候会还阳吧！不，那是个可怕的想法。康妮绝对害怕这些工业化的乌合之众，他们在她眼里是怪物，因为他们的生命毫无美感，他们没有直觉，总是“在井下”。

这样的男人的孩子！上帝啊！上帝！

梅勒斯的父亲就是这样的男人，当然并非如出一辙。四十年使人性变了，变得令人瞠目结舌。铁和煤深深地浸透了男人们的肉体和灵魂。

丑陋的化身，但是活着！他们会怎么样呢？或许随着煤资源的消失，他们也会从地球上消失。煤矿的出现，把成千上万的他们从天知道什么地方吸引而来。或许他们就是煤层里奇怪的动物吧，是另一种现实的动物。他们是些元素，为煤炭元素服务，就像金属制造工人也是金属元素，为铁元素服务一样。人非人，而是些有精神的煤、铁和泥土。碳动物、铁动物、硅动物，是元素。他们或许有矿物质奇特的非人之美，有煤的光泽，有铁的重量、蓝色和抵抗力，有玻璃的透明度。元素的动物，奇特、变形，属于矿物质的世界！他们属于煤、铁、泥土，就像鱼属于大海，虫子属于枯木一样。他们是矿物质蜕变而成的精灵！

康妮很高兴回家，可以把头埋在沙堆里躲起来了。她甚至很高兴能跟克利福德念叨念叨，因为她太怕煤和铁的英国中部，这种害怕影响着她，让她浑身上下产生了一种奇怪的感受，就像得了流感一样。

“我无论如何也要在本特利小姐的店里喝茶。”她说。

“真的吗！温特其实也会请你喝茶的。”

“嗯，是的！可我不敢让本特利小姐失望。”

本特利小姐是个脸色蜡黄的老姑娘，鼻子挺大，但生性浪漫，她招待人用茶点时细心、认真，简直和举办圣典差不多。

“她问起我没有？”克利福德问道。

“当然了。她说：‘请问夫人，克利福德男爵可好？’我相信，她把你看得比卡维尔护士[1]地位都高。”

“我估计你对她说我现在很棒。”

“是的！她高兴极了，好像我说你飞黄腾达了一样。我说如果她什么时候来特瓦萧，让她一定来看你。”

“我！为什么要看我呀！”

“要看，克利福德。你不能让人家空崇拜，一点回报的表示都没有哇。在她眼里，卡帕多西亚的圣乔治[2]都无法与你媲美。”

---

1 伊迪丝·卡维尔（1865—1915），英国护士，曾帮助协约国的士兵逃出比利时纳粹占领区到荷兰边界，1915年被德军处死。

2 康妮将亚历山大主教与英国的守护神圣乔治混为一谈了。

“你认为她会来吗？”

“哦，她羞红了脸，那一刻看上去很美，可怜的人儿！为什么男人不娶那些真正崇拜他们的人呢？”

“等她们崇拜为时已晚了。她说了她要来吗？”

“哦！”康妮模仿着本特利小姐呼吸急促的样子说，“夫人，我怎么敢这么想呢！”

“不敢想！太荒唐了！不过我求上帝别让她出现。她的茶点好吃吗？”

“哦，是立顿茶，很浓！说真的，克利福德，你不觉得，在本特利小姐这类人眼里你就是一部《玫瑰传奇》[1]吗？”

“再怎么说我也不会当真的。”

“他们把画报上你的每张照片都珍藏着呢，或许每天晚上还为你祈祷呢。这挺好的呀。”

说完她上楼去换衣服了。

那天晚上他对她说：“你真的认为婚姻有某种永久的含义，是不是？”

她看看他，说：“克利福德，你把永久说得像个盖子，能盖住一切，或者像一条长长的链条，一环接一环，不管走多远，都会接下去。”

他不高兴地看着她说：“我的意思是，如果你去威尼斯，你不会

1 十二世纪法国最早的爱情寓言。

是想去认认真真地谈一场恋爱吧？”

“在威尼斯谈一场认真的恋爱？不会的，你就放心吧！不会，我在威尼斯连最不认真的恋爱都不会谈的。”

她说话的语气里透着说不出的轻蔑，令他皱起眉头来。

翌日早上下楼来时，她发现那猎场看守的狗弗洛西正蹲在克利福德房间外的走廊上，轻声咕噜着。

“弗洛西！”她轻声道，“你在这儿干什么呢？”

她轻轻地推开克利福德房间的门，看见他正坐在床上，床桌和打字机都推到了一边，那猎场看守正在他床脚边伺候着。弗洛西顺势进了屋。但梅勒斯只轻轻地摇摇头使个眼色，就让那狗退到门口，然后悄悄地退了出去。

“早上好，克利福德！”康妮问候道，“不知道你们正忙着呢。”随后她看看梅勒斯并问他早上好。他低声回答着，似看非看地瞟了她一眼。可她仅仅看到他就感到一股激情涌了上来。

“对不起，克利福德，但愿我没打扰你们。”

“没有，我们没忙什么。”

她悄然退出屋去，回到楼上她自己那间墙壁涂成蓝色的化妆间去。她坐在窗台上，看着他走上车道，十分安静地消失了。这个人天生文静清高，看上去有点瘦弱。一个雇工！克利福德的一个下人！“亲爱的布鲁托斯，我们错并不是错在我们的星座，而是错在自身，错在我们低人一等。”[1]

他低人一等吗？是吗？那他又怎么看她呢？

这是个艳阳天儿，康妮在收拾花园，博尔顿太太给她当帮手。出于某种原因，这两个女人的关系变亲密了，这是人与人之间说不清道不明的某种同情心所致。她们一起把康乃馨拴在木杆上，腾出地方来种上些夏天的花草。这个活儿她们俩都喜欢做。康妮特别喜欢把柔软的幼苗根插进松软的黑土坑儿里，再添上土。在这个春日的早晨，她感到自己的子宫也在颤动，似乎阳光照到了那里，让它感到快乐。

“你男人没了好多年了吧？”她一边拿起一株苗往土坑里插着，一边问博尔顿太太。

“都二十三年了！”博尔顿太太说着，细心地把一束耧斗菜苗分成单根，“从他们把他抬回家到现在，都二十三年了呀！”

听到这可怕的结局，康妮吓得心头一颤。

“他是怎么死的，你知道吗？”她问，“他跟你在一起一定是快乐的吧？”

这是一个女人问另一个女人的问题。博尔顿太太用手背撩开垂到脸上的一缕头发，说：“我说不上，我的夫人！他有点倔，骨子里

1 见《裘利斯·恺撒》第一场第二幕。请注意劳伦斯在此处对韵脚的使用。前面的“雇工”一词英文是“hireling”，后面戏剧台词中的“低人一等”英文是“underling”。估计劳伦斯是用了“hireling”一词后，联想起了这句台词，即兴写了上去。——译注

不合群儿。他痛恨为什么事低头。就是倔害了他。您不知道啊，他真是个对啥都无所谓的人。我觉得是矿井闹的。他压根儿就不该下井挖煤。可当他还小时，他爹就逼他下井去。等到了二十多岁，想出来就难了。”

“他说过他痛恨下井吗？”

“哦，才没有呢！他才不说呢！他从来也没说过他痛恨什么。他就会做个鬼脸儿。他就是那种大大咧咧的人，就像大战一开始就欢蹦乱跳地上战场的那些孩子，一上战场就送了命。他倒不是没心眼儿，就是满不在乎。我曾经对他说过：‘你什么都不当回事，也不在乎谁！可其实他在乎！’我生第一个孩子的时候，他就那么一动不动地坐在我旁边守着。孩子生完了，他看着我的眼神儿是绝望的！我生得很费劲，可我还得给他宽心，说：‘没什么，没什么！’他看着我，奇怪地笑了。他从来没说过什么，可我相信，从那以后，他没有一夜真快活过，因为他从来没有放开过。我对他说过：‘爷们儿，你放开你自个儿！’有的时候我还得跟他说大粗话儿呢。他什么也不说，可就是放不开，也说不定是不能吧。他再也不想让我要孩子了。我总是怪罪他母亲，是她非让他待在我房间里看我生孩子的。他就不该在那儿。男人啊，一动脑筋，就把问题给弄大了。”

“他很在意吗？”康妮问。

“是，他就是不能平心静气地看我受那份罪。就那个，害得他找不到两口子在一块儿的乐趣了。我跟他说：‘我都不在乎，你在乎什么？那是我的事！’可他就只说一句话：‘这不公平！’”

“也许他是过于敏感了。”康妮说。

“没错！你一旦认识了男人，就会发现，他们太敏感，可敏感的不是地方儿。我相信，连他自己都不知道，他恨矿井，恨透了。他死了以后，那模样儿多平静啊，好像是解脱了似的。他可是个俊小伙子，看他那么安静，那么干净，像是他自己愿意死似的，我的心都碎了呀。哦，心真的碎了。就怨那矿井——”

说着她擦去几滴伤心的泪水，而康妮比她掉的眼泪还多。那是个温暖的春日，园子里散发着泥土的芳香，黄色的花朵也芬芳一片，各种花都长出花骨朵来了，花园静静地沐浴在阳光里。

“那肯定让你不好过！”康妮说。

“哦，我的夫人啊！一开始我没觉得。我只会说：‘哦，我的小伙子，你干吗要离开我呢？’我就会那么哭叫。我其实还觉得他能回来——”

“可他不想离开你。”康妮说。

“哦，不，我的夫人！那只是我哭的时候犯傻说的话。我一直盼着他回来呢，特别是在夜里。我大睁着眼想啊，他怎么没跟我在床上呢！我觉得他好像没离开我似的。我只想感到他跟我在一起，热热乎乎地在一起。不知道经过多少回惊吓，我才明白他回不来了。过了好多年我才明白这个。”

“他不会贴着你了。”康妮说。

“是啊，我的夫人！他不会贴着我了！我至今都忘不了，永远也不会忘。如果说有一个天堂，他就会在那儿，他会贴着我躺着，那样我才睡得着。”

康妮瞟了一眼那张沉思中健美的面庞，感到害怕。这是特瓦萧村又一个充满激情的人！让他贴着！爱的束缚松不开啊！

“一旦你让哪个男人进入你的骨血中，那是可怕的事！”她说。

“哦，我的夫人！那会让你感到特别苦。你会感到人们都想让他死。你觉着那矿井想害死他。哦，我就觉得呀，要是没有这矿井，没有那些管矿井的人们，他就不会离开我。可他们看到一个男人和一个女人在一起，就要把他们分开——”

“如果他们的肉体在一起。”康妮说。

“说得对，我的夫人！这世界上有很多铁石心肠的人。每天早上他起来去下井，我就觉得不对劲儿，不对劲儿。可他又能做什么别的呢？一个男人能干什么？”

说着那女人火冒三丈。

“可是，那种肌肤相亲能持久吗？”康妮突然问，“能让你这么久都感到他贴着你？”

“哦，我的夫人，还有什么别的能长久呢？孩子长大了就离开你了。可你的男人——算了！可就连这，人们也要从你心里抹去，不让你想他的身体怎么贴着你，就连这也不让你想！连你的孩子都这样！唉，算了！我们或许会分开，这都是说不准的事儿。可感觉就不一样了。或许从来就不在乎最好。我看到有的女人从来没让男人焐过，我呀，就觉得她们像可怜虫，不管她们打扮得多好看，日子过得多美。不行，我有自己的活法儿，才不羡慕别人呢——”

12

午饭后康妮就上林子里去了。那真是个好天儿，初开的蒲公英形似小太阳，初绽的雏菊白生生的。榛树丛叶子半开半闭，枝子上还挂着残存的染尘柳絮，看上去像钩了蕾丝边。黄色的地黄连已经开得成簇成团，花瓣怒放，看过去片片金盏。初夏时节，遍地黄蕊，黄得绚烂。报春花蓬蓬勃勃，一撮一撮儿的花簇不再羞赧，浅黄的花朵怒放。风信子墨绿似海，花蕾昂着头，如同嫩玉米头。马道上的勿忘我开花了，耧斗菜紫蓝色的花苞舒展了，灌木下散落着蓝色的碎鸟蛋壳。到处缀满花蕾，处处生机勃勃！

那猎场看守不在小屋里。四下里静悄悄的，褐色的小鸡活蹦乱跳地跑来跑去。康妮转身朝村舍走去，她要找到他。

村舍沐浴在阳光里，就在林子边上。小花园里，大开的门边重瓣野水仙蹿得老高，红色重瓣雏菊在小径旁盛开。随着狗叫，弗洛西出现在门道里。

门大开着，这就是说他在家！阳光洒在红砖地上，她顺着小径走进去，透过窗户看见了他。他穿着衬衫，正坐在桌边吃东西。那狗轻声叫着，缓缓地摇着尾巴。

他站起身朝门口走来，一边嚼着一边用红手帕擦着嘴。

“我能进去吗？”她问。

“请进！”

阳光照进空荡荡的屋里，屋里仍然弥漫着烤羊排的味道，是用一种荷兰式烤锅在炉火前烤制的，那口烤锅还架在火炉围栏上，旁边是白壁炉，台面上铺了一张纸，一只煎土豆的黑平底锅放在纸上。炉火正红，但火苗不高，炉门关着，炉子上的水壶“嘎啦嘎啦”响着。

餐桌上盘子里盛着土豆和剩下的烤羊排，桌上还摆着面包篓、盐和蓝色的啤酒缸子。桌布是白油布做的。他站在阴影中。

“你的午饭太晚了，”她说，“接着吃呀。”

说着她在门口阳光下的一张木椅子上落了座。

“我得去趟伍斯威特。”他说着坐在桌旁，但没吃。

“吃啊！”她说。

但他没有动盘子里的食物。

“您要吃点什么吗？”他问她道，“您喝杯茶不？水开了。”他说着欠身站起来。

“你让我自己沏茶好吗？”说着她站了起来。

他看上去情绪低落，而她则觉得给他添了麻烦。

“哦，茶壶在这里，”说着他指指那黄褐色的角柜，“还有杯子！茶叶在您头上的壁炉台上。”

她找到了黑茶壶，又从炉架上取下茶叶筒。用热水涮了茶壶，但一时间呆立着，不知道把水倒哪里。

“泼出去，”他注意到她这样，就说，“水是干净的。”

她走到门边，把壶里的水洒在了小径上。这地方多可爱，那么宁静，是真正的林地。橡树长出了黄褐色的新叶子，花园里红色的雏菊就像一颗颗绒扣子。她瞟了一眼门口那一大块布满孔洞的砂岩门槛，看得出很少有人在这里出入。

“这里真是可爱！”她说，“多安静，一切都充满生气，可又那么宁静。”

他又开始吃了，吃得很慢，不很情愿，她能感觉出他不高兴。她默默地沏好茶，把茶壶摆在炉边的铁架上，她知道这里的人都这么放茶壶。他推开盘子，起身到后屋去了。康妮听到门闩响了一声，随后他端着盛有奶酪和黄油的盘子进来了。

康妮则把两个杯子都摆在桌上，一共就两个杯子。

“喝杯茶吗？”康妮问。

“你想喝那就喝吧。糖在碗柜里，还有一小罐奶油。牛奶罐在食品间里。”

“要我拿走你的盘子吗？”她问他。

他抬头看看她，脸上露出一丝打趣的笑来。

“哦，好吧。”他说着，仍然慢慢地吃着面包和奶酪。

康妮到后屋去，来到洗涤间，压水机就在那里。左手有一扇门，无疑那就是食品间的门了。她拉开门闩，见到他称之为食品间的屋了，不禁笑了：那是一排刷了白灰的壁橱，又窄又长。不过总算能装下一个小啤酒桶、几只盘子和一点食物。她从一只黄罐子里倒了点牛奶出来。

“你从哪儿弄牛奶？”她回到桌子旁时问他。

“从弗林特家！他们把一瓶牛奶放在养殖场边上让我去取。你知道的，我就是取牛奶时碰上你的。”

但说这话时他的表情是失望的。

康妮倒好茶，又端起奶罐来。

“我不要加奶。”他说。

这时他听到外面有什么声音，立即敏锐地朝门口看去。

“咱们最好关上门。”他说。

“关它干什么？”她说，“又没人来，不是吗？”

“万一要有呢，谁知道呢。”

“那也没关系，”她说，“不过是喝杯茶罢了。茶匙在哪儿？”

他伸过胳膊，打开了桌子下的抽屉。康妮就坐在门口有阳光的地方。

“弗洛西！”他招呼那只趴在楼梯下席子上的狗，“去听听动静儿！”

他举着手指说这话的声调十分生动，那狗立即小跑着去侦察了。

“今天不开心吗?”康妮问道。

他蓝色的眼睛马上转过来直视着她,说:“不开心?不!是烦!我得去取两张传票,传我抓住的两个偷猎的人,还得,唉,算了吧,我不喜欢与人打交道——”

他是在冷静地说着标准英语,话里透着愤怒。

“你是不喜欢当猎场看守吗?”康妮问。

“当看守?不,我只想一个人独处。可我得到警察局去,跟什么杂七杂八的人周旋,等着那些笨蛋处理我的事,那简直让我发疯……”说着他微微一笑,显得无可奈何。

“你就不能真正独立吗?”

“我吗?我想我能,如果你指的是靠我的退休金勉强过日子。我能!可我得干活儿,否则我就会死。就是说,我手上得有点什么事忙乎着。但我脾气不好,不能纯粹为我自己工作。我得给别人做点事,要是给自己干,干不了一个月,脾气一上来我就干不下去了。所以,我在这里算是挺走运的了,特别是最近……”

说着他笑了,那是在打趣她。

“可你为什么脾气不好呢?”她问,“你是说你的脾气总是不好吗?”

“差不多吧,”他说着笑了,“我不太会控制自己的坏脾气。”

“可是什么样的坏脾气呢?”她问。

“坏脾气!”他说,“你难道不知道那是什么吗?”

她沉默了,感到失望,因为他并没有拿她当回事。

“下个月我要离开一段时间。”她说。

“是吗？去哪儿？”

“威尼斯。”

“威尼斯！和克利福德男爵吗？去多久？”

“一个多月吧，”她回答道，“克利福德不去。”

“他待在这儿吗？”他问。

“是的！他那种人就是不喜欢旅行。”

“哦，可怜的家伙！”他挺同情地说。

两人一时无话。

“我走了，你不会忘了我吧？”她问他。他闻之再次抬起头凝视着她。

“忘？”他说，“你知道，没有人会忘。这不是个记忆的问题。”

她想说“那又怎么样？”可她没说出口。相反，她的声音似有似无地说：“我告诉克利福德我或许会怀上个孩子。”

这话让他对她刮目相看，他紧张地在她脸上搜寻着什么。

“是吗？”他终于说，“那他怎么说？”

“哦，他无所谓。只要孩子看上去是他的，他反倒高兴呢。”说这话时她不敢抬头看他。

他沉默了很久，然后盯着她的脸问：“他肯定没提到我了？”

“没有，没提到你。”她说。

“不，他不会容忍我替他做这个的。那你打算在哪儿怀孩子呢？”

"我可以在威尼斯闹场恋爱呀。"她说。

"你是可以，"他缓缓地说，"你走就是为这个喽？"

"但不是为了爱情。"她抬头看着他为自己辩护着。

"只是做个样子而已。"他说。

他们又不说话了。他坐着，眼睛盯着窗外，半是嘲弄、半是痛苦地微笑着。康妮痛恨他这种表情。

"你没采取什么避孕措施吧？"他突然问，"我没预防。"

"我没有，"她轻描淡写地说，"我讨厌那么做。"

他看看她，然后带着那种微妙的笑容看着窗外。沉默的气氛变得紧张起来。

最终还是他转过身冲她讥讽道："你就是为这个才要我的，为了怀上孩子？"

她低下头，说："不是，真的不是。"

"那真的是什么？"他很尖刻地问。

她抬头看着他，怨恨地说："我不知道。"

他忍不住笑道："那我就更不知道了。"

又是一阵沉默，气氛很冷。最后他终于开口说："好了，随夫人的便吧。如果你有了孩子，就给克利福德男爵吧。我没有损失什么，相反，我获得了一段美好的经历，十分美好，真的！"说着他有点压抑地伸了个懒腰。"就算你利用了我，"他说，"这也不是我第一次被利用了，何况这次我被利用得很愉快。但这事总让人觉得不是那么体面。"说着他又奇怪地伸了个懒腰，身子有点颤抖，牙关奇怪地紧咬着。

“可是我没有利用你。”她申辩说。

“我是给夫人用的。”他回答道。

“不对，”她说，“我喜欢你的身体。”

“是吗？”说着他笑了，“那好，我们就扯平了，因为我也喜欢你的。”说着，他看着她的眼神变得特别暗淡。

“你想现在上楼去吗？”他问着，声音压抑。

“不，不在这儿。现在不！”她声音沉重地说。但是如果他强迫她的话，她会顺从，因为她没有力气反抗他。

他再次转过脸去，似乎把她忘了。

“我想摸你，就像你摸我那样，”她说，“我还从来没有真正摸过你的身子呢。”

他看着她，又笑了，“现在吗？”

“不！不！不在这儿！去小屋，你不介意吧？”

“我是怎么摸你的？”他问。

“你抚摸我。”

他看着她，与她那深沉而焦渴的目光相遇了。

“我抚摸你时，你喜欢吗？”他又在笑她。

“喜欢，你呢？”

“我吗！”他的语调随之变了，说，“喜欢，你知道的，还用问吗？”他说的是真的。

她站起身，拿起了帽子。“我得走了。”她说。

“这就走吗？”他很礼貌地问。

她想让他触摸她，对她说点什么，可他什么都没说，只是礼貌地等待。

“谢谢你的茶。”她说。

“我还没有感谢夫人亲手沏茶呢，那是我的荣幸。”他说。

康妮走上了小径，他还站在门道里冲她微笑着。弗洛西翘着尾巴跑了过来。康妮不得不步履沉重地默默走进林子里，但她知道他站在后面看着她，脸上挂着那种难以捉摸的微笑。

她一路走回家，情绪低落，心烦意乱。她一点也不喜欢他所谓的被利用的话，因为在某种意义上说，他说的有道理。但他不该那么说出来。于是，她的心再次让两种感觉撕扯着，一种是反感，一种是要与他修好。

她好不容易熬过了不安和烦躁的下午茶时分，立即就上楼到自己的房间里去了。可回了房，感觉还是不对劲，坐也不是，站也不是。她非得解决这个问题不可。她得回到林中小屋里去。即使他不在也无所谓。

她从边门溜了出去，直接上了路，但心情有点阴郁。到了林中空地时，她感到十分不安起来。还好，他又在那。他穿着衬衣，正猫着腰放母鸡们出笼。那些小雏鸡们现在长得笨笨拉拉的，但还是比老母鸡们看着整洁。

她照直向他走过去。“你瞧，我来了！”她说。

“啊，好呀！”他说着直起腰来，有点调侃地看着她。

"把母鸡放出来吗?"

"是啊,它们只顾一动不动地抱窝儿,都瘦得皮包骨了,"他说,"现在它们一点都不急着出来吃食儿。抱窝儿的母鸡是无私的,一心只想着蛋和小鸡儿。"

这些可怜的母鸡们,如此盲目地献身!那些蛋并不是自己的,可它们还是照样忠心耿耿!康妮同情地看着它们。此时此刻,这两个人都沉默了。

"进屋去吗?"他问。

"你要我吗?"她有点不信任地问。

"要,只要你愿意来。"

她不说话。

"那就来嘛!"他说。

于是她就随他进了屋。他关上门,屋里黑了下来,于是他像以前一样点上灯,但灯光很弱。

"你没穿内衣吧?"他问。

"没有!"

"好啊,那我也脱了我的。"

他铺开毯子,把一张毯子放一边,准备盖身上。她摘下帽子,摇摇头把头发散开。他坐下,脱鞋,松绑腿,解开马裤。

"躺下吧!"他只穿着衬衫对她说。她默默地顺从了,他顺势躺在她身边,拉起毯子盖在他们俩身上。

"来吧!"他说着撩起她的外衣,一直拉到胸口。他温柔地吻着她的乳房，把两个乳峰含在唇间轻轻地吮着。

“啊，你真好。你真好啊！”他边吮边说。突然，他的脸又滑到她温暖的小腹上不住地蹭着。

康妮的双臂在他的衬衫里环抱着他，但她怕，怕他那消瘦光滑的裸体，那裸体太强大了，怕他那强劲的肌肉。她退缩着，害怕了。

当他稍带叹息地说“啊，你真好”时，她身体内有什么颤抖起来，随之她精神上有什么变得僵硬去抵抗他。僵硬是那可怕的肉体亲昵和他急迫地占有造成的。这一次，她强烈的激情没能让她失态，她两只手毫无感觉地放在他起伏的身体上，无论怎样，她的精神似乎都在高处看着这一切，他臀部的起伏冲撞在她看来似乎是可笑的，而他那尘柄急于宣泄一下的样子显得挺滑稽。是的，这就叫爱，就是臀部滑稽的舞动，以及舞动之后那可怜、渺小而湿润的小尘柄的萎缩。这就是神圣的爱了！看来，现代人的看法是对的，他们就蔑视这种表演，因为这确实是表演。不错，就像有的诗人说的那样，创造了人类的上帝一定有一种险恶的幽默感，他给了人以理性，可又逼着他摆出这个滑稽的姿势，还操纵着他盲目地渴望进行这种屈辱的表演。甚至像莫泊桑那样的人都觉得这动作屈辱扫兴。人蔑视性交行为，可又要为之。

冷漠，嘲讽，她那奇特的女性头脑与之拉开了距离。尽管她十分安静地躺着，但她的本能让她挺起腰腹，将那男人甩出去，逃离他那丑陋的钳制，摆脱他那冲撞着的怪诞臀部。他的肉体是愚蠢、莽撞的，是不完美的东西，那种半成品似的拙笨样有点令人厌恶。可以肯定的是，完整的进化会淘汰这种表演，淘汰这种“功能”。

他结束了，很快就静止不动，沉默着，那是一种毫无动静的特殊距离，让她无法感知到他，于是她的心开始哭泣。她能感到他如退潮一样渐渐远去，丢下她，把她像一块石头一样抛弃在岸上。他在退却，他的精神在离她而去。他知道这个。

她实在难过，在她自己一心二用的折磨下，她开始哭了起来。他丝毫没在意，甚至都不知道她哭了。哭声渐渐大起来，震动了她自己，也震动了他。

“唉！”他说，“这回不好。你心思不在这儿。”

原来他知道啊！于是她哭得更厉害了。

“可这是怎么回事啊！”他说，“偶尔是会这样的。”

“我，我无法爱你！”她抽泣着，突然感到心都碎了。

“没法儿！行了，别发愁！没有哪个王法非叫你爱我不可，该什么样儿就什么样儿吧。”

他的手仍然放在她的胸上，但她的双手都离开了他的身子。

他的话丝毫没有让她感到安慰，她抽搭得更厉害了。

“别，别！”他说，“有时好，有时孬。这回是有点不好。”

她痛苦地哭泣着说：“我是想爱你，可就是不行。只觉得可怕。”

他笑笑，那笑，半是苦涩，半是调侃。

“没什么可怕的，”他说，“就算你那么觉得。你别一惊一乍的就行。也别为你不爱我发愁，千万别难为自个儿。一篮子核桃里总有个把坏的，好的坏的都得要。”

他把手从她胸上拿开，安静地躺着，不再碰她。这反倒让她觉得满足，这感觉几乎是有点变态。她讨厌他那口土话，连个“你”字都说走了调。[1]他想起身，就站了起来，高高地站在她边上，系上他那带绳襻的马裤，就在她面前做这些。说起来米凯利斯还知道要面子，系裤子时会转过身去。可这个男人却是那么自信，他不知道别人是把他当小丑看的，认为他是半个粗人。

可当他离开她，默默地起身要走时，她害怕地抱住了他。

“别！别走！别离开我！别生我的气！抱着我，抱紧我！”她迷狂地呢喃着，根本不知所云，不知从哪儿来的那么大力气抱住了他。她是要拯救她自己，从内心的愤懑和抵抗中救出自己。那股内在的抵抗力是那样强有力地控制着她！

他再次将她揽进怀中，紧紧地拥着她，她突然在他的怀里变得娇小，变得小鸟依人起来。没了，那反抗不再有了，她开始在美妙的安宁中融化了。她如此娇小美好地化在他怀里，激起了他无限的欲望，他所有的血管似乎都因强烈但温柔的情欲而灼烫起来，渴望她，渴望她的温柔，为她在他怀抱中的美艳折腰，这欲望荡漾在他的血液里。温柔地，他充满柔情和欲望的手抚摸着她，令她销魂。温柔地，他抚摸着她绸缎般光滑的腰臀。他的手向下，向下滑动，在她温热的股沟间下滑着，越来越移近她最敏感的触点。她感到他就像一团欲望之火，但那是温柔的火，而自己就在这团火焰中化了。于是

1 方言中的“you”常被说成“thee”“tha”等。

她放任了自己。她感到他的尘柄在沉默中以惊人的力量耸将起来，要她，她就去迎合他。她顺从了，那一刻她颤抖着感到自己要死了，对他毫无保留。啊，如果此时他不温柔地待她，他就太残酷了，因为她完全开放着，凭他支配。

他强劲地进入了她体内，令她感到奇异而恐惧，浑身再次颤抖起来。他或许要像一把利剑刺入她温柔绽开的身子，那非要了她的命不可。突如其来的恐惧让她贴紧了他。但那尘柄却只是十分悠缓地顶入，在黑暗中它是那么平和、沉稳、温柔，就似创世之初那样。于是她心里的恐惧消退了，敢于自由放任了，毫无顾虑。她敢于让自己全然放任，在那洪水中纵情。

她感觉自己像大海，只有黑暗的海浪在起伏，波涛汹涌，渐渐地她整个的黑暗之海都涌动起来，她就是一片黑暗沉默的海洋，浪涛滚滚。啊，身体的渊薮里，海水分开，翻滚而去，那成排的巨浪翻卷向远方，不停地从她最生动的渊薮处分开，翻卷开去，那是温柔的入水中心处。那跳水人不断地向深处进发，越来越深地触动她，于是她的身体便一层层地深入绽放开来，她那海涛越来越沉重地翻卷向岸边，将她裸露出来。那陌生人探求得越是深入，她的波浪越是远离她而去，遗弃她，直至，蓦地，她轻柔地痉挛一下，她生命之最生动处受到了触动，她知道她被触动了，她的感觉达到了完美的极点，她飘然而去。她飘然而去，化了。她出生了，成了一个女人。

啊，简直美妙至极！难以言说！退潮之时，她意识到了这美的全部。现在，她整个身体都温柔地紧贴着那个陌生的男人，不顾一切地依恋着那正在萎缩回去的尘柄，因为它是那么温柔、脆弱，经过猛烈强健的冲刺后在不知不觉中退缩着。那神秘敏感的物件抽出去了，离开她的身子时，她不自觉地发出一声失落的叹息，她试图把它放回去，因为它一直是那么完美！教她爱得不行！

只是到现在，她才意识到那尘柄如小巧的花蕊，沉默而温柔，她又于不自觉中轻轻地发出惊讶和深情的叫声，她那颗女人心为那物件如此柔弱而惊叫，因为它刚才是那么强大。

"好可爱！"她低吟着，"它确实可爱！"可他不语，只是轻轻地吻她，依旧伏在她身上。她则发出幸福的呻吟，既像一件祭品，又像一个新生儿。

现在她心里开始意识到他奇特的美。一个男人！一个男子汉的力量压在她身上！她的双手在他身上茫然摩挲着，仍然感到些害怕。她曾觉得他的身子陌生，充满敌意，让她有点反感，一个男人。可现在她触摸他，他们是上帝的儿子与人的女儿。他多美呀，他的皮肉多么纯洁！多可爱，多壮实，可又那么纯洁细腻，这敏感的身子是多么沉静！这壮实而细腻的肉体竟是那么沉静。多么美！多么美！她的手怯生生地顺着他的脊梁滑下去，滑到他柔软精巧的臀上。美，多么美！刹那间一股新感觉的火苗蹿遍她全身。眼前这美的躯体，怎么以前她竟然会反感呢？触摸他温热活泼的臀，那种美感是多么难以言表！生命中还有生命，那纯粹、温热、强壮的美。还有，他两腿之间那沉甸甸的睾！多么神秘！这奇特、沉甸甸的神秘物件握在手里竟然很柔软！这是根，是一切美的根，是所有完美的最原始的根。

她紧搂住他，嘴里发出惊叹，几乎也是恐惧。他紧紧抱住她，但一言不发。他绝不说什么。她贴紧他，贴紧他，只想靠近他那肉欲的奇妙之处。他全然安宁，安宁得不可思议，可她还是感到他的尘柄缓慢、强有力地再次雄起，那是另一种力量。于是她的心融化在了敬畏中。

这一回，他进到她体内，一派温柔，带来一片虹光，那纯美的温柔和光焰令任何意识都无法捕捉。她浑身颤抖着，没了魂，但又生机勃勃，就如同生命的原液。她无法懂得那是什么，无法记住曾经的过程，只觉得它胜过任何美好的东西，只有这种感觉。结束之后，她全然安宁下来，浑然无知，不知时光过去了多久。他仍然和她在一起，同在一个静谧的渊薮中。这次第，无以言传。

开始清醒过来时，她依偎在他的胸膛上，嘴里喃喃道："我的爱！我的爱！"他则沉默地抱住她，她就势蜷缩在他胸脯上，十全十美。

但他的沉静是深不可测的。他搂着她，像怀抱着一朵花，安静而陌生。"你想什么呢？"她向他耳语道，"你想什么呢？说话呀！对我说点什么吧！"

他温柔地亲了她，喃言道："啊，我的情儿！"

可她不懂他的意思，不知道他在何方。他那么沉静，似乎让她摸不着。

"你爱我，不是吗？"她喃喃道。

“欸，这你知道的呀！”他说。

“你亲口说嘛！”她恳求着。

“欸，欸！你没觉出来吗？”他含糊其词地说，但语调温柔，语气坚定。她贴他贴得更紧了。爱着的他比她还要安详，但她想要他确认他爱她。

“你就是爱我嘛！”她小声坚持说。他的手温柔地摩挲着她，似乎她是一朵花，没了欲望的颤抖，但手法很细腻。即便如此，她还是心神不定，咬定爱不放松。

“说你永远爱我！”她恳求道。

“欸！”他心不在焉地说。这让她觉得自己的问题把他从自己身边推开了。

“咱们该起来了吧？”他终于说。

“不嘛！”她说。

但她能感到他的心思有所旁骛，他在倾听外面的动静。

“怕是天黑了吧！”他说。康妮则从他的话音里听出了尘世的压力。于是她吻了他，那是一个女人不得不放弃她的好时光的幽怨之吻。

他起身，调高了火捻儿，然后开始穿衣服，很快就让自己消失在衣服里了。然后他高高地站在她身边，手系着马裤，乌黑的大眼睛却在看着她。他脸色有点红扑扑的，头发蓬乱，在微弱的油灯光下显得特别温暖、安详、英俊，他是那么英俊，她绝不会告诉他他到底有多英俊。这样子让她想紧紧拥抱他，因为这俊美中有一种温暖、慵懒的距离感，这副神态令她恨不得喊着抓住他，占有他。她是不会占有他的，所以她蜷着赤裸的腰臀卧在毯子上，这副样子令他不懂她在想什么，只是觉得她美，是个胜过一切的温柔美妙的尤物，他能进到这尤物身体里去。

“我爱你，因为我能进到你身子里去。”他说。

“你是爱我的吗？”说着她心跳加快了。

“我能进到你身子里去，这比什么都好。我爱你，因为你全对我开放着。我爱你，因为我能那么进到你身子里去。”

他弯下腰亲了她柔软的腰肢，用自己的脸在她腰上蹭了蹭，然后拿毯子给她盖上。

“你永远不会离开我吧？”她说。

“你可别问这个。”他说。

“你肯定我是爱你的吧？”她问。

“你这会儿爱我，以前你连想都没想过你会这么爱我。谁知道你过后儿想想会怎么样呢？”

“别，别这么说！你不是真觉得我想利用你吧，是吗？”

“怎么个利用法？”

“生个孩子。”

“这世界上谁都能生孩子。”他说着坐下系绑腿。

“哦，不！”她叫道，“你不是真这么想的！”

“哦，好了！”他看着她说，“刚才那样就足够了。”

她仍然安静地躺着。他轻轻地开了门，外面天空一片幽蓝，天边是晶莹的青绿。他出去关上母鸡的笼子，轻声对狗说了句什么。而她则躺在屋里，感叹生活和生命是多么美妙。

他回来时她还躺着，像个吉卜赛人那样容光焕发。他在她身边的凳子上坐下，说："走前那天晚上你得上村里的家来，行不？"他说着扬起眉毛看着她，两手垂在两腿之间。

"行不？"她学着舌逗他。

他笑笑，"欸，行不？"他重复道。

"欸！"她模仿着土音说。

"对呀！"他说。

"对呀！"她重复着。

"来跟我睡，"他说，"那东西要那个。啥时候来？"

"啥？"她说。

"不对，"他说，"你学不对。就说你啥时候来吧。"

"估摸着是礼拜天。"她说。

"估摸着是礼拜天！嘚呀！"

"嘚呀！"她也说。

他笑笑，不满地说："你学不像。"

"咋不像呢？"

他笑了。她学讲土话学得有点令人发笑。

"好了，你得走了！"他说。

"我得吗？"她说。

"我得走吗！"他纠正她。

“为什么不能说‘我得吗’而非要说‘我得走吗’？”她反驳着。

他伏下身，温柔地摩挲着她的脸，说：“你是个好雌儿[1]，对不？是世界上剩下的最好的雌儿，只要在你喜欢、你乐意的时候！”

“什么是‘雌儿’？”她问。

“你不知道吗？雌儿！就在身子下头。我进去得着什么，还有，我进去你得着什么就是，就是那么回事，整个儿！”

“整个儿！”她打趣道，“雌儿！就是交合吧。”

“不，不！交合指的是你干什么。动物才交合。可雌儿就比那要有意思得多。那是你，还不明白吗？你跟动物大不一样，不是吗？尽管你也交合！雌儿！啊，那是你的美呀，情儿。”

她起身在他两眼之间亲着，因为他看她的眼是那么乌黑，眼神那么温柔，温暖得不行，美得不行。

“是吗，”她说，“你在乎我吗？”

他只是亲她，但不回答。

“你得走了，让我给你摩挲摩挲。”

说着他的手顺着她身子的曲线摩挲而过，手劲儿很重，没有欲望，但温柔、亲昵。

她在暮色中跑回家去，一路上觉得这世界如梦如幻。园子里的树木似乎是停泊在潮水上随波逐澜，通向拉格比府的山坡起伏跌宕，如同生命在喘息。

---

1 英文是俗语“cunt”。

13

星期天，克利福德要到林子里去转转。这是个可爱的早上，梨花和李花忽然竞放，奇异的白花满世界开遍。

当这世界欣欣向荣的时候，克利福德却得让人从一个轮椅抬到另一个轮椅上，这对他来说是够残酷的。但他忘了这一点，他甚至为自己的残疾感到些骄傲。康妮一帮他搬动僵硬的腿他就感到受罪，所以现在是博尔顿太太或菲尔德干这事了。

她在车道的坡顶上一排山毛榉旁等他。他的轮椅"突突"地开着，因为小心，开得慢，但架势很是威严。见到妻子时，他说："克利福德男爵骑着冒气泡的骏马呢！"

"至少鼻子在喷气！"她笑道。

他停下来，回头看着那座狭长低矮的褐色老房子。

"拉格比岿然不动！"他说，"凭什么呀！我是骑在人的智慧创造的成就上，比骑马强多了。”

“是啊。柏拉图灵魂升天坐的是双轮马车，如果是现在，就得坐福特轿车了。”康妮说。

“或者是劳斯莱斯。柏拉图可是个贵族！”

“没错！再也用不着抽打虐待什么黑骏马了。柏拉图怎么也想不到咱们坐的这东西比他的黑马和白马[1]跑得都快，我们骑的不是马，只是一个马达而已！”

“哪止一个马达，还有汽油呢！”克利福德说，“我希望明年能把老屋修缮一下。为此我得花上一千镑。这个工程可太花钱了！”

“哦，好啊！”康妮说，“只要不再闹罢工就行！”

“他们再闹一回罢工有什么用！只会破坏企业，结果怎么样，那些自欺欺人的家伙该看出来了吧！”

“也许他们不在乎企业垮了呢。”康妮说。

“妇人之见！企业至少填饱了他们的肚皮，即使不能让他们腰包鼓起来。”他说这话时用的是博尔顿太太那种奇特的土语。

“可是前几天你不是说你是个保守的无政府主义者吗？”康妮天真地问。

“你明白我的意思了吗？”他反驳道，“我的意思只是说，人想当什么样的人就可以当，有什么感受随他的便，想干什么就干什么，但

---

1 在《斐诺》第九章里，柏拉图将人的灵魂比作马车夫，赶着一黑一白两匹长翅膀的马，一个代表恶，一个代表善。其中黑马代表激情和欲望，即恶。

那只限于他们的私人生活，条件是他们得使他们的生活形态完整，还得保持机器正常。”

康妮默默地走了几步，然后固执地说：“听起来像是说鸡蛋可以随意变质，只要蛋壳完整就行。但是变质的鸡蛋会自行破碎的。”

“人不是鸡蛋，”他说，“连天使的蛋都不是，我的小福音传道士。”

这个明媚的早上他情绪极佳。一溜云雀掠过园子，远处静悄悄的低谷里矿井上烟雾缭绕。这情景几乎像是大战前的日子。康妮并不想争论。但她也实在不想和克利福德一起去林子里，所以她才在他的轮椅边上悻悻地走路。

“不会的，”他说，“不会再闹罢工了，只要事情处理得当就行。”

“怎么不会？”

“因为事情已经运作好了，不可能发生罢工。”

“可那些人会依你吗？”

“我们用不着问他们。我们要在他们不注意的时候把事情办了。我是为他们好，为了拯救企业。”

“也是为你自己好。”她说。

“那当然！大家都好，但更多的是为他们好。没有矿井我可以生存，可他们就不行。没了矿井他们就得饿肚子，而我有别的活路。”

他们眺望着浅谷中的矿场和远处特瓦萧村像蛇一样顺山坡而上的黑顶住房。那座褐色的老教堂里传出钟声：礼拜天，礼拜天，礼拜天！

“可那些人会服从你提出的条件吗？”她问。

“亲爱的，他们不从也得从，只要把事情办得巧妙。”

“会达成共识吗？”

“肯定会的，他们只要认识到企业重于个人就行。”

“你非得拥有这企业不可吗？”她问。

“那倒不是。可我掌握它到了这个程度，就算拥有了，绝对是。财产的所有权现在成了一个宗教问题了，从基督和圣方济各开始一直如此。关键在于，不是将你的全部所有给予穷人[1]，而是应当利用你的所有促进产业，从而给穷人活儿干。这是让所有人果腹遮体的唯一办法。把我们的所有赠予穷人，这对穷人和我们来说都意味着饥饿。全世界的饥饿可不是什么好事。甚至一般的饥饿也不是好事。贫穷是丑陋的。”

“那贫富不均呢？”

“那是命。为什么木星比海王星大？你无法改变造化！”

“可一旦人们开始嫉妒和不满，那——”

“尽力去消除。总得有人当龙头。”

“那谁是呢？”她问。

“产业的所有者和经营者呀！”

---

1 见《路加福音》第十八章第二十二节。基督告诫富人“变卖你的所有，分给穷人，你在天国就会有财富”。圣方济各（1182—1226），又称阿西西的方济各，意大利僧侣，创建方济各会，他放弃了财富和家庭，过贫穷的生活。

两人半晌不语。

“可我觉得他们是些坏的龙头。”

“那你说他们该怎么办才算不坏?”

“他们就没有很认真对待他们的领导地位。”她说。

“他们很认真,比你对待你的男爵夫人地位要认真多了。”他说。

“那是强加给我的,我并不真想要那个地位。”她脱口而出。

他停下轮椅看着她,问道:“现在是谁在逃避责任!是谁在这个时候试图摆脱他们的领导地位,正如你说的那样?”

“可我根本不想要什么领导地位。”她抗辩道。

“好啊!可那是逃避。你获得了这个地位,命中注定要当这个男爵夫人,你就得名副其实才行。是谁给了矿工们那些好东西?他们享有政治自由,享受教育,有卫生条件和健康的环境,有书读,有音乐听,所有这一切都是谁给的?是矿工自己给的吗?不是!是英国的拉格比和希普利这样的企业在做出自己的奉献,而且要继续奉献下去。那就是你的责任。”

康妮倾听着,脸涨得通红。

“我也想奉献点什么呢,”她说,“可谁允许我呀?什么都得买和卖。你说的那些东西,拉格比和希普利是卖给人们的,是赚了钱的。什么都是卖出的。你并不给予别人真正发自内心的同情。再说了,是谁剥夺了人们自然的生活和人性,而给了他们这种工业的恐怖?这是谁干的?”

“那你让我怎么办?”他气得脸色铁青,“请他们来掠夺我吗?”

“特瓦萧怎么这么丑陋,这么可恨?人们的生活怎么这么无望,这么渺茫?”

“特瓦萧是他们自己建的,那就部分地展示了他们的自由了。他们建起了自己漂亮的特瓦萧,日子过得不错。我又不能替他们过日子。每个甲壳虫都必须过自己的生活。”

“可是你迫使他们为你干活的。他们过的是你矿上的生活呀。”

“不是那么回事。甲壳虫是自己找食吃。这里没有一个人是被迫为我干活的。”

“他们的生活被工业化了,没有希望,我们也一样。”康妮喊道。

“我不这么认为。你那只是个浪漫的修辞手法罢了,让人听了犯晕的浪漫主义废话。你站在那儿,一点也不像个无望的人儿,康妮,我亲爱的。”

他说得对。因为此时她那深蓝的眼睛里目光明亮,脸颊红扑扑的,看上去充满反叛的激情,毫无失望的沮丧。她注意到,杂草丛生的地方,毛茸茸的嫩立金花微绽,花瓣形状尚不明显。她气鼓鼓的,心里纳闷:为什么她感到克利福德大错特错,可她就是无法跟他讲清楚?她就是说不上来他到底哪儿不对。

“怪不得这里的人们都恨你呢。”她说。

“才不呢!”他反驳道,“别弄错了,按你对人这个词的理解,他们不是人。他们是你无法理解的动物,你永远也弄不懂他们。不要把你的幻想附丽在别人身上。群氓们从来都是一样的,将来还是如此。尼禄[1]的奴隶和我们的矿工之间的区别是微乎其微的，还有福特公司的汽车工人也是一样。他们是尼禄井下和地上干活的奴隶。群氓们是不会改变的。某个人或许会从群氓中脱颖而出，但他的脱颖而出并不能改变这些群氓，群氓是改变不了的。这是社会科学要研究的一个重大课题之一。吃喝玩乐呗！[2]可是今天的教育代替了马戏，这是个错误，错就错在我们把马戏场搞得一团糟，却用一点点教育毒害了群众。”

一旦克利福德真的一时兴起大谈普通大众，康妮就觉得害怕。他的话里有某种毁灭性的真理，但那是一种要命的真理。看到康妮脸色苍白，沉默不语，克利福德又发动了轮椅的马达，一直到他把轮椅停在园子的门口，他们都没再说什么。康妮为他打开门。

“我们现在需要拿起的，”他说，“是鞭子，而不是剑戟。有史以来群氓们就是被统治的，直到人类的末日为止，他们一直要被统治。说他们能自治，那简直是虚伪，是笑话。”

“可你能统治他们吗？”康妮问。

“我？哦，能！我的头脑和我的意志并没有伤残，我统治靠的不是我的腿。我可以为统治尽我的一份责任，绝对尽我的一份责任。给我一个儿子，他会在我之后统治他该统治的那一部分。”

“可他不会是你的儿子，不属于你们统治阶级，或许不会——”

1 罗马皇帝，暴君。

2 克利福德是用拉丁文说这句话的。

康妮口吃起来。

“我不在乎他的父亲是谁，只要他是个健康的人，智力不低于一般水准。给我一个身体健康、智力正常的男人的孩子，我能把他培养成一个能力十足的查家人。问题不是孩子的出身，而是他命中注定的位置怎样。把任何一个孩子放在统治阶级里，他都会成长为一个相当的统治者。把公子王孙们抛到群氓中去，他们就会成为一介庶民，成为群氓中的一个。关键是环境的巨大压力造就人。”

“那就是说，普通老百姓不是一个种族，贵族也不是血统决定的了？”她说。

“是的，我的孩子！那都是浪漫的幻想。贵族是一种职责，是命运的一部分。群氓们则是另一部分命运在运行。个人没什么了不起的。问题是你被培养去行使哪一部分职责，适应哪一种职责。并非个人造就了贵族，贵族是一个行使责任的整体。同样，是整个群氓的作用使庶民成为庶民的。”

“那就是说，人们之间就没有共通的人性了！”

“随你怎么说吧。我们都要填饱肚子。可说到表述功能和决策功能，我相信，统治阶级和被统治阶级之间是有一条鸿沟的，绝对有。他们的功能是相对立的。不同的功能决定了个人之间的不同。”

康妮看他的眼神变得惊恐起来。

“你过来吗？”她问。

他这才发动他的轮椅。他说出了自己的主张，现在陷入了他特有的空虚冷漠之中，这一点让康妮很受不了。但她下决心在这林子里不跟他争什么。

他们前方是那条马道，夹道的是榛子树墙和生机勃勃的灰白叶树。轮椅“突突”地缓慢前行，渐渐开进了榛子树影下马道上如奶沫一样野生的勿忘我花丛中。克利福德驾驶着轮椅在马道中间行驶，那是过往的行人脚步在花丛中踏出的一条路。但走在后面的康妮却注视着车轮在车叶草和筋骨草上摇摇晃晃地驶过，碾烂了黄色的小喇叭花。他们就这样在勿忘我花丛中留下了一溜痕迹。

那片地方盛开着各色花朵，初绽的风铃草开成了一汪汪的绿水，恰似悬着的水潭。

“你说得对，这林子里就是美，”克利福德说，“简直美得惊人。还有什么能比英国的春天更美呢！”

康妮觉得这话听起来像是说，就连春天的花甚至也是由议会做出的决议让它开它才开的。英国的春天！为什么不是爱尔兰的春天，或者是犹太人的春天？

轮椅缓缓地向前开着，从壮实得如同麦苗一样的风铃草和灰色的牛蒡草上轧过去。他们来到那片树木被砍伐光了的空地上，阳光毫无遮拦地照射着这片空地。风铃草在阳光下蓝得发亮，这里一片蓝，那里一片蓝，那蓝色已经开始向淡紫和深紫转变了。一片片的风铃草之间，蕨草挺立着草叶曲卷着的棕色头颅，像是密密麻麻的幼蛇在对夏娃耳语着什么新的秘密。

克利福德把轮椅一直开到山顶上，康妮则缓缓地跟在后面。橡树发芽儿了，褐色的嫩芽很是柔软，冬天里僵硬了的万物化作一派柔和景象。就连那疙疙瘩瘩的橡树身上也酿出了柔软的嫩叶儿，在阳光下伸展出褐色的小羽翼，就像蝙蝠的翅膀一样。为什么人就没有新的东西、鲜嫩的东西酿出来？腐水一样的人啊！

克利福德把轮椅停在山顶上向下看去。蓝色的风铃花儿像潮水一样把宽阔的马道洗得一路幽蓝，下面的小山也是一片温暖的蓝色。

“这颜色本身很好看，”克利福德说，“可是不能用来绘画。”

“没错！”康妮心不在焉地说。

“我能不能冒险到泉眼那儿去？”

“这椅子还能再往上开吗？”她问。

“我试试！不冒险，就没收获！”

轮椅开始缓缓地向前行驶，颠簸着朝山下而去。宽阔的车道两边开满了蓝色的风信子，煞是美丽。哦，最后一条船驶过开满风信子的浅滩！哦，最后一片苍凉水域上的舢板，进行着我们文明的最后一班航程！哦，舵轮古怪的船儿，你缓慢地驶向何方！[1]克利福德神态平静又自得地坐在冒险的轮椅上，头戴老式帽子，穿着花呢外套，纹丝不动，谨小慎微。哦，船长，我的船长，我们辉煌的航程已走完！[2]可还没呢！在下山的路上，身着灰衣的康斯坦丝紧跟在后面，

---

1 见罗伯特·布里奇斯（1844—1930）《过客》中类似的诗句。

2 见惠特曼《船长》。——译注

注视着轮椅颠簸着下山。

他们路过通向林中小屋的那条小径。谢天谢地这路太窄，轮椅无法通过，几乎连一人都难以通过。轮椅到了斜坡下面，掉了一个头就消失了。这时康妮听到身后响起轻微的口哨声。她机警地四下张望，发现那猎场看守正大步从上面下来，他的狗紧随其后。

"克利福德男爵要去村舍吗？"他盯着她的眼睛问。

"不，只到井边去。"

"啊，那好！那我就不用露面了。不过，今儿晚上我得会会你。我就在园门口等你吧，十点左右。"

说着他眼神直勾勾地盯着她看。

"嗯。"她迟疑着。

这时他们听到克利福德在"嘟——嘟——"地按喇叭叫康妮，她则"呜——呜——"地回答他。那看守闻之做了个小鬼脸儿，手轻柔地从下到上捋着她的乳房。康妮惊恐地看着他，迈开脚步朝山下跑去，嘴里冲克利福德发出"呜——呜——"声。山上的男人看着她，然后转过身去，微微苦笑一下，回到小路上去。

康妮发现克利福德正缓缓地朝上面的泉眼开去，那口泉眼在长满墨绿色落叶松的半山腰上。她赶上他时他已经到了。

"这还行。"他指的是轮椅。

康妮看着落叶松林边上宽大的灰色牛蒡叶子，觉得像鬼影一般。人们称之为"罗宾汉大黄"。这东西长在井边，模样是那么安静阴郁！可是泉水涌着，那么清凉，那么美好！井边还生着小米草和肥大的蓝色喇叭花。井台下的黄土在翕动。是一只鼹鼠！它露面了，粉红的爪子扒拉着，晃着钻子一样的小脸儿，粉色小细鼻子朝上翘着。

"它好像是用鼻子尖看世界。"康妮说。

"比眼睛看得更清楚！"克利福德说，"喝水吗？"

"你呢？"

她从树枝上取下一只搪瓷缸子，弯下腰去舀水。他抿了几口。随后她弯下腰去，自己也喝了几口。

"真是冰凉！"她吸着气说。

"好喝，不是吗？你许愿了吗？"

"你呢？"

"许了。不过不告诉你。"

她听到啄木鸟锛木头的声音，然后听到了风轻柔但怪异地从阔叶松林中掠过。她抬头看去，片片白云正在蓝天上聚集。

"云彩！"她说。

"不过是些白羊。"他说。

一片阴影笼罩住了这片空地。那只鼹鼠已经蹿到了柔软的黄土上去。

"这讨人嫌的小动物，我们该杀死它。"克利福德说。

"可你看，它看上去像个圣坛上的牧师呢。"康妮说。

她采了几枝香车叶草递给他。

"新割下来的草！"他说，"这香味像不像发自上个世纪的浪漫贵妇？她们可是一个比一个精明。”

她不理会他的话，自顾看天上的云彩。

“怕是要下雨了。”她说。

“下雨？何以见得？你希望下雨吗？”

他们开始往家走了。克利福德小心翼翼地开着轮椅车在路上颠簸着前行。他们来到幽暗的谷底，向右转，前行一百码左右，然后转弯在那面狭长的山坡上爬行，灿烂的阳光下，山坡上盛开着蓝风铃花儿。

“走啊，老伴儿！”说着克利福德把轮椅开上了坡。

这坡又陡又颠。轮椅在泥土中挣扎着前行，速度缓慢，像是有点不情愿，但还是摇摇晃晃地向上走着。来到一片风信子盛开的地方时，车子举步不前，颤颤巍巍地挣扎着开出了花丛就戛然停住了。

“咱们还是按喇叭，看那个看守会不会来帮忙，”康妮说，“他能推一把。我也可以推。推推能管用。”

“让车子喘喘气吧，”克利福德说，“在车子下面垫块东西好吗？”

康妮找到一块石头。他们等了一会儿，克利福德又发动了机器，车子终于动了，但颤抖着像个病人，还发出奇怪的杂音来。

“让我推吧！”康妮从后面上来说。

“你别！别推！”克利福德恼火地说，“要是靠推才行，我还要这没用的马达干什么！把那块石头垫轮子下面！”

车子停顿一下，又发动一遍，但还不如刚才动得欢。

“还是让我推吧，”她说，“要不就按喇叭叫看守来吧。”

“等等！”

她等他又试了一次，但越弄越坏。

“你要是不让我推，就按喇叭吧。”康妮说。

“行了，你安静会儿吧！”

康妮半晌没说话，这工夫他又疯狂地发动着那小马达。

“你非把这东西给毁了不可，克利福德，”她劝道，“再说你也是白费劲。”

“我下不去呀，否则就能看看这该死的东西怎么回事了！”他恼火地说着按响了喇叭，声音很刺耳，“或许梅勒斯明白是怎么回事。”

他们在碾碎的花丛中等待着，天空中云彩在缓缓聚集着。沉静中，一只斑尾林鸽开始咕咕叫起来。克利福德立即按响了喇叭，吓得鸽子不再叫唤。

那看守说话间就出现了，带着疑问的神情大步走来，在角落里行个礼。

“马达的事你明白吗？”克利福德尖刻地问。

“我怕是不懂。出毛病了吗？”

“明摆着的！”克利福德厉声道。

那人小心地在车轮旁蹲下，探视着小马达。

“我对这类机械的东西一无所知，克利福德男爵，”他平静地说，“如果汽油和机油不少，那——”

“你就仔细看看什么地方断了没有。”克利福德不耐烦地说。

那人把枪靠着树放下，脱下外衣扔到树旁。棕毛狗蹲在一旁守候着。随后他蹲下，从车轮下朝里看，手指头触摸着油腻的小马达，油点溅到了他干净的礼拜日衬衫上，令他不快。

“看不出哪儿断了。”他说。他站起身来，把帽子往脑后推了推，手搓着眉毛，很明显是想弄个究竟。

“你看了下面的轴没有？”克利福德问，“看看它们是不是都没事！”

那男人整个身体伏在地上，仰着头，在马达下扭动着，手指还摸索着。此情此景让康妮感慨，一个男人趴在大地上，看上去是个多么可怜的物件儿，脆弱而渺小。

“看上去没事儿。”他说，话音发闷。

“我就没指着你怎么样。”克利福德说。

“看来我是不行！”他爬起来就势蹲着，这是矿工的姿势，“不过肯定没什么明显的断裂。”

“当心！我再发动一次！”

说着克利福德发动了马达，然后挂上了挡，可车子就是不动。

“加大油门，这样——”那看守建议道。

克利福德不喜欢被别人打扰，不过他还是弄得马达像蓝色大苍蝇一样嗡嗡作响。随后车子喘着，吼着，情况似乎好转了。

“听上去行了。”梅勒斯说。

可是克利福德已经猛然挂上了挡，车子病病恹恹地摇晃了一下，向前蠕动起来。

“我要是推一把,就走起来了。”那看守在后面说。

“躲开!”克利福德喝住他,“它自己能走。”

“可是克利福德,”康妮在一边插嘴道,“你明明知道车子不行,为什么还那么固执呢?!”

克利福德气得脸都白了。他用力扒拉着控制杆,轮椅拱了一下,摇晃着前进了几步,就在一片十分茂盛的风铃花丛中停了下来。

“它完了!”看守说,“马力不足。”

“以前上去过。”克利福德冷冷地说。

“可这回它不行了。”看守说。

克利福德没说话,开始折腾马达,忽快忽慢,似乎是要让它演奏出曲子来。林子里发出奇怪的回声。然后他猛然挂挡,把控制杆弄脱了位。

“你非把它弄散架了不可。”那看守小声嘀咕着。

说话间那轮椅就发疯般地朝路边的沟里冲过去。

“克利福德!”康妮叫着冲了上来。

那看守一把拉住轮椅扶手,可是克利福德却竭尽全力要将轮椅开上车道,那轮椅发出奇怪的响声,挣扎着。梅勒斯在后面稳稳地推着轮椅,轮椅上去了,像是重新振作起来似的。

“你看它行了!”克利福德得意地说着,可一转头他看到了看守在身后。

“是你在推吗?”

“不推不行。”

“让它自己走，我没让你推。”

“可它自己走不动。”

“让它试试呀！”克利福德一字一顿地吼道。

那看守退回去，转身去取外衣和枪。那轮椅几乎立即就瘫痪在原地，一动不动了。克利福德坐在轮椅里像个犯人，气得脸都白了。他用手猛推控制杆，因为他的脚动弹不得，弄得轮椅发出奇怪的声音。他疯狂烦躁地把小手柄扒拉来扒拉去，弄出了更多的杂音，可轮椅纹丝不动，就是不动。于是他停了发动机，气哼哼地僵坐着。

康斯坦丝坐在路边的土坎上，看着那些被碾坏的风铃花，耳边响着克利福德刚才的话。“还有什么能比英国的春天更美呢！”“为统治尽我的一份责任。”“我们现在需要拿起的是鞭子，而不是剑戟。”“统治阶级！”

那看守拿了外衣和枪大步赶上来，弗洛西小心地紧随其后。克利福德让那人摆弄摆弄发动机。康妮对发动机技术上的事一窍不通，但她经历过发动机的瘫痪，便耐心地坐在土坎上，似乎与这一切无关。那看守又一次趴在地上了。这就是统治阶级和被统治阶级！

他站起来耐心地说：“再试试吧。”

他说话的语气很平和，几乎像在哄孩子。

克利福德试着发动马达，梅勒斯马上走到后面去开始推。轮椅动了，几乎是一半靠机器，一半靠人推。

克利福德四下里张望着，脸气得蜡黄。

“你松手！”

那看守立即松了手，克利福德又说：“我怎么知道这东西怎么回事！”

那人把枪放下，开始穿他的外套了，他的事完了。那轮椅开始缓缓地向后滑动。

“克利福德，刹车呀！”康妮喊道。

康妮、梅勒斯和克利福德立即行动了起来，康妮和看守轻轻地撞上了。轮椅停住了，随后是一阵死静。

“看来谁都在控制我！”克利福德说，气得脸发黄。没人搭理他。梅勒斯把枪挎上肩，神色怪异，但脸上却没表情，只有茫然的耐心模样。弗洛西充满警觉，在主人两腿之间不安地晃动着，看着轮椅露出怀疑和厌恶的表情，在三个人之间显得困惑不解。这三人在碾得稀烂的蓝风铃花丛里静止不动，谁都不语，如同一幅活人画像。

“我想这车需要推。”克利福德终于说话了，但还是故作镇静。

没人回答。梅勒斯一脸的茫然，似乎他什么都没听见。康妮焦虑地瞟他一眼，克利福德则四下张望着。

“把车推回去行吗，梅勒斯！”他冷漠、傲慢地说，“但愿我没说什么伤害你的话。”他不情愿地补了一句。

“没有的事，克利福德男爵！是要我推轮椅吗？”

“那就劳驾了。”

那人上去推车，但这回却推不动了，刹车闸被草绞住了。他们连推带拉，那看守再次放下他的枪，脱了外衣。现在克利福德一言不发了。最终，那看守顶起椅背把轮椅抬离了地面，同时一脚踹在车轮上想让轮子松开。但是不行，轮椅又陷了下去。克利福德紧抓住轮椅的两边，那看守让这重量压得气喘吁吁。

“别弄了！”康妮对那人说。

“你能那么拉一下轮子吗？”他冲她示范着。

“别！你别抬它！别扭伤自己。”她说着，气得脸通红。

但他凝视着她的眼睛点了点头，她还是得过去抓住轮子做好准备。他顶，她拉，于是轮椅晃动起来。

“天啊！”克利福德惊恐地叫起来。

但这下好了，刹车闸松开了。看守把一块石头垫在轮子下，坐到土坎上去歇息，这一通折腾，让他心跳加快，脸色苍白，有点发晕。康妮看着他，气得几乎要叫出声来。一时间大家都沉默不语。她看到他的手在大腿上颤抖着。

“伤着自己了吗？”说着她走了过去。

“没，没有！”他几乎是生气地转过身去。

一阵死寂。克利福德金黄的头发纹丝不动，甚至那条狗也站着一动不动。天上乌云密布。

还是他先叹了口气，用他的红手帕擤擤鼻子，说：“肺炎让我大伤了元气。”

没人应声。康妮在掐算着要费多大力气才能抬起那辆轮椅和大块头的克利福德：太沉了，简直是太沉了！那人肯定力气非凡，真的。这活儿居然没有累垮他。

他站起身,捡起他的外套,把衣服搭在轮椅把手上。

“准备好了吗,克利福德男爵?”

“就等你了!”

他弯下腰,搬开挡车轮的石块,然后全力顶住轮椅。这时康妮发现他的脸色比以往任何时候都苍白,神情更茫然。克利福德沉着呢,山坡又陡。于是康妮过去站到看守身边,说:“我也推!”

她开始使出一个女人愤怒时的蛮劲儿推起来,轮椅因此走得快多了。克利福德回头问:“有那个必要吗?”

“太有了!你想累死这个人吗?要是马达还行,就发动起来嘛。”

她没有停,但已经开始喘了,不得不松懈一点,这活儿出人意料地艰辛。

“好,慢些儿!”她旁边的男人说,目光中露出一丝儿笑意来。

“你肯定刚才没伤着自己吗?”她气愤地问。

他摇摇头。她看看他那双短小但有生气的手,晒得黝黑。就是这双手抚摸过她,可她以前竟没有看过这双手。那手似乎很沉稳,就像他这个人一样,有一种内在的沉稳,让她想去抓它,好像她够不到它似的。她整个灵魂突然间倒向了他,他是那么沉默,那么可望而不可即!而此时他感到自己的四肢在苏醒。于是他用左手推着车,右手则放在康妮那浑圆的白生生的手腕上,轻轻地握住她的手腕,抚摸起来。随之,一股火力顺他的脊梁而下,直到腰腹间,令他活力倍增。康妮一边喘着一边突然伏下身吻了他的手。而此时克利福德头发光滑的后脑勺正一动不动地挺在他们眼皮子底下。

到了山顶，他们停下来休息，康妮也乐得放松一下。她曾经暗自希望这两个男人会成为朋友，一个是她的丈夫，另一个是她孩子的父亲。可现在她明白这幻想纯属荒唐至极，这两个男人简直是水火不相容。他们互相排斥，这让她第一次明白，仇恨其实是很奇怪微妙的事情。她现在是第一次有意识地绝对地恨克利福德了，恨到了极点，似乎觉得他应该被从地球上清除出去。恨他并且自己全然承认这份仇恨，这让她感到十分放松，充满了活力，这真奇怪。"既然我恨他，那就决不跟他一起生活了。"她于是有了这样的想法。

到了平地上，看守可以独自推车了。克利福德和康妮说起话来，想以此表示自己的镇定。他谈起住在迪耶培的爱娃姨妈，谈起马尔科姆爵士，他来信问康妮是愿意和他一起开小轿车去威尼斯还是愿意和希尔达一起坐火车去。

"我更愿意坐火车去，"康妮说，"我不喜欢长途开车，特别是遇上尘土飞扬的路段。不过我要等希尔达的意见。"

"她肯定要开自己的车，还要带上你。"克利福德说。

"很有可能！我得帮把手了，你不知道这轮椅有多沉。"

她走到轮椅后面去，和那看守并肩跋涉在粉红色的砂岩路上。她才不在乎别人看到呢。

"要不等等菲尔德来？他力气大，让他推车。"克利福德说。

"马上就到了。"康妮喘着气说。

话虽这么说，但到家后她和梅勒斯都擦起脸上的汗来。这次并肩推车让他们两人比以前亲密多了，真是奇特。

“多谢了，梅勒斯，”到家门口时克利福德说，“我得换台马达，问题就全解决了。到厨房去吃饭吧？肯定到吃饭的时间了。”

“谢谢，克利福德男爵。我今天得去我母亲那里吃饭，今天是礼拜天呢。”

“随便吧。”

梅勒斯穿上外套，看看康妮，敬个礼就走了。康妮气哼哼地上楼去了。

吃午饭时她忍无可忍了，冲克利福德说：“克利福德，你怎么那么不体谅人呢？”

“体谅谁？”

“那看守！如果你认为这就是统治阶级的行为，我真替你难过。”

“为什么？”

“他是个得过病的人，并不强壮！爱信不信，如果我是伺候你的人，就会让你等着，吹哨子叫人来。”

“我相信你会这样。”

“如果换了他双腿瘫痪坐在轮椅里，行为也像你一样，你会怎么对待他？”

“我亲爱的福音传道士，如此混淆人与人，人格与人格，这么做太庸俗了。”

“可你缺少基本的同情心，那么恶心，才最庸俗。位高者须尽义务！[1]你，还有你的统治阶级！”

“我该尽什么义务？对我的猎场看守动感情吗？没那个必要，我不会，还是让我的福音传道士去做这样的事吧。”

“我听出来了，你的意思是他不是和你一样的人！”

“他不过是我的猎场看守，再说了，我每周付给他两镑，还给他一栋房子住呢。”

“付他钱！你以为你一周两镑和一栋房子买来的是什么？”

“他的服务啊。”

“哼！要我说你还是收起你的每周两镑和房子吧。”

“他或许也想这么说，可他没那本事！”

“你，你就统治吧！”她说，“可你并不是在统治，还是少夸你自己吧。你不过是获得了不该获得的金钱，用一周两镑的价钱迫使别人替你干活儿，否则就用饿死来威胁他们。统治！你凭什么统治呀？你干枯了！你不过是靠你的金钱欺压别人，像任何奸商一样！”

“你果然言谈高雅，查泰莱男爵夫人！”

“还是让我来告诉你吧，刚才在林子里你才高雅呢。我简直为你脸红。我父亲可是比你仁义十倍，你这个绅士！”

他伸手去按铃叫博尔顿太太来。这时他脸都黄了。

她怒气冲冲地上楼去到自己的房间，心里说：“让他买别人去吧！反正他没有买我，我也就没必要跟他在一起了。一个干枯的绅

1 原文为法文。

士，灵魂是假象牙做的！他们就是靠他们的外在风度和虚假的绅士气欺骗别人的。可他们和假象牙一样没有感情。”

她做好了今晚的打算，决意要忘了克利福德。她并不想恨他。她不想在感情上跟他有什么纠葛。她想让他对自己一无所知，特别是毫不了解她对那猎场看守的感情。为她对下人的态度发生争吵是由来已久的事了。他对她的态度太熟悉了，而她则觉得他过于麻木、强横，一到别人的问题上就不通情理。

她平静地下楼来，在餐桌上依旧摆出一副不驯的架势。他仍然脸色发黄，是肝病又犯了，看上去模样古怪，他在读一本法文书。

“可读过普鲁斯特？”他问她。

“我试图读过，可他让我厌烦。”

“他的确是出类拔萃。”

“或许是吧！可他令我厌烦，太繁复琐碎了！他没有感情，只有关于感情的连篇累牍。那种妄自尊大的心性令我厌倦。”

“那就是说你喜欢妄自尊大的兽性喽？”[1]

“或许是吧！可兽性里或许还有那么点不是妄自尊大的东西呢。”

“算了，反正我是喜欢普鲁斯特作品里的微妙和教养良好的桀骜不驯。”

1　克利福德是在玩弄辞藻。康妮讲的心性是“mentalities”，克利福德讲的兽性是“animalities”。后缀都一样，但前者的词头“men”是“人”，所以克利福德用“兽”来与此对仗。——译注

“就是这个让你变得死气沉沉，真的。”

“我的小夫人又像个传道士一样说话了。”

他们总在翻来覆去地争吵！可她就是忍不住要跟他斗。他坐在那儿就像一具骷髅，用骷髅的冰冷意志与她作对。她几乎能感到这骷髅在抓住她，要把她强压进他那一条条肋骨组成的笼子里去。他也的确是武装到牙齿的，因此她还是有点怕他。

她寻机离开了克利福德，很早就上床了。可九点半她就起来了，到屋外去听动静。什么声音也没有。她穿上一件睡袍就下了楼。克利福德和博尔顿太太在赌牌，他们或许会一直玩到午夜时分。

她回到自己房间里，把睡袍甩在纷乱的床上，换上一件薄薄的睡衣，外面罩上一件毛线衣，穿上她的胶底网球鞋，再套上一件轻便的外套，就准备就绪了。如果谁看到她，她就说出去走走。早晨回来时，就说出去踏露了，她经常在早餐前出去散步。除此之外，唯一的危险是有人会在夜里进她的卧室。不过一般不会有人来，也就是万一的事。

贝茨还没有锁门。他通常在晚上十点锁宅门，早晨七点开门。于是她悄悄溜了出去，没人发现。天上亮着半个月亮，光线足够辨认道路，但看不清穿深灰衣服的她的身影。她快步穿过邸园，不是因为幽会而感到兴奋，而是因为心头燃烧着的怒火和反抗之火。这种心情并不适于爱情幽会，只是苦中作乐而已！

14

还没到园门口，就听到门闩响。原来是他守在那儿，在黑暗中看到了她！

“这么早就来啦，你真好。”他在黑暗中说，“还顺利吧？”

“太顺了。”

他在她身后轻轻地关上了园门，打着手电筒为她照路。微弱的灯光照在黑暗的车道上，借着灯光能看到那些白花在夜间还绽放着。他们分开走着，默默不语。

“你肯定上午推轮椅时没伤着自己吗？”她问。

“没有的事儿。”

“患了肺炎有什么后遗症吗？”

“哦，没什么！就是心力不够足，肺活量不够大。得了肺炎的人大都这样儿。”

“就是说你不应该使猛劲儿了？”

“不能经常那么卖力气。”

她沉默着，气哼哼地走着路。

“你恨克利福德吗？”她终于说。

“恨他，才不呢！他那样的人我见多了，我才不自己找气生呢。我事先就明白不能跟他这种人较劲，所以就随他去了。”

“他那种人是什么人？”

“嗨，你比我清楚啊。就是那种年轻的绅士，有点女气，没蛋子儿。”

“什么蛋子？”

“蛋子儿，男人的蛋子儿！”

她在琢磨这个词。

“可……是那个原因吗？”她有点恼怒地问。

“你说一个男人傻时，就说他没脑子。说他毒时，就说他没心肝。说他㞞时，就说他没胆量。要说他没有男人的野性勇气，就说他没蛋子儿，也就是说他驯服了。”

她思忖片刻问：“克利福德也驯服了吗？”

“驯服了，而且令人厌恶，你一反抗他，他就那样，像大多数他那类人一样。”

“你以为你就没被驯服吗？”

“或许还没那么严重，还早着呢！”

这时她发现远处有暗黄的灯光，便停住了脚步。

"有灯光。"她说。

"我出来后屋里没熄灯。"他说。

她又走在他身边了，但没挨上他，说不上为什么要跟他一起走。

他开了锁，他们进了屋，他随后插上门。她觉得这儿像监狱似的！炉子上的水壶"嘎拉嘎拉"地响着，桌子上摆着杯子。

她在炉火边的木头扶手椅上坐下，从寒冷的外面进来这里，她感到十分温暖。

"我得脱了我的鞋，都湿了。"她说。

她坐在椅子里，穿着长筒袜的脚跷在亮晶晶的炉前铁栅栏上烤火。他到食品间去取来吃的，有面包、黄油和牛舌干。她热得脱了外套，他接过去挂在门上。

"您是要喝热巧、茶，还是咖啡？"他问道。

"我什么也不要，"她看着桌子说，"不过你吃你的呀。"

"算了，我倒不想吃什么。我该喂狗了。"

他不声不响地在砖墁地上踱着步，把狗食放进一只棕色的碗里。那长毛狗朝上看看他，显得神情焦虑。

"来，这是你的晚饭，别以为我不给你吃！"他说。

他把碗放在楼梯口的毯子上，自己坐在墙根下的椅子上开始松护腿，脱靴子。那狗不吃东西，又来到他身边蹲下，抬头看着他，露出迷惑不解的眼神。梅勒斯慢慢解开护腿，那狗就向前凑凑。

"你怎么了呀？是因为屋里有个生人不习惯吧？真是个姑娘，姑娘！去吃你的晚饭。"

他的手放在狗的头上，那狗就顺势把头靠在他身上。他则慢慢地揪起它柔滑的长耳朵。

“去吧！”他说，“去吃你的饭，去呀！”说着他抬起下颌，朝垫子上的碗示意一下，那狗就老老实实地过去，蹲下吃起来。

“你喜欢狗吗？”康妮问。

“不，不太喜欢。狗太驯服，太缠人。”

他脱了护腿，又开始脱沉重的靴子。康妮转过身背对着火炉看着房子，觉得它太空旷了！可在他头顶上方的墙上却挂着一幅放大的年轻夫妇的照片，很明显，照片上是他和一个面相蛮横的年轻女人，这毫无疑问是他老婆。康妮讨厌这照片。

“那是你吗？”康妮问。

他转过身去看头顶上方那张放大的照片。“对呀！就在结婚前照的。那会儿我二十一岁。”他毫无表情地看着那照片说。

“喜欢这照片吗？”

“喜欢？才不呢！从来就没喜欢过这玩意儿。是她张罗着照的，就那么把事儿办了，就像——”

说着他又接着脱靴子。

“既然不喜欢，为什么还要让它挂在那儿？或许你妻子想要带走它呢。”

他看看她，突然咧嘴笑了，说：“她把值钱的东西都装上马车拉走了，就留下了这东西没拿。”

“那你为什么留着它，是因为伤感吗？”

“才不呢，我从来都不看它，几乎都意识不到它挂在那儿，我们一来到这座房子时就挂上去了——”

“那你为什么不烧了它？”她问。

他又转过头去看看那大照片。照片镶在一个涂了金粉的棕色框里，模样颇为不雅。照片上的梅勒斯胡须刮得干干净净，目光敏锐，还是个稚嫩的小青年，穿着一件高领衫。他身边那个刚毅的年轻女人身材有点臃肿，鬈发蓬松，身穿一件宽松的缎面外套。

“这主意听上去不错，对吗？”他说。

他脱了靴子，换上拖鞋，站到椅子上，摘下了那幅照片，淡绿色的墙纸上露出一大块浅印子来。

“没必要掸上面的土了。”说着他把相框靠在墙上。

随后他到洗涤间去拿来锤子和钳子。他坐回原地，撕掉相框背面的纸，拔去固定背面衬板的秋皮钉儿。他干起活来总是立即投入，专心致志。

他很快就把钉子都拔了出来，取出背面的衬板，然后又取出贴在硬白纸板上的放大照片。他发噱地看着那照片说：“我那时就这样，像个小牧师，她也是这样，像个悍妇。一个学究儿，一个悍妇！”

“给我看看！”康妮说。

他看上去真是面容整洁，整个儿干干净净的一个人，是二十年前那种脸面修得干干净净的小伙子。但即使是在照片上，他的目光也是机警不驯的。而那女人也并非那么蛮横，尽管她下颌很重，但容貌还算有动人之处的。

“这种东西可留不得，”康妮说，“就不该留！压根不该照！”

他在膝盖上把照片撕开，弄碎后扔进了火里。

“弄不好会把火给闷灭了呢。”他说。

然后他小心地收拾起玻璃和衬板，把它们拿上楼。那镜框让他几锤子就砸碎了，弄得石膏粉末乱溅。砸完了，他把垃圾收拾起来端进了洗涤间。

“明天再烧那些东西，”他说，“上面有太多的石膏。”

扫干净了地面，他坐了下来。

“你爱过你妻子吗？”她问。

“爱？”他问，“你爱过克利福德男爵吗？”

但康妮不理会他的问话，坚持问他：“可是你关心她？”

“关心？”他笑笑。

“也许你现在都关心她呢。”她说。

“我？”他睁大了眼睛，“哦，不，一想到她我就无法忍受。”他沉静地说。

“为什么？”

他只是摇摇头，不作答。

“那你为什么不离婚呢？否则她总有一天会回来找你的。”康妮说。

他目光敏锐地看看她，说：“她不会跟我同在一英里以内的。她恨我比我恨她还厉害呢。”

“她会回来找你的，不信拉倒。”

"她绝不会的。我们之间早完了！看见她我就恶心。"

"可你还会看见她的。在法律上你们甚至还不算分居,对吗?"

"是的,不算。"

"那不得了,她会回来,你得接受她。"

他凝视着康妮,然后奇怪地使劲儿摇头,道:"你说得也许对。我回这地方来就够愚蠢的。可我那时正没出路,总得找个地方。一个男人四处漂泊,简直就像个败家子儿。不过你说得对,我得离婚,离了就算了了。我恨透了那些当官的、法庭和法官什么的。可我得硬着头皮对付他们。我是得离婚。"

她发现他咬紧了牙关,心里不禁暗自得意。

"我想喝杯淡茶。"她说。

他站起身去沏茶,但脸还阴沉着。

他们在桌边坐下,她问他:"你为什么要娶她,她不如你。博尔顿太太跟我讲起过她,博尔顿太太就说她怎么也不明白你怎么会娶她。"

他盯着她,说:"我跟你说了吧,我是在十六岁时交往了第一个女孩子。她是个校长的女儿,学校在奥勒顿那边。那女孩子长得俊俏,是真漂亮。而我也算得上是谢菲尔德中学毕业的聪明孩子了,会点儿法文和德文,十分清高。她是个浪漫的姑娘,痛恨平庸。是她鼓励我学诗读书的,可以说是她让我成熟了。我玩命地读啊读,苦思冥想,都是为了她。那时我在巴特莱事务所当职员,苍白瘦弱,读那些东西令我七窍生烟。我跟她无所不谈,什么都说。我们谈波斯波利斯[1]，还谈廷巴克图[2]呢。我们可是周围十里八乡最有文学修养的一对儿了。我狂热地大谈特谈，真的算是狂热，简直是忘我。而她则崇拜我。可坏事的就是性。她就是一点儿感觉也没有，至少是感觉错位了。我为此消瘦了，疯狂了。我终于对她说咱们非当情人不可了。像往常一样，我说服了她，她顺从了。我挺兴奋，可她从来就不想要这个，就是不想。她崇拜我，喜欢我跟她聊天，亲她，如果说她爱我，仅仅如此。可别的，她根本就不想。不少女人都像她这样。可我偏偏想的是那个'别的'。于是我们分手了。我挺残酷，离开了她。然后我又和另一个女孩子好上了，她是个教师，曾跟一个有妇之夫闹出丑闻，几乎把那人逼疯。她温柔，皮肤白皙，属于柔弱型的女人，比我岁数大，会拉小提琴。她可真是个魔鬼。对爱情，她什么都喜欢，就是不喜欢性。她对你缠绵、爱抚、讨好，可如果你强迫她做爱，她就咬牙切齿，仇视你。我强迫她做，为这事她恨透了我。于是我又失望了。我讨厌了那一切。我想找一个既要我又要'那个'的女人。

"下一个女人就是伯莎·库茨。小时候她家就住我家隔壁，我对她家很了解，是个普通人家儿。后来伯莎去了伯明翰的什么地方，据她自己说是陪伴一个贵夫人，可别人都说是在一家旅馆当招待。反正就在那个时候，我正烦了那个女孩子，我二十一岁时，伯莎

1　古波斯国首都，于公元前330年被亚历山大大帝毁灭。

2　撒哈拉沙漠附近的非洲古城。

回来了，神气活现，举止优雅，衣着入时，浑身魅力四射，那是一种肉感的魅力，有时你从女人身上能看出来，有时妓女身上也有这种魅力。我正处在半疯状态中，一气之下就辞了巴特莱事务所的活儿，因为我觉得在那儿当职员形同草芥。就这样我回到了特瓦萧，在矿上当了铁匠，主要是给马打铁掌儿，我父亲就是干这个的，我一直跟着他干。我喜欢这活儿，跟马打交道。所以很自然地就干上了这一行。从此我的言谈就不像人们说的那样‘斯文’了，就是不讲标准的英语，而是回到了土话上去。我还读书，但是在家里读。靠打铁，我自己挣了一辆双轮马车，神气活现起来。我爹死后给我留下了三百镑。我就这么跟伯莎好上了，我很高兴她是个普通人儿，我就是要她是个普通人，我自己也要当个普通人儿。我娶了她，她不错。别的‘纯洁’女人让我没了蛋子儿，可她在那方面就挺好的。她要我，一点都不忸怩。这让我很得意。那正是我想要的，一个想让我疼的女人。我跟她一起特来劲。我觉得她为此有点看不起我，因为我太满足了，有时还伺候她在床上吃早饭呢。她是个混日子的人，我下了班回来她连像样的晚饭都不做，要是我说句什么，她就冲我发火。我也还击她，唇枪舌剑。她冲我扔茶杯，我就按住她的脖子，掐得她喘不过气来。这叫什么事呀！可是她对我渐渐傲慢无理起来，后来干脆我一要她她就不干，再也不了。她总是粗野地拒绝我，要多粗野有多粗野。可她把我轰开了，我不想要她了吧，她又会来情意绵绵地缠我，引我上钩。我总是顺着她。可一干起来，她从来也不和我一起来劲，从来不！她故意拖着。如果我拖半个钟点，她就拖得更长。等我高潮了,彻底结束了,她就开始自己动,我得待在她里面,等她又扭又叫地宣泄自己,到满意为止。有时我刚有点感觉,她就会在下面收紧,收紧,再收紧,然后她自己达到了高潮,异常兴奋,还说:‘太妙了!’渐渐地,我厌倦了这个,她却越发恶劣起来。她越来越不容易来劲,所以就在下面撕扯我,像鸟儿的尖嘴一样撕扯我。天啊,你别以为那是一个女人像无花果一样柔软地躺在你身下,告诉你吧,那些老疯子两腿之间都有尖嘴,她们撕扯你,直到你厌恶为止。自己!自己!自己!只有自己!撕扯!呼号!自己!自己!人们总说男人在性事上是自私的,可我怀疑男人的自私怎么也比不过女人这种盲目的撕扯,一旦她变成这样,那模样就像一个老妓女!她无法控制自己。我对她说过,说我恨透了她这样。她甚至试过安静地躺着让我做。她想试着那样,可不行。我做,她就没有感觉,她一定得自己做,磨她自己的咖啡。反过来,这成了她必做不可的事,她非得放纵自己,撕扯,撕扯,撕扯,似乎她除了尖嘴,别处就没了感觉,也只是在最尖端的地方,摩擦和撕扯才有感觉。人们说老妓女们都是这样的。这是一种低级的自我意志,疯狂的自我意志,就像酗酒一样。算了,我终于无法忍受了,我们分开睡了。是她先这么做的,她发起火来,说我压制她,就跟我两清了。她开始单住一间屋。后来我干脆就拒绝她进我的屋。我不干了!我讨厌这个。她也讨厌我。天啊,孩子出生前,她简直恨死我了!我总以为她怀孕是因为仇恨。孩子出生后,我就不理她了。后来战争爆发了,我参了军。回来后才知道她跟了斯戴克斯门那家伙。”

他不说了,脸色煞白。

“斯戴克斯门那个人是个什么样的人?”康妮问。

“一个大男孩,谈吐十分粗俗,她欺负他,两人都喝酒。”

“要是她回来可怎么办呢?”

“上帝!那我就走,再次消失呗。”

他们又沉默了,火中的纸板已经化成了灰烬。

“所以,当你得到了一个爱你的女人,”康妮说,“你倒无福消受了。”

“对!似乎是这样!但我宁愿要这个女人,也不要那些总说‘不’的女人,一个是年轻时苍白的女人,一个是有毒的百合,还有其他别的什么女人。”

“其他的女人怎么了?”

“其他?没有其他。凭我的经验,大多数女人往往都这样:她们要一个男人,但不要性,可她们又忍耐着,因为那是交易的一部分。更老派的女人干脆就毫无感知地躺着,任凭你一往直前。过后她们也不介意,照样喜欢你。可这东西本身对她们来说无所谓,还有点无聊。而且大多数男人也喜欢这样。可我讨厌这个。狡猾点的女人则表面上装作自己不是那样的人。她们假装有激情,假装受用,其实是自欺欺人罢了,她们在装假。还有什么都爱的那种人,喜爱抚摸,拥抱,宣泄,什么都喜欢,就是不喜欢自然的那一种。她们总是让你在不该享受的地方享受。还有就是最麻烦的那一类人,伴着她们简直是伴魔鬼,她们就像我老婆那样自己宣泄。她们想成为主动的一方。再有一类人，她们体内简直就是死了的，她们自己都知道这一点。另一类人则是在你还没高潮时就把你挤出来，然后自己扭动腰臀，贴着你的腿自己宣泄。这类人差不多是同性恋。女同性恋简直吓人，不管是有意识还是无意识。所有这些女人在我看来差不多都是同性恋之类——"

"你厌恶她们，是吗？"康妮问。

"我恨不得杀了她们。如果和一个女同性恋在一起，我的灵魂会号叫，想杀了她。"

"可你采取行动了吗？"

"赶紧抱头鼠窜。"

"你认为女同性恋比男同性恋更坏吗？"

"是的！因为我深受其害。道理上我说不清。我遇上个女同性恋的话，不管她自己明白不明白，我会发疯。不，不！我再也不想和女人有什么瓜葛了。我只想独善其身，保护我的隐私和尊严。"

他看上去脸色苍白，眉头紧锁。

"我来了，你后悔吗？"她问。

"后悔，但我高兴。"

"现在呢？"

"一想到外界的事，我就悔不当初。早晚会招来麻烦，闹出丑闻，让人们辱骂。一想这个，我就心寒，丧气。可我也有热血沸腾的时候，那个时候我开心，甚至扬扬得意。我是越来越失望了。我觉得这世上压根就没剩下什么真正的性了，没有女人能和男人一起自然地达到高潮，除了黑种女人，可是，唉，我们是白种男人，而黑种女人有点像泥巴一样。”

“那现在你有了我，高兴吗？”

“当然！有你我就能忘记一切别的。无法忘记时，我恨不得钻到桌子下死了算了。”

“为什么要钻桌子下面？”

“为什么？”他笑了，“藏起来呗，像个孩子。”

“你似乎确实和女人处得很差。”她说。

“你看，我总不能骗自己吧。大多数男人都自欺欺人。他们抱定一种观念，然后就对谎言听之任之。我就不能骗自己。我知道我想和女人一起做什么，没有得到我绝不会说得到了。”

“那你现在得到了吗？”

“看上去我或许得到了。”

“那你还那么苍白阴郁。”

“满脑子都是过去的事儿，还有，或许是害怕自己吧。”

她默默地坐着，夜深了。

“你真的认为这很重要吗，一个男人和一个女人？”她问他。

“我反正觉得是。在我，和一个女人处得好，那是我生活里的主心骨儿。”

“要是处不好呢？”

“那我就得凑合着活呗。”

她又思忖片刻才问：“你觉得你一直都做得对吗，对女人？”

“天啊，不！我老婆变成那样，都怨我，我过错大了去了。是我惯的她。而且，我是个特别多疑的人。你等着瞧吧。让我从心里相信某个人可不容易。所以，或许我也是个骗子。我多疑。而温柔是无法装出来的。”

她看着他。

“当你热血沸腾的时候，你并不怀疑你的肉体，”她说，“你没怀疑，对吗？”

“不！正因此，我才惹了这么多麻烦。也正因此，我的心才疑神疑鬼的。”

“让你的心多疑去吧，那有什么关系！”

那狗在垫子上发出不舒服的叹息声。炉子里的火让灰盖着，火苗弱了下去。

“咱们是一对儿被打垮的士兵。”康妮说。

“你也被打垮了吗？”梅勒斯笑道，“我们这就再次上战场！”

“好啊！不过我真害怕呀。”

“嗨！”

他站起来，把康妮的鞋拿到火边上去烘干，也擦了擦自己的鞋，然后放在火边上。明天一早他会给鞋上油。他把火里的灰都扒拉开，一边扒拉一边说：“这东西烧了还是那么肮脏。”然后他拿来些树枝放在炉边的铁架上，准备明天早上烧，之后就带上狗出去遛遛。

他回来时，康妮说：“我也想出去走会儿。”

她独自走进外面的黑暗中。天上星光点点，她能嗅到夜空中的花香，还能感到潮湿的鞋更潮了。但她感到自己是在离开，离开他，也离开所有的人。

天气很冷，她打了个寒战，回到屋里。这时他正在微弱的炉火前坐着。

“嘘，好冷！”她战栗着说。

他给火加了树枝，又找来更多的树枝添上，直到炉子里的火“噼啪噼啪”地烧得旺起来。那腾腾的黄色火焰温暖了他们的脸，也温暖了他们的心，令他们快活起来。

“别在意！”她说着拉过他的手，他默默地与她保持距离坐着，“尽力而为吧。”

“对呀！”他叹口气，苦笑了一下。

她朝他蹭过去，投入了他的怀抱，他就坐在炉火前。

“忘却吧！”她呢喃着，“忘却！”

他搂紧了她，双双沐浴在火光中。那火光本身就在忘却着什么。她是那么柔顺、温暖、成熟！抱着这个女人的身体，他的血流变了，开始汹涌起来，为他增添了力量和大无畏的勇气。

“或许，那些女人真是想好好地爱你，或许她们是不会吧。也许那不都是她们的过错。”她说。

“我懂。你以为我不知道让人折腾够了，成了一条断了脊梁骨的蛇是什么滋味吗？”

听了这话，她立即贴近他。她并不想再次说起这些。可某种变态心理偏偏让她这么说了。

“可你现在不是那个样子呀，”她说，“你不是一条任人折腾、断了脊梁骨的蛇！”

“我不知道我是什么，但我知道倒霉的日子在等着我呢。”

“不会！”说着她贴紧他，“为什么？为什么？”

“倒霉的日子就要到来，我们大家每个人都要倒霉。”他重复着，发出阴郁的预言。

“别，别这样说！”

他沉默了，但康妮能感到他内心深处失望的黑暗空间，那里所有的欲望都死了，所有的爱都死了。这种失望对于男人们来说就像心中有一孔黑暗的洞穴，他们的灵魂失落了。

“你居然能那么冷静地谈论性，”她说，“听起来你只想到自己的愉悦和满足。”

她说这番反驳他的话时内心不免有些紧张。

“不是！”他说，“我是想从女人那里得到快感和满足，可我从来没有得到过，因为，如果她不能从我这里得到她的快感和满足，我就永远也无法从她那里得到我的，双方应该是同时的。可这从来就没有过。这需要双方感觉都好才行。”

“可你从来没有相信过你的女人。你从来没有真正相信过我。”她说。

“我不知道相信一个女人意味着什么。”

“你看，我说什么来着！”

她依旧蜷缩在他的膝上。可他精神状态不佳，心不在焉，心思不在她身上，而她说的每句话都让他更加恍惚。

“可你都相信些什么呢？”她追问道。

“我不知道。”

“什么都不信，我认识的男人都这样。”她说。

他们双方都沉默了。随后他又打起精神说：“不，我其实还是相信点什么的。我相信温暖的心。我特别相信恋爱时心要热，性交时心要热。我相信，如果男人能怀着一颗热心去主动，女人也满腔热情地接受，一切问题就迎刃而解了。冷漠的性交导致死亡和愚昧。”

“你不是冷漠地对我吧？”她问。

“我根本就不想对你怎样。现在我的心跟冰冷的土豆似的。”

“行了！”说着她嗔怪地亲亲他，“那就把你那凉土豆似的心热炒一下吧。”

他笑了，挺直了腰，说：“这是真的！什么都需要温暖。可那几个女人并不喜欢这样。甚至你也不怎么喜欢。你喜欢的性交是要受用，要有劲儿，要有穿透力，但是冷漠，然后你假装这样很甜美。你对我的柔情在哪儿？你怀疑我，就像猫怀疑狗。我告诉你吧，要温柔，要热心，这是双方的事。你喜欢性交，这不错，可你却把它当成个什么了不起的神秘事儿，就是想通过这个显得自己不得了。对你来说，你自己的自尊自大比什么都重要，比任何男人，或者说比跟男人在一起，都重要五十倍。”

“可那正是我要说你的话。你的自尊自大才是比天还大的。”

“行！那好！”他激动得差点站起来，“那就分开试试。我就是死也不玩那种冷漠的性交把戏了。”

康妮立即从他怀里滑出，他也站了起来。

“你以为是我要这个的吗？”

“我倒巴不得你不想呢，”他说，“再说吧，你去床上睡，我嘛，就睡楼下了。”

她看看他，发现他脸色苍白，眉头紧锁。他离她那么远，就像寒冷的北极。男人皆如此。

“我要等到早晨才能回家呢——”康妮说。

“别说了！去睡吧。现在是差一刻一点。”

“我才不呢。”她说。

他立即走过去拿起自己的靴子，说：“那我就出去！”

说着他就在她注视下开始穿靴子。

“等等！”她迟疑地说，“等等！我们之间这是怎么了？”

他弯着腰在系鞋带，没有回答。过了片刻，她觉得眼前发黑，感到眩晕，整个儿失去了意识，自顾大睁着两眼站在那里莫名其妙地看着他，毫无知觉了。

这沉默令他抬起头来朝她看去，发现她大睁着眼睛，神情迷茫。似乎是被一阵风吹起，他一脚穿着鞋一脚没穿，跛着朝她走过去，一把将她抱在怀中，紧紧地把她搂向自己的身体，这一抱似乎把他自己也压痛了。他就这么搂着她，她就待在他怀中不动。

随后他的手盲目地向下摸着，寻找着，摸到了她衣服下面光滑温暖的地方。

“我的小姑娘！”他喃喃着，“我的小姑娘！咱别斗气了！啥时候也不斗气儿了，啊！我爱你，爱摸你。别说话！别跟我斗嘴！别！别！咱们在一块儿吧。”

她抬起头看着他，平静地说：“别烦恼，烦恼没用。你真想跟我在一起吗？”

她睁大了眼睛凝视着他的脸。他住了手，突然定住，把脸扭向一边。他全身都定住了，但没有退缩。随之他抬起头，看着她的眼睛，脸上露出奇怪的苍白笑容来，情绪低落地说：“好！让我们在一起！发誓在一起。”

“是真的？”她问道，眼睛里充满了泪水。

“欸，是真的！心窝子、肚肠子，还有鸡巴。”

他仍然低头冲她微笑着，眼睛里露着一丝苦笑来。

她在默默地流泪。他伴她在炉前地毯上躺下，进到了她的身子里，这样总算安宁了些儿。随后他们马上就上床去了，因为屋里开始冷了下来，他们俩也疲倦了。她蜷缩到他怀里，让他搂着感到自己很是娇小。两人马上就入睡了，睡得很香，跟一个人似的。他们纹丝不动地一觉睡到日上林梢，天大亮。

他睁开眼看见亮光了。窗帘拉着。他听到外面林子里画眉鸟儿叫成了一片。今天早晨一准儿阳光明媚。现在大概五点半的光景，他每天都这个时候起床。今天他睡得太沉了！新的一天多美呀！这女人仍然蜷着身子在睡，模样可人娇柔。他的手在她身上抚摸着，她睁开好奇的蓝色眼睛，目光迷离地望着他的脸。

“你醒了?”她问。

他凝视着她的眼睛，笑笑，亲亲他。康妮突然一惊，坐了起来。

“我居然在这儿!”她说。

她环顾了一下这刷得白净的小卧室、坡顶和挂着窗帘的三角窗。屋里几乎空空荡荡，只有一个刷了黄漆的小抽屉柜、一把椅子，还有就是她和他同眠的这张小小白床。

“我们居然在这里!”她低头看着他说。他躺着，看着她，手指在她单薄的睡衣下摩挲着她的乳房。他温暖地平躺着时看上去既年轻又英俊，目光十分热切，而她看上去也娇嫩鲜活，如同一朵鲜花。

“我想脱了你这个!”他说着一把攥住她身上轻薄的睡衣，掀过头顶脱了下来。她光着身子坐着，细长的乳房微微发出金黄的色泽。他喜欢摆弄她的乳房，让它们像铃铛一样轻轻摇摆。

“你也得脱了你的睡衣睡裤。”她说道。

“哦，不行!”

“行!行!”她命令道。

他脱下了他的旧棉布上衣，又褪下睡裤。脱掉衣裤的他，除了手、手腕、脸和脖子，浑身皮肤洁白，肌肉精细。在康妮看来，他突然看上去美得耀眼，就像那个下午她看见他洗澡时那样。

一抹金色的阳光照在紧闭的白窗帘上，她觉得那阳光是想进来。

“哦，拉开窗帘吧！鸟儿在叫呢！让阳光进来吧。”她说。

他溜下床去，背对着她，裸着白瘦的身子朝窗户走去，看上去有点驼背。他拉开窗帘，朝外看了一会儿。他的脊背白皙，窄小的臀精致漂亮，显出精细的男子气，黑红的后颈精细但刚强。这副细巧的身架外表不强壮，但却蕴含着内在的力量。

“你真美！”她说，“纯洁，漂亮！来呀！”说着她张开了双臂。

他不好意思转身，因为他的裸体正兴奋着。他从地板上捡起上衣，遮着自己朝她走来。

“不嘛！”她说，仍然张着两条美丽的纤臂、垂着乳房等待着他，“让我看着你！”

他松开衬衣，静立着朝她看过来。阳光透过低矮的窗户照进一缕光线。映着他的大腿和纤瘦的小腹，阳物坚挺、暗淡而热切，在那一小撮黄中透红、亮闪闪的毛丛中耸立。这景象让她又惊又怕。

“好奇怪啊！”她缓缓地说，“它怎么挺在那儿！那么大，那么黑，那么自信！不是吗？”

男人垂首看看自己精瘦白皙的前身，笑笑。他纤小的胸肌之间胸毛暗淡，几乎发黑。可小腹下方，粗壮的尘柄躬身挺起的地方，那片阴毛金黄中透红，微微发亮。

“它怎么那么骄傲！”她不安地喃喃着，“那么威风！现在我算知道男人们为什么那么专横了！不过这东西挺可爱，真的。就像另一条生命！有点吓人，但确实可爱！它找我来了！——”她咬着下唇，既怕又兴奋。

男人低头默默地看着那紧张的阳具，它还是那模样。“啊！”他终于小声说，“我的孩子！你在那儿挺好的。对呀，你得抬起头来！你挺自在，谁都不在乎！你一点儿也不在乎我，约翰·托马斯。[1]你是主人，我的主人吗？好啊，你比我还横，可什么也不说。约翰·托马斯，想她吗？想要我的珍妮夫人吗？你又让我陷进去了，你呀。嘿，你抬头笑了。那就问问她，问问珍妮夫人！说：‘打开你闸门，光荣的君王要进来。’嘿，你个没羞的东西！雌儿，你想要的就是那物件儿。告诉珍妮夫人你想要雌儿。约翰·托马斯要珍妮夫人的雌儿！”

“好了，你别逗它了！”说着康妮挪动两膝向他蹭过去，张开双臂搂住他白皙纤瘦的小腹，把他拉向自己，让自己下垂摇摆着的乳房挨上他那躁动挺直的尘柄，沾了龟头上的湿液。她立即搂紧了男人。

“躺下！”他说，“躺下！让我进去！”说着他开始犯急。

他们平静下来之后，女人要男人翻过身来，她要看看那东西有多神秘。

“这会儿它小了，软了，像有生命的蓓蕾！”她说着把那柔软的小肉蕾握在手中。“它是不是很可爱！那么独立，那么奇特！还那么天真无邪！它能进到我很深的地方！你可千万不能亏待它，知道吗，它也是我的，并不是你一个人的，它是我的，可爱，天真！”说着

1　劳伦斯曾在一封信中说：“您或许听说过，约翰·托马斯是尘柄的一种俗称。”

她的手温柔地将它捧起。

他笑了，说："保佑这根纽带吧，它把我们的心连在一起，结了亲。"

"当然！"她说，"即使它小了，软了，我仍然觉得我的心让它牵着。你这里的毛真可爱！很特别，很特别！"

"那是约翰·托马斯的毛发，不是我的！"他说。

"约翰·托马斯！约翰·托马斯！"说着她亲了那柔软的阴茎，它又开始勃起。

"啊！"男人说着有点痛苦地伸展一下他的身子，"它的根扎在我的魂里，这个绅士！有时我不知道拿它怎么办，唉，它有自己的主意，很难对付。可我决不会失去它。"

"怪不得男人们都怕它！"她说，"它是挺可怕的。"

男人的身体一阵发颤，意识的流动改变了方向，转向下体。那阳具缓慢地耸动着，膨胀着，冲动着，挺起，变硬，傲慢地坚挺着，模样古怪地昂然耸立，男人管不住它。女人看着它，不禁颤抖起来。

"你看它！拿去吧！它是你的。"男人说。

她颤抖着，脑子一片空白。他进来了，一波时缓时急的浪头席卷了她，让她感到难言的欣愉。她的骨肉化了，那种奇特的出神入化的感觉一阵阵袭来，直到她被最后一股铺天盖地的浪头淹没卷走。

这时他听到了远处斯戴克斯门那边报告七点的汽笛声。这是星期一早上了。他轻轻地颤动一下，把脸埋进她的乳房中去，用双乳堵上自己的耳朵,拒绝听那汽笛声。

她甚至都没听到那汽笛声。她十分安静地躺着,心都洗得清净透明。

“你得起来了,好不好?”他喃喃道。

“几点了?”她懒洋洋地问。

“刚才汽笛报的是七点钟。”

“看来我得起了。”她向来反感外界的强迫。

他坐起来,茫然地看着窗外。

“你真的爱我,是吗?”她平静地问。

他低头看着她,有点烦恼地说:“你知道还问什么?”

“我想让你守住我,别让我离开。”她说。

他幽暗的目光里似乎充满了暖意和温情,那是不假思索流露出来的。

“什么时候? 现在吗?”

“现在让你的心守住我。然后我会来和你同住,永远,很快。”

他赤裸着身子坐在床上,低着头,理不清思绪。

“你不想这样吗?”她问。

“想啊!”他说。

说着他的眼睛里燃起了另一团火焰,目光迷离地看着她,几乎要睡过去的样子。

“现在你什么也别问我,”他说,“让我由着性子吧。我爱你,你躺着的时候我爱你。能往深里爱的女人,雌儿好,可爱。我爱你,爱你的腿，爱你的身材，爱你的女人味儿。我就爱你的女人味儿。我爱你，我的蛋跟心都爱你。可是你别问我什么，别让我说什么。我是什么样就让我是什么样儿。以后你问我什么都行。现在就让我这样儿，让我这样儿！”

轻轻地，他的手放在她的阴唇上，放在那片柔软的褐色毛发上，他自己仍然赤裸着身子，安静地坐在床上，脸上神情淡定，如同一尊佛像。他纹丝不动，实则身处在一团看不见的意识火焰中，他的手放在她身上，等待着什么。

良久，他伸手拿起衬衣穿上，默默地迅速穿戴整齐，看了她一眼就走开了。而她则仍然玉体横陈，身子微微泛着金光，整个人就像床上盛开的一朵茶香月季花。她听到他在楼下打开了门。

但她依旧躺着想事儿。离开是件难事，她难以离开他的怀抱了。这时他在楼梯下叫着：“七点半了！”她叹口气，下了床。这空荡荡的小屋！家徒四壁，除了那小抽屉柜和这张小床。不过木地板刷洗得干干净净。在山墙窗户旁的角落里立着一个书架，架子上摆着一些书，有些还是从循环图书馆[1]里借来的。她翻看了一下，有关于布尔什维克俄国的，有旅游方面的，有原子与电子方面的，还有本是讲地核结构和地震原理的。还有几本小说，三本讲印度的书。原来如此！他还是个读书人呢。

阳光透过窗户照耀在她赤裸的四肢上。她看到那狗弗洛西在

---

1 商业性图书馆，借书须付费。

外面转悠着。褐色的蕨草丛泛绿了，下面爬满了深绿的长年生山靛草。这是个晴朗纯净的早晨，鸟儿飞蹿，引吭高歌。她真想在此待下去！如果没有那个烟雾和钢铁组成的另一个丑陋的世界该多好！如果梅勒斯能为她创造一个世界该多好。

她朝楼下走去，那又陡又窄的楼梯是木头做的。但她不嫌这个，如果这是个自成一体的世界，她会对这个小屋儿感到满足的。

梅勒斯已经洗漱过，精神焕发，把火也生着了。

“吃点什么吗？”他问。

“不了！把梳子给我用用。”

她跟着他进了洗涤间，在后门上那块巴掌大的小镜子前梳理了一下就准备离开了。

她站在前花园里观看沾满露水的花朵，灰绿的石竹花已经含苞待放。

“我想让世界上别的东西都消失，”她说，“只和你住在这里。”

“不会消失的。”他说。

他们几乎是沉默着走过露水盈盈的可爱林地。这时他们是一起在自己的世界里。

继续回拉格比让她感到痛苦。在分手的时候她说：“我希望尽快来和你一起住。”

他笑笑，不语。

她悄无声息地进了家，上楼进了自己的房间，没人看见她。

15

早餐时分，托盘里放着一封希尔达的来信，信上说："本周父亲要去伦敦，我将在六月十七日星期四那天去接你。你一定要准备好，我一到咱们就走。我不想在拉格比浪费时间，那是个可怕的地方。我可能在雷特福德的科尔曼家过一夜，星期四我们一起吃午饭，下午茶时分出发，或许可以在格兰瑟姆过夜。[1]和克利福德度过一个晚上毫无意义。如果他不愿意让你走，那一晚会让他扫兴。"

这样一来，她又让人给推上了棋盘。

克利福德特别不愿意让她走，原因仅仅是她不在他就感到"不安全"。她在的话，他就感到安全，感到能放开了做他关心的事，说不上为什么，就是如此。他经常下井，绞尽脑汁解决那些几乎无望

1　雷特福德和格兰瑟姆是旧时从爱丁堡到伦敦公路上的两个停靠点。

解决的问题，如怎样以最省钱的手段采煤，怎样一采出来就把煤卖掉。他知道必须找到什么办法利用自己的煤，或者把煤转换成别的什么，那样的话他就不用卖煤，免得卖不出去倒霉。可是，如果他把煤变成了电力，他能把电卖出去，电能做什么用呢？要把煤转换成油则成本太高，工艺也过于复杂。要让企业生存，就得有更多的企业，就得发疯。

这确实是发疯，而且只有疯子才能成功。没错，他就有点发疯了。康妮是这么看他的，在她眼里，他在矿井问题上的那份苦心孤诣和才干，似乎就是在宣布他疯了，他的灵感本身就是疯癫的灵感。

他对康妮聊他全部的重大企划，她则听得目瞪口呆，随他怎么说。他说着说着会突然打住自己没完没了的话，把收音机声音开得大大的，呆呆地听。很明显，他的那些计划像梦一样在他心中消失了。

现在，他每天晚上都和博尔顿太太玩丘八们玩的“二十一点”牌游戏，赌注是每局六便士。一赌起来他就丢了魂儿，沉迷其间不能自拔。康妮不忍看他这个样子。可等她上床后，他和博尔顿太太还会继续赌，一直到凌晨两三点钟，不慌不忙，充满了奇特的欲望。博尔顿太太和克利福德一样嗜赌，甚至有过之而无不及，她经常输，越输越沉迷。

有一次她对康妮说：“昨晚儿我输给克利福德男爵二十三先令。”

“他要了你的钱吗？”康妮惊讶地问。

“当然了，夫人！我感到荣幸呢。”

康妮劝诫了他们一番，冲他们两个都发了火。结果是克利福德男爵把博尔顿太太的年薪加了一百镑，从此她就有钱赌了。但康妮觉得克利福德真正是一天不如一天了。

后来她终于告诉他她要在十七号走。

“十七号？”他说，“那你什么时候回来？”

“最晚七月二十号。”

“好！那就七月二十号！”

他神情古怪、茫然地瞥了她一眼，那表情像孩子一样茫然，又像老人一样不露声色地狡黠。

“你不会让我失望吧，这次，对吗？”他问。

“这话什么意思？”

“当你不在的时候。我是说，你肯定会回来的。”

“我绝对相信我会回来。”

“那就说定了！七月二十号！”

他看着她，眼神很怪。

但他真的是希望她去。这就怪了。从好的方面说，他想让她去冒点险，或许回来时能怀上孩子，就是这样。但同时他又害怕，怕她走，不为什么，就是怕。

眼看着彻底离开他的机会来了，她为此心颤，等待着，到时她和他都会变得平心静气。

她和那猎场看守坐在一起谈着她出国的事，说：“等我回来以后，我就能告诉克利福德说我必须离开他。咱们俩可以一起离开。他们甚至用不着知道跟我走的男人是你。我们可以去另一个国家，行吗？去非洲或澳洲。行吗？”

她很为自己的计划感到激动。

“你从来没去过那些殖民地，对吗？”

“没有，你呢？”

“我不是去过印度嘛，还去过南非和埃及。”

“我们干吗不去南非？”

“可以啊！”他缓缓地说。

“难道你不想去吗？”

“我无所谓。做什么我都不太在意。”

“那样你不感到幸福吗？为什么？我们不会穷困的。我一年会有大约六百镑，我写信问过了。这点钱不算多，但够花了，对不对？”

“这够富有的了，对我来说。”

“哦，那日子该多美好呀！”

“可我得离婚，你也一样，否则我们就会遇上麻烦。”

要考虑的事太多了。

另一天，他们在林中小屋里，外面正雷雨交加，她问起他的经历来。

“当初你幸福吗，你当中尉，军官，是个绅士的时候？”

“幸福？还行，我喜欢我的上校。”

“你爱他吗？”

“是的！我爱他。”

“他爱你吗？”

“是的！应该说他爱我。”

“跟我说说他吧。”

“有什么好说的呢？他是从最底层升上来的，他爱军队，从来没结过婚。他比我大二十岁，是个特别有智慧的人，这种人在军队里是孤独的。其实他是个挺热情的人，一个聪明的长官。跟他在一起时，我让他迷住了，生活上差不多全听他的，但我从来不为此后悔。”

“他死了，你很难过吗？”

“我自己也差点死了。等我醒过来，我明白，我的一半生命死了。不过我倒是一直明白，早晚是要死的，世间万物都如此，什么不会死呢。”

她坐着回味他的话，屋外雷声轰鸣，让人觉得是身处大洪水中的小小方舟里。

“你似乎经历了很多事。”她说。

“是吗？我觉得我已经死过一两回了似的。可我还活着，顽强地活着，遭遇更多的烦恼。”

她在冥思苦索，但也在倾听暴风雨。

“你的上校死后，你当官做绅士还觉得幸福吗？”

“才不呢！那些人都是些小肚鸡肠的家伙。”他突然笑道，“上校常说，孩子呀，英国的中产阶级一口东西要嚼三十遍，因为他们肚肠太窄，连一颗豆子下去都能噎着他们。他们是一群迄今为止最小肚鸡肠最女里女气的人，自以为是，连鞋带系不对都害怕，腐烂透了，就像腐臭的肉，可他们总自以为是。我可不是这号人的对手。

磕头，磕头，舔屁股，直到把舌头都舔硬了。可他们永远正确。自命不凡，精巧细腻，就这么一些人！一代女里女气的精细人儿，每个人只长着半个蛋子儿。”

康妮听得直发笑。屋外大雨滂沱。

“他恨他们！”

“不，”他说，“他才不费那工夫呢。他只是不喜欢他们。恨和不喜欢是不一样的。他说，当兵的正变得道貌岸然，小肚鸡肠，剩下半个蛋子儿了。这是人类的命运。”

“普通人呢，劳动人民也如此吗？”

“全大同小异。人们的精虫死了，汽车、电影院和飞机把他们的最后一滴精虫都吸干了。告诉你吧，一代比一代胆怯，肚肠是橡胶管做的，腿和脸都是铁皮做的。铁皮人！扼杀人性，崇尚机械。金钱，金钱，金钱！这些现代人都扼杀古老的人性感情，从中找乐儿，把老亚当和老夏娃都绞成了肉馅儿。他们都这样。这个世界上人们都一样，都在扼杀真实的人：一镑一片包皮，二镑一对蛋子儿。雌儿是什么，还不是让机器来性交用的！都一样。给人们钱，让他们去割世界的鸡巴。给人们钱，钱，让他们去把人类的精虫[1]抽干净，让他们成为打转的小机器吧。”

他坐在小屋里，耷拉着脸在冷嘲热讽。可即便在这样的时候，

1 “spunk”（精）这个词和前面的“balls”（蛋）一样，在英语中是下层人讲的俚语或俗语，有时也用来指勇气和胆量。——译注

他的一只耳朵还在听着身后林子里的暴雨声，那暴风雨令他感到十分孤独。

“这样就没个完吗？”她说。

“欸，会的。它总有解决的办法的。等到最后一个真正的人都被扼杀了，大家全驯服了，白人、黑人、黄种人，所有肤色的人都驯服了，他们就都疯了。因为理智的根子扎在蛋子儿里。那时候，他们都疯了，他们会举行宏伟的宗教判决仪式，将人处以火刑。你知道这个词，意思是为信仰做出的自我牺牲仪式。好吧，他们会举行宏大的牺牲仪式。他们会相互献上自己作为祭品。”

“你是说互相残杀吗？”

“是的，宝贝儿！如果我们照现在这样走下去，一百年后，这座岛上就只剩下不到一万人了，甚至连十个都不到。人们会带着爱心相互消灭。”此时雷声渐渐远去了。

“真好！”她说。

“好极了！想想人类的灭绝，想想人类灭绝后到另一个物种出现之间那段长长的空隙吧，那比什么都能让你心静。如果我们大家都这样走下去，知识分子、艺术家、政府、实业家和工人们，都疯狂地残杀人类最后的感情，最后一丁点儿直觉，最后一点健康的本能，如果这情形像现在这样一步一步走下去，那人类这个物种就算给枪毙了！再见了，宝贝！蛇吞下自己[1]，剩下一个纷乱的空间，不过这并

1 蛇将尾巴叼在口中的意象象征着永恒。

非没有希望。很好！当野狗在拉格比狂吠，矿上的野驴在特瓦萧矿井台上践踏！ *Te deum laudamus*！[1]”

康妮笑了，但并不开心。

“那你就肯定开心！”她说，“他们急匆匆地奔向末日，肯定让你感到高兴。”

“没错，是这样的。我才不拦着他们呢！即使我想拦也拦不住啊。”

“那你为什么还这么痛苦？”

“我才不呢！即使我的雄鸡[2]是最后一次昂首打鸣儿，我也不在乎。”

“可如果我们有个孩子呢？”她说。

他听后垂下了头，半晌，他终于说了：“那什么，我觉得把一个孩子带到这个世界上来是个错误，也是个痛苦。”

“不！别这么说呀！”她恳求道，“我觉得我要有个孩子了。那样你会高兴的。”说着她把手放在了他手上。

“我高兴是为了让你高兴，”他说，“可我觉得，这对那个没出生的小家伙来说是一种可怕的背叛。”

“哦，不！”她感到震惊，“那你就不是真正要我！如果你有这种感觉，你就不会要我！”

---

1 拉丁文：我们赞美上帝！

2 此为双关语。“cock”（雄鸡）还有阳具的意思。——译注他又沉默了，脸色阴沉起来。屋外的雨狂乱地下着。

“不是那么回事！”她喃喃道，“这不是真的。真相不是这样的。”她觉得他现在痛苦，部分原因是她要离开他，故意离开他去威尼斯。这反倒让她放下心来。

想到此，她解开他的衣服，露出他的小腹来，在他的肚脐上亲了一下。然后她把脸贴在他的小腹上，张开双臂搂住他那温暖安静的腰臀。他们独自漂泊在洪水上。

“对我说你想要个孩子！”她喃喃着，脸贴紧他的小腹，“告诉我你想！”

“嗯！”他终于开口了，这时她感到他全身奇怪地颤抖了一下，松弛了下来，“我有时候想啊，如果有谁试试，仅仅到矿工中去试试呢！他们现在的活儿不好干，挣的也不多。这时如果有人对他们说：‘别光想钱。要说需要，我们需要的只是一点点，咱们不能为钱活着——’”

康妮的脸轻轻地在他小腹上蹭着，手则握住了他的睾。他的尘柄微微耸动，显示出奇特的活力，但并没有举起。外面的雨在哗哗下着。

“我们为别的什么活着好不好？活着不是为了挣钱，不是为我们自己，也不是为别的什么人。可我们现在却不得不这样。我们被迫为自己挣点小钱儿，为老板挣更多。停止这一切吧！一步一步地慢慢停下来。用不着大喊大叫的，慢慢来，摆脱整个儿的工业生活，回到过去。有一点钱就行，每个人都这样，我、你、老板们和大亨们，甚至国王。一点钱我真的就可以了，只要下决心，你就能跳出这烂泥坑。”

歇了一下，他接着说：“我会告诉他们，看啊！看看张三！他的动作真可爱！看他的举动，活泼又机敏。他多英俊啊！再看看李四！他又笨又丑，因为他从来也不激动。我会告诉人们，看啊，看看你们自己！一肩高，一肩低，腿都打弯了，脚都变形了！那该死的工作把你们都变成什么样了？毁了自己，毁了自己的生命。千万别干活干到把自己毁了，用不着干那么多。脱了衣服看看自己吧，你们本应该是生机勃勃的，应该是美的，可你们却变得这么丑，这么半死不活的。我会这么对他们说的。我会让他们穿上各式各样的衣服，可能是紧身的红裤子，鲜红色的、白的短上衣。为什么？如果男人修长的腿穿上红裤子，仅仅是这个穿法，就能在一个月内改变他们自己。他们会重新成为男人，成为男人！女人可以随心所欲地打扮自己。只要男人们的腿包在鲜红的紧身裤里，雪白的短上衣下露出红裤子包着的漂亮屁股，女人就会重新成为女人的。是因为男人不是男人，女人才不是女人的。还有，等机会一到，就把特瓦萧拆掉，建几座又大又漂亮的建筑，能让我们都住进去。再把乡村清扫得干干净净。还有，不要那么多孩子，因为世界已经太拥挤了。

“我不会对人们说教，只去脱掉他们的衣服，说：‘看看你们自己！就是为钱干活干成这样的！回头看看自己吧，就是为钱干活来着。你们一直在为钱干活！看看特瓦萧吧，样子多可怕。那是因为修建它的时候你们在为钱干活呢。看看你们的女人们，她们并不在乎你们，你们也不在意她们。因为你们把时间都花在为钱干活，花在想着挣钱上。你们不会说话，不会动，也不会生活，你们无法和女人和谐地在一起。你们根本就不是活着。看看你们自己吧！'"

说罢，他们彻底沉默了。康妮一边听一边在他小腹最下边的毛丛中点缀上几朵勿忘我，那是她来小屋的路上采的。这时屋外安静了，天气有点冷了。

"你身上长着四样毛发，"她对他说，"胸口上的发黑，可头发却并不黑，胡茬是暗红色的，而这儿的毛发，这些爱情的毛发却像一蓬金黄发红的槲寄生[1]花丛，这些毛里数它最可爱！"

他朝下看看，发现腹沟的毛丛里点缀起了白生生的勿忘我小花朵。

"啊！就该把勿忘我放在那儿，放在毛丛中。可是，你就不关心未来吗？"

她抬头看看他，说："怎么不？关心得很呢。"

"我关心，是因为我感到人类的世界注定要毁灭，被自己的卑鄙龌龊毁灭。我就会感到殖民地并不太远，月亮也不够远。即使到了月亮上，你还是能回头看到地球，肮脏、龌龊，是所有星球中最恶心的地方，是让人类给弄得如此恶臭的。于是我感到自己像吞下了虫子，这虫子把我咬得翻肠倒肚，让我想逃都没地方逃。可当我换个

---

1 这种寄生植物生着青灰密实的小叶子，叶子间开满淡黄的小花，结白色的果实，人们将这种植物用来装饰圣诞树。西方人有在槲寄生花丛下接吻的传统。——译注

想法，就能忘却一切。虽然我知道，这一百来年普通人受到的待遇是可耻的，他们简直就成了干活的虫子，人性都没了，他们真正的生命都没了。我也想把机器从这个地球上一扫而光，彻底结束这个工业时代，这是个黑色的错误。可我办不到，没人能办到。所以我只能自寻逍遥，苟且偷生。不过我怀疑，我们是否还有生活可以苟且地过。”

屋外的雷声停了，可刚才缓和了的雨却突然倾盆而下，夹杂着最后一道闪电和远去的风暴声。康妮感到不安起来。因为他说了这么长时间了，其实是在跟自己叨唠，不是跟她说话。他似乎是彻底失望了，可她却感到高兴。她知道他是刚刚意识到她要离开他了，是这弄得他心情不好的。为此她反而感到小小得意。

她打开门，看着外面大雨滂沱，雨幕如钢似铁，一时冲动，就想冲进雨中，逃离这里。她站起身来，迅速脱下长筒袜，脱下外衣和内衣。他看着她，大气不敢喘。她一动，那尖尖的如同动物的乳房就微微颤动。在发绿的灯光下她的身体呈现出象牙色来。她穿上胶鞋，狂笑着跑了出去，冲着大雨挺起乳房，张开双臂，身影在雨中变模糊了。她在雨中跳起了很早以前在德累斯顿学会的律动舞蹈。雨中她奇特的身影朦胧灰暗，时起时落，挺直或弯腰，雨水打在她整个臀部，晶莹的水珠飞溅。随之她挺起身子，前身迎着雨前进，然后再次弯下腰去，这样她把整个的腰腹和臀部对着他，似乎是在向他行一个野性的敬礼。

他苦笑一下，甩掉自己的衣服，这衣服太束缚人了。他光着白皙的身子跳出门去，微微颤抖着冲进滂沱大雨中。弗洛西狂吠一声跳到他前面。康妮的头发全湿乎乎地贴在头上，她扭过热辣辣的脸，看到了他，蓝眼睛立即燃起兴奋的火焰。她转过身去飞跑，像是冲锋一般，冲出林中空地，朝小径上跑去，一路上水淋淋的树枝打着她的身体。她在跑着，他看不清她，只看到湿漉漉的头，只看到湿漉漉的后背在前倾着飞跑，浑圆的臀部在闪光，那是逃跑中颤抖着的美妇人裸体。

她眼看着就要跑到宽路上了，这时他追了上来，赤裸的双臂抱住了她柔软赤裸的湿漉漉的腰腹。她发出一声尖叫，挺直了身子，于是她柔软冰凉的肉体就倒入了他的怀抱。他搂紧了她，疯狂地搂紧了这柔软冰凉的女人肉体，一经拥抱，这肉体就迅速变热，变成了一团火焰。雨水顺着他们的身体哗哗流下来，浇得他们浑身直冒热气。他一手握住半边沉甸甸的可爱的臀，攥紧了，疯狂地将它们往自己身上拽过来。他在雨中颤抖着，纹丝不动了片刻，随后突然将她抬起，和她一起扑在小径上，在默默而下的滂沱大雨中，他要了她，动作迅速而猛烈，就像动物一样。

事毕，他站起来，抹掉眼上的雨水，说："回屋去吧。"他们就开始向小屋跑去。他迅速地直接跑回屋，他不喜欢在雨地里待着。但她却没那么快，因为她一路上还要采些勿忘我和风铃草。她跑了几步就慢下来，看着他飞快地从自己身边跑远了。

她气喘吁吁地拿着花跑回小屋，这时他已经生起了火，树枝在噼噼啪啪响着。她尖尖的乳房上下颤动着，湿头发打着绺，脸色红扑扑的，身上的水珠在闪光，在流淌。她大睁着眼睛，喘息着，小小的头颅湿漉漉的，饱满而稚嫩的臀部在滴水，她这副样子看上去简直像另一个人了。

他抓过那张旧床单，从上到下为她擦着身子，她则像个孩子一样站在那里让他擦着。然后他关上门擦干自己的身体。火旺起来了。她把头埋在床单的另一头擦自己的湿头发。

“咱们俩用一条毛巾，还不得吵起来呀！”他说。

她抬头看看他，她的头发仍然蓬乱着。

“不对！”她睁大眼睛道，“这不是毛巾，是床单。”

两人各自忙着擦自己的头发。

他们还没有缓过劲来，仍然喘息着。他们并肩坐在一根木头上，各自披了一条军毯，敞着前身烤火，渐渐安静了下来。康妮讨厌军毯蹭着皮肤的感觉，可也只好披着，因为床单全是湿的。

她抖掉毯子，跪在壁炉前的地上，把头冲着炉火摇晃着，想这么把头发烤干。他在一旁看着她臀部美丽的曲线，今天就是这令他着迷的。这条曲线顺着一个华美的斜面滑下，直到她那沉重浑圆的臀上！而那两臀之间隐匿于神秘的温热之处的，是那神秘门户！

他的手摩挲着她的臀，缓慢仔细地抚摸那曲线和那浑圆之处。

“你这臀儿怎么这么美呀，”他说起了那口低沉的土话，声音里充满了爱抚，“你这屁股比谁的都好看。这可是世上女人里顶好看顶好看的屁股了！一丝一毫都透着女人味儿，绝对的女人味儿。你可不是那些小屁股的女子，她们跟小伙子似的！你长着一对真正的女人屁股，软溜溜，往下沉，男人打心眼儿里爱这个。这样的屁股能撑住世界呢。”

他说话的当口儿，手一直在抚摸着那浑圆的臀，直到那里面似乎滑出一团火来直达他手上。这时他的指尖触到了她身上那两个神秘的门户，像柔软的小火苗在上面一遍又一遍燎过。

“如果你拉点屎尿点尿，我才高兴。我不想要一个不拉不尿的女人。”这话惊得康妮忍不住笑起来，但他毫不为之所动地继续说，“这是真话，你是真女人！你真是，甚至有点淫荡。你这个地方拉屎，这个地方尿尿，我的手摸着它们，有这个我才爱你，因为这个爱你。你长着标致的女人屁股，为这屁股该骄傲才是，用不着害羞。”

他的手紧压在她那两处神秘之地，似乎是在亲切地问候它们。

“我喜欢这个，”他说，“我喜欢这个！哪怕我只活十分钟，我摩挲了你的屁股，明白了它是怎么回事，那就跟活了一辈子一样，你懂我的话不？管它什么工业不工业的！今天是我的一生中最难得的日子。”

她转过身，爬到他腿上，依偎着他，喃喃道：“亲我！”

她知道两个人脑子里都在想着分别，因此她哀伤起来。

她坐在他的大腿上，头靠着他的胸膛，象牙般光洁的腿松弛地分开着，火光斑驳地照着他们。他低着头看到火光辉映下她身上的褶皱，也看到她分开的两腿之间光滑柔软的褐色毛丛。这时他伸手到身后的桌子上，拿过她采来的那把花，那花还湿着，雨水滴到了她身上。

"花儿什么天气里都在屋外，"他说，"它们没房子住。"

"连个小棚子都没有！"她喃喃道。

他的手指悄然把几朵勿忘我串起，摆在她阴唇周围漂亮的褐色毛丛里。

"就在那里！"他说，"勿忘我就该摆在那儿！"

她低头看看下身褐色阴毛中洁白奇特的小花儿，说："多漂亮啊！"

"像生命一样美。"他说。

说着他又把一朵含苞待放的粉红色剪秋罗放上去，说："好啊！那就是我，你不会忘了我的！那是纸莎草丛中的摩西[1]。"

"你心里不别扭吧，我要走了？"她凝视着他的脸，惆怅地问道。

他皱着眉，表情难以捉摸。他不露声色地说："你想怎样就怎样吧。"他讲的是标准英语。

"可如果你不希望我走，我就不走了。"她偎依着他说。

沉默中他探身向前，往火里加了根木头，火光映红了他沉默、茫然的脸。她在等，可他不语。

"我只是觉得这是与克利福德开始决裂的一个办法。我确实想要个孩子。这会给我一个机会让——让——"她欲说还休。

"让他们相信几句谎言。"他说。

"是的，那是目的之一。你想让他们知道事实吗？"

1　见《出埃及记》第二章第三节。

“我不在乎他们怎么想。”

“可我在乎！我不想让他们那讨厌、冷酷的心摆布我，至少当我还在拉格比的时候不行。等我彻底离开了，他们爱怎么想就怎么想去吧。”

他不语。

“不过克利福德男爵还希望你回到他身边吧？”

“我肯定要回来的。”她说。

又是一阵沉默。

“在拉格比府生孩子吗？”他追问。

她双臂抱住他的脖子，说：“如果你不带我走，我就得在那里生了。”

“带你去哪儿呢？”

“哪儿都行啊！走就行！离开拉格比。”

“什么时候？”

“当然是我回来以后了。”

“可为什么要回来，折腾两次呢？走了就走了。”他说。

“哦，我必须回来。我是答应了的！我是打了保票的！再说，我是回来找你的，真的。”

“来找你丈夫的猎场看守？”

“我不觉得这是个问题。”她说。

“不是吗？”他思忖片刻，“那你打算什么时候再走，彻底走？具体在什么时候？”

"哦,我不知道。我会从威尼斯回来,然后我们细做准备。"

"怎么个准备法?"

"哦,我得告诉克利福德。我怎么也得告诉他。"

"是吗?"

他沉默了,她的胳膊搂得他更紧了。

"别为难我嘛。"她恳求道。

"怎么为难了?"

"我要去威尼斯,才能安排这些事。"

他脸上露出一丝苦笑,道:"我不为难你。我只是想知道你到底想怎么样。你并不真正了解你自己。你想拖一拖,离开后考虑。我并不埋怨你。我觉得你这样做是明智的。你可以选择继续当拉格比府的女主人,我不埋怨你。我可没有拉格比府那样的宅第献给你。其实你知道你能从我这儿得到什么。不,不,我觉得你是对的!我确实是这么想的!我并不打算靠你生活,让你养着。这也是我要告诉你的。"

她觉得他这是在跟她对着干。

"可你要我,对吗?"她说。

"你要我吗?"

"你知道我要你,那不是明摆着的吗?"

"没错!可是,你什么时候要我呢?"

"等我回来,我们可以安排这一切,这你知道。现在我跟你在一起,正是忘乎所以的时候,我必须要冷静下来,清醒起来。"

“没错,冷静、清醒去吧!”

她有点恼怒了,说:“你相信我,不是吗?”

“哦,那当然了!”

她听出了他话里的嘲弄,便直言道:“告诉我,你以为我不去威尼斯会更好,对吗?”

“我肯定你最好去威尼斯。”他冷静、略带嘲讽地说。

“你知道我是下周四动身吧?”她问。

“知道!”

她思量片刻,终于说:“等我回来,咱们就知道该怎么办了,对吧?”

“哦,当然!”

他们之间隔着一道奇特的沉默天堑!

“我去找律师谈我离婚的事了。”他有点吞吞吐吐地说。

她闻之浑身轻轻一震。

“是吗?”她说,“律师怎么说?”

“他说我早就该离。现在离会不容易。不过既然是我在军队里服役时她跟了别人,律师觉得这事就好办了,只要别让她跟我闹就行!”

“这事得让她知道吧?”

“对。要给她发一张传票,还有那个和她同居的男人也会收到传票,他是共同被告。”

“多恶心呀,这些过场!看来我跟克利福德也得走这些过场。”

又是一阵沉默，过了一会儿他说："当然了，我得在以后的半年到八个月期间过一种清白的生活。所以如果你去威尼斯，至少一两周内没有诱惑了。"

"我是个诱惑！"她摩挲着他的脸说，"我真高兴能成为你的诱惑！别想这事了吧！你一开始思考就让我害怕，简直把我压垮了。别想了吧。我们分开以后可以想很多。关键是，我一直在想，我走之前一定要跟你再过上一夜。我一定要再次去你的村舍里。星期四晚上去行吗？"

"那不是你姐姐来的那天吗？"

"是啊！不过她说我们要在下午茶时分动身。我们下午茶的时候就可以离开拉格比了。她在别处过夜，我跟你过夜。"

"那她就知道了。"

"哦，我会告诉她的。我已经跟她讲过一点儿了。这回我一定要跟希尔达详细说说，她对我最有帮助了，很通情达理的。"

他在考虑她的计划。

"就是说你们在下午茶的时候离开拉格比，假装去伦敦，是吗？走哪条路？"

"经过诺丁汉和格兰瑟姆。"

"你姐会让你在什么地方下车，你走回来，或开车回来，是吗？听起来有点冒险呢。"

"是吗？那好，那好，让希尔达送我回来。她可以在曼斯菲尔德过夜，晚上把我送到这里，第二天一早再来接我。这很容易办得到。”

“别人看见你怎么办呢？”

“我会戴风镜和面纱。”

他思忖片刻说：“好，像往常一样，你高兴就行。”

“你不高兴吗？”

“哦，高兴！我当然高兴，”他有点阴沉地说，“我也得趁热打铁呀。”

“你知道我刚才想什么来着？”她突然说，“我是突然想起来的。你是‘滚烫的铁杵骑士’[1]。”

“欸！那你呢？你是‘火辣辣的研钵夫人’吗？”

“是啊！”她说，“是啊！你是铁杵男爵，我是研钵夫人。”

“好吧，我就算被封了爵位了。约翰·托马斯从此成了约翰男爵，与珍妮夫人成了一对儿。”

“是啊，约翰·托马斯晋爵了！我是阴毛夫人，你必须也得戴上花儿。戴上！”

说着她把两朵粉红色的剪秋罗挂在他尘柄上方的金黄色毛丛中。

“好看！”她说，“漂亮！漂亮！约翰男爵！”

然后她又在他胸口上的黑色胸毛中塞进几朵勿忘我。

“你那地方不会忘了我，对吗？”她吻了他的胸口，在每一个乳头上挂了一朵勿忘我，又亲了他。

1　见十七世纪初的同名喜剧*Knight of the Burning Pestle*。

“你把我打扮成花里胡哨的月份牌了！”他说着笑起来，笑得花从胸口上掉了下来。

“等等！”他说。

他站起身，打开门。趴在走廊上的弗洛西立即站起身来看着他。

“嗨，是我！”他说。

雨停了。外面潮湿，阴沉，宁静中散发着花香。天色晚了。

他走出去，走上与马道相反的那条小径。康妮凝视着他那消瘦的白皙身体，形同幻影，影影绰绰地从她身边走开了。看不见他了，她的心为之一沉。她站在门道里，裹着毯子，看着外面，潮湿而宁静。

可他回来了，一路小跑着，手里拿着花儿。她有点怕他，觉得他不那么像个人。他靠近她，眼睛盯着她的眼睛，但她不懂他的眼神。

他采来了耧斗菜、剪秋罗、新割下的草、橡树枝和长满小骨朵的金银花。他把新酿出的橡树枝盘在她头上，用金银花的枝条缠住乳房，插上风铃花和剪秋罗，在她的肚脐眼里插了一朵粉红色的剪秋罗，阴毛丛中则挂满了勿忘我和香车叶草。

“这是你最艳丽的时候了！”他说，“珍妮夫人和约翰·托马斯正举行婚礼呢。”

说着他在自己身上的毛丛里挂上花朵，在阴茎上绑了一根圆叶珍珠菜，又在肚脐眼里插一朵风信子。看他如此专心致志，她很是开心，不禁把一朵剪秋罗插在他的唇须里，那花儿粘住了，在他鼻子下晃着。

“约翰·托马斯娶珍妮夫人，”他说，“我们一定要让康丝坦斯和奥利弗如愿。或许——”说到这里他伸开双臂做了个什么动作，打了一个喷嚏，这个喷嚏把他鼻子下的花和肚脐眼里的花都震掉了。然后他又打了一个喷嚏。

“或许什么？”她等他说下去。

他有点惊诧地看看她，“啊？”

“或许什么？接着说你想说的呀。”她坚持道。

“嗨，我想说什么来着？”

他忘了。他这种半截话总是让她失望。

一抹金黄的夕阳照在树梢上。

“阳光！”他说，“你该回去了。时间，我的夫人。时间！人们常说的那个没有翅膀但能飞翔的是什么，夫人？时间！时间！”

说着他伸手去拿他的衬衣。

“对约翰·托马斯说晚安吧，”他低头看看那话儿，“它让圆叶珍珠菜环绕着，挺安全呢！现在它倒不是烫人的铁杵。”

他套上了薄法兰绒衬衫。

从衬衫里钻出来时，他说：“一个男人最危险的时候，就是他往衬衫里钻的时候。他把头套进口袋里了。所以我喜欢美式衬衫，就像穿外套一样。”

她仍然站着不动，看着他。他又穿上内裤，系上扣子。

“看看珍妮！”他说，“浑身都开花了！明年谁来给你身上戴花呢，珍妮？我，还是别人？‘再见，我的风铃花/对你说再见——’[1]我讨厌那首歌儿，那是大战刚开始时的一首歌。”他坐下，穿上袜子。而她仍然纹丝不动地站着。他的手搭在她倾斜的臀上，说：“多娇小的珍妮夫人啊！或许在威尼斯你会遇上个男人，在你的阴毛中插上茉莉花，在你的肚脐眼里插石榴花。可怜的珍妮夫人！”

“别说这个！”她说，“你就是想伤我的心。”

他听了低下头去，开始用土话说：“欸，八成儿我是那个意思，八成儿是！好了，我啥也不说了，再也不说了。可你得穿上衣裳了，该回你那个全英国最高大的家去了，那房子多好看呀。时候不早了，约翰男爵和小珍妮夫人的时间到了！穿上你的小褂儿，查泰莱夫人！连个小褂都不穿，只挂着几朵花儿，你不成了随便哪个女人了？来，来，让我给你这秃尾巴画眉鸟儿摘了这些花吧——”他把她头发里的树叶摘了，亲亲她潮湿的头发和乳头上的花朵，又吻了她的乳房、肚脐和结着花朵的阴毛丛。“它们该离开了，”他说，“行了！你又光了，只是个光屁股的小姑娘，最多是个珍妮夫人！穿上你的小褂儿，你非走不可了，否则查泰莱夫人就误点儿了，人家就会审问她：‘你去哪儿了，我漂亮的女仆？’”

他一说起土话来她就不知道该怎么回答他。所以她穿好衣服，准备耻辱地回拉格比的家，或者说她感到那家是个有点叫人感到耻辱的地方。

1　1904年间流行的一首进行曲。

他要陪她走到宽宽的马道旁。他的那些刚出窝的山鸡都关进了笼子里。

当他们出来上了马道时，正遇上博尔顿太太踉跄着朝他们走来，脸色苍白。

“哦，我的夫人啊，我们还以为你出什么事了呢！”

“没有！没出什么事。”

博尔顿太太盯着那男人的脸，他脸色光洁，气色焕然一新，一脸的柔情蜜意。她看到的是他半笑半讽的眼神。他总是笑傲不幸。但他看她的眼神是和蔼的。

“晚上好，博尔顿太太！你家夫人挺好的，现在我可以放心地走了。夫人，晚安！博尔顿太太，晚安！”

说完他敬个礼，转身走了。

16

康妮回家后很是遭到了一通盘问。下午茶时分克利福德出门了，但是赶在暴风雨之前回来的，这段时间夫人去哪里了？谁都不知道，只有博尔顿太太想起来夫人到林子里去散步了。到林子里去，下着这么大的暴雨！克利福德一时间紧张慌乱起来，一个闪电、一声雷都让他一惊一乍的。他看着外面那冰冷的雷雨，似乎觉得那就是世界末日，于是情绪越来越激动。

博尔顿太太试图安慰他，说："她会在小屋里躲雨，等雨过了就回来了。别着急，夫人没事的。"

"下这样的雷雨，我可不愿意让她到林子里去！我根本就不愿意让她到林子里去！她都去了两个多小时了。她是什么时候走的？"

"你回来前不一会儿。"

“我在园子里没看到她呀。天知道她在哪儿，出了什么事。”

“嗨，不会出什么事的。不信你就瞧着，雨一停她就回来了。还不是这雨闹得她回不来？”

可直到雨停了，夫人也没回来。再后来，太阳只剩最后一抹黄，可还是见不到她的影子。直到夕阳西下，天色黑了下来，晚餐的第一声锣敲响，克利福德狂怒道：“这样不行！我要打发菲尔德和贝茨去找她。”

“哦，不用！”博尔顿太太说，“别人还以为谁自杀了呢，千万别让人说闲话！还是让我溜出去，到小屋那儿去看她在不在。我会找到她的。”

经过一通劝告，克利福德同意她去了。

康妮就是这样在马道上碰上博尔顿太太的，她正一个人脸色苍白地逡巡呢。

“您可别怪我出来找你，我的夫人！你没看见克利福德男爵都气成什么样了！他以为您让电击着了，或者让刮倒的树给砸死了呢。他非要打发菲尔德和贝茨来林子里收尸呢。所以我想还是我来的好，省得他折腾所有仆人。”

她紧张地说着。她仍然能在康妮的脸上看出激情带给她的光泽和半梦幻的神情，也能感觉得到康妮对她的恼火。

“不错！”康妮说，除此之外再也没别的话可说了。

这两个女人默默地在湿漉漉的世界里缓慢地走着，林子里大颗的水珠滴落着，水滴声恰似爆炸声。走到邸园，康妮大步向前，博尔顿太太在后面追得有点气喘吁吁，她开始发福了。

“克利福德这么大惊小怪的，真是犯傻！”康妮终于气恼地说，不过她其实是自说自话。

“哦，您知道男人都是什么德行！他们爱自己找气生。不过他一看见夫人您就会没事了。”

博尔顿太太知道了她的秘密，这让康妮很恼火，没错，她肯定知道了。

突然，康斯坦丝在小径上停住了脚步，说：“让人跟着，太可怕了！”说着她眼睛放出怒光来。

“哦，夫人您可别这么说呀！他本来是要派那两个男人出来的，他们会直接去小屋。我还不知道小屋在哪儿呢，真不知道。”

听到这句暗示，康妮的脸都气青了。可当她的热情还挂在脸上时，她无法撒谎。她甚至不能装作和那看守之间什么都没有发生。她看看这另一个女人，她是那么狡黠地垂着头，可作为一个女人，她算是她的同盟吧。

“算了！”她说，“既然如此，我也无所谓！”

“您挺好的，我的夫人！你只是在小屋里避雨来着，这没什么呀。”

她们说着朝家走去。康妮大步走进克利福德的房间，看到他那张苍白变形的脸和鼓凸的眼睛，她大为光火，发作道：“告诉你，你没有必要派下人跟踪我！”

“我的天！”他生气地说，“你上哪儿去了，你这个女人？你走了好几个钟头了，好几个小时，在这样大的雨里！你上那该死的林子里到底干什么去了？有何贵干？雨停了也有几个小时了，好几个小时啊！你知道现在是什么时候了吗？你简直让人发疯！你去哪儿了？你到底干什么该死的事去了？”

“如果我不告诉你呢？”她说着把帽子一把扯下来，摇晃着头发说。

他看着她，眼球都鼓了出来，眼白开始泛黄。他一发火就出毛病，以后的几天里博尔顿太太的日子就不好过了。想到这里，她立即觉得不安起来。

“不过说真的，”她口气缓和了下来，“谁都会以为我在一个连自己都不认识的地方。其实下大雨时我就在小屋里坐了坐，生上了火烤着，挺好的。”

她现在语调轻快起来了。说到底，干吗要给他火上浇油呢？可他还是怀疑地看着她，说：“看看你自己的头发！看看你自己——！”

“对了！”她平静地说，“我跑出屋去，身上没穿衣服。”

他看着她，瞠目结舌：“你一定疯了！”

“那怎么了？不就是在雨里冲个澡吗？”

“你怎么擦干自己的？”

“用一块旧毛巾，在火炉前。”

他仍然目瞪口呆地看着她。

“要是有人来了可怎么好呢？”他说。

“谁会来呀？”

"谁？谁都可能。梅勒斯，他没去吗？他晚上一定会去的。"

"对，他后来去了，天晴了以后，去给山鸡喂谷子。"

她的神态惊人地镇静。在隔壁听他们说话的博尔顿太太佩服得不行。一个妇道人家，竟然能这么轻而易举地就搪塞过去了！

"假如你一丝不挂、像个疯子一样在雨里奔跑的时候他来了怎么办？"

"我想他会吓得魂不附体，落荒而逃。"

克利福德仍然呆若木鸡地看着她。他潜意识中在想什么，连他自己都弄不清楚。而他又惊诧不已，理智上也无法理出个头绪来。于是他只能糊里糊涂地随她怎么说了。但他不由得羡慕起她来，她看上去脸色那么红润，那么漂亮，那么光滑，那是爱的光泽。

"不管怎么说，"他口气缓和下来道，"不得一场重感冒就算你幸运。"

"哦，我没感冒呀。"她说。她现在心里想的是另一个男人的话：你有世界上最好看的女人屁股！她希望，特别希望能告诉克利福德，在那场滂沱大雨中有人对她说过这样的话。算了！她摆出一副受伤害的女王的样子，上楼换衣服去了。

那天晚上克利福德想对她示好。他正在读一本最新的科学与宗教方面的书[1]，他有那么点半真半假的宗教信仰，一心只关心他自

---

1 引自《宗教的形成》（剑桥1926年版）最后一页，作者为阿尔弗雷德·诺思·怀特海。

己的前途如何。他惯于拿一本书做引子开始同康妮的谈话，反正他们之间是要谈话的，几乎像进行化学配方一样，脑子里要调配谈话的成分。

“顺便问问，你觉得这本书怎么样？”说着他伸手去拿那本书，“如果我们以前多进化几代，你就用不着跑出去让雨水冷却你炽热的肉体了。哦，在这里！‘宇宙向我们展示两个方面：一方面它在物质上耗损着，另一方面它在精神上上升着。’”

康妮倾听着，希望听到更多。但克利福德却在等待。她惊讶地看着他，说：“如果说它在精神上上升着，那它遗留在它根部的是什么呢？”

“嗨！”他说，“他没别的意思。上升就是耗损相反的意思，我想。”

“也就是说，在精神上空了？”

“不是，严肃地说，不开玩笑，你认为这话有道理吗？”

她又看看他，说：“肉体上耗损吗？可我看你却胖起来了嘛，我自己也没有耗损。你认为太阳比以前变小了吗？我觉得没有。而且我认为，亚当给夏娃吃的那个苹果，如果是真的话，并不见得比我们家的橙子核大。你认为呢？”

“还是听作者怎么说吧，‘它就这样缓慢地走过，其缓慢程度是无法用我们的时间刻度来衡量的，走向新的创造条件，我们所知的物质世界在它里面表现为一波涟漪，与虚无几乎别无轩轾。’”

她听着他的话，脸上露出发噱的神情，心头涌上一连串想说但又说不出口的话，只是说："多么愚昧的瞎话！似乎那小小的傲慢的理智能知道发生得那么慢的事情！这话只能说明他是地球上一个肉体的废物，所以他想让整个宇宙成为一个物质上的废物。真是个自以为是的人！"

"不过，你听着！别打搅这个伟人的庄重文字！'今日世界的秩序来自某种无法想象的过去，而且会在某个难以想象的未来找到自己的坟墓。保留下来的是消耗不尽的抽象形式王国，是其自身的生灵所不断更新的创造力，还有上帝，所有形式的秩序都依赖其智慧。'你看，他就是这样做的结论。"

康妮不屑地听着他念这段话。

"这个人的精神算是空了，"她说，"都是些什么玩意儿呀！难以想象，坟墓中的各式秩序、抽象形式的王国、不断更新的创造力，还有与秩序形式混作一团的上帝！怎么这么愚蠢！"

"我得说，这话是有点含混不清，也就是所谓空话连篇吧，"克利福德说，"可我还是觉得他说的那个宇宙在物质上耗损但精神上上升是有道理的。"

"是吗？那就让它上升吧，但是要让我这肉体安全地、踏实地留在地上。"

"你喜欢你的身体吗？"

"我爱它！"说这话时她脑子里响起的是那段话：这是世界上最好看的女人屁股！

"这倒奇怪了，因为肉身无疑是个累赘。我觉得女人是无法在精神生活中找到至高无上的乐趣的。”

“至高无上的乐趣？”说着她抬头看看他，“难道那种愚蠢的观念就是至高无上的精神生活的乐趣吗？不，谢谢你了！给我肉体。我相信，当肉体真正觉醒时，肉体的生命比精神的生命要真实得多。可是不少人，就像你那人人皆知的风力机一样，他们的精神不过是依附在死尸上罢了。”

他不解地看着她。

“肉体的生命，”他说，“不过是动物的生命。”

“可那也比职业死尸的生命要好。可这不是真的！人的肉体才刚刚获得真正的生命呢！古希腊人的肉体刚发出一星可爱的火花，柏拉图和亚里士多德就把这火花给熄灭了，基督干脆就把它彻底消灭了。但现在肉体真正复苏了。真正从坟墓里站了起来。它会在可爱的宇宙中成为再可爱不过的生命，那就是人的肉体。”

“亲爱的，听你这话的意思，好像是你在引导着人的肉体！不错，你要去度假了。不过请不要忘乎所以。相信我，不管上帝是什么样，这个上帝都是在渐渐地把内脏和消化系统从人的体内剔除出去，从而演化出一个更高级、更精神化的人类。”

“我为什么要相信你，克利福德？此时此刻我感到，无论有个什么样的上帝，这个上帝终于在我体内你称为内脏的东西里面觉醒了，就像黎明，并在那里幸福地激荡着涟漪。当我跟你感觉正好相反的时候，我为什么要相信你？”

“哦，说得对！那么是什么引起了你身体里如此非凡的变化呢？是因为浑身赤裸着跑出去淋雨，装疯卖傻才变成这样？还是想追求刺激，或者是因为要去威尼斯，迫不及待了？”

“这些原因都有！你以为我为了走而激动可怕吗？”她问。

“露骨地表现出来就可怕。”

“那我就掩饰起来好了。”

“哦，不必麻烦！你几乎把这种激动表现给我了。我几乎感到是我要走。”

“那你为什么不一起去呢？”

“我们已经谈过这个问题了。其实我想你最大的激动在于能暂时离开这一切。没有什么比对一切说再见的那一刻令人激动了！可每个分别都意味着在别处和别人相见。而每一个相见都意味着一种新的束缚。”

“我是不会自找新的束缚的。”

“别吹大话，神在听着呢。”他说。

她立即说：“不！我才不吹大话呢。”

但她还是感到激动，因为能离开了，能感到原来的束缚被斩断了。她禁不住要激动。

克利福德睡不着，就和博尔顿太太赌了一宿，直到她困得坚持不住才罢手。

希尔达这天就要到了。康妮和梅勒斯商定，如果他们一起过夜没有问题，她就在她窗外挂一条绿披巾，否则就挂红的。

博尔顿太太帮着康妮准备行装时说：“换换环境对夫人您来说

大有好处呢。”

“我觉得是。你要一个人照顾克利福德男爵一段时间，还行吧？”

“哦，没事！我对付他一点问题也没有。我是说，他需要我做什么我都行。您不觉得他比原先好多了吗？”

“哦，确实是！你在他身上创造了奇迹。”

“可不是嘛！不过男人都一样，跟小孩儿似的。你得奉承、哄着他们，让他们觉得是随心所欲。你没发现这个道道儿吗，夫人？”

“我怕是没什么经验。”顿了一下，康妮问她，“甚至对你的丈夫，你也得应付他，哄骗他，像对个孩子似的？”说着她抬头看博尔顿太太。

博尔顿太太思忖片刻才说：“嗨！对他我也得好一通儿连哄带骗呢。不过说实话，他倒是一直明白我想要什么，所以一般情况下总是让着我。”

“他从来不横行霸道吗？”

“不！他眼神儿里有时会露出来那种霸气，我一看就明白我该让着他了。不过平常老是他让着我。但他倒是从来不耍大爷脾气。我也不那样儿。我一瞅着不行了，就退让，尽管有时候那么做挺憋屈的。”

“那你要是跟他顶撞呢？”

“那我可不知道，因为我从来不那样。即便是他错了，可他要是死心眼儿，我就让。你看出来了吧，我是绝不想跟他弄僵了的。要是你非跟男人较劲，那就完了。要是你拿他当回事儿，在他死较劲的时候你就得让着他，不管你对不对，你都得服软儿。弄不好你就把什么弄折了。不过我倒是得承认，有时我错了还认死理儿时，特德也会让着我。我估摸着，两人就得这样才行。”

“你对你的病人都这样吗？”康妮问。

“哦，那得看怎么说了。其实我也不在乎。我知道怎么做对他们有好处，或者说我尽量去了解。我想法子替他们着想。这可不像是对待你爱的人那样，完全不一样。一旦你真爱上哪个男人，几乎他有任何需要时，你都会热心的。可这是两回事。我猜呀，如果你真正爱过谁，你就不会再对别人上心。”

这番话把康妮吓着了，忙问：“你认为一个人只能爱一次吗？”

“要么爱一回，要么永远也不爱。大多数女人从来就没爱过，就没开始爱过。她们不知道这是什么意思。男人也是一样。可一看到哪个女人爱了，我就替她揪心。”

“那你觉得男人容易生气吗？”

“容易！如果你伤了他们的自尊心。不过女人不也是这样吗？只是我们的自尊心不那么一样。”

康妮反思着她的话，不禁开始为自己的出行担心起来。无论如何，即使是一段很短的时间，她不也是在逃避自己的男人吗？他明白这一点，所以他表现得怪异，而且说风凉话。唉！人生在世，老得受外部环境这架机器的控制。她就让这架机器给控制着，连五分钟都逃脱不开，她甚至都不想逃脱了。

希尔达在星期四一大早就来了。她开着一辆双座的小轿车，行李箱用皮带结结实实地缚在车尾。她还是老样子，看上去像个娴静的少女，却是个有主意的人。她的主意大了去了，她丈夫发现了这一点。不过她丈夫现在正跟她闹离婚。她是有主意，虽然她没有情人，还是给她丈夫行了个方便，让他顺利地离了这个婚。眼下这段时间里，她跟男人们“断”了。她十分安心地当自己的主人，还有当她两个孩子的家长。她要把孩子拉扯成“人”，不管这个字眼意味着什么。

康妮也只能带一个衣箱，不过她已经运了一个大箱子到父亲那里去，父亲将乘火车去，开汽车去威尼斯不划算，七月里在意大利开汽车太热了，他要舒舒服服地坐火车去。他是刚刚从苏格兰到的伦敦。

希尔达安排起旅行的具体事情来俨然一个战地元帅。安排完了，她和康妮坐在楼上的房间里聊起天来。

“希尔达，我忘记告诉你了！”康妮略做惊乍地说，“今晚我要在附近过夜。不是这里，而是这附近！”

希尔达盯着妹妹，灰色的眼睛里露出不可思议的眼神来。这时她看上去是那么平静，其实她经常发火。

“附近什么地方？”她轻柔地问。

“呃，你知道我爱着某个人，对吧？”

“我猜是有什么情况嘛。”

“对，他住在附近，我想和他过这最后一晚。我必须得这样！我答应过的。”康妮坚持说。希尔达默默地低下她战神一样的头思忖片刻，然后抬起头问：“你想告诉我他是谁吗？”

“他是我们的猎场看守。”康妮吞吞吐吐说着，脸唰地红了，像个害羞的孩子。

“康妮！”希尔达说着略带厌恶地耸起鼻子来，这个动作像她母亲。

“我知道。但他值得爱，真的。他，他，他确实懂得疼人。”康妮试图替他说情。

希尔达脸色红润得像雅典娜，她低头思忖着。她的确十分生气，但不敢表现出来，因为康妮像父亲，会立即大吵大闹，一发不可收拾。

希尔达不喜欢克利福德，这是真的，因为他一副冷漠的自信样，自以为了不起！她认为克利福德无耻放肆地利用了康妮。因此她希望妹妹下决心离开他。但作为稳定的苏格兰中产阶级，她厌恶任何“降低”自己或家庭身份的做法。

她终于抬起头来说：“你会后悔的。”

“我决不会，”康妮叫着，脸一下子就红了，“他是个很例外的人。我真的爱他。作为情人，他很可爱。”

希尔达仍然思索着。

“你很快就会忘了他，”她说，“并且会因为他而感到耻辱。”

“我不会！我盼望着能生一个他的孩子呢。”

“康妮！”希尔达掷地有声地叫着，气得脸色发白。

“只要我能，我就要给他生个孩子。如果能有一个他的孩子，我会万分骄傲。”

希尔达知道自己是无法说服康妮的。

“克利福德不会怀疑吗？”

“哦，才不呢！他干吗要怀疑？”

“你肯定已经给了他足够的机会起疑心。”希尔达说。

“绝不会。”

“今天晚上的这事似乎十分愚蠢。那男人住哪儿？”

“在林子另一边的村舍里。”

“他单身吗？”

“不！他老婆离开了他。”

“多大年纪？”

“不知道。反正比我大。”

康妮的每一句回答都让希尔达越发愤慨，很像她们的母亲在世时那样狂怒。但她还是压着火气。

“如果我是你，我就放弃今晚的胡闹。”她平静地劝告康妮。

“我不能！今天晚上我一定要跟他一起过，否则我就不想去威尼斯了。我就是不能。”

希尔达从这话里听出了父亲的声音，于是她让步了，但这让步纯属策略性的。她同意开车去曼斯菲尔德，两人在那儿吃饭，天黑之后开车送康妮回来，送到路边，明天一早再来路边接她。而她自己则独自在曼斯菲尔德过夜，顺利的话，不过半小时车程。但她很生气，因为妹妹打乱了她的计划，她为此憋了一肚子火。

康妮如约在窗台上系了一条翠绿色的披巾。

盛怒之下，希尔达对克利福德有了好感。不管怎么说，这人还是有脑子的。如果说他没了性功能，那更好，省得吵架了！希尔达现在是再也不需要性那玩意儿了，男人们都让它搞得下作自私，有点可怕。同大多数女人比，康妮的确没那么多烦恼，不知道她明白不明白。

而克利福德则认为希尔达是个果断智慧的女人，如果哪个男人要从政，她会是个最好的内助。是的，她绝没有康妮的笨拙。康妮更像个孩子，你得让着她，因为她根本就不可靠。

客厅里提前备好了茶点，门开着让阳光照射进来。每个人都似乎有点气喘吁吁。

"再见，康妮姑娘！来去平安。"

"再见，克利福德！是的，我不会去太久的。"康妮几乎要温情脉脉起来。

"再见，希尔达！你会看着她的，对吧？"

"我会加倍看住她！"希尔达说，"她不会太出格的。"

"说定了！"

"再见，博尔顿太太！我知道，您会全心全意看护克利福德男爵的。"

"我会尽心尽力的，夫人。"

"有什么事给我写信，把克利福德男爵的情况告诉我。"

“好的，夫人，我会的。祝您愉快，回来给我们解闷儿呀。”

大家都挥手告别。车子开走了，康妮在车里回头望去，看见克利福德在最高的台阶上，坐在他的室内轮椅中。他怎么也是她的丈夫，拉格比也是她的家，这是既成事实。

钱伯斯太太为她们开了大门并祝男爵夫人度假愉快。汽车悄然驶出了幽暗树丛遍布的邸园，上了大路，路上下班回家的矿工们慢腾腾地走着。希尔达转而把车开上了克罗斯黑尔街，那不是主干道，然后继续朝曼斯菲尔德开去。康妮戴上了风镜。她们沿着路堑里的铁路行驶，随后上桥越过路堑。

“那就是通往村舍的小路！”康妮说。

希尔达不耐烦地瞟了那条路一眼。

“太可惜了，我们不能一直开下去！”她说，“否则我们九点就能到伯莫尔了。”[1]

“给你添麻烦了，对不起。”康妮戴着风镜说。

她们很快就到了曼斯菲尔德。这地方早先是个浪漫的去处，现在成了一座让人烦心的煤城。希尔达把车开到汽车指南上标记的一家旅馆，开了一个房间。这件事简直毫无意义，她气得话都不想说。可康妮还是得告诉她那个男人的事。

“他！他！你叫他什么名字？你只说他！”希尔达说。

“我从来没叫过他什么名字，他也没叫过我。这事想起来有点

1　伦敦西区的一条街道。

怪。我们倒是说过珍妮夫人和约翰·托马斯。不过他的名字是奥利弗·梅勒斯。”

“你愿意是奥利弗·梅勒斯太太,而不是查泰莱夫人?”

“我愿意。”

真是拿康妮没办法。不过,如果这个男人在印度当过四五年上尉的话,他应该多少还像样。看来他是有个性的。希尔达心里开始有点松动。

“可是你不久后就会跟他断了,”她说,“然后你会因为同他发生关系而羞愧。千万不能跟劳动阶层的人混在一起。”

“可你却号称是社会主义者!你不总是站在劳动阶级一边吗?”

“出了政治危机时我可以站在他们一边,可正是因为我站在了他们的一边,我才知道把自己的生活与他们搅在一起是不可能的。这不是出于势利,仅仅是因为同他们不合拍。”

希尔达一直生活在真正的政界知识分子中,因此她的话令人难以反驳。

旅馆里的傍晚枯燥无聊,她们又吃了一顿无聊的晚餐。随后,康妮收拾了几样东西塞进绸缎包里,并再次梳理她的头发。

“无论如何,希尔达,”她说,“爱可以是美好的,叫你感到自己鲜活,身处造化的中心。”这话听着有点夸夸其谈。

“我猜每只蚊子都有这样的感觉。”

“你认为是这样的吗?那它该多棒啊!”

这个黄昏出奇地漫长，天空出奇地明朗，甚至在这个暗淡的小镇。今天整个夜里天空都会是半透明的。希尔达因为反感而阴沉着脸，像罩了个面具似的，她又发动了车，两个人回去，不过这次走的是另一条路，经过伯索沃。康妮戴着风镜和伪装用的帽子安静地坐着。因为希尔达的反对，她现在更加与那男人一条心了，她决心不顾一切跟他。

经过克罗斯黑尔时，她们打开了车头灯。路堑下亮着灯的小火车"噗噗"驶过，让人觉得到了夜里似的。希尔达在桥头就算好了怎么拐到小路上。她突然一个减速，离开大路，车灯光白花花地照亮了那杂草丛生的小路。康妮朝车窗外看去，看到一个人的身影，就打开了车门，轻声说："到了！"

希尔达熄了车灯，专心倒车和掉头。

"桥上没什么吧？"她简短地问了一句。

"没事，倒吧。"男人的声音。

她把车往桥的方向倒着，转个弯，沿着大路朝前开了几码，然后又倒着开进小路，在一棵榆树下停住，车轮碾碎了杂草和蕨草。随后她熄灭了所有的灯。康妮走下车，那男人就站在榆树下。

"等半天了吧？"

"没多大工夫。"他回答。

他们都等着希尔达从车里出来。可希尔达却关上了车门，坐着纹丝不动。

"那是我姐姐希尔达。你过来跟她说句话吗？——希尔达！这位是梅勒斯先生。”

那猎场看守抬抬帽子,但没有移动脚步。

“跟我们一起步行上村舍里去吧,希尔达,”康妮恳求道,“离这儿不远。”

“那,车怎么办?”

“人们常把车停放在小路上。你锁上车,拿好车钥匙。”

希尔达不语,还迟疑着。然后她朝后看看那小路,问:“我能在那片灌木丛那儿掉个头吗?”

“行啊!”那看守说。

她围着灌木丛缓缓倒车,倒到从大路上看不见的地方,把车锁上后出来了,这时天彻底黑了,但天空是澄澈的。荒废的小路旁,篱笆墙很高,上面的树篱疯长着,看上去黑魆魆的一片。空气中弥漫着一股甜丝丝的清香。看守走在前面,后面跟着康妮,最后是希尔达,三人都一言不发。他用手电照着难走的路段,通过后继续朝前走。走着走着,一只猫头鹰在橡树上轻声叫起来,弗洛西在周围打着转。谁也不说话,因为无话可说。

走了一程,康妮总算看到了房子里亮着的黄色灯光,心跳立即加快了。她有点害怕。他们仍然排成一路纵队向前走着。

他开了门,把她们请进了那个温暖但空旷的小屋。壁炉里燃着红红的文火,餐桌上摆好了两个盘子和两个杯子,第一次铺上了洁白的桌布。希尔达晃晃头发,四下里打量着这个空旷沉闷的房间,鼓起勇气去看那男人。

他中等个儿，身材瘦削，她觉得他模样挺好看。他沉默地与别人保持着距离，似乎十分不愿意说话。

“坐吧，希尔达。”康妮说。

“请！”他说，“我是给你们沏茶呢还是弄点别的什么？要么喝杯啤酒吧，不过就是有点凉。”

“啤酒吧！”康妮说。

“我也要啤酒，谢谢！”希尔达故作羞涩地说。他看看她，眨了眨眼。

他拿起一只蓝色的壶，脚步沉重地到厨房里去。拿了啤酒回来时，他脸上的表情又变了。

康妮在门边上坐下来，希尔达则坐在了他的位子上，背靠着墙，面对着窗边的角落。

“那是他的位子。”康妮轻声地说。希尔达闻之立即站了起来，似乎那椅子烫着她了。

“甭动，坐着！爱坐哪个椅子就坐哪个，我们这儿可没有谁是大熊。”他十分平淡地说。

他给希尔达拿来一只玻璃杯，从蓝壶里第一个给她倒啤酒。

“香烟我这里没有，”他说，“你要是带着就抽自己的，我自个儿不抽烟。要吃点什么吗？”他转头问康妮，“我给你拿点什么吃的不？你平常总要吃点啥。”他说起土话来是那么平静自信，好像他是这小客栈的店主似的。

“有什么吃的？”康妮红着脸问。

"煮火腿、奶酪、腌核桃,就这几样儿,不多。"

"行啊,"康妮说,"你呢,希尔达?"

希尔达抬头看看他,轻声问:"你为什么说约克郡话?"

"那,那不是约克话,是达比话。"说着他看着她淡然一笑。

"原来是达比话呀!你为什么要说达比话呢?你一开始说的是挺自然的英语。"

"真的吗?我想换着口音说不成吗?算了,还是让我说达比话吧,那更适合我。你不腻烦吧?"

"听着有点做作。"希尔达说。

"没准儿是吧!可是在特瓦萧,你的腔调儿倒显得做作呢。"他又看看她,露出揣度的眼神,似乎是在说:"嘿,你何许人也?"

然后他到食品间去取食物。

两姐妹默默地坐着。他取来另一只盘子,还有刀叉,说:"你们不觉得热吗?我可要把外套脱了,我平常就这样。"

他脱了外套,挂在衣钩上,然后只穿着衬衣坐下,那是一件奶黄色的法兰绒薄衬衣。

"随便些!"他说,"随便!别等别人请!"

他切了面包,然后纹丝不动地坐着。希尔达像康妮当初那样,感到了他沉静和冷漠中的力量。她看到他那只小而敏感的手随意地搭在桌子上,看得出他不是一个简单的劳动者,才不是呢,他是在表演!表演!

"不过——"她取了一小片奶酪说,"如果你对我们说规范的英语而不是土话,那样更自然些。”

他看看她,感到她身上有一股魔鬼般的意志。

“是吗?”他改说正规的英语了,“会吗?我们之间说的哪些话算得上自然?恐怕只有你说你希望我下地狱,让你妹妹永远不再见我,然后我再说些不怎么愉快的话反击你。除此之外还有哪些话算得上自然?”

“哦,对了!”希尔达说,“良好的举止本身就很自然。”

“那是所谓的第二天性!”他说着笑了起来,“可别!我厌倦了礼节。还是让我顺其自然吧!”

希尔达明显感到困惑了,她反感到了要发怒的程度。说到底,他应该表示自己感到荣幸才是。他不仅没有表示,还装腔作势、自视甚高,倒好像是他给别人面子似的。简直是无礼!可怜的康妮,糊里糊涂地让这个人控制住了!

三个人默默地吃着。希尔达注意观察他在餐桌上举止如何,不禁感到,这个人本能地举止细腻,比她自己的教养都要好。她有点苏格兰人的笨拙。还有,他具备了英格兰人所具有的恬静、内敛和自信这些全部的品性,无可挑剔。想把他比下去可难。

但他别想占她的上风。

“你确实认为,”希尔达颇有点人情味地说,“值得冒这险吗?”

“什么值得冒什么险?”

“和我妹妹的这种越轨行为?”

他生气地冷笑道:“你去问她吧!”说着他看看康妮,“那是你自己乐意，对不，小妹？不是我强迫你的吧？”

康妮看看希尔达说：“我希望你不要挑毛病，希尔达。”

“本来我是不想这样的。可人总是要考虑问题的。人的生活中总该有什么是一成不变的，不能把事情弄得一团糟吧。”

一时间大家都不说话了。

“哦，一成不变！”梅勒斯说，“那是什么意思？你的生活中有什么是一成不变的呢？我听说你在离婚。那还有什么不变可言？要说有不变，是你的固执没变。我能懂的就这些。可那对你有什么好处呢？你会在变老之前就厌倦了你的一成不变。一个固执的女人，加上她的任性，嘿，那足以让你一成不变，没错。谢天谢地，我和你的事没关系。”

“你凭什么这么对我说话？”希尔达说。

“凭什么？你凭什么要把别人拴在你的一成不变上？让别人管自己变不变的事去吧。”

“我的男子汉，你以为我关心你吗？”希尔达轻声道。

“还别说，”他说，“你关心。因为这是没办法的事。你怎么着也算是我的妻姐。”

“离那还早着呢，我实话跟你说。”

“用不了那么久，我也跟你说实话。我有我自己的一成不变，跟你有一比！跟你没什么两样。如果你的妹妹找我是为了得到一点性爱和温柔，那说明她知道自己要什么。她已经上了我的床。而你没有，感谢上苍，因为你有你的一成不变。”一阵死一样的沉寂后，他又说，“唉，我还没有傻到把裤子穿反了的地步。如果天上掉馅饼，我会感谢我的命。一个男人能从那个姑娘那里得到很多快乐，这是从你这类人那里得不到的。这是件遗憾事儿，因为你本来可以是一只好苹果，而不是一只中看不中用的酸苹果。你这样的女人需要适当地嫁接一下。”

说话间他冲她露出一丝怪笑，带着些许欲望，同时又是在表示对她的欣赏。

“像你这样的男人，”她说，“就该隔离起来，算是对你们的粗俗和私欲的惩罚。”

“嘿，夫人！万幸的是世界上还剩下了几个我这样的男人。你才是理应受到惩罚，落到孤家寡人的田地呢。”

希尔达听到这话立即站起身走到了门口。梅勒斯也站起来，从衣钩上拿下自己的外套。

“我可以孤家寡人地找到自己的路。”她说。

“我怀疑你不能。”他顺口说。

他们又默默地走在小路上，这次没了队形。猫头鹰依旧在叫着，他真想给它一枪。

车子仍停在那里，毫发未损，只是沾上了露水。希尔达进去，开始发动车子。另外两个人在等着。

“我总的意思是，”她在车里说，“我怀疑你们将来会觉得这样做不值得，你们谁也不会觉得值。”

“一个人的佳肴或许是另一个人的毒药，”他在黑暗中说，“可对我来说这既是佳肴又是美酒。”

灯亮起来了。

“明天早上别让我等,康妮。”

“不会的。晚安,希尔达!”

车子缓缓地开上了大路,然后迅速开走了,四下里又恢复了宁静。

康妮小心翼翼地挽起梅勒斯的手臂,两人走上了小路。他不语,还是她拉住他,喃喃道:“吻我!”

“别,等等!让我消消气儿。”他说。

这话把她逗乐了。她仍然挽着他的手臂,两个人默默地快步走在小路上。她跟他在一起是那么高兴。一想到希尔达差点把他们拆散了,她不由得打了个寒战。而他则不可思议地沉静着。

进了村舍后,康妮快活得几乎要跳起来,她总算是摆脱了姐姐。

“不过你对希尔达也太不客气了。”她对他说。

“她这人欠抽嘴巴。”

“她怎么了?挺好的呀。”

他没有回答,在屋里忙着做家务,一举一动都是很沉稳。他表面上很恼火,但不是冲她,康妮这样觉得。他愤怒,但愤怒的原因是他爱她。这种生气的样子让他显得越发英俊,某种内在的光泽令她的肢体酥软。但他仍然没注意她。

直到他坐下开始解鞋带,抬头看她时,眉宇间依旧锁着愤怒。

“你上楼吗?”他问,“这儿有蜡烛!”他说着点点头示意她去拿桌子上燃着的蜡烛。她顺从地拿了蜡烛上楼，他则盯着她上楼梯，烛光映出了她臀部完美的曲线。

这是一个激情四射的夜晚，她有点吃惊，几乎有点不情愿。可她再次被肉体的强烈快感穿透了，这与温柔的快感不同，尖锐、恐惧，但在那一刻让她求之不得。尽管有点惊骇，她还是由他去，那鲁莽无耻的肉欲彻底震撼了她，将她剥得一丝不挂，使她脱胎换骨，成了另一个女人。那说不上是爱了，也不是情欲。那是肉体欲望，如同火焰一样灼烧着她，直到将灵魂烧成灰烬。

烧去羞耻感，那根深蒂固的最古老的羞耻感，在那最为隐秘的地方。任他行其道，顺从他的意志，她要付出很多。她得被动屈就，如同一个奴隶，一个肉体的奴隶才行。可是激情之火在舐着她的身体，吞噬着她，当那肉欲的火焰穿过她的心胸和五脏六腑时，她真觉得自己要死了，那是一种刻骨铭心的美妙之死。

她曾经对阿伯拉尔的话百思不得其解，他说在与海洛伊丝[1]相爱的岁月里，他们两个经历了激情的所有燃点，体验了激情的所有微妙之处。同样的东西，几千甚至几万年前就有了！在古希腊的花瓶上，到处都绘着这些东西！激情的微妙之处，肉感的盛筵！要紧的是，永远都要紧的是，把虚假的羞耻感烧个干净，把肉体里最沉重的杂质熔化，净化，用纯粹的肉欲之火。

1　这是一对著名的情人。阿伯拉尔（1079—1142）是一位牧师和神学家，海洛伊丝（1098—1164）与他发生爱情后做了修女。阿伯拉尔曾写道："在我们做爱时，不放过任何爱点。"见《阿伯拉尔与海洛伊丝书信》（1925年版）。

在这个短暂的夏夜里，她懂得了许多。原以为女人会因着羞耻而死，可对她来说则是羞耻死了。羞耻就是恐惧，体内深处器官的羞耻，古老而又古老的肉体上的恐惧蜷缩在我们身体的根底，只能被肉欲之火烧净。最终，它在男人阳物的猎捕下惊醒、被击溃。女人也随之来到自己的森林中央，她感到现在她是来到了自身天性的根底上，根本没了羞耻感。她就是她肉感的自我，赤裸着，毫无羞耻感。她感到自己胜利了，几乎算获得了一种荣耀。原来如此！这才是生命！人就该是这个样子！没有什么可掩盖、可羞耻的。她与一个男人，另一个生命，分享了她最终的赤裸。

而这个男人又是多么莽撞的魔鬼！真像个魔鬼！要忍受他，你非得坚强不可。可要到达那肉体丛林的中心并非易事，因为那是器官之羞耻感最后也是最深的隐身之处。阳物本身可以独自进行这样的探索。它是那样不由分说地挤压而入！她在恐惧中恨透了它！可这之后她真正地想要它了！现在她明白了，在她的灵魂深处，根本上她需要这阳物的猎捕，她暗自渴望它，相信自己永远不会得到它。现在它突然出现，一个男人在分享她最终的赤裸，她变得毫无羞耻感了。

诗人们之类的人简直就是骗子！他们让你觉得你需要情感。可人真正需要的是这种钻心、耗神甚至是恐怖的肉欲。找到一个敢为的男人，无耻、无罪恶感和丝毫畏惧地为之！如果事后感到羞愧，也让你感到羞愧，那才是可怕的事！可惜啊，优秀而充满肉感的男人是那么为数寥寥！可叹啊，大多数男人是那么鸡零狗碎、心怀羞耻，像克利福德那样！甚至像米凯利斯那样！他们两个人在肉欲上都有点像狗，而且自惭形秽。他们讲究精神上的快乐至高无上！可那对一个女人来说意味着什么呢？而对男人来说实际上又意味着什么！他甚至在精神上也变得杂乱无章，鸡零狗碎。精神要得到净化和推动，也需要纯粹的肉欲才行。纯粹如火的肉欲，而不是乱作一团。

哦，上帝，一个男子汉是个多么稀有的物件！男人们大多像狗一样窜来窜去，追腥逐臭，苟且交合。寻找一个男子汉，无畏也无羞的男子汉！现在她看着他，就像一个野性的动物那样睡着，睡得深沉。她蜷缩着躺下，但不离开他。

直到他的动静搅醒了她。他正坐在床上低头看着她。康妮在梅勒斯的眼神里看得出自己裸着身子，那是他对她最直接的反应。那目光流动着，男性眼里的她似乎从他的眼里流向她，令她浑身情欲四射。哦，四肢和身体半眠着，充满着激情，沉甸甸的，多么撩人心旌，多么美呀！

“是该起来了吗？”她问。

“六点半了。”

她得在八点钟的时候到小路口上去。人总是，总是这么被动！

“可咱们用不着这就起来。”她说。

“我可以去做早餐，端上来吃，好吗？”

“好啊！”

弗洛西在下面低声咕噜着。他起来，脱掉睡衣，用毛巾擦了擦身子。人勇敢无畏、生机勃勃的时候，那是多么美！她默默地看着他，心里这么想。

“拉开窗帘好吗？”

清晨的阳光已经照耀在嫩绿的树叶上了，不远处的林子一派郁郁葱葱。她坐在床上，透过老虎窗做梦般地朝外望着，赤裸的双臂将赤裸的双乳拢到一起。这时他正在穿衣服。她则在半梦半醒中憧憬着生活，与他在一起的生活，那才是生活呢。

他要离开，逃避她弯着腰的裸体，那是个危险的裸体。

“我把睡衣都弄没了吗？”她说。

他的手在床上摸索一通，拉出了一件薄薄的绸衣来。

“我觉得我脚腕上有绸子的东西来着。”他说。

那睡衣几乎被扯成了两半。

“没关系的，”她说，“是放这儿穿的，真的。我就把它留在这里。”

“欸，留在这儿。那我晚上睡觉时就把它夹在腿中间做伴儿。没牌子，没商标吗？”

“没有！不过是一件普通的旧衣服。”

说着她穿上那件破睡衣，依旧梦幻般地看着窗外。窗子开着，清晨的空气飘了进来，鸟儿的鸣啭也传了进来。鸟儿在窗前不停地飞来飞去。然后她看到弗洛西溜达出去了。是早晨了。她听到他在楼下生火，泵水，还出了后门。随后渐渐飘来煎咸肉的香味。最后他上楼来了，端着一个黑色的大托盘，那托盘大得足有门那么宽。

他把托盘放在床上，为她倒上茶。康妮身穿破睡衣，坐在床上，埋头吃起来。他则坐在椅子上，把盘子放膝盖上吃。

“真好吃啊！”她说，“一块儿吃早餐多好呀。”

他默默地吃着，心里想的是飞速而逝的时光。这让她想起什么来，便对他说：“我多么希望跟你待在这里，把拉格比甩到百万英里以外去吧！其实我这次走，是要离开拉格比。你明白，对吗？”

“欸！”

“你许下了愿说咱们将来一起住，一起过日子，你和我！你对我许了愿，是不是？”

“欸！只要我们能。”

“是的！咱们会那样的，会的，不是吗？”她说着向他倾过身子，抓他的手腕，结果茶都溢了出来。

“欸！”他答应着，顺手擦去溢出来的茶。

“咱们现在不住到一起就受不了，对吧？”她恳求道。

他抬头看看她，脸上闪过一丝笑意。

“是的！”他说，“可是你得在二十五分钟内离开了。”

“是吗？”她叫了起来。突然他伸出手指头警示她，然后站了起来。

弗洛西先是短促地叫了一声，然后狂吠三声发出警告。沉寂。他把自己的盘子放在托盘上，转身下了楼。康斯坦丝听到他走上了花园小径，门外有人按自行车铃。

“早上好，梅勒斯先生！挂号信！”

“哦,好! 有铅笔吗?”

“给!”

停顿片刻,那陌生人说:“加拿大!”

“欸! 是我一个哥们儿写来的,他在不列颠哥伦比亚。不懂他干吗要挂号。”

“没准儿是给你寄钱什么的。”

“倒像是向我要什么东西的。”

停顿片刻后那人说:“好啊! 又是个好天儿啊!”

“欸!”

“再见!”

“再见!”

过了一会儿他上楼来了,看上去带点怒容。

“是邮递员。”他说。

“真早啊!”她说。

“是乡下这一班,他每次来大多都是在七点钟。”

“你的朋友给你寄钱来了?”

“没有! 只是些照片和资料,是不列颠哥伦比亚的一个地方。”

“你要去那儿吗?”

“我想咱们或许可以去那儿。”

“好啊! 我相信那儿肯定很美!”

但那邮差的到来扫了他的兴。

“这些该死的自行车,一不留神他们就来到你跟前了。但愿他没看见什么。”

“他能看见什么！”

“你得起来，收拾停当了。我出去看看。”

她看着他走上小路去侦察，带着狗，背着枪。她下楼来，梳洗一番，等他回来时她都准备停当了，几样随身带的东西都收拾进了那个小绸缎包里。

他锁上门，两个人就出发了，不过是穿过林子，而不是走小路。他还是挺小心的。

“你觉得人一辈子里能有几次昨天夜里那样的活法？”

“是啊！可还有其他的日子要想想怎么过。”他简单地回了一句。

他们在草木丛生的小径上步履沉重地走着，他在前面，一言不发。

“咱们一定要住在一起，共同生活，好吗？”她恳求着。

“欸！”他回答着，自顾朝前大步走着，“什么时候呢？现在你要去威尼斯的什么地方了。”

她木然地跟随着他，心沉着。现在她是难舍难离！

他停住了脚步。“我就朝这边走了。”他指指右手边。

她张开双臂抱住他的脖子，紧紧地贴着他。

“你得为我留着你的温柔，好吗？”她喃喃道，“我爱昨天那一夜。可你得为我留着你的温柔。”

他亲了她，紧紧地抱了她一会儿，然后叹口气，又吻了她。

“我得去看看车在不在那儿。”

他蹚着低矮的荆棘和羊齿草走过去，在草地上踩出一道印子来。他去了一两分钟的光景，就迈着大步回来了。

“车还没来呢，”他说，“可是路上停着面包房的马车。”

他似乎为此感到焦虑烦恼。

“嘀！”他们听到汽车驶近时轻微的鸣笛声，车正缓缓地开上桥。

“她来了，去吧！”他说，“我就不过去了。去呀！别让她耽搁在那儿。”

康妮怀着一腔悲伤，跑上了梅勒斯刚刚在草地上踏出的路，一直跑到一道高大的冬青树篱跟前，他则跟在她身后。

“那儿！从那儿穿过去！”他指指树篱当中的一道缝隙说，“我就不出去了。”

她失望地看看他。他吻吻她，催她快过去。她痛苦地爬过冬青树篱和木栅栏，跳进一条浅沟里，然后上了小路，希尔达正一脸烦恼地从车里走出来。

“你怎么在那儿？他呢？”

“他没来。”

康妮拿着小包进到车里，已经是泪流满面。希尔达抓起摩托车头盔和风镜递给她，说：“戴上！”

康妮伪装好，然后又穿上一件骑摩托车时穿的长外套，这才坐了下来，看上去就是一个没了人样的动物，谁也认不出她了。希尔达很是有条不紊地发动了车子。汽车开出小路，上了大路。康妮朝后看看，但没发现他的身影。走吧，走吧！她流着苦涩的泪水坐在车中。分别是这么匆忙，这样意想不到，就像生离死别一样。

“谢天谢地，你要离开他一段时间了！”说着希尔达拐弯上路，躲开了克罗斯黑尔村。

17

“你知道吗，希尔达，”她们快到伦敦时，吃过午餐后康妮说，“你从来没有得到过真正的温存，也没有感受到真正的肉欲。如果你真得到过——从同一个人那里，那就大不一样了。”

“你饶了我吧，别显摆你的经验了！”希尔达说，“我还从来没有遇上过一个与女人相亲相爱、能为女人奉献自己的男人。我想的就是这个。我倒不贪图他们的温存和他们的肉欲，因为那是他们为了自己的满足才做出来的。我并不满足于当男人的小乖乖，也不愿意他想什么时候要我就要我。我要的是亲密无间，可我没得到这个。我是受够了。”

康妮掂量着这番话。亲密无间！她猜想这意思就是说要向别人坦白你的一切，那人也要向你坦白他的一切。可那多烦人呀。那种男女之间相处时的自我意识，那是一种病！

“我觉得你一直都太在意自己怎么样，不管跟谁在一起。”她说。

“我想我没有天生的奴性吧。”希尔达说。

“也许你有呢！或许你是你自我观念的奴隶。”

这个冒失的康妮，居然说出这样闻所未闻的无礼话来，希尔达听后一言不发，只顾沉默地开车。

可她还是气不过，沉默一会儿后开始反驳，说：“至少我不会为迎合别人对我的看法去当人家的奴隶。再说了，那个人还是我丈夫的下人。”

“可你知道，事实不是这样的。”康妮平静地说。

她总是被姐姐压一头。这个时候，尽管她内心里在哭泣，但她摆脱了其他女人的管束。哦，这本身就让她松了口气，如同被赋予了另一条命：摆脱别的女人陌生的管束和纠缠。那些女人是多么可恶啊！

跟父亲相见甚欢。她一直最受父亲的宠爱。她和希尔达住在伯莫尔街上的一座小旅舍里，马尔科姆男爵则住在他的俱乐部里。晚上他带女儿们出来逛逛，她们喜欢跟他一起上街。

他仍然相貌英俊，体格结实，但对周围耸立起的新世界有点怕。他续了弦，这第二个妻子是苏格兰人，比他年轻，也比他富有。可他尽可能地外出度假，就像与前妻相处时那样。

在剧院里，康妮挨着他坐。他已经有点发福了，大腿变粗了，但还是很强壮结实，那是一个享受过生活的健康男子的大腿。他快乐无私，独善其身，放纵肉欲而无悔，康妮从他那双挺拔结实的大腿上能看出这一切。真是个男子汉啊！可悲的是，他老了，在他那粗壮的男人大腿上再也看不到灵活敏感，看不到柔情，这些是青春的本质，是一旦长在那儿就不会失去的东西。

康妮让腿给唤醒了。在她看来，腿比脸重要，脸已经变得不再那么真实了。有两条生机勃勃、机敏灵活的腿的人太少了！她看看剧院正厅前排座位上的男人们。那些裹在黑笼屉布里的肥嘟嘟的大腿，或者形同木头棍的瘦腿，还有那些形状好看但毫无生气的年轻人的腿，四周伸着的这些腿没有肉感，没有柔情，也没有敏感，只是些平庸的腿而已。甚至还比不上她父亲的腿有肉感。这些腿都吓得退缩了，没了生气。

但女人们并没有吓住。看看大多数女人顸实的腿，着实惊人，杀人都够了！或者看看那些可怜的瘦腿！还有套在丝袜中的细长雅致但毫无生气的小腿儿！糟糕，这千百万条毫无意义的腿在四处毫无意义地伸展着！

康妮在伦敦并不快活。这儿的人似鬼影，空虚无聊。他们并不是真的幸福，不管他们显得有多活泼，模样有多标致。康妮自有一个女人对幸福的盲目渴求，要得到幸福的承诺，因此在她心目中整个伦敦都是荒芜的。

还好，在巴黎她仍能感到点肉欲。可那是怎样疲惫不堪的肉欲啊，因为缺少柔情，这种肉欲在苟延残喘。哦，巴黎真忧郁，是最忧郁的城市之一：厌倦了机械的肉欲，厌倦了挣钱的紧张，甚至对反感和傲慢都厌倦了，简直是厌倦到死了，但还不够美国化或伦敦化，机械的跳动掩饰不了厌倦！啊，那些雄赳赳的男人，那些流浪街头的人们，那些抛媚眼的人们，那些花天酒地的人们！多么无聊啊，他们！他们厌倦，疲惫，因为他们毫无柔情，既不给予，也得不到。那些精明强干但有时不失迷人的女人们懂得一星半点肉欲的真实性，在这方面她们比机械的英国姐妹们要强。可她们对柔情懂得更少。她们干枯，因着意志上无休止的紧张而干枯，她们也疲惫不堪了。人类世界正在衰竭下去。或许它会变得具有纯粹的破坏性。一种无政府状态！克利福德和他的保守无政府主义！也许它保守不了几天了。或许会发展成某种激进的无政府主义也未可知。

康妮觉得自己在萎缩，开始害怕这个世界了。偶尔她会开心一阵子，在大街上，在布洛涅森林或卢森堡公园里。可巴黎已经充斥着美国人和英国人了，这是些身穿古怪制服的美国人和常见的那种在国外没什么盼头儿、枯燥无聊的英国人。

车子继续向前开，这让她开心。天气突然热了起来，于是希尔达就开车穿越瑞士，穿过布伦纳山口，经过多罗麦山朝威尼斯而去。希尔达喜欢张罗，喜欢开车，喜欢当女主人。而康妮则乐于保持娴静。

这趟旅行确实很惬意。不过康妮一直在对自己说："我为什么不那么在乎呢？为什么我就没有真正兴奋起来？我居然对风景都视而不见，这简直是太可怕了！可我就是不能，这真可怕。我像圣伯纳德一样，渡过了卢塞恩湖，却没注意到青山绿水。我就是对风景不再感兴趣了。干吗要盯着风景看呢？干吗要看？我拒绝看那个。”

是的，她在法国、瑞士、蒂罗尔或意大利都看不到生机，她不过是坐车穿过那些地方而已，那些地方都比拉格比更不真实。比那个糟糕的拉格比还不真实！这让她觉得如果再也看不到法国、瑞士或意大利也没什么，因为它们让拉格比显得更真实了。

至于人们！人们到哪儿都一样，几乎无甚差别。他们都想从你这里得到金钱；如果他们旅行，他们都想得到快乐，必然要这样，就像从石头里挤血一样。可怜的山峦！可怜的风景！都得被压榨，压榨，压榨，都得给人们提供兴奋，提供享乐。如此决意要享乐，这样的人还能意味着什么呢？

不！康妮对自己说：“我宁可待在拉格比，在那儿我还可以四处溜达溜达，想安静待着就安静待着，用不着盯着什么看，或表演什么。这种找乐儿的旅行表演简直是可耻到无可救药的地步了，这种表演实在是一败涂地。”

她想回拉格比了，甚至回到克利福德身边去，那个瘫了的克利福德，比起这些熙熙攘攘度假的人们来，他至少还不算那么愚蠢。

但她内心深处却是和另一个男人相通的，她绝不要失去他，哦，绝不，否则她就会迷失，彻底迷失在这个骄奢淫逸的渣滓和寻欢作乐的小人组成的世界里。哼，这些贪欢的小人们，“自得其乐”！这是病态的现代版。

她们把汽车停在梅斯特雷[1]的一个车库里，从那里坐汽船去威尼斯。那是个明媚的夏日午后，浅浅的潟湖里泛着涟漪，在水一方的威尼斯在灿烂的阳光下身影暗淡。

在码头上她们换了一条平底船，把要去的地址给了船夫。那船夫长年在这里划船，他身穿蓝白相间的宽大罩衫，模样不怎么好看，一点也不引人注目。

“好！埃斯梅拉达别墅！好！我知道那地方。我给那儿的一位先生当过船工。离这儿可是有好一段路呢！”

这人看上去是个孩子气的莽撞家伙。他过分焦躁地划着船，穿过暗淡的运河支流，两岸的墙壁上长满了吓人的黏糊糊的绿苔。这种穿过穷人区的小河，河面上拉着绳子，上头晒着洗过的衣物，时而飘过或轻或重的臭水沟味儿。

最后她们总算来到了一条敞亮的运河上，岸边上有了便道，河面上有拱桥。这条河河道笔直，与大运河成直角相交。两个女人坐在小船篷下，船工则站在她们身后船尾的高处划着船。

“小姐们要在埃斯梅拉达别墅住上一些时候吗？”船工问。他一边轻快地划着船，一边用蓝白相间的手帕擦着脸上的汗。

“住二十几天吧。不过我们可都是已婚的太太了呢。”希尔达声音特别沙哑，令她的意大利语听着十分怪异。

“嘿！二十天！”那人说。停顿片刻他又问，“太太们这二十来

1　威尼斯西北十公里处的一座城市。

天里住在埃斯梅拉达别墅,要雇条船不? 按天或者按星期租都行。”

康妮和希尔达思量着。在威尼斯,总得有条自己的船才好,就如同在陆上要有辆自己的汽车一样。

“别墅里有什么船?”

“有一条摩托艇,也有一条平底船。不过——”这个“不过”的意思是:那条船并不专属于你。

“你怎么收费?”

大概是一天三十先令,或者一周十镑。

“平常都这么收吗?”希尔达问。

“便宜,太太,比平常便宜。平常的价钱是——”

姐妹俩想了想,希尔达说:“好吧,明天你来,早上来,咱们安排一下。你叫什么?”

他的名字叫乔瓦尼,他说他想知道具体在什么时间来,来后应该找谁。希尔达没名片,康妮给了他一张自己的名片。他迅速地扫了一眼,那南欧人的蓝眼睛里目光火热,然后又看了一眼,眼睛一亮,道:“啊,原来是尊贵的夫人,是吧?”

“尊贵的科斯坦扎夫人!”康妮说。

他一边点着头,重复着“科斯坦扎夫人!”一边把名片悉心地揣进外衣里。

埃斯梅拉达别墅离威尼斯很远,坐落在齐奥嘉[1]附近的湖边上。

---

1 威尼斯以南三十公里处的一座港口,建在潟湖的一座岛上。

房子历史并不悠久，但是惬意，平台面对着大海，下方是一座大花园，浓荫密布，围墙建在湖边。

这座房的主人是个大块头，有点粗俗的苏格兰人，战前在意大利赚了一大笔钱，战争中因为表现得十分爱国，所以被封了爵。他的妻子是瘦弱苍白、出言尖刻的那种人，自己没有财产可管理，但不幸的是却要管着丈夫，约束他那些肮脏的拈花惹草行为。他是个难伺候的人，把仆人们折腾得够呛。不过自打上个冬天轻微地中了一次风之后，他现在好伺候多了。

别墅里住满了人。除了马尔科姆爵士和他的两个女儿，还住了另外七个人：一对苏格兰夫妇，也带着两个女儿；一位年轻的意大利伯爵夫人，是个寡妇；一位年轻的格鲁吉亚王子；还有一位还算年轻的英国牧师，他患过肺炎，在亚历山大男爵这里养病，顺便在此做牧师。那格鲁吉亚王子一文不名，但模样英俊，外加厚颜无耻，当私家车司机还不错。还有——算了，不说他了！那伯爵夫人是只文静的小猫，在什么地方有自己的产业。那牧师是个头脑简单、没什么经验的白金汉郡教区牧师，把妻子和两个孩子留在了家里，还算幸运。格思里一家是殷实的爱丁堡中产阶级，实实在在地享受一切，只要没什么风险，什么都敢做。

康妮和希尔达立即就决定不搭理那个王子。格思里一家大概和她们同类，挺实在，但了无情趣，两个女儿正待字闺中。那牧师倒是个不错的人，就是过于谦恭了点。亚历山大男爵患了轻微的中风后，快乐时也显得十分笨拙，可这里聚集了这么多漂亮女人还是让他兴奋不已。他妻子库珀夫人是个娴静如猫的人，总也快活不起来。这可怜的人儿看每个女人的眼神都是那么警觉，这几乎成了她的第二天性。她还时不时地说上几句冷淡刻薄的话，以表示自己对人性报以全然蔑视的态度。对下人她也是颐指气使，态度恶劣，不过就是表现得不那么张扬罢了，这一点康妮看出来了。她巧言令色，让亚历山大男爵觉得他自己是这个地方的主子。希尔达则说他脑满肠肥、故作幽默，开的都是无聊的玩笑。

马尔科姆爵士在画画。不错，他仍然时不时地想画一张威尼斯湖景，这样的景色与他的苏格兰风景形成了鲜明的对比。所以一大早他就带着一大块画布划船出去，到他的“点儿”上去。过一会儿，库珀夫人会坐船去市中心，随身带着画簿和颜料。她是个执着的水彩画家，于是家里就挂满了玫瑰色的宫殿、光影暗淡的运河、高耸的拱桥、中世纪的建筑物等等。再晚一些，格思里一家、那王子、那位伯爵夫人、亚历山大男爵，有时候还包括林德先生，就是那位牧师，会到利多岛的浴场去，在那儿洗海水浴，然后在午后一点半的时候回来吃午饭。

为住宿的客人举办的聚会无聊透顶。但她们姐妹两人倒无所谓，因为她们总是在外面活动。她们的父亲带她们去看画展，好几英里长的绘画把人看得心烦。他还带她们到凯塞别墅去看他的老朋友。炎热的晚上，他和她们一起去热闹的广场，在附近的弗洛里安咖啡馆喝咖啡，还带她们去剧院看哥尔多尼[1]的戏。水上游乐场灯火辉煌，人们在轻歌曼舞。这里是所有度假胜地中的度假胜地。利多岛上充斥着晒红了的或穿着睡衣裤的肉体，看上去就像一海滩浮出水面来交配的海豹。广场上人头攒动，利多岛上人类的肢体拥挤不堪，太多的游船，太多的摩托艇，太多的汽船，太多的鸽子，太多的冷食，太多的鸡尾酒，太多讨小费的仆人，太多的语言在聒噪，太多太多太多的阳光，太浓重的威尼斯味道，一船又一船的草莓，太多的丝绸披肩，摊位上太多的切成大片牛排似的西瓜，总之，太多的享乐，享乐得没边儿了！

康妮和希尔达穿着夏装到处逛。她们认识不少人，也有不少人认识她们。米凯利斯突然出现了，很是不合时宜。"嘿！你们住哪儿呀？来，吃点冷食什么的吧！坐我的游船上哪儿转转吧。"甚至连米凯利斯都晒红了呢，不过说烤红了更符合这堆人肉的颜色。

从某一方面说，这样挺惬意的，几乎算得上享乐了。可就是让人觉得，喝鸡尾酒，泡在温水里，在烫人的沙滩上晒滚烫的太阳，在炎热的晚上跟别人肚皮贴肚皮跳爵士舞，用冷食来冷却自己，这种日子简直是一服麻醉剂。那正是人们想要的麻醉剂：缓慢的水流是麻醉剂；阳光是麻醉剂；爵士乐是麻醉剂；香烟、鸡尾酒、冷食、苦艾酒，都是麻醉剂。麻醉自己！享乐！享乐！

---

1 卡洛·哥尔多尼（1707—1793），威尼斯著名剧作家。

希尔达有点喜欢被麻醉的感觉。她喜欢观察所有的女人，揣摩她们。女人对女人总是很在意的。她长相如何？捕获了什么样的男人？她从中得到了什么乐趣？而男人们则像穿白色法兰绒裤子的大狗，等着人来拍打爱抚，等着打滚撒欢儿，等着跳爵士舞时蹭女人的肚皮。

希尔达喜欢爵士舞，因为跳起舞来她可以用自己的肚皮蹭某些所谓男人的肚皮，让他带动自己从舞场中央向四处游移，然后她想什么时候停就停，可以不再理会"那东西"。那男人纯粹是被利用一把。

可怜的康妮就挺不开心的。她不跳爵士舞，因为她无法让自己的肚皮贴到某个"家伙"的肚皮上。她痛恨利多岛上那几乎是裸体群聚的场面，似乎那里的水都不足以把这些肉体沾湿。她不喜欢亚历山大男爵和库珀夫人，也不喜欢米凯利斯或别的什么人的追逐。

最开心的时候是她和希尔达一起穿过潟湖，远远地去某个僻静的鹅卵石海滩，在那儿她们可以把游船泊在礁石后面，安静地沐浴。

乔瓦尼又找了一个船工来帮忙，因为路太远了，他让太阳晒得大汗淋漓。乔瓦尼是个好人，像一般的意大利男人一样热情，但没什么激情。意大利人没有激情，因为激情需要很深的底蕴。他们很容易感动，时常表现出热情来，但他们很少有任何持久的激情。

乔瓦尼就是这样的人。他对两位夫人尽心尽力，就像他过去对无数贵夫人尽心尽力一样。他绝对十分乐意卖身给她们，只要她们想要他。他暗自巴望着她们要他呢，那样的话她们就会施舍给他大笔的礼金，这样的钱来得十分容易，他要结婚，正需要钱呢。他对女人们说起了他的婚事，她们挺爱听的。

他觉得过湖去某个僻静的地方或许就意味着有买卖做了，这买卖就是爱。所以他才找了个伙伴帮他——因为路太远，再怎么说人家也是两位贵夫人呢。两个贵妇，两条鱼！多上算呢！而且还是两位美丽的贵妇！他简直为此感到得意。虽说是那个大的夫人给钱使唤他，但他心里还是希望那个年轻点的太太选他做爱。她出的价也会更高。

他带来的伙伴叫达尼埃莱。他不是固定的船夫，所以他身上没有一点贩夫和男妓的痕迹。他是大运输船上的伙计，从各座岛上往威尼斯贩运水果和杂货。

达尼埃莱高大英俊，身材很好，圆圆的头上生着小而密实的淡黄色鬈发，脸庞颇具男性魅力，有点像狮子，蓝色的眼睛里目光深邃。他不像乔瓦尼那样热情健谈，也不嗜酒，只是安静地划船，显得轻松而有力，似乎是一个人在海上。太太们毕竟是贵妇，跟他没什么可谈的，他甚至都不看她们，眼睛只往前看。

他是个真正的男人，乔瓦尼一喝多了酒胡乱划桨他就有点生气。他像梅勒斯一样是个男子汉，不会屈身逢迎。康妮不禁可怜起那个过于谄媚的乔瓦尼的妻子来。而达尼埃莱的妻子肯定是人们常见的那种甜美的威尼斯女人，住在迷宫一样的偏僻小街上，既贤淑又像花儿一样好看。

唉，多么可悲呀，先是男人让女人卖身，然后又是女人从男人这里买春。乔瓦尼像条狗一样垂涎三尺，巴望着卖身，把自己卖给哪个女人，就是为了挣钱！康妮眺望着远处的威尼斯，只见那座低矮的水城笼罩在一片玫瑰色中。那是用钱堆起来的城，靠着钱辉煌绚烂，也必将与金钱一同死去。金钱就是死亡！金钱，金钱，金钱，卖淫，死亡。

可达尼埃莱还算是个男子汉，能尽职尽忠。他没有穿游艇船夫们穿的那种宽松外套，只着一件针织的蓝色上衣。他有点野性、粗犷、自傲。也正因此，他成了那个谄媚的乔瓦尼的雇工，而乔瓦尼则是两个女人的雇工。世道就是这样！基督拒绝了魔鬼的金钱[1]，却让魔鬼当了银行家，掌管了一切。

沉醉地从灯火辉煌的潟湖回到住地，康妮发现几封家里的来信在等着她。克利福德定期给她来信，文笔之优美，足以印成书出版了。但也正因此，康妮觉得那些信了无情趣。

她整日生活在潟湖的光影中，周围的水是咸的，四周空旷虚幻，这种生活令她沉醉。健康，健康，在沉醉中活得健康。这日子挺惬意，她沉溺其中，乐而忘忧。还有，她怀孕了，现在她意识到了。于是，日光、咸湖水、海水浴、鹅卵石滩、拾贝壳、坐着游船漂流，这些带给她的沉醉最终和体内的身孕一起让她彻底迷醉了，怀孕本身就是

1　见《马太福音》第四章第八至十一节与《路加福音》第四章第五至八节。

另一种美满的健康,令她惬意而沉醉。

她在威尼斯住了两周了,还要再住上十天半月。阳光抹去了时间,肉体健康的美妙让她忘却了一切,她幸福得要昏头了。

是克利福德的一封信让她清醒了过来:

"我们这里也有点小小的热闹事儿。据说看林子的梅勒斯那个离家出走的老婆回村舍来了,但受到了冷遇。他将她轰了出去,然后锁了门。可听说他从林子里回来时,发现那个丰韵不再的女人大模大样地躺在他床上,一丝不挂,或者不如说是淫荡[1]。她打破了窗户,爬了进去。据说他怎么打她也无法把这个爱神维纳斯从他床上赶走,于是他只能偃旗息鼓,撤到特瓦萧他母亲家去了。从此斯戴克斯门的维纳斯就在村舍里安营扎寨,并号称那是她的家,而太阳神阿波罗就在特瓦萧落户了。

"我这是重复传言,因为梅勒斯并没有亲自来对我说过。我这些本地废话都是从博尔顿太太那儿听来的,她可是个废话鸟。要不是她叫喊说'要是那个女人在林子里出没,咱们家夫人可不要再去那儿了',我就不会重复这些话。

"我喜欢你寄来的马尔科姆爵士奔向大海的照片,他白发飘飘,粉红的皮肉闪烁着光泽。我嫉妒你享受那样的阳光,这里在下雨呢。可我不嫉妒马尔科姆爵士那极端根深蒂固的肉欲。不过,这倒符合他这个年纪的人的性格。很明显,随着年龄的增长,一

1　这两个词用的是拉丁文。

个人的肉欲会变强，但也越接近死亡。只有青春才懂得什么是不死——”

这则消息令沉迷于养尊处优的康妮烦恼，甚至愤怒。她现在不得不受那个禽兽女人的骚扰，她开始懊恼了！

她没有收到梅勒斯的来信，因为他们两个约好不相互通信的。可是现在她想听他亲自告诉她什么。无论如何他是将要出生的孩子的父亲，让他写信来！

一切都乱了套，这是多么可恶的事！那些下作的人是多么肮脏啊！跟英国中部地区的晦暗与混乱相比，这里是多么美妙，可以在阳光下如此慵懒。说到底，晴朗的天空几乎是生活中最重要的东西了。

她没有提到她怀孕的事，甚至对希尔达也没有。她倒是给博尔顿太太写了封信，打听确切的消息。

她们的一位叫邓肯·福伯斯的艺术家朋友从罗马北上，也来到了埃斯梅拉达别墅。现在游船上有三个游客了。邓肯同她们一起在湖这边沐浴，成了她们的卫士。他是个沉默寡言的男人，在艺术上很前卫。

康妮接到了博尔顿太太的来信，信上说：“夫人，我肯定你见到克利福德男爵会高兴。他看上去特别容光焕发，正努力地工作，很有希望。当然，他也盼着你回到我们中间来呢。这房子里缺了夫人就显得沉闷，所以我们都盼着夫人回来呢。

“关于梅勒斯先生，我不知道克利福德男爵同你讲了多少。好像他妻子是在哪天下午突然回来的，他从林子里回来时发现她正坐在门口的台阶上。她说她回到他身边来了，还想跟他在一起生活，因为她是他的合法妻子，他不能休了她。她这么说，是因为梅勒斯先生正想法子离婚。他跟她之间不会怎么着，他连屋都不让她进，他自己也不进屋，而是转身进了林子，再也没有开过门。

“可晚上他回家来时，发现有人闯进了屋。他上楼去查看她都干了些什么，却发现她正一丝不挂地在床上躺着呢。他要给她钱打发她走，可她说她是他老婆，他必须让她回家来不可。我不知道他们怎么打闹来着。这是他妈告诉我的，她简直为这事烦死了。梅勒斯对她说他就是死也不再跟她一起生活了，就这么着，他拿了自己的东西，直接就奔他妈在特瓦萧山上的家去了。过了一夜后，他是通过邸园到林子里去的，再也没有挨近过那村舍一步。看来那一整天他都没见他老婆一面。可第二天她去了贝格里她哥哥丹家，大吵大闹，说她是梅勒斯的合法妻子，可他居然在家里勾搭别的女人，因为她发现抽屉里有香水瓶，炉灰堆上还有金黄边儿的烟头儿呢。我就听说了这些。还有，好像邮差弗雷德·柯克说他一大早就听到梅勒斯的卧室里有人说话，路上还有汽车在等人。

“梅勒斯先生一直住在他妈家里，去林子里都是从邸园过去。看来那女人是一直住在家里的。反正闲话一直没断过。后来梅勒斯和汤姆·菲利普斯到村舍里去搬走了大部分家具和铺盖，拆了压水机的把儿，就这么着逼走了那女人。可她没回斯戴克斯门，而是去了贝格里，住在斯温太太家里，因为她哥哥丹的老婆不肯收留她。

她接连不断地去老梅勒斯太太家里，去堵梅勒斯，发誓说他跟她在村舍里同居了，还去找了律师，想让梅勒斯付给她生活费呢。她比从前胖了，更不怎么样了，可却像头牛一样强壮。她到处散布梅勒斯的坏话，说他怎么怎么在家里养别的女人，他们结婚后他怎么对她不好，对她像禽兽一般什么的，也不知道是什么意思。我肯定，女人一四处叨唠，什么恶心的话都会说的。不管她怎么粗俗，总会有人信她的话，让你怎么也洗不清恶名。我敢说，她说梅勒斯对女人像下贱的禽兽的话简直让人震惊。而人们往往对这种污蔑人的话宁可信其有，决不信其无，特别是那种事儿。她发誓说自己只要活一天，就让他不得安生。可我就说了，要是他待她如禽兽，她为什么还急着回到他身边呢？不过话说回来了，她是个快到更年期的人了，她比他大好几岁呢。那些普通人家的刁婆子们，一到更年期总是半疯半魔的——”

这封信给了康妮一个大大的打击，令她堵心。她在这儿如此生机勃勃的，却要成为那下贱肮脏的事情的一部分。她生梅勒斯的气了，气的是他居然没有摆脱那个伯莎·库茨。不，她气的是他居然跟她结过婚。或许他当初的确有点低俗。康妮想起之前与他度过的最后一夜，不禁颤抖起来。他甚至跟一个叫伯莎·库茨的一起体验所有那些肉欲，这真叫人恶心。看来最好还是甩了他算了，彻底甩了他。或许他真是个俗人，真是个低贱的人呢。

这桩事让她厌烦透了，为此她甚至羡慕起格思里家的女儿们，她们是那么不谙世故，那么天真无邪。她现在就怕什么人知道她跟那猎场看守的事。这事要是说出去多么丢人啊！她不安、害怕，感到特别需要别人的尊敬，甚至那俗气无比的格思里家女儿的尊敬都行。如果克利福德知道了她的风流韵事，那将是一种多么难言的耻辱呀！她怕，让社会和污秽的流言吓破了胆。简言之，她吓得魂不附体了。

至于那瓶香水，那是她的过错。她忍不住要往他抽屉里的一两块手帕和衬衫上洒香水，只是淘气而已。她把半瓶野紫罗兰香水留在了那儿，是想让他闻到香水就想她。而那些烟头则是希尔达留下的。

她忍不住向邓肯·福伯斯说了自己的秘密。不过她没有说自己是那看守的情人，只说她喜欢他，并对福伯斯讲了他的身世。

“哦，”福伯斯说，“你等着瞧吧，那些人不把那个人整垮了是决不会善罢甘休的。他有机会但拒绝跻身中产阶级，他非要在性事上特立独行不可，那他们就非毁了他不可。他们最不能容忍的事就是对性这东西坦白公开，他们觉得那比什么都脏。其实是，你越是玷污性，他们才越高兴呢。可如果你在性观念上执着，让他们无法玷污，他们就要毁灭你。人们有一个疯狂的禁忌，那就是不允许把性看成是自然的生命。他们不这么认为，也不让你这么认为，否则就要杀了你。你就等着瞧吧，他们非把那个人毁了不可。他到底干了些什么呢？说他跟他老婆行房时做得过分了，难道他没这个权利吗？他老婆应该为此感到骄傲才是。可你瞧，就连这么一条下贱的母狗都会反咬一口，利用俗众对性的仇视来毁灭他。对性这东西，得先鬼鬼祟祟、羞羞答答一番并感到可怕，然后才会被允许做。哦，他们非把那可怜的家伙毁了不可——”

康妮现在想法变了。他到底做错了什么呢？他对康妮所做的，给她带来的是美妙的欣愉，是一种解放的感觉。他给了她生命，让她热情、自然的性的潮水奔腾了起来。就因为这个，人们才要毁灭他。不，不，不应该这样。她眼前浮现出他的模样来：赤条条白皙的身子，脸和手臂晒得黑红，低着头冲自己的阳具说着话，似乎那是另一个生命，脸上还闪烁着奇特的笑容。她又听到了他的声音：你有女人里最好看的屁股！她还感到他的手热情温柔地攥着她的臀，抚摸着她的私处，像是在祝福。想着想着，一股热流从她子宫里淌过，膝间蹿起小小的火苗，她对自己说：“哦，不，我决不能放弃这个！我决不能放弃他。我必须依恋他，守住好不容易从他那里得到的一切。是他给了我热量和燃烧的生命，在那之前我没有这些东西。所以我决不放弃。”

然后她做了件冒失的事。她给艾维·博尔顿发了一封信，里面夹了一张字条给那看守，请博尔顿太太交给他。她写道：“我听说了你妻子给你惹的麻烦，为此很是难过。不过你不必在意，那不过是一种歇斯底里罢了，会过去的。不过我为此十分难过，我确实希望你不要太着急上火，为她根本不值得。她不过是个歇斯底里的女人，想伤害你。我将在十来天后回去，希望一切都好。”

几天后克利福德的一封信到了，很明显他不高兴了。

“听说你准备在十六号离开威尼斯，我很高兴。不过如果你在那里过得快活，就别急着回来。我们都想你，拉格比的人都想你。不过你应该享受足够的阳光，正像利多岛的广告上说的那样：身着睡衣沐浴阳光。所以，为了开心，也为了准备度过我们这边吓人的冬天，还是多住些日子吧。今天还下雨呢。

“博尔顿太太不辞辛苦，对我照顾得十分周到。她真是个怪人。我是越活越觉得人是多么奇怪的物件儿。有些人干脆像蜈蚣一样长着一百条腿，或者像龙虾长着六条腿。人们期望别人言行一致、富有尊严，可这些品质其实根本就不存在。甚至在自己身上有没有都值得怀疑。

“那猎场看守的丑闻不仅没结束，而且愈演愈烈，像雪球一样越滚越大。博尔顿太太一直在告诉我新的情况。她让我觉得她像条鱼，尽管不会说话，两鳃却在静静地通过呼吸传着闲话，只要她活着就会这样，什么都要从她的鳃里过滤一遍，对她来说没什么大惊小怪的，似乎别人的事是她呼吸必需的氧气。

“她对梅勒斯的丑闻很上心，只要我问问，她就会细说个不停，她最恨的是梅勒斯的老婆，她只叫她的名字伯莎·库茨，那愤愤然的样子倒像是个演员在演戏一般。我了解这世界上那些伯莎·库茨们肮脏的生活，从那肮脏的泥水里走出来，渐渐浮出水面，看看外面的阳光，我会惊诧，怎么会有这样的人和事。

“我觉得我们这世界的表面其实是海底，这感觉绝对正确。所有的树都是海底的植物，而我们是长满鳞的奇特海底生物，像虾一样吃的是废物。我们的灵魂只是偶尔气喘吁吁地浮出我们生活其间的无底深渊，来到以太[1]的表面，这里有真正的空气。我相信我们平时呼吸的空气是一种水，男人和女人是一种鱼。

“不过有时在海底捕食后，灵魂确实会上升，像海鸥一样狂喜地蹿入光明中。我想我们的品行命中注定是要让我们在人类的海底生活中，捕食水下的同族生命。但我们不朽的命运则是出逃，一旦我们吞噬了水中的猎物，就会再次浮到光明的以太中，从旧的海洋表面跃入真正的光明中。那时人才能认识到自己永恒的本性。

“听博尔顿太太说话时，我就感到我自己在向深渊中扎下去，扎下去。在那里，人类的隐秘之鱼扭动着，游走着。肉欲让人叼住一口猎物的肉，然后开始上升，再上升，从浓密处上升到以太里，从湿处上升到干燥地带。对你我可以说出这整个过程。可跟博尔顿太太在一起，我只感到在向下扎，向下恐怖地扎下去，扎进海藻中，扎进满是苍白鬼魂的海底。

“恐怕我们是要失去那个猎场看守了。他那个离家的老婆造成的丑闻不仅没有消弭，反倒闹得满城风雨，不可收拾。他被指责做了一系列难以言说的错事。奇怪的是，那女人怎么有本事争取到大多数矿工老婆们的支持，真是一群可怕的鱼，整个村子一片流言蜚语。

“我听说伯莎·库茨把村舍和林子里的小屋一通洗劫后又把梅

1 以太曾被认为是传导无线电波和电磁放射的媒质。这一概念在十九世纪被普遍接受，但随着相对论和场的发现，以太就成了陈旧的概念被抛弃。

勒斯堵在了他母亲家里。有一回她还在放学路上抓住了自己的女儿，女儿长得很像她妈。可那女儿不但没有亲她妈的手，而是咬了一口，于是她妈用另一只手在她脸上抽了一巴掌，打得她趔趄着掉进了路边的水沟里。是她奶奶气急败坏地把她救上来的。

“那女人还放了大量的毒气，详细地到处广播他们夫妻生活中的事，那些事本来应该严严实实捂着到死也不能说的。捂了十年后，她决定把这些事亮出来，真是千奇百怪哟。我是从林利和医生那里听说这些事的，医生对这些挺有兴趣。当然，说起来真的也算不得什么。人类总是对超常的做爱姿势有着特别的爱好，如果一个男人跟老婆做爱时采用的是本韦努托·切利尼[1]所说的‘意大利姿势’，那不过是人家的嗜好而已。问题是，我怎么也想不到我们的猎场看守竟然会玩如此多的花样儿。毫无疑问，是伯莎·库茨自己先怂恿他的。无论如何，那是他们自己不洁，不关其他人的事。

“可大家都听到了，比如我就听到了。如果在十几年前，一般的廉耻心就足以让他们不好意思这样。可现如今人们都寡廉鲜耻了，矿工的老婆们都闹将起来，出言毫不羞耻。看来过去五十年间特瓦萧的每个孩子都是圣胎，每个不信国教的女人都是一个光辉的圣女贞德。而我们那可敬的猎场看守居然会有点伟大的拉伯雷的做派，这似乎让人们觉得他比杀人犯克里平[2]还恐怖骇人。不过全面地

1 本韦努托·切利尼(1500—1571)，意大利著名金匠与雕塑家。此处指《本韦努托·切利尼回忆录》一书(1566年版)。

2 1910年间一个毒死妻子的人。

看，特瓦萧的人们也是淫荡的一群。

“麻烦的是，那穷凶极恶的伯莎·库茨并不只是诉说她自己的事和痛苦。她大声地叫嚷说她发现她丈夫在村舍里跟女人‘通奸’，而且随口就说了几个女人的名字出来，这让几个体面女人的名字沾上了污点。这事有点越闹越大了，弄得人们不得不对她下了禁令。

“我得同梅勒斯谈这件事，因为谁也无法阻拦那女人到林子里来。他还像往常那样晃悠着，摆出一副‘谁不拿我当人，我也不拿谁当人’的架势。可凭我的眼睛，一眼就看得出他感到自己像条尾巴上拴了个罐头盒的狗一样不自在，尽管他装作尾巴上没那盒子。我还听说，他从村里经过，女人们就把孩子往回叫，好像他是萨德侯爵[1]再世。他的神态很无礼，但我想那铁皮盒子是牢牢地拴在他尾巴上了，他像西班牙歌谣里的堂罗德里戈那样，心里不断地重复：‘我罪孽深重的地方在受着啃噬！’[2]

“我问他还能否完成林子里的活计，他说他不认为他忽略了自己的工作。我对他说那女人私闯进林子来是件麻烦事，他说他没有办法阻止她。我暗示他那丑闻令人不快。他说：‘嗨，人们都应该忙自己的房事，就没工夫传别人的闲话了。’

“他的话里透着苦涩，毫无疑问他说的是真话。但这种说话的

1　萨德侯爵（1740—1814），法国性幻想作家，“虐待狂”一词衍生于他的名字。

2　见《古代西班牙歌谣》，堂罗德里戈每经过一次性事，都要躺下让一条双头蛇咬噬，一头咬他的阳具，一头咬他的心脏。

方式既不文雅也不令人尊敬。我给了他足够的暗示，但我听到那铁皮盒子又开始响了起来。他说：‘以您这样的状况，克利福德男爵，不该嘲笑我裆里的那话儿。’

“这种话他对谁都这么说，没个分寸，这对他没什么好处。牧师、林利和布罗斯都认为应该让这个人趁早离开这里。

“我问他人们说他在村舍里与女人有染是否属实，他只说：‘那跟您有什么关系，克利福德男爵？’我告诉他在我的领地上我要求人们行为体面，他则回答说：‘那您就得封上那些女人的嘴。’我追问他在村舍里的所作所为时，他说：‘您当然可以编排我和我的母狗弗洛西的丑闻。有些东西是您没见过的。’这人如此少调失教，真是少见。

“我问他找个别的工作是否容易，他说：‘如果您是说要辞了我这份工，那倒是再容易不过了。’就这样，他对下周末离开毫无异议，而且还愿意主动把这份工作的经验传授给一个叫乔·钱伯斯的年轻伙计。我告诉他他离开时我会给他多发一个月的工资。他说不要我用这种方式安抚自己的良心。我问他此话怎讲，他说：‘您不欠我别的什么了，克利福德男爵，因此也用不着额外给我钱。如果您发现我不检点了，请指出来。’

“完了，这事暂时告一段落了。那女人走了，不知道去了哪里，但是只要她再出现在特瓦萧，就有可能遭到逮捕。我听说她非常怕被关进监狱，因为她够关起来的资格了。梅勒斯将在周六离开，这地方很快就会恢复正常。

“还有，我亲爱的康妮，如果你喜欢在威尼斯或瑞士住到八月初的话，我会很高兴你能躲避所有这些丑陋的喧嚣，这个月底这些就会差不多过去的。

“你看，我们都是深海里的妖魔，一旦有龙虾从泥沙上经过，它就会把水搅浑，弄得大家都不好过。我们对此得看开点儿。”

克利福德的信表达了他的愤慨，口气里没有任何一点同情，这让康妮心里难受。不过紧接着她收到了梅勒斯的信，看了信才算明白了克利福德的意思。

“真相大白了，一切都浮出了水面。你已经听说了吧，我的妻子伯莎回来了，遭到我的冷遇，就在村舍里住了下来。不客气地说，她从那小瓶科蒂香水里看出了问题。后来几天里她倒是没发现别的什么证据，只是冲着烧毁的照片大喊大叫。她在另一间卧室里发现了玻璃碴和衬板。麻烦的是，有人在衬板上画了一幅素描，画下面反复写了人名的缩写字头C. S. R。不过这倒没让她看出什么线索。但后来她闯进了林中小屋，发现你的那本名伶朱迪恩自传扉页上有你的签名Constance Stewart Reid。这下她算是抓住了证据，一连几天到处叫喊我的情妇就是查泰莱夫人。这消息最终传到了教区牧师和克利福德男爵那里，他们开始对我那忠诚的老婆采取法律措施了。她总是惧怕警察，从此就跑了。

“克利福德男爵派人来叫我，我就去了。他顾左右而言他，似乎在生我的气。后来才问我是否知道夫人的名字被人提起了。我说我从来不听那些丑闻，从克利福德男爵这里听到这话我感到吃惊。

他说这是一个巨大的侮辱。我对他说我洗涤间里的月份牌上有玛丽女王[1]的肖像，毫无疑问女王陛下就成了我后宫的一部分了。可他并不欣赏我的讽刺，干脆说我是个没有名誉的人，马裤扣子都不系四处游荡。我也干脆告诉他，他就是解开扣子也白解。于是他就解雇了我，我下周六就离开，从此这里再也没我这个人了。

"我要去伦敦。我当年的房东英格太太住在科堡广场十七号，她会给我提供一个房间，或者帮我找住处。

"可以肯定的是，一个人做了错事是掩盖不住的，特别是结过婚，而且老婆是叫伯莎的。"

信里一个字也没提到康妮，也没直接对康妮诉说。这让康妮反感，他怎么也应该说几句安慰的或宽心的话吧。但她明白，他是要给她自由，让她回拉格比府，回到克利福德身边去。这也让她反感，他用不着如此故作骑士状，她希望他这样对克利福德说："没错，她是我的情人，我的情妇，我为此感到骄傲。"可他还没那份勇气。

在特瓦萧，她的名字就这样和他联系了起来！眼下是一片混乱，但很快这混乱的场面就会过去。

让她生气的是，这种复杂和混乱造成的愤怒让她手足无措。她不知道该做什么，该说什么，所以她就无所事事，三缄其口。她在威尼斯生活依旧，和邓肯·福伯斯坐船出游、沐浴，任时光流逝。邓肯十年前就爱上她了，但未获芳心，现在又旧情重燃。可她对他说：

1　当时英国国王乔治五世的妻子。

“我对男人只有一个要求,那就是他们应该让我独享清静。”

于是邓肯就没有强求她,并确实为自己能这样做感到欣慰。与此同时,他内心里对她满怀着一腔特别的柔情,就是想陪伴她左右。

“你想过没有,”他有一天对她说,“人和人之间的接触是多么少。看看达尼埃莱!他那么英俊,如同太阳的儿子。可你看他有多孤独。我肯定他有家小,离不开他们。”

“那就问问他呀。”康妮说。

邓肯真问了。达尼埃莱说他结婚了,有两个孩子,都是男孩,一个七岁,一个九岁,说这话时他脸上一点表情都没有。

“或许只有那些能够真正与人共处的人才会有这种遗世独立的神态,”康妮说,“其余的人都多少有些黏糊糊的,他们得黏着别人才行,像乔瓦尼这样。”随后她心里说:“还有你,邓肯,也是这样病态的人。”

18

康妮该决定何去何从了。她打算在梅勒斯离开拉格比的那个星期六离开威尼斯，也就是说六天以后离开。这样她星期一就能到伦敦，然后就可以同他相见。她把给他的信寄到了他在伦敦的地址，请他将给她的回信发到哈特兰饭店，并在星期一晚上七点钟去那里相会。

她心里有种莫名而且难言的愤慨，气得浑身都麻木了，对希尔达她甚至也不愿意倾诉心事。她越来越沉默，让希尔达受了冷落，于是希尔达就开始和一个荷兰女人亲密交往起来。康妮讨厌女人之间的这种亲昵，觉得那令人窒息，可希尔达却总是沉溺其中。

马尔科姆爵士决定同康妮一起离开，邓肯可以同希尔达一起走。老艺术家养尊处优惯了，明知康妮不喜欢坐豪华车，还是买了东方快车[1]上的卧铺票。康妮认为那种豪华车里的气氛着实腐败堕落,可这趟车却能让她快点到巴黎。

一想到要回到妻子身边,马尔科姆爵士心里就惴惴不安。这毛病是从他第一个妻子那会儿就落下的。可是家里很快就要举办松鸡狩猎会[2],他要早点回去。康妮的皮肤晒得黑红漂亮,她坐在车里沉默不语,对车窗外的景色全然视而不见。

"回拉格比去觉得有点无聊,是吧。"看她脸色阴沉,父亲便问她道。

"我还说不准回不回拉格比呢。"她脱口而出,蓝蓝的大眼睛凝视着父亲的眼睛。父亲蓝蓝的大眼睛里露出惊诧来,是那种社会责任感不太强的人惯有的惊诧。

"你的意思是你要继续在巴黎住上一段时间?"

"不,我的意思是永远不再回拉格比了。"

他正为自己的一些小问题纠缠着,不希望为她的事分心。

"怎么这么突然?"他问。

"我要生孩子了。"

这还是她头一次对别人说这事,这标志着她生命的一个转折点。

"你怎么知道?"父亲问。

---

1 著名的豪华客车,从巴黎通往君士坦丁堡。自1919年起开始经过威尼斯。

2 每年八月十二日开始的狩猎,猎场主人邀请朋友开猎。

她笑了:“我怎么不知道!”

“可……可不是克利福德的孩子,那是肯定的喽?”

“不是!是另外一个男人的。”康妮开心地逗着他。

“我认识这个人吗?”马尔科姆爵士问。

“不,你从来没见过他。”

沉默了好一阵,父亲才问:“你有什么打算?”

“问题就是我不知道。”

“跟克利福德之间就弥合不了吗?”

“我想克利福德会要这个孩子的,”康妮说,“上次你跟他谈话后他告诉我,如果我有了孩子他不会介意,条件是我谨慎行事。”

“在这种情况下,这是他唯一能说的理智的话了。既然如此,我想就没什么问题了。”

“何以见得?”康妮凝视着父亲的眼睛说。父亲生着蓝色的大眼睛,和康妮的眼睛很像,但他的眼睛里透着某种迷惑不安的神情,有时看上去颇像个局促的小男孩,有时又显得阴郁自私,但一般情况下那眼神还是既快活又谨慎的。

“你能送给克利福德一个子嗣,续上查泰莱家族的香火,让拉格比有另一个准男爵。”说着马尔科姆爵士脸上露出些许肉感的微笑来。

“可我不愿意。”她说。

“为什么不?跟另一个男人纠缠上了?算了吧!如果你让我说真话,孩子,这就是真话。世界在继续,拉格比府在,还会继续存在。

这世界总的来说是不变的，而我们要做的是顺应它。私下里，以我个人之见，我们是可以寻找自己的欢愉的，历来如此。感情可以变，今年你喜欢一个男人，明年可以换一个喜欢。可拉格比还是拉格比呀。依附着拉格比吧，只要拉格比也依附着你，然后再说寻私欢的事。如果你跟拉格比断了，你得不到什么好处。如果你一定要断，也可以。你有自己独立的收入，这是唯一不会让你失望的东西，可数目不那么可观呀。所以还是给拉格比添个小男爵吧，这事儿挺有意思的。”

说完，马尔科姆背靠在椅子上，又笑了。但康妮没说话。

“我希望你最终找到了一个真正的男人。”他片刻后又说，那口气很是有一股肉欲的味道。

“没错。但麻烦也在这里。世上真正的男人太少了。”她说。

“是啊，是这么回事！”他思忖道，“是太少了！好啊，亲爱的，看你这样就知道那人是幸运的。但你肯定他不会给你惹麻烦吗？”

“哦，不！他完全让我自己拿主意。”

“好！好！真男人就该这样。”

马尔科姆爵士放心了。康妮是他最宠爱的女儿，他总是很欣赏康妮内在的女人气，她不像姐姐希尔达那样更多地随母亲。他也一直不喜欢克利福德。所以他开心，对女儿加倍温柔起来，似乎那未出生的孩子是他的孩子一样。

他同她一起乘车去哈特兰饭店，把她安顿好了，然后去他的俱乐部。她这个晚上不要他陪伴。

她发现了梅勒斯给她的信，信上说："我不去你住的饭店，我七点就在亚当街的金鸡咖啡馆外面等你。"

他就站在那里，瘦高的个子，身着正式的黑色薄礼服，一副淡然的样子。他天生与众不同，但没有康妮那个阶级的刻板。她一眼就看得出，他到哪里都能安身立命。他的教养天生高贵，确实胜过刻板的阶级标志。

"嘿，你来了呀，看上去气色真好！"

"当然了！可你的气色却不太好。"

她焦虑地看着他的脸。他瘦了，颧骨都凸出来了。但他的眼睛在冲她笑着，让她感到亲切。刹那间，她不再矜持了。有什么东西从他身体里流溢而出，让她内心里感到坦然快乐，像是回到家里一样。她立即表现出女人的快乐本能来，那就是"他快乐我就快乐"。威尼斯的所有阳光也没有带给她这种内心的开朗和温暖。

"你受惊了吧？"她在桌子对面坐下后问他。他太瘦削了，现在她看得更清楚了。他的手放在桌上，那样子是她所熟悉的，特别漫不经心，就像一头沉睡的动物那样搭在桌上。她真想把他的手拿过来亲一亲，但她没敢那么做。

"人总是很恐怖的。"他说。

"你很苦恼吗？"

"是的，就像往常一样苦恼，而且我知道这样是愚蠢的。"

"你觉得你像一条尾巴上拴着罐头盒的狗吗？这是克利福德说你的话。"

他看看她。此时她把克利福德的话告诉他是够残忍的，这让他的自尊心大受伤害。

“我想是吧。”他说。

她从来不知道他面对侮辱时心里有多么痛苦。

沉默了许久她又问：“想我吗？”

“你没卷进来，这让我心里好受多了。”

又沉默片刻，她才问：“可人们相信我们之间有那回事吗？”

“不！我一直不认为他们会相信。”

“那克利福德呢？”

“我想他也不会。他不假思索地就不提这事了，但那些传言让他再也不想见我倒是真的。”

“我要有个孩子了。”

他脸色立即大变，浑身都为之一震。他看她的目光暗淡了下来，那眼神令她不解，就像一个燃着暗火的精灵在看她。

“说你为此高兴啊！”她请求着伸手去抓他的手。她看得出他刹那间兴奋了一下，但这情绪却被什么莫名的东西压了下去。

“那是将来的事。”他说。

“可你不高兴吗？”她坚持说。

“我对将来持非常怀疑的态度。”

“你不用担心承担什么责任。克利福德会收养他，视为己出。他会感到高兴的。”

说这话时她看到他的脸色变苍白了，人也蔫了。他一言不发。

"那我就回到克利福德身边,给拉格比府添个小男爵了?"她问他。

他看着她,脸色苍白,神情淡漠,脸上露出一丝丑陋的苦笑来。

"你千万不要告诉他谁是孩子的父亲。"

"嗨!"她说,"即便告诉他了,他也会要这孩子的。只要我想告诉他,我就告诉他。"

他思忖片刻。"嗯!"他是在自言自语,"我想他也会要。"

他们沉默着,他们之间出现了一道鸿沟。

"可你不想让我回到克利福德身边去,对吗?"她问道。

"你自己想怎么样呢?"他反问。

"我想跟你一起生活。"她简言道。

听到这里,他情不自禁地感到五脏六腑里燃起了微弱的火来,随之垂下了头。他又抬起头,目光中透着恐慌,说:"只要你觉得值就行,我可是一无所有啊。"

"你比大多数男人都富有。这你知道的。"她说。

"在某一方面,我知道。"他停顿片刻,想着什么,然后又说,"人们常说我很多地方像女人,其实他们不懂。不能因为我不想射杀鸟儿就说我像女人,也不能因为我不想赚大钱或不思进取就像女人。我可以在军队里升官,轻而易举,可我不喜欢军队,尽管我能控制男人们,他们喜欢我,而且当我发起脾气来时他们很怕我。可不行,我不喜欢军队,因为那些愚蠢死脑筋的当官的把军队整死了,弄得愚昧、僵死。我喜欢男人,男人也喜欢我,可我不能忍受让那些满口胡言、傲慢无耻的人们统治这个世界。就因为这个，我才无法升迁。我恨金钱的无耻，也恨阶级的无耻。在这样的世界里，我能给一个女人什么呢？”

“为什么要给予什么呢？这不是在讨价还价。我们各自爱着对方，就这么简单。”她说。

“哦，不！比那要复杂得多。活着就意味向前进。我的生命决不要走进那种阴沟里去，决不。所以我就成了一滩废水。我无法让一个女人进入我的生活，除非我做点什么事，有点什么功名，至少心里想这样，这才能让我们两个人都有新鲜感。一个男人必须把自己生命中的某种意义给予女人，如果他的生命能独立，如果那女人是个真正的女人的话。我不能当一个依附你的男人。”

“为什么不能？”她问。

“不能，因为我不能。那样很快就会招你讨厌的。”

“你好像不信任我。”她说。

他的脸上又露出那种苦笑来。

“钱是你的，地位是你的，主意由你拿。我不能只是当你的男妾啊。”

“那你还是什么？”

“你尽可以这么问。是什么，不在表面上。我，至少对我自己来说挺重要的。我懂得我生存的意义，尽管我知道其他人不懂这个道理。”

“如果同我一起生活，你生存的意义就被削弱了吗？”

他停顿了很久终于说:"或许吧。"

她也思忖片刻才说:"你生存的意义到底何在?"

"我跟你说吧,那是看不见的。我不相信这个世界,不相信金钱,不相信升迁,也不相信我们文明的未来。如果人类必须要有未来的话,就得有一个巨大的变革才行。"

"那真正的未来是什么样呢?"

"天知道!我能感到我内心里有什么东西,混成一腔的愤懑。可那到底是什么,我不知道。"

"让我告诉你吗?"她凝视着他的脸道,"要我告诉你,你具备那些别的男人没有的东西,那将创造一个未来。要我告诉你吗?"

"那就说吧。"他说。

"那就是你有勇气表现你的温存。这么说吧,就像你把手放在我的臀部,说我长着一个好看的臀。"

他的脸上闪烁起笑意来。

"就那个呀!"他说。

他坐着想了一想说:"欸!你说得对。真是那么回事,完全是那么回事。我知道男人之间有这东西。我得跟他们有身体上的接触,不能没这个。我得在肉体上意识到他们,而且要对他们表现出点温情来,即使要把他们投入地狱。这是个悟性的问题,就像佛陀说的那样。可即使是佛陀,对肉体上的觉悟也表现得暧昧,对自然的肉体温情语焉不详。其实那才是最美的东西,甚至男人之间,以恰当的男人的方式表现出来,也是如此。它让人们真正像男人,而不是像猿猴。欸，温情，真的，确实是性的觉悟。性确实就是接触，最亲密的接触。可人们怕的也正是接触。我们只有一半觉悟，只是半死不活。我们得活起来，觉悟起来。特别是英国人，必须得相互接触了，细腻点，温柔点，这是我们最需要的东西。”

她看着他问：“那你为什么要怕我呢？”

他看了她好一阵子才说：“那是因为金钱，真的，还有地位。那是你心中的世界。”

“可我就没有一点温情吗？”她急切地问。

他看她的眼神开始暗淡迷离起来。

“有啊！时有时无，跟我一样。”

“可是你能不能信赖我们之间的温情？”她问，眼睛焦虑地凝视着他。

她发现他的脸色缓和了下来，解除了戒备。

“能吧！”他说。

沉默一会儿后，她说：“我想让你搂着我，想听你告诉我说你为我们要有孩子了感到开心。”

她看上去是那么可爱，那么温热，又是那么充满渴望，这模样令他的五脏六腑都为之躁动，想拥抱她。

“要我说咱们上我的房间去吧，”他说，“不过那又将是个丑闻了。”

她看到他那股满不在乎的劲又上来了，脸上洋溢着温柔的激情。

他们沿着偏僻的路朝科堡广场走去，他在一个住家的顶层上租了个房间，是间阁楼，有个煤气炉自己做饭。房间不大，但整洁像样。

她脱了自己的衣服，也让他脱了衣服。初孕的她，温柔光鲜。

“我不该打扰你。”他说。

“不！”她说，“爱我！爱我，告诉我你要收留我！说呀，你要收留我！说你永远也不会让我离开，不会让我去外面的世界，不会让我去任何别人那里。”

她爬近他，抱紧他消瘦但强壮的裸体，那是她唯一的家。

他双臂环绕着搂紧她，说：“那我就留着你，只要你愿意，我就留你。”

“说你为孩子高兴，”她重复着，“亲他，亲我的子宫，说他在那儿你很开心。”

这挺让他为难的。

“我很怕让孩子来到这个世界上，”他说，“我真替他们的未来担心。”

“可你把这孩子放进了我的身体里。对他温柔点儿，那就是他的未来了。亲他，亲他呀！”

他颤抖着，因为这话说得真。“对他温柔点儿，那就是他的未来了。”那一刻他感到了对这女人纯粹的爱。他亲了她的小腹，又亲了她的阴唇，还亲了她的子宫和子宫里的胎儿。

“哦，你爱我！你爱我！”她轻声叫着，那叫声恰似做爱时那盲目含混的叫喊。他轻柔地进到她里面去时，她感到那一股温柔的溪水从他的柔肠流淌而出，流进她的肠中，两个人的共情之火在柔肠中点燃了。

他进到她身体里去时，他明白他必须要这样做，就是要温柔地与她接触，同时不失去作为男人的骄傲和自我完美。说到底，她有钱有财而他一无所有，可他的傲气和诚实是不允许他因此吝啬温情的。"我要捍卫人与人之间肉体意识的接触和温情的接触，"他对自己说，"她是我的伴儿，我们是在与金钱、机器和世界上麻木的理念化兽性做斗争呢。她在帮助我。谢天谢地，我有个女人支持我！感谢上帝，这女人伴随着我，对我一腔柔情，心里有我。感谢上帝，她不是悍妇，不是傻瓜。感谢上苍，她是个温柔、善解人意的女人。"他在她体内播种时，他的灵魂也奔向了她，这是在创造，而不是简单的繁殖。

现在她决不要再跟他分开了，可具体怎么办还是个问题。

"你恨伯莎·库茨吗？"她问。

"别跟我提她。"

"要提，你必须让我提她，因为你曾经喜欢过她，你跟她曾经像跟我一样亲昵。所以你得告诉我。你跟她亲昵过，现在又这么恨她，这是不是很可怕呀？为什么会这样？"

"我不知道。她似乎一直在跟我作对，一直。她那可怕的女人的意志，她的自由，在跟我作对。一个女人可怕的自由会导致最野蛮的霸道！哦，她总是用她的自由来跟我作对，像往我脸上泼硫酸一样。”

“可她现在还是离不开你。她还爱着你吗?”

“不,没有!如果说她还离不开我,那是因为她那股邪火,她非想法子害我不可。”

“但她一定爱过你。”

“没有!不过,偶尔她也爱过。她是被我吸引了。我想,就连那个她都悔恨。她偶尔爱我一下,但总是要把那点爱收回去,然后开始欺压我。她最大的欲望就是欺压我,这毛病改不了。从一开始她的用心就错了。”

“或许她觉得你并不真爱她,她想迫使你爱她呢。”

“天啊,那也太恐怖了。”

“你并不真爱她,对吗?你那样对她。”

“我怎么会呢?我开始是爱她的,可她总是要毁了我。算了,别说这个了。这是命,的确是。她命中注定要这样。这次,如果能杀人,我会像杀一头白鼬一样杀了她,这个披着女人皮的该死的疯子!我恨不得杀了她,省得痛苦了!就应该允许杀她这样的人。一个女人变得一根筋了,就会跟所有东西作对,那才叫可怕,她就该杀。”

“可如果男人也变成了一根筋,是不是也该杀?”

“对,一样该杀!可我必须摆脱她,否则她就会再来缠我。我想告诉你,如果可能,我一定得离婚。所以咱们必须要小心,不能让人看见咱们在一起。如果她来折腾你和我,我可无法忍受。”

康妮在思考他的话。

“那我们就不能在一起了？”她说。

“六个月内不行。我想我能在九月份离成婚，然后到三月——”[1]

“可孩子没准在二月底出生呢。”她说。

他沉默一会儿才说：“我真想让克利福德和伯莎之类的人都去死。”他说。

“这话对他们来说可不够客气。”她说。

“对他们客气？对了，你能对他们做的最客气的事或许就是让他们死。不能再让他们活下去了！因为他们只会阻碍生命。他们内心的灵魂是可怕的，死对他们来说应该是件美事。就应该让我来射杀他们。”

“可你是不会干这事的。”她说。

“我会！比射杀一只黄鼠狼还容易呢。黄鼠狼好歹还好看，还孤僻。可他们却成群结队。哦，我要射杀他们。”

“或许是因为你不敢，你才这么说。”

“哼！”

康妮现在要考虑的事很多。很明显他想彻底摆脱伯莎·库茨，她觉得这是对的，最近这次的打击确实太沉重了。这就意味着她要

---

1 劳伦斯1913年曾对他未来的妻姐解释英国当时的离婚法为“中间裁定”，或称“日后生效的裁定”，即离婚裁定要等到六个月后无人提出异议才生效。所以梅勒斯为了保证离婚成功，决定在离婚后六个月内不与康妮相会，以免功亏一篑。

一个人独自等到春天。她会想办法让克利福德跟她离婚，可要怎么做呢？如果提梅勒斯的名字，那他的婚就离不成了。真可恶！一个人怎么就不能走得远远的，走到海角天边，从而摆脱一切？

可就是不能。现如今，地球的最边角离查令十字街[1]也不过才五分钟的路程。无线电广播正活跃着，因此就谈不上什么海角天边。达荷美[2]之类的国王们都在听伦敦和纽约的广播呢。

忍耐！忍耐！这世界是一个巨大复杂的机器，令人恐怖，如果想不被它撕碎，就得谨小慎微。

康妮对她父亲说出了秘密。

“你明白了吧，父亲，他是克利福德的猎场看守，不过以前在驻印度的军队里是个军官。只是他像C. E. 弗洛伦斯上校[3]一样，愿意再次当个普通士兵而已。”

马尔科姆爵士对那个著名的C. E. 弗洛伦斯上校不切实际的神秘主义一点也不同情。他看透了这种谦卑后面的哗众取宠，这种自我贬低实则是傲慢的表现，爵士最痛恨的就是这个。

“你那位猎场看守是打哪儿跑出来的？”马尔科姆爵士恼火地问。

“他是特瓦萧一个矿工的儿子，可绝对是一表人才。”

---

1 此处是伦敦的地标，以此为起点测量伦敦与其他地方的距离。这里还是伦敦地铁和铁路的交通枢纽。

2 西非国家贝宁的前称。

3 这个化名指的是T. E. 劳伦斯上校（1888—1935），人称“阿拉伯的劳伦斯”，曾于1922—1925年间在英国皇家空军里当一名普通飞行员。

这话让爵士艺术家更加生气了。

“我倒觉得他像个挖金矿的,”他说,“而你则明显是个容易开采的金矿。”

“不,父亲,不是那么回事。你看到他就知道了。他是个男子汉。克利福德一直因为他桀骜不驯而反感他。”

“很明显,他有不错的本能。”

马尔科姆爵士无法容忍的是,他的女儿和一个猎场看守闹出私通的丑闻来了。他倒是不在意他们私通,他在乎的是丑闻。

“我才不在乎那个家伙呢。一听就明白他能摆布你。可是看在上帝的分上,想想那些流言,想想你的继母,她怎么能接受这个!”

“我知道,”康妮说,“流言蜚语是可怕的,特别是你活在社会里的时候。他特别想离婚。我想我们或许可以说这个孩子是某个男人的,但不提梅勒斯的名字。”

“某个男人的！什么样的男人?”

“或许可以说是邓肯·福伯斯。他一直是我们的朋友,而且是个挺知名的艺术家,他其实是爱我的。”

“真是作孽啊！可怜的邓肯！这对他有什么好处?”

“我不知道。可他或许挺高兴呢。”

“他或许挺高兴?会吗?如果他高兴那才怪。可你为什么从来没跟他有染呢?”

“那不行！再说他也并不真想要那个。他只是喜欢我在他身边,但不必接触他。”

“天啊,这是怎样的一代人啊!”

“他最想让我做他的模特,让他画我。可我从来都不想干那个。”

“愿上帝保佑他!可他看上去潦倒得很,什么也干不成。”

“既然如此,你不会很在意有关他的闲言碎语吧。”

“天啊,康妮!这都是什么恶心的计谋呀!”

“我知道,这是很恶心。可我们还能怎么样呢?”

“计谋,诡计,诡计,计谋!真是活够了。”

“行了,父亲,如果你年轻时耍过许多计谋,你就别议论别人吧。”

“可我跟你们现在不一样,我保证。”

“总是说不一样。”

希尔达来了,听说了事情的新进展后也恼了。她也是无法容忍妹妹和一个猎场看守闹出公开的丑闻来。简直是太掉身价了!

“我们为什么不消失到不列颠哥伦比亚去,跟你们分开,省得闹什么丑闻了。”康妮说。

可那没用,丑闻照样会公开。如果康妮和那男人走,她最好能跟他结婚,这是希尔达的主意。马尔科姆爵士对此心里没底。这段私情或许会烟消云散吧。

“你想见见他吗,父亲?”

可怜的马尔科姆爵士,他才没这雅兴呢。可怜的梅勒斯更没兴趣。可他们还是见面了,两个男人单独在俱乐部的一个单间里吃了午餐，两个人都上下把对方打量了一番。马尔科姆爵士喝了不少威士忌，梅勒斯也喝了酒。他们一直在聊印度的事，梅勒斯在这方面知道得更多些。

整顿饭期间他们都在谈印度。直到上了咖啡，侍者下去了，马尔科姆才点上雪茄，诚恳地说："年轻人啊，我女儿怎么办？"

梅勒斯莞尔，反问："哦，爵士，什么怎么办？"

"你已经让她怀了你的孩子。"

"那是我的荣幸！"梅勒斯笑道。

"荣幸，上帝！"马尔科姆爵士"扑哧"一声笑出来，又变成了一个苏格兰人，露出淫荡的神情来，"荣幸！怎么样，啊？感觉好吧，孩子，是不是？"

"好！"

"我猜就是！哈——哈——我的女儿，像我！我从来都不放过纵欲的机会。尽管她母亲，哦，上帝！"说着他眼睛朝天看去，"可是你让她热起来了，是你让她热起来了，我看出来了。哈哈！她身上流的是我的血！是你点燃了她这堆干草垛。哈哈哈！我真为这高兴，我实话跟你说吧。她需要这个，哦，她可是个好女子，一个好女子呀。我就知道她会滋润起来，只要有他妈的一个男人能点着她！哈哈哈！一个猎场看守，嘿，我的孩子！要我说呀，你是一把偷猎的好手儿。哈哈！现在，说真的，我们现在怎么办呢？说真的，你该明白！"

说真的，他们没商量出个子丑寅卯来。梅勒斯尽管有点微醉，还是比那老爵士清醒。他让这场谈话尽量有点头绪,就是不怎么说话。

“你是个猎场看守!哦,你做得对!那场狩猎值得一个男人花功夫,对吗?试验一个女人,就得拧她的屁股。摸她的屁股就能知道她行不行,哈哈!我真羡慕你,孩子,你多大?”

“三十九了!”

爵士闻之不禁挑起眉毛来,“都那么大了!没事,看你这模样,还有二十年的好日子呢。哦,什么猎场看守不看守的,你是只斗鸡,我闭着一只眼都看得出来。你可不像那个该死的克利福德,一条胆儿小的狗,压根儿就没劲,压根儿!我喜欢你,孩子。我敢打赌,你那家伙好使,哦,你是只小斗鸡,我看出来了,你是个斗士。猎场看守!哈哈!哼,我可不敢把我的猎场托付给你看守!不过,你看,说真的,我们怎么处理这件事?这世界上到处都是些该死的老娘儿们。”

说真的,他们什么办法也没想出来,只是在男人的肉欲问题上达成了默契。

“听我说,我的孩子,如果我能为你做什么,你可以相信我。猎场看守!我的天,真有意思!我喜欢这样,哦,我喜欢。这说明我女儿有胆识。什么?你知道的,反正她有自己的收入,不算多,不多,但饿不着啊。而且我会把我的财产留给她的,看在上帝的分上,我会的。她应该得到,就冲她在一个老娘儿们的世界里表现出来的胆识,她就该得。我这七十来年就一直在努力摆脱老娘儿们的束缚,可就是摆脱不掉。可你是个男子汉，我看出来了。”

“您这么想，真让我高兴。别人常旁敲侧击地说我是一只猴子。”

“哦，他们肯定会这么说！我的好伙计，对那些老娘儿们来说，你除了是猴子还能是什么别的吗？”

他们愉快地分了手，分手后梅勒斯心里乐了一天。

第二天他同康妮和希尔达在一个偏僻的地方共进午餐。

“目前这情形真是丑陋，太可惜了。”希尔达说。

“我能从中得到不少乐趣呢。”梅勒斯说。

“我觉得在你们都能自由结婚生子之前应该避免有孩子。”

“可主却让我们过早地有了。”他说。

“我认为主跟这没关系。当然了，康妮有足够的钱养活你们两个，可这情形让人受不了。”

“可你用不着受什么吧？”他问。

“如果你与她同属一个阶级——”

“或者我干脆是在动物园的笼子里——”

大家都不说话了。

“我认为，”希尔达说，“她最好让另一个不相干的男人当共同被告，而你则完全脱离干系。”

“可我觉得我要敢作敢为。”

“我指的是离婚诉讼过程。”

他不解地盯着她。康妮还没敢对他提让邓肯介入的事。

“我听不大懂。”他说。

“我们有个朋友,他很可能同意当共同被告,这样你的名字就不必出现了。”希尔达说。

“你说的是个男人吗?”

“那当然了!”

“可她没跟其他男人——?”说着他不解地看着康妮。

“不,不!”她赶紧说,“只是一个老朋友,很简单的关系,没有爱情。”

“既然如此,那家伙为什么还要承担罪名?他没从你这里得到什么好处?”

“有些男人是有骑士精神的,他们并不只想从女人那里得到什么。”希尔达说。

“我倒要见识见识呢。那人是谁?”

“是我们在苏格兰孩提时代就结识的朋友,一个艺术家。”

“邓肯·福伯斯!”他脱口而出,因为康妮对他说起过邓肯,“可你们怎么嫁祸给他呢?”

“他们可以一同住在某个旅馆里,或者康妮甚至可以住在他的公寓里。”

“可我觉得这是小题大做,还得不偿失。”他说。

“你有什么别的办法吗?”希尔达说,“如果你的名字被提及,你跟你妻子就离不成婚了,那个人看上去就很难对付。”

“没辙!”他阴郁地说。

大家好久都说不出话来。然后他说:“我们可以一走了之。”

"可康妮走不成，"希尔达说，"克利福德名气太大了。"

这话让大家都泄了气。

"这世界就这样。你们如果想一起生活但不遭到迫害，就得结婚。要结婚，你们两个人都得先离婚才行。你们俩打算怎么办呢？"

他沉默了很久才问："你能帮我们什么？"

"我们得看邓肯同意不同意以共同被告的身份出现，然后我们必须要让克利福德与康妮离婚。你必须着手你离婚的事，而且你们俩得分开，直到都自由了再见面。"

"听上去像个疯人院。"

"也许是吧！还有呢，世界上的人会把你们当疯子，或许比那还坏。"

"还能坏成什么样？"

"把你们当罪人，我想。"

"真恨不得给这世界几刀子。"他咬牙道，然后一个人开始生起闷气。

"行了！"他终于说，"我全同意。这世界是个胡言乱语的傻子，谁也无法杀了它，不过我还是要尽我最大的努力。你们说得对，咱们是得尽量保全自己。"

他看着康妮，那眼神里透着羞愧、愤懑，一脸的疲惫和痛苦。他说："我的小囡囡！这世界要往你屁股上撒盐了。"[1]

1　此句源自成语"drop a pinch of salt on the tail of"，即教孩子在鸟尾巴上撒盐，以此捕鸟，意思是让谁落入圈套。这里可以理解为"这世界要害你了"。——译注

“我们不想让他们撤，他们就撤不成。”她说。

她把反抗世界的事想得轻松得多。

联系到邓肯后，他也想见见这个犯罪的猎场看守，于是他们四人一起吃了晚饭，在邓肯的公寓里。邓肯是个矮墩墩、黑皮肤、黑发直硬的人。他像哈姆雷特般沉默，但有着奇特的凯尔特人的傲慢。他画的都是些管状、瓣状和螺旋状的东西，色彩怪异，风格异常现代，但颇具力度，甚至有点纯粹形式和色彩的调调。可梅勒斯就是觉得这东西残酷，令人反感，但他不好说出口，因为邓肯的艺术观点近乎疯狂，艺术之于他是一种偶像拜物和宗教。

他们在画室里观摩着画，邓肯棕色的小眼睛一直在盯着另一个男人看着。他想听听一个猎场看守会说些什么。在这之前他已经知道康妮和希尔达的想法了。

“这纯粹是一种谋杀。”梅勒斯终于开口了。这话出自一个猎场看守之口，是邓肯绝然预料不到的。

“那谁被谋杀了呢？”希尔达语调十分冷淡地嘲讽道。

“我！它谋杀了一个男人全部的温情柔肠。”

这话令那艺术家顿生仇恨。他从另一个男人的话里听出了厌恶和蔑视。他对所谓“温情柔肠”这样的字眼是厌恶的。病态的情感！梅勒斯站在那，身材瘦高，神情疲惫，他凝视着画作时那若即若离的眼神，就像一只飞蛾在画布上跳动着。

“被谋杀的恐怕是愚昧，是伤感的愚昧吧。”那艺术家不屑地说。

“你这么看吗？我倒觉得这些管子和颤动着的铁波纹才是最愚不可及的，而且还挺伤感的，在我看来，它们表现了过多的自怜和神经质的自以为是。”

又一阵狂怒，艺术家的脸都发黄了。但他还是傲慢地沉默不语，把那些画都转过去面对墙壁。

“我想咱们还是去饭厅吧。”他说。

于是大家索然无味地鱼贯而出。

用过咖啡之后，邓肯开口道：“我一点不介意冒充康妮孩子的父亲，但有个条件，那就是她来给我做模特儿。这事我都想了好几年了，她总是拒绝我。”说这话时，他就像中世纪宗教裁判所的审判官，发出了最后恐怖的宣判。

“啊！”梅勒斯说，“你是有条件的啊？”

“那当然了！我只有这一个条件。”那艺术家话里有话，试图表现出对对方的不屑来。但他做得有点过分了。

“最好同时连我一起弄来当模特儿，”梅勒斯说，“最好把我们一起画进去，伏尔甘[1]和维纳斯罩在艺术之网中。在当猎场看守前，我曾像伏尔甘一样当过铁匠呢。”

“谢谢你了，”艺术家说，“我不觉得伏尔甘的模样让我感兴趣。”

---

1 罗马神话中，伏尔甘是火神，同时也是铁匠的保护神，他抓住了妻子维纳斯和情人战神马尔斯，用网把这对情人罩上。

“把他弄成管子形状,再给他打扮起来也不行吗?”

艺术家没有回答,他太傲慢,不屑再置一词。

这场聚会兴味索然,艺术家从此不再理会那另一个男人,只对女人们有一搭无一搭地说上几句话,似乎那是从他阴郁傲慢的内心深处挤出来的。

“你不喜欢他。不过他其实人挺好的,真的。他确实心地善良。”他们离开时康妮解释道。

“他是一只阴沉的小狗,脾气说上来就上来。”梅勒斯说。

“是啊,他今天表现不好。”

“那你去给他当模特吗?”

“哦,我真的不在乎了。他不会对我怎么样的。只要这能对我们共同生活有所帮助,我才不在乎什么呢。”

“可他只会在画布上糟践你。”

“我不在乎。他只是用绘画来表达对我的感情,那有什么?我不会让他碰我,绝不会。如果他用他那猫头鹰般的艺术眼光盯着我,就让他盯着好了。他可以把我画成许多空管子和波纹,那是他的事。他因为你说的那些话才不喜欢你的,你说人家的管状艺术是自作多情和自以为是。不过你说的也是实话。”

19

"亲爱的克利福德，恐怕你预料的事已经发生了。我确实爱上了另一个男人，因此我希望你跟我离婚。现在我正住在邓肯家。我对你说过他曾和我们一起待在威尼斯。我十分为你感到难过，但请你平静地接受这个现实。你确实也不再需要我了，我也不忍再回拉格比府。我万分抱歉。但还是请您原谅我，跟我离婚，找一个比我好的人吧。我不是最适合你的人，因为我过于缺乏耐心，也过于自私，我想。但无论如何我也不能再回去和你生活在一起了。为你着想，我感到万分抱歉。不过只要你不发火，你就会发现你对此不那么在意。你过去对我这个人并不真正关心。因此请宽恕我，从此摆脱我吧。"

收到这样一封信，克利福德心里并不惊讶。他心里早就明白，她是一直想离开他的，但他表面上决不肯承认。所以，这事看上去是给了他可怕的打击和震惊，因为他原先表面上一直不动声色，装作对她坚信不疑。

我们大家都是这样。我们靠着意志的力量把内心的直觉与理性的认识割裂开来。这就造成了恐慌或者说担心，一旦遭到打击，其危害就成十倍地增长。

克利福德像个发疯的孩子。他神情恐怖恍惚地从床上坐起来，把博尔顿太太着实吓了一跳。

“怎么了，克利福德男爵，这是怎么回事？”

没有回答！她吓坏了，以为他犯病了，忙去摸他的脸，摸他的脉。

“哪儿疼？赶紧告诉我，告诉我呀！”

还是没有回答。

“哦，天啊，哦，天啊！那我就给谢菲尔德的卡林顿医生打电话，莱基医生也能直接赶来。”

说着她就往门口走，这时身后传来他空虚的声音：“不要！”

她停住了脚步，凝视着他。他脸色发黄，神情恍惚，样子就像个白痴。

“您的意思是不让我叫大夫？”

“对！我不需要大夫。”他阴森森地说。

“可是，克利福德男爵，您病了，不叫大夫，我可承担不起这责任啊。我非叫大夫不可，否则出个好歹儿的就是我的错儿。”

沉默了一会儿，那空虚的声音又说了：“我没病！是我妻子她不回来了。”似乎说话的是一幅画像。

“不回来了？您说的是夫人吗？”博尔顿太太朝床这边挪近了点，“哦，别信那个。您就相信夫人吧，她会回来的。”

床上的画像没动弹，可他把一封信从床罩上推了过来。

“读！”那阴森的声音说。

“这算怎么回事？要是夫人的信，我觉得夫人是不想让我给您读的，克利福德男爵。您可以告诉我她的想法，如果您乐意的话。”

可那张脸上的表情没变，那凸出的蓝眼睛也没动静。

“读给我听！”那声音重复着刚才的话。

“好，如果非让我读，我就听您的，克利福德男爵。”她说。

于是她就读了信，读完了说：“哎呀，夫人真让我吃惊啊。她走的时候是那么诚恳地许诺说要回来的呀！”

床上那张脸上的表情似乎更加狂怒，也更加茫然若失。博尔顿太太看着他的脸，为他着急。她知道她要对付什么了，那就是男人的歇斯底里。她伺候过当兵的，对这种毛病略懂得一些。

她对克利福德有点不耐烦了。任何一个有脑子的人都早就该知道他妻子和别人好上了并因此要离开他了。她甚至肯定克利福德男爵心里绝对也有所意识，只是他不愿承认而已。如果他承认了并且对此有所准备，哦，如果他承认了并且积极地同自己的妻子为此做斗争，哪还像个敢作敢为的男人。可是，不！他明明知道，还一直欺骗自己说没这回事。他感到了魔鬼在扯他的尾巴，却装作那是天使在冲他微笑呢。这种虚伪导致了虚伪和错乱的危机，那就是歇斯底里，这其实是一种疯癫。“之所以会这样，”她思忖着，越想越恨他，“那是因为他总想着他自己。他把自己裹在所谓永生的自我外套里，一旦受到打击，他就会像一个木乃伊，紧缩在裹尸布里。瞧他那德性！”

歇斯底里的毛病是危险的，她是个护士，有责任帮他治。任何想唤醒他的男子气和自尊心的企图都只能让他的病情更糟，因为他的男子气已经死了，就算不是彻底死了，也是暂时死了。他只能变得越来越软，像只虫子，而且越来越神经错乱。

唯一要做的是别让他自怜，像丁尼生笔下的贵妇[1]，他必须哭出来，否则非死不可。

于是博尔顿太太自己先哭了起来。她用手捂住脸，低声地抽搭起来，边哭边叨叨着：“我怎么也不信夫人她会这样，想不到啊，想不到！”她哭着，过去的悲苦突然一起涌上心头，伤心的泪水夺眶而出。一旦哭起来，她就哭得十分真诚，因为她有不少值得一哭的事。

这边的克利福德，一想起自己被康妮那个女人如此背叛，又受了博尔顿太太忧伤的传染，眼里也含起泪水，随之顺着脸颊流了下来。他是为自己而哭呢。博尔顿太太一看到他茫然的脸上流下了泪，就忙不迭地用小手绢儿擦干自己的脸，朝他凑过来。

“您可别发愁，克利福德男爵！”她充满感情地说，“您可别这样儿，千万别，发愁只会愁伤身子！”

1　参见丁尼生的诗《公主》。

他咽下一声抽泣，身子突然不由得抽动了一下，脸上的泪流得更快了。博尔顿太太把手放在他的胳膊上，自己又开始落泪。克利福德浑身颤动起来，像是在抽搐，于是她忙搂住他的肩膀安抚他，说："好了，好了！别发愁，别这样呀！别发愁！"她一边说一边呜咽，忍不住地掉眼泪。她把他拉进自己的怀抱，搂住他宽大的肩膀。他的脸埋在她怀里，浑身哆嗦着抽泣，宽大的双肩直颤。而博尔顿太太则轻轻地抚摸着他褐色的头发安慰着他："好了，好了！好了嘛！好了嘛！别发愁了，千万别发愁了。"

他伸开双臂搂住她，像个孩子一样依偎着她，泪水把她浆洗过的白围兜和胸前的浅蓝色上衣都浸湿了。他彻底放任了自己。

最终她吻了他，把他抱在怀里摇晃着，心里对自己说："哦，克利福德男爵！哦，高傲强大的查泰莱家族！你就落到这步田地了吗？"摇到最后，他竟然像个孩子一样睡了。她感到疲惫不堪，回到自己房里，不禁又哭又笑，自己也歇斯底里起来。这简直是荒唐至极，恶劣至极！就这么衰落了，多丢人现眼啊！这也真让人苦恼。

打那以后，克利福德跟博尔顿太太在一起就表现得像个孩子了。他会拉着她的手，把头倚在她怀里，当她轻吻他时，他会说："好，吻我！吻我呀！"博尔顿太太用海绵擦洗他白皙的身体时，他也会说："亲我呀！"于是她会在他身上什么地方轻轻地亲一下，以此来逗他。他则像个孩子那样神情茫然地躺着，又像个孩子那样露出好奇的表情来。他睁大了孩子气的眼睛看着她，像是在崇拜圣母，从中获得放松。对他来说，这纯属一种放松，因为他因此放弃了男人的重负，返回童年，这样确实挺变态的。每到这时，他的手就伸到她怀里抚摸她的乳，还激动万分地吻她的乳房，这是男人装孩子的变态激动。

博尔顿太太既激动又害羞，对他的吻既喜又怕。但她并没有拒绝和斥责他。就这样他们产生了肉体上的亲昵，这是一种变态的亲昵。此时他是一个既任性又好奇的孩子，那个激动样很像是宗教的狂热，简直就是对那条古训变态而直白的诠释："除非你再次成为幼儿。"[1]而此时的博尔顿太太则是那使万物复活的伟大母亲，充满了力量，用自己的意志和抚慰把这个碧眼金发的大男人牢牢地控制在自己的裙裾之下。

奇特的是，当克利福德这个变成了孩子的男人（他现在就是，这个变化过程经历了好多年了）出现在外界，他变得比原先真正的自己更锐利机敏。这个变态的孩子似的男人现在成了一个真正的企业家了。遇上重要的事，他绝对是个男人，像针一样尖锐，像钢一样坚硬。为了达到自己的目的，让矿井的开发"获利"，他在男人中表现出难以置信的精明、刻苦的精神和大刀阔斧的意志。他在女人面前的软弱和对母性的屈从似乎给了他洞察物质世界的买卖问题的眼光，给了他某种超凡的力量。沉溺私情，彻底贬损他男子汉的自我，这些似乎给了他第二天性，那就是冷漠、几乎是天赋的生意头

1　参见《马太福音》第十八章第三节和《马可福音》第十章第十五节，均有类似的话："欲进入天堂，必先成为孩子。"

脑。在生意上他简直毫无人性。

博尔顿太太在这方面成功了。“他多么兴旺发达呀！”她骄傲地对自己说，“那是我的功劳！爱信不信，跟查泰莱夫人在一起，他一辈子也甭想这么发达。她不是个旺夫的女人，她光想她自个儿。”

与此同时，在她那古怪女人灵魂的某个角落里，她又是那么蔑视他，仇恨他！对她来说，他就是个堕落的野兽，一个不安分的魔鬼。当她竭尽全力辅佐他时，在她那健康女性古老遥远的角落里，她蔑视他，极端蔑视她，蔑视到极点。哪怕一个流浪汉也比他强。

他对康妮的态度令人匪夷所思。他坚持要再见她一面，而且坚持要她来拉格比府。说到这一点，他脸色苍白但毫不退步。康妮曾答应过回来，绝不能食言。

“这样有用吗？”博尔顿太太说，“您就不能让她走，割舍不下她吗？”

“不行！她答应要回来，她就得回来。”

博尔顿太太不再跟他掰扯，她知道自己是在跟什么较劲。

“你的信对我的打击是毋庸置疑的，”他给在伦敦的康妮写信道，“或许你可以想象得到，尽管毫无疑问，你是不会费心为我开动一下你的想象力的。

“我唯一能说的是，我必须亲自在拉格比见你一面，然后再说怎么办。你曾经信誓旦旦许诺说要回拉格比，我希望你信守诺言。在见到你之前，我不相信任何传言，也无法理解任何说法，因为在这里，一切都正常。用不着我告诉你，这里没人怀疑出了任何事，所以，你回来是很正常的事。如果我们商谈之后，你仍然感到没改变主意，毫无疑问，我们可以协商。”

康妮把这封信给梅勒斯看了。

“他要开始报复你了。”说着梅勒斯把信递回给她。

康妮沉默了。她惊讶地发现自己竟怕起克利福德来，怕接近他，似乎他是个危险的恶魔。

“我该怎么办？”她问。

“如果你不想，什么也不要做。”

她回了信，想就此打发了克利福德。可他又回信说：“如果你现在不回拉格比来，我会认为你总有一天要回来，并为此做准备。我将一切照旧，在这里等你，哪怕等上半生。”

康妮让这话吓着了，这是一种恶毒的威胁。她毫不怀疑，他这人是说到做到的。他不要跟她离婚，那样的话孩子就成了他的，除非她能找到什么办法证明这孩子是婚外生育。

苦恼了一阵子，她决定去拉格比。希尔达将陪她去。她把这个决定写信告诉了克利福德，他回信道：“我不欢迎你姐姐，但还不至于不让她进门。我毫不怀疑她是让你放弃义务和责任的共谋，所以不要期望见到她时我会给她好脸色。”

姐妹俩去了拉格比，她们到达时克利福德正好出门了，是博尔顿太太接待的她们。

“哦，夫人，这不是我们期待的那种愉快的回家，是吗？”她说。

“可不是嘛！”康妮说。

这就是说这个女人知道内情！那其他的仆人该会知道多少，会怎样猜疑？

她进到了这座房子里，现在她身上的每一丝皮肤都仇视它。这乱糟糟的大房子在她看来是邪恶的，简直是对她的威胁。她不再是这里的女主人，她是它的牺牲品。

“我在这儿待不长。”她害怕地对希尔达耳语道。

进到她自己的卧室，重新受到了控制，还要装作什么都没发生，这是件痛苦的事。在拉格比的大墙里，每一分钟都让她感到厌恶。

她们下楼来用晚餐时才见到克利福德。他穿上了晚礼服，还戴了一条黑领带，显得拘谨，像个优越的绅士。席间他表现得十分彬彬有礼，并且礼貌地与大家聊天，但餐桌上的一切都让人要发疯。

“仆人们都听说什么了？”那女仆出去后康妮问克利福德。

“关于你的打算吗？什么也不知道。”

“可博尔顿太太知道。”

他立即变了脸色，道：“博尔顿太太不能完全算是个仆人。”

“是吗？我倒不在意。”

喝过咖啡后，希尔达说她要上楼回她的房间了，这时气氛开始紧张起来。

希尔达走后，克利福德和康妮默默地对视而坐，都不开口。让康妮释然的是，他没有顾影自怜，她尽量让他保持自尊。康妮只是安静地坐着,看着自己的手。

“我想你不介意收回自己说的话吧?”他终于开口了。

“我没有办法。”她喃喃道。

“如果你没办法,谁还有?”

“怕是谁也没有。”

他狠狠地看着她,一腔的冷漠和愤懑。他已经习惯有她了,她好像已经被植入他的意志了。可现在她怎么敢背叛他并毁掉他日常的生活规律?她怎么敢试图重构他的性格!

“你为什么背叛了一切?”他坚持问。

“为了爱!”她说,用老生常谈来回答最好了。

“爱上了邓肯·福伯斯?可当你认识我的时候并不认为他值得你爱。你是说你现在爱邓肯胜过生活中的一切?”

“人是会变的。”她说。

“或许是吧!或许你是心血来潮。可你还是得让我相信这变化有多重要。我简直不信你会爱上邓肯·福伯斯。”

“干吗非要信不可?你只需要跟我离婚,用不着相信我的感情。”

“为什么要跟你离了?”

“因为我再也不想在这里生活下去了。而且你也并不真的需要我。”

“行了吧!我并没变。从我的角度说,既然你是我的妻子,我就愿意让你在我的屋檐下活得有尊严,活得心安理得。抛弃个人感情，请你相信，意味着丢掉很多。对我来说，仅仅因为你的心血来潮就打破拉格比的生活秩序，破坏体面的日常生活，那比死还让我痛苦。”

沉默片刻，她说：“我没办法。我非走不可。我想我要有个孩子了。”

这话也让他沉默了片刻。

“是因为孩子你才要走的吗？”他终于开口说。

她点点头。

“为什么？邓肯对他的种就这么在乎吗？”

“肯定比你更在乎。”她说。

“真的吗？我要我的妻子，我没有理由让她离开我。如果她愿意在我的家里生个孩子，随她，那孩子也是受欢迎的，条件是生活的体面和秩序受到保护。你是想告诉我邓肯·福伯斯更能控制你吗？我不信。”

康妮沉默片刻说：“可你难道不明白，我必须离开你，而且必须和我爱的男人一起生活吗？”

“不，我不明白！我一点也不在乎你的爱，也不拿你爱的男人当回事。我就不信那种自欺欺人的话。”

“可你知道，我在乎，我信。”

“是吗？我亲爱的女士，以你的冰雪聪明，我肯定，你是不会相信你爱邓肯·福伯斯的。相信我吧，即使是现在，你也更在乎我。既然如此，我干吗要听信这一派胡言乱语？”

她感到他说得对,还感到不能再沉默了。

“实话对你说吧,我真正爱的不是邓肯。”她抬头看着他说,“我们说是邓肯,是为了不伤害你的感情。”

“不伤害我的感情?”

“是的!因为说出来我真正爱的人会让你恨我的,他是梅勒斯先生,曾是你这里的猎场看守。”

此时此刻,如果他能从椅子里跳起来,他一定会跳的。他的脸色一下子就变黄了,他的眼睛瞪着她,眼珠子都快要瞪出来了。随之他靠在椅子上,眼睛望天,喘着气。

但他还是挣扎着坐起身,问:“你说的可是真的?”那模样令人毛骨悚然。

“是的,你知道我说的是真话。”

“你和他什么时候开始的?”

“今年春天。”

他沉默着,看上去就像一头陷阱里的野兽。

“那就是你了,在村舍的卧室里?”

看来他心里一直都清楚。

“是的!”

他仍然坐在椅子里,身子向前倾着,像一头困兽在凝视她。

“我的上帝,你们真该被人从地球上清除掉!”

“凭什么呀?”她声音微弱地说。

“那个渣滓!那个傲慢的大老粗儿!那个低贱的下流坯子。你在这儿跟他鬼混,我的一个下人!我的上帝,我的上帝,女人下贱起来可真是下贱透顶了!”

他气疯了,她知道他会这样的。

“你的意思是说你要给那样一个下流坯生个孩子?”

“是的,我要。”

“你要!你的意思是你肯定?你从什么时候开始确信有的?”

“六月份。”

他哑口无言了,那种孩子般奇特的茫然表情又回到了他脸上。

“你以为,”他终于说,“这样的人应该被允许生出来吗?”

“什么样的人?”她问。

他奇怪地看看她,不语。很明显,他甚至不能接受梅勒斯的存在与他的生活有关系这样的事实。他简直恨透了梅勒斯,可这仇恨又难以言说,恨也无济于事。

“你是说你要同他结婚吗,姓他的脏姓儿?”他终于说。

“没错!我就是这么想的。”

他似乎又瞠目结舌了。

“好啊!”他说,“这就说明我对你的看法一直没错,你不正常,你理智上出了毛病。你属于那类半疯癫的变态女人,非堕落,非追腥逐臭不可。”

他突然变成狂热的道德家了,把自己看成善的化身,而康妮和梅勒斯之类的人则是脏和恶的化身。他似乎被罩在神圣的光环中飘飘欲仙了。

“你不觉得你应该跟我离婚,从此摆脱我更好吗?”她说。

“不!你爱去哪儿就去哪儿,可我决不同你离婚。”他白痴似的说。

“为什么不?”

他沉默,愚蠢地沉默着。

“你甚至还要那孩子在法律上属于你、当你的继承人?”她说。

“我一点也不把那孩子当回事。”

“可如果是个男孩,那在法律上就是你的儿子,他会继承你的爵位,并且拥有拉格比。”

“对此我无所谓。”他说。

“可你必须有所谓!我不愿意让这孩子在法律上属于你。如果这孩子不能属于梅勒斯,我宁可让他成为我的私生子。”

“随你的便吧。”

看来他是不会改变主意的。

“跟我离婚吧,”她说,“你可以把邓肯当成借口,那样就不用提实际上那个人的名字了。邓肯不介意。”

“我决不同你离婚。”他口气铁定地说。

“为什么?是因为我要你离你才这样的吗?”

“因为我是按照自己的意愿行事,我不愿意。”

再谈下去也没用,于是她上楼去把这个结果告诉希尔达。

“干脆明天就走,”希尔达说,“等他恢复理智再说。”

康妮花了半宿的时间收拾她最私密的东西。到了早上,她把箱子叫人送到了车站，没有通知克利福德。她打算午饭前见他，只是说声再见而已。

不过她倒是同博尔顿太太说了会儿话。

“我得同你道别了，博尔顿太太。你知道原委。但我相信您不会说出去的。”

“哦，夫人您相信我就是了，不过这事对我们可是个不幸的打击呀。但我希望您跟另一位绅士生活幸福。”

“另一位绅士！是梅勒斯先生，我爱他，克利福德男爵知道这事。但请你别对别人说。如果哪一天你觉得克利福德男爵愿意跟我离婚了，请告诉我，好吗？我得同我爱的男人正式结婚。”

“我相信您会的，夫人！哦，您就把这事交给我好了。我对克利福德男爵一片忠心，对您也一样，因为我看得出来，你们俩各有各的道理。”

“谢谢你！瞧，我想把这个送给你，行吗？”

就这样康妮再次离开了拉格比府，同希尔达一起去了苏格兰。

梅勒斯到乡下去了，在一座农场上找到了工作。他的打算是，只要有可能他就要离婚，不管康妮是否离得成。在接下来的六个月中他会干些农场上的活，这样的话，他和康妮将来就能经营一座自己的小农场，他会把精力都花在农场上。他得干些活，甚至是苦活儿，他得自己挣自己的生活，即便是用她的钱做启动金。

他们得等到春天，等到孩子出生，等到夏天再次来临。

格兰治奇场，老希诺

九月二十九日

"我设法在这里找到了工作，因为我认识公司的工程师理查德，我们当年在军队里共过事。这家农场不是私人的，它属于巴特勒和斯米坦姆煤矿公司，种草和燕麦给井下拉煤车的马吃。农场上还养着牛和猪等家畜，我在这里打工，薪水是每周三十先令。农场主罗利尽量给我派各种活计，这样我就能尽可能多地学些手艺，一直干到明年的复活节。关于伯莎，我没听到什么消息。我不明白在离婚裁定时她为什么不露面，也不知道她在哪里，怎么样了。只要我默默地等到三月份，估计我就能自由了。你别找克利福德男爵。这些日子里，他会想跟你分道扬镳的。如果他不干扰你，那就很不错了。

"我寄宿在一座挺老的村舍里，地点在恩金住宅区，挺不错的。房主是高地公园的火车司机，长着一脸胡子，是个虔诚的教徒。他的女人像只小鸟，喜欢所有高雅的东西，所以我也算是高雅的了。她讲标准英语，一口一个'请允许'！可他们的儿子在这次大战中战死了，他们从此一蹶不振。他们有个女儿，个子挺高，但脑子不灵，她正在接受培训，准备当小学老师，我正好帮她辅导辅导。瞧，我们像一家人似的。这可是一家正经人，待我极好。我想我比你还受宠呢。

"我挺喜欢农活儿。农活儿不那么给人精神上的享受，但我在那方面并不求什么。我习惯跟马和母牛打交道，虽然这东西很女性，但让我感到安慰。坐在它身边头挨着它挤奶时，我觉得很宽慰。这里有六头海福特牛呢。刚刚收过燕麦，我挺喜欢割麦，尽管手又酸又疼，天还不作美，老下雨。我对这里的人不怎么在意，但同他们还处得来。对大多数事情还是眼不见为净。

“这里的煤矿情况很不好——像特瓦萧一样，这儿是个矿区，只是景象稍好一些。我有时候会在威灵顿酒馆坐坐，跟人们聊聊。他们怨声载道，但又不想改变什么。人们都说，诺丁汉和达比郡的煤矿工人心长对了地方，[1]可他们别的器官肯定是没长对地方，因为这个世界不需要他们。我喜欢他们，可他们并不让我乐观，因为他们不再是原先的斗鸡了。他们大谈什么国有化，把开采权国有化，把整个行业都国有化。可总不能只把煤矿国有化，而其他产业依然维持原样。他们还谈论要找到煤炭的新用途，就像克利福德男爵试图做的那样。或许这在一些地方行得通，但我觉得不可能普遍成功。无论你生产什么，都得卖掉才行。这些人都很冷漠，他们感到这该死的一切都无可救药了，我也是这么看的。还有就是，他们觉得自己也会随之完蛋。有些年轻人希望建立一个苏维埃，可人们对什么也不抱信心，只觉得整个世界是一团糟，千疮百孔。即使是在那样的情况下，你也得把煤卖掉，麻烦就在这里。

“我们有这么多的工业人口，人人都要吃饭，所以这该死的把戏

1 “have one’s heart in the right place”，意思是心地善良。劳伦斯在此戏说成语，引出后面一句，意思是人的脑子有问题。为再现原句的幽默，这两句话采用直译的方式。——译注

还得接着演下去。现如今女人们比男人话还多呢，比男人还雄赳赳的。男人们软弱无能，他们觉得反正是没戏了，干脆就摆出一副无可救药的样子来。总之，除了说东道西，谁也没有高招儿。年轻人要发疯了，因为他们没钱花。他们整个的生活就是花钱，可现在竟一文不名了。这就是我们的文明和教育：让大众完全依靠花钱生活，把钱花光拉倒。现在矿井上一周开两天或两天半的工，看样子一直到冬天也不会有什么好转。这就意味着一个男人得靠二十五到三十先令的薪水养活一家人。这样一来最受不了的是女人。而她们是现今花钱最疯狂的人。

"你想跟他们讲生活和花钱不是一回事，那是讲不通的。如果他们受的教育是生活而不是挣钱和花钱，他们就能靠二十五先令过得很开心。如果像我说的那样，男人都穿上大红的裤子，他们就不会太想金钱了；如果他们能跳舞、跳跃、蹦跶、引吭高歌、高视阔步、潇洒漂亮，他们只要有点钱就够了。他们应该让女人快活，同时也能享受到女人给他们带来的快活。他们应该学会赤身裸体但照样漂亮洒脱，动作也漂亮洒脱，能聚众合唱，能跳集体舞，会雕刻自己的凳子，会绣自己的标志，那样的话他们就不需要金钱了。这是解决工业问题的唯一途径：训练人们在美中生活，而没有花钱的需要。可谁也做不到这个。这些人现在都是一根筋，大众根本不必试图思考点什么，因为他们不能。他们应该生机勃勃，崇敬潘神[1]。那

1 潘神是希腊神话中的牧神。

永远是大众唯一的神灵。少数人如果愿意可以有更高的崇拜偶像，但还是让大众永远别信教吧。

“可这些矿工们不是异教徒，远非异教徒。他们是一群沮丧的人，一群死气沉沉的人。对他们的女人来说他们都死了，在生命的意义上他们是死了的。年轻的男子骑着摩托带着女孩子兜风，一有机会就去跳爵士舞。可他们其实是死气缠身的人。需要钱，钱这东西一有就毒害你，可没有又让你挨饿。

“我相信你对这些是厌恶的。但我不想唠叨自己的事，而且我也没什么事。我也不愿意过多想你，因为那样只能让我们两个都心烦意乱。但是说真的，我现在活着就是为了你我将来能有一天生活在一起。我实在是怕呀，我能感到魔鬼就在空中什么地方，会把我们抓走。或者说不是魔鬼，而是金钱，我觉得说到底大众的意志就是要钱，要钱而仇视生命。反正我能感到空中有双苍白的巨手在摸索着，妄图卡住那些试图超越金钱的人的脖子，将他们的生命挤出来。糟糕的日子就要来了。小伙子们，糟糕的日子就要来了！[1]如果这世道照旧，对这些工业大众来说，未来就什么也没有，只有死和毁灭了。有时我感到我的内脏都化成水了，你就在那里，就要生下我的孩子。别担心，过去的倒霉日子都没能把花朵毁灭，甚至不能毁灭女人的爱。因此它们也不能阻止我对你的欲望，不能扑灭你我

1 这是对一首名为《好日子就要来了》的歌曲有意歪曲。原歌词为：“好日子就要来了/小伙子们/好日子就要来了。”

之间的那点光亮。明年我们就能在一起了。尽管心有余悸，我还是相信我们会团圆。一个男人应该为最好的结局而努力，并且要相信自己有某种超常的力量。你不能给自己的未来打保票，只能对自己的优点抱有信心，并且相信自己有超越自我的能力。这么说，我相信我们之间燃烧的那团小小的火苗，对我来说，那是世界上硕果仅存的东西了。我没有朋友，没有莫逆，只有你了。现在那团火苗是我生命中我唯一关心的东西了。还有孩子，但那是次要的事。你和我之间的火舌才是降到我头上的圣灵。[1]旧的降灵不像那么回事，它让我觉得我和上帝都有点盛气凌人。而你我之间那小小的火舌，那才是真的！我要坚守着它，永远坚守，什么克利福德，什么伯莎，什么煤矿公司、政府还是财欲横流的大众，全都不理睬。

“这才是我不愿意想你的真实原因，一想你我就感到受折磨，对你也没好处。我不想让你远离我，可如果我为此烦恼，就得受煎熬。忍吧，总得忍下去才是。这是我一生中的第四十个冬天。以前的那些冬天就那么无可奈何地过去了，可这个冬天，我将守着我那团小小的圣灵之火，从中得到点安宁，我决不会让别人把它吹灭。如果说你在苏格兰，我在英格兰中部，我无法用双臂搂着你，无法用双腿缠绕着你，我总算有你点什么。我的灵魂与你轻柔地在那团小小的圣灵之火上扑闪，如同我们在心安理得地欢爱。我们欢爱，把火焰

1　降灵节是基督教在复活节后的第五十天纪念圣灵降临使徒头上的节日。在犹太教中这个节日被称为五旬节，在逾越节后第五十天庆祝。《使徒行传》第二章第一至四节记载：“圣灵降临到使徒们头上，有如火舌。”

变成生命。甚至鲜花也是靠欢爱才获得生命，在太阳与大地交流后绽放。可这东西又是那么娇贵，需要隐忍和长久的等待才能获得。

“所以我现在喜爱的是贞洁，因为那是欢爱带来的安宁。我现在是个喜欢贞洁的人儿，喜欢贞洁就如同雪花莲喜爱白雪一样。我喜欢这样的贞洁，这是我们欢爱间歇时的休止与平静，在我们之间现在就像有雪花莲在怒放着雪白的火焰。当真正的春日来临，咱们相聚，那时咱们就让小火在欢爱中变成烈焰，让它熊熊燃烧起来。但不是现在，还不是时候！现在是保持贞洁的时候，这贞洁的滋味多好啊，就如同我灵魂中的一条清冽的河水。我喜欢我们之间这条流淌着的贞洁之河，就如同清新的水和雨。男人怎么会想要无聊地追逐女人？做一个唐璜[1]似的人是多么痛苦，既不能获得欢爱后的安宁，又不能让那团小小的火焰在欢爱中变成烈焰，也不能在间歇间像一条清流那样贞洁。

“好了，说了这么多，是因为我无法抚摸你的缘故。如果我能把你抱在怀里入睡，就不会这样浪费笔墨了。我们在一起能欢爱，也能贞洁相守。可我们必须要分离一段时间，我想这是最明智的方法。但愿我们心里都有底。

“不必烦恼，不必忧虑，咱们还不至于烦恼不堪。我们真的要相信那团小火，相信有莫名的神在保护着它燃烧不灭。你的一大半与我同在，真的，可惜那不是你的全部。

1　西班牙传奇中的风流汉，以引诱妇女著名。

“不要为克利福德男爵的事忧虑。如果你没他的音讯，别着急。他奈何不了你。等着吧，他最终会想要摆脱你，把你甩掉的。如果他不，我们也能想法子摆脱他。但他会的，最终他会把你当作可怕的物件抛弃。

“现在我简直收不住笔了。

“咱们的大部分都在一起，咱们会坚守着，为自己开辟通往聚首的路。约翰·托马斯向珍妮夫人道晚安了，头有点低垂着，但心里充满希望。”

为《查泰莱夫人的情人》一辩[1]

市面上出现了各式各样《查泰莱夫人的情人》的海盗版，害得我不得不于1929年推出一种廉价的大众版本在法国出版，只卖六十法郎一册。这样一来肯定能满足欧洲的需求了。偷印者们——当然是指美国——可真是手脚麻利又忙碌。第一版真本刚从佛罗伦萨运到纽约不到一个月，就有人依此偷印并上市销售。这种偷印本酷似原版，用的是影印术，又是通过一些可靠的书商出售，给心地纯真的读者造成首版真本的印象。这个摹真本一般卖十五美元一册，而真本只卖十美元。买书人真是大上其当。

随后又有不少人竞相模仿这一壮举。据我所知，纽约或费城还印了一个摹真本，我得到了一册。这个本子看上去模样肮脏：暗淡

1 《查泰莱夫人的情人》在意大利出版私人版后就被禁止运入英国。为此劳伦斯写了这篇长文旗帜鲜明地表明自己的态度，为自己的最后一部小说进行辩护。

的橘黄色布包皮，上面印着绿色的书名，是用影印术照下来的，但字迹很模糊，我的签名一准是偷印者家的小孩子临摹上去的。1928年年底这个版本从纽约运到伦敦，只卖三十先令一册，挤掉了我那一个金币一册的二百册重版书的销路。我本想把这二百本保存一年多的，可又不得不拿出去卖，以此与那种脏乎乎的橘黄色海盗版争市场。可惜我的书太少了，橘黄色海盗版本依然卖得动。

后来我又得到一种细长的黑皮版本，看上去像是《圣经》或唱诗集，阴沉沉的，很丧气。这回，偷印者倒是既严肃又认真，这个版本有两个封面，每个封面上都绘着一只美国之鹰，鹰头四周环绕着六颗星星，鹰爪上放射出闪电的光芒，在这外层环绕着一个月桂花环，以此来纪念其最近一次文学上的抢劫。总而言之，这个本子着实可怕——就像苏格兰大海盗基德船长[1]蒙着黑面纱对那些即将被处死的俘虏诵读的经文。我不知道偷印者们为何要把版本设计成狭长形的并附加上一个伪造封面，其结果极令人扫兴，貌似高雅反倒显得庸俗不堪。当然这个版本也是影印的，可我的签名却抹掉了。我听说这个令人扫兴的本子竟卖到十美元、二十美元、三十美元至五十美元不等——全看书商的精明程度及买者的愚笨程度如何。

这样看来，美国出现了三个海盗版是确凿无疑的了。我还听说又出了第四个本子，也是摹真本。不过我还没看到，宁可不相信。

---

1 威廉·基德（1645—1701），因海盗和谋杀罪被处死刑。

对了，欧洲也有人偷印了一千五百册，是巴黎的书商行会干的，书上赫然标着：德国印刷。不管是否在德国印刷，反正这次是铅印的，不是影印的。看得出真本中的一些拼写错误都改了过来，这可算得上令人起敬的本子，与真本几乎别无二致，只是缺了作者签名。书脊是黄绿双色绸子做的，因此难以乱真。这本书的批发价是每册一百法郎，零售价是每册三百法郎到五百法郎不等。据说那些心黑无耻的书商们伪造我的签名并把此书冒充签名真本出售。但愿这不是真的。这听起来着实有损“商业贸易”的名誉。不过也有令人安慰之处：有些书商根本就不经手海盗版，这既有情操上的原因也有经营上的原因。还有一些人出售海盗版，但不那么十分热心，很明显，这些人更乐意经营正版书。在此，情操的确很起作用，尽管不能强大到促使他们洗手不干，但还是有一定作用的。

这些海盗版没有一本得到了我的许可，我也没有从中获得过一分钱。倒是纽约有一个还算良心未泯的书商给我寄来一笔钱，说这是我的书在他店里售出的总码洋百分之十的版税。“我知道，”他信中说，“这不过是沧海一粟罢了。”其实他是想说这是大钱海中漏出的一点小钱。仅这一笔小钱已经够可观的了，由此可见那些偷印者们算是赚翻了！

后来欧洲的偷印者们发现书商们欺人太甚，就提议让我抽取已卖或将来预备卖的书的版税，条件是我得承认他们的版本是合法的。好吧，我想，在一个你不占他便宜他就占你便宜的世界里，我何乐而不为呢？可一旦我真要这样做时，自尊心又阻拦起我来。人所共知，犹大要出卖耶稣，随时都准备吻他一下。[1]现在我也得以吻相回报！

于是有了这个在法国出版的廉价影印本，只卖六十法郎一册。英国的出版商撺掇我出一个洁本，许诺给我一大笔报酬，没准是一桶金币吧（小孩子在海边做游戏用的小桶！）。他们一定要我向公众挑明，这是一部优秀的作品，全无一点污言秽语。我开始受他们诱惑并动手删改。可我终于是办不到的！我觉得改我的书就如同用剪刀修整我的鼻子，我的书流血了！

尽管人们敌视这本书，可我却要说这是一部今天人们必需的真诚而健康的小说。有些用词猛不丁看上去让人受不了，可稍许片刻就会好的。是不是人心受了习惯的影响变坏了？绝不是，一点没变坏。那些词只刺激人的眼睛但绝不刺激人心。全无心肝的人才会没完没了地感到震惊，他们算什么？心肝俱全的人绝不受惊，从未受惊，相反他们会感到读此书是一种慰藉。

这才是我要说的。我们今天的人类是大大地进化了、文明了，进化文明到不再受我们文化中继承下来的任何禁忌的影响。意识到这一点是很重要的。对十字军时代的人来说，几句话就可以引起我们今日无法想象的刺激。对于中世纪人的不开化、混沌、强暴的天性来说，所谓淫秽的语言是太有挑逗性和危险性了，或许对于今

1 犹大吻耶稣为暗号，向来逮捕耶稣的人指明耶稣其人。现通常以此比喻出卖的暗号。

日头脑不太发达的低级人种来说其挑逗性和危险性还依旧是很强的。但真正的文化却使得我们对一个字词只产生理智的和想象的反应，理智可以阻止我们产生猛烈、鲁莽从而会有伤社会风化的肉体反应。先前的人理性太弱、心太野，无法控制肉体与肉体的官能，一想起肉体就会胡乱激动，人反倒为肉体冲动所控制，可如今却不再这样了。文化与文明教我们把说与做、思与行分开来。我们都知道，行为并非要追随思想。事实上，思与行、说与做是两回事，我们过的是一种分裂的生活。我们的确渴望把两者合而为一，可我们却思而不行、行而不思。我们最最需要的是思与行、行与思互为依存。但是我们依旧是思考时就不能真正地行动、行动时却不能真正地思考，思与行相互排斥，它们本应该是和谐相处才是。

这才是我这本书真正要说的。我要让男人和女人们全面、诚实、纯洁地想性的事。

即便我们不能尽情地享受性，但我们至少要有完整而洁净的性观念。所谓纯洁无瑕的少女如同没写上文字的白纸之说纯粹是一派胡言。一个年轻女子和一个年轻男子到了一起就成为被性的感情和观念所折磨的一团剪不断理不清的乱麻，只有岁月的流逝才能理得清。长年诚实地思考着性，长年性行为的搏斗将会使我们最终到达目的地，即真正的、完美的贞洁和我们的完整——我们的性行为和性思想和谐如一，两者不再对立相扰。

在此，我绝不是撺掇所有的女人都去追求猎场看守做情人，我毫无建议她们追求任何人的意图。今日的不少男女在没有性生活的纯洁状态下更能彻底地理解和认识性，为此他们感到极其幸福。我们这个时代是一个认识重于行动的时代。过去我们行动得太多了，尤其是性行动太多了些，变着花样重复同一样东西却没有相应的思想和认识。我们如今的任务就是认识性是怎么一回事：更为有意识的认识要比行动重要得多。我们糊涂了多少辈子了，现在我们的头脑该认识、该彻底地认识性这东西了。人的肉体的确是被大大地忽视了。当代的人们做爱时，大半是为做爱而做爱，他们这样做是因为他们认为这是一件该做的事。其实这是人的理智对此感兴趣，而肉体是靠理智挑逗起来的，其原因不外乎是这个：我们的祖先频繁做爱而对性却毫无认识，到了现在性行为已变得机械、无聊、令人兴味索然，只有靠新鲜的理性认识来使性经验变得新鲜点儿才行。

在性行动中，人的理智是落后于肉体的，事实上，在所有的肉体动作中均是如此。我们的性思想是落后的，它还处在冥冥中，在恐惧中偷偷摸摸爬行，这状况是我们那粗野如兽的祖先们的心态。在性和肉欲方面，我们的头脑是毫无进化的。现在我们要迎头赶上去，使对肉体的感觉和经验的理性意识与这感觉和经验本体相和谐，即让我们对行为的意识与行为本身相互和谐统一。这就意味着，对性树立起应有的尊重，对肉体的奇特体验产生应有的敬畏。这就意味着，人应该有使用所谓淫秽词语的能力。因为这些词语是人的头脑对于肉体产生的自然反应。所谓淫秽是只有当人的头脑蔑视、恐惧、仇恨肉体和肉体仇视、抵抗头脑时的产物。

当我们知道巴克上校的案子后就明白了。[1]巴克上校原来是个女扮男装者。这位“上校”娶了一个老婆，如此这般地共同生活了五年光景，小两口过得“极和美”。那可怜的老婆一直以为自己嫁了一位真正的大丈夫呢，很为自己这桩正常婚姻感到乐不可支。后来一旦事发，这可怜的女人该有多惨是无法想象的，太可怕了。但是今天确有成千上万的女人可能同样上了当并且会继续上当下去。为什么？因为她们不谙事理，压根儿就没有性的想法，在这方面是呆子。这样看来，所有的及笄少女最好都来看看我这本书。

还有一位年高德劭的校长兼牧师，一辈子“圣洁”，却在花甲古稀之年因猥亵少女被送上法庭受审。这桩丑闻发生时，那位步入晚年的内政大臣正大声疾呼要求人们对性的问题守口如瓶。难道那位大臣不会因这位老人的经历深思片刻吗？

人的头脑中一直潜伏着亘古以来就有的对肉体和肉体能量的恐惧，为此，我们应该使头脑解放，使之文明起来才是。头脑对肉体的恐惧可能使无数人变疯。那位名叫斯威夫特的伟大才子疯了，部分原因可以追溯到此。在他写给他的情妇赛利娅的诗中就有如此疯疯癫癫的副歌：“可是，赛利娅，赛利娅，赛利娅会大便。”由此可见，一位大才子神经错乱时会是个什么样子。像斯威夫特这样的大才子竟出了洋相还不自知，赛利娅当然会大便。哪个人不呢？如果

1 1929年，丽莉阿丝·史密斯被揭发以女儿身冒充男人“巴克上校”，以伪证罪被判入狱九个月。此人于1923年“娶”一女人为妻。

她不大便的话那就太可怕了。真是让人没办法的事。想想可怜的赛利娅吧，她的“情人”会因为她的自然官能而把她羞辱一顿。太可怕了。究其原因，就是因为人间有了禁忌的言辞，就是因为人的理智与肉体感知和性感知不够同步。

清教主义者不停地“嘘——嘘”！造就了性痴呆儿；而另一方面又有任谁都奈何不了的摩登放纵青年和趣味高雅之徒，“嘘——嘘”之声对他们毫无作用，只顾我行我素。这些先进青年不再惧怕肉体和否定肉体的存在。相反，他们走向了另一个极端，把肉体当玩物耍弄。这玩物虽有点讨厌，但只要你还不觉得腻烦，还是可以借此取乐的。这些年轻人压根儿不拿性当一回事，只把它当鸡尾酒品尝，还要借此话题嘲弄老一辈人。他们可谓先进而优越，才看不上《查泰莱夫人的情人》之类的书呢。对他们来说这样的书是太简单、太一般化了。对那书中的不正经词句他们不屑一顾，书中的爱情态度在他们看来也太陈旧。有什么大惊小怪的，把爱当一杯鸡尾酒喝了算了！他们说这本书表现的是一个幼稚男孩的心态。不过，或许一个对性仍旧有一点自然敬畏的幼稚男孩儿的心态比那些把爱当酒喝的青年的心要干净得多。那些青年对什么都不在乎，一心只把生活当玩物戏弄，性更是一件最好的玩具。可他们却在游戏人生中失去了自己的心灵。真是一帮黑利阿迦巴鲁斯[1]！

所以，对那些可能在摩登时代变得淫荡的老清教徒们，对那些

1 黑利阿迦巴鲁斯(204—222)，罗马皇帝，以淫荡与残酷著名。

言称“我可以为所欲为”的聪明放纵青年，还有对那些心地肮脏、寻缝即下蛆的缺调少教的下等人来说，这本书不是为他们写的。但对这些人我还是要说：你们要变态就变态吧——你们尽可以清教下去，尽可以放浪形骸下去，尽可以心地肮脏下去。可我依旧坚持我书中的观点：若想要生活变得可以令人忍受，就得让灵与肉和谐，就得让灵与肉自然平衡、相互自然地尊重才行。

如今很明显，没有平衡也没有和谐。往好里说，肉体顶多是头脑的工具；往坏里说，是玩具罢了。商人要保持身体“健康”，其实是为他的生意而让自己的身体处在良好状态；而普通的小青年们花大量时间来健身，不过是出于常规的自我意识和自我沉醉，水仙之恋[1]而已。头脑储存了一整套的想法和“感受”，肉体只用来照其动作，正如一条训练有素的狗，让它要糖它就要，无论它想不想；让它握谁的手它就亲亲热热地摸那手一下。如今男女们的肉体正是训练有素的狗，在这方面，那些个自由解放的年轻人首当其冲！他们的肉体就是驯服的狗。因为这批狗在受训所干的事是老式狗们从未做过的，因此他们自称是自由的，充满了真的生命，是真货。

可他们深知这是假的，正如同商人知道在某些方面他全错了。男人和女人并非狗，可他们看上去像狗，行为也像狗，心中很懊恼，极为痛苦不满的狗。那自然冲动的肉体要么死了要么瘫了，它只像

1 希腊神话中，一少年因自恋自己在水中的影子憔悴而死，死后化为水仙花，因此称自恋为水仙恋。

耍杂耍儿的狗一样过着低人一等的生活,表演完了就瘫倒。

可肉体自己的生命是怎样的呢?肉体的生命是感觉与情绪的生命。肉体感到的是真正的饥,真正的渴,在雪中和阳光中真正的欢乐,闻到玫瑰香或看到丁香时它会感到真正的快乐。它的怒,它的悲,它的爱,它的温柔,它的温情、激情、仇恨和哀伤都是真的。所有的感觉是属于肉体的,头脑只能认知这些感觉。我们听到一条令人悲伤的消息时,首先是精神上激动一阵子。但只是在几小时后,或许在睡眠中,这种悲伤的意识才传达到肉体的中心,产生真正的忧伤,感到心如刀绞。

这两种感觉真不同——精神上的感觉和真正的感觉。如今的人们,不少是生生死死一辈子却从未有过真的感觉,尽管他们有过"丰富的情感生活",但很明显,他们表现出的是强烈的精神上的感觉,冒牌货罢了。有一种魔术叫"隐术"图像,它表现的是一个人站在一个平面镜子前,镜子反射出他从腰到头的图像,从而你看到的是从头到腰的形象,而向下看则是从腰到头的形象。不管它在魔术中意味着什么,它象征着我们的今天——我们是这样的动物,没有活生生的情绪,如果有也只是从头脑中反射出来的。我们的教育从一开始就教我们学会情绪的范围,感觉什么,不感觉什么,如何感觉我们允许自己去感觉的感觉,其余的一概不存在。对一本新书庸俗的批评就是:没人有那种感受。这就是说明人们是只允许自己去感受某些已经完结的感觉,上个世纪就是这样的。这种做法最终扼杀了任何感受的能力,在情感的高层次上,你感受全无。这种情况终于在本世纪发生了。高层次的情感全死了,我们不得不赝造一些。

所谓高层次的情感指的是爱的各种表现,从纯欲望到温柔的爱,爱伙伴,爱上帝,我们指的是爱、欢乐、欣喜、希望、真正的气愤、激情的正义感与非正义感、真理与谎言、荣誉与耻辱及对事物的真正信仰——信仰是一种受精神默许的深厚的情感。在今日,这些东西多多少少地死了,我们用喧嚣、矫情的赝品来代替所有这些情感。

从来没有哪个时代比我们这个时代更矫情,更缺乏真情实感,更夸大虚伪的感情。矫情与虚情变成了一种游戏,每个人都试图在这方面超过邻人。无线电和电影里总在一派虚情假意,时下的新闻出版和文学亦是一样。人们全都沉迷于虚情假意之中。他们怀揣着它,沉溺其中,依赖它过活,浑身洋溢着这种虚情。

有时人们似乎很习惯与虚情共处,可久而久之他们就会崩溃、破碎。你可以自己欺骗自己的感情很久,但绝非永远,最终肉体会反击,无情地反击。

至于别人,你可以用假情永远欺骗大多数人,可以欺骗所有的人很长时间,但绝不能永远欺骗所有的人。[1]一对年轻人陷进假的情网中,完完全全相互欺骗一通。哈,假的爱是美味的蛋糕却是烤坏的面包,它产生的是可怕的情感消化不良,于是有了现代婚姻和更现代的离婚。

假情感造成的问题是,没有哪个人真切地感到幸福、满足、宁

1 这个句式参见林肯总统1858年9月8日的著名演说。

静。人人在不断地逃避越变越糟的情感赝品，他们从彼得[1]处逃到阿德林处，从玛格丽特处到弗吉尼亚处，从电影到无线电，从伊斯特本到布莱顿，不论怎么变，万变不离其宗，逃不出虚假的感情。

今日首要的问题是，爱是一种感情赝品，年轻人会告诉你，这是现今最大的欺骗。没错，只要你认真对待这问题，是这么回事儿。如果你不把爱当成一回事，只当成一场游戏，也就罢了。可是，你若严肃对待它，结果只能是失望和崩溃。

年轻的妇人们说了，世上没有真正的男人可以爱一爱。而小伙子们又说，找不到真正的女孩去恋一下。于是他们就只有同不真实的人相爱了。这就是说，如果你没有真实的感情，你就得用假的感情来填补空白，因为人总要有点感情，比如恋爱之类。仍然有些年轻人愿意有真的感情，可他们不能，为此他们惊恐万分。在爱情上更是如此。

可今天，在爱情上只存在虚假情感。从父母到父母的上下辈，我们都被教会了在感情上不信任别人。对任何人也别动真情，这是今天的口号。你甚至在金钱方面可以信任别人，但绝不要动感情，他们注定是要践踏感情的。

我相信没有哪个时代像我们的时代这样人与人之间如此不信任，尽管社会表面上有着真切的信任。我的朋友中绝少有人会偷我的钱或让我坐会让我受伤的椅子。可事实上，我所有的朋友都会拿

1 耶稣十二门徒之一。

我的感情当笑料——他们无法不这样做，这是今日的精神。遭到同样下场的是爱和友情，因为这两者都意味着感情与同情。于是有了爱之赝品，让你无法摆脱。

情感既是如此虚假，性怎么会有真的？性这东西，归根结底是骗不得的。感情上的行骗是顶恶劣的事了，一到性的问题上，感情欺骗就会崩溃。可在性问题上，感情欺骗却越来越甚。等你得手了，你也就崩溃了。

性与虚假的感情是水火不相容的，与虚假的爱情势不两立。人们最仇恨的是不爱却装爱甚至自我幻想真爱，这也算得上我们时代的一种现象。这现象当然在任何时代都有，可今天却是普遍的了。有些人自以为很爱，很亲，一直这样多年，很美满，可突然会生出最深的仇恨出来。这仇恨若不出在年轻时，就会拖延起来，直到两口子到了知天命之年，性方面发生巨变时，届时会发生灾难的！

没什么比这更让人惊奇了，在我们这个时代没有比男女相恨更让人痛心的了，可他们曾经“相爱”过。这爱破裂得也奇特。一旦你了解了他们，就会明白这是常理，无论对打杂女工还是其女主人，女公爵还是警察的老婆，这道理全一样。

要记住的是，无论男女，这意味着对虚假之爱的器官性逆反，忘了这一点是可怕的，今日的各种爱都是虚假的。这是一种老套路了，年轻人全知道爱的时候该怎么感受、该怎么做，于是他们便照此办理，其实这是假的。于是他们会遭到十倍的报复。男人和女人的性——性之有机体在多次受骗后会生出绝望的愤怒，尽管它自身献出的也不过是虚假的爱。虚假的成分最终会让性发疯并戕害了它，不过更为保险的说法是，它总会使内在的性发疯并最终扼杀它。总有一个发疯的时期。奇怪的是，最坏的害人者在耍一通虚伪之爱的游戏后会成为最狂的疯子，那些在爱情上多少真诚点的人总是比较平和，尽管他们让人坑害得最苦。

现在，真正的悲剧在于：我们不都是铁板一块，并非完全虚伪也并非完全爱得真切。在不少婚姻关系中，双方在虚伪时也会闪烁一星儿真的火花。悲剧在于，在一个对虚伪特别敏感、对情感特别是性情感的替身和欺骗特别敏感的时代，对虚伪的愤慨和怀疑就容易压倒甚至扼杀真正爱的交流之火，因为它太弱小。正因此，大多数“先进”作家只喋喋不休地大谈情感的虚伪和欺骗，这种做法是危险的。当然了，他们这样做是为了抵消那些矫情的“甜蜜”作家带来的更大欺骗性。

或许，我应该谈点我对性的感受，为此我一直在被人无聊地攻击着。那天有个很“认真”的年轻人对我说：“我不信，性能让英国复活。”对此我只能说：“我相信，你不会信的。”他压根儿没有性，只是个自作聪明、拘束、自恋的和尚，很可怜的一个人。他不知道如果有性感受意味着什么。对他来说，人只有精神或没有精神，几乎多数人毫无精神可言，因此他们只能遭嘲笑。这人完全紧固地封闭在自我之中，东游西荡找着供他嘲笑的人或者寻找真理，他的努力纯属枉然。

现在，一有这号儿精明青年对我谈性或嘲弄性，我都一言不发。没什么可说的,我对此深感疲倦了。对他们来说,性不过就是一个女人的内衣和一阵子摸弄。他们读过所有的爱情文学如《安娜·卡列尼娜》等,也看过爱神阿佛洛狄忒(Aphrodite)的塑像和绘画。不错,可一到行动,性就变成了无意义的年轻女人和昂贵内衣。无论是牛津毕业生还是工人,全都这么想。有一则故事是从时髦的消夏胜地传来的,在那儿,城里女人同山里来的年轻"舞伴"共度一个夏天左右。九月底,避暑的人们几乎全走了,山里来的农夫约翰也同首都来的"他女人"告别了,一个人孤独度日,人们说:"约翰,你想你女人了吧!""才不呢!"他说,"倒是她那身里头的衣裳真叫棒哎。"

这对他们来说就是性的全部意义了:仅仅是装饰物。英国就靠这个复活吗?天呀!可怜的英国,她得先让年轻人的性复活,然后他们才能做点什么让她复活。需要复活的不是英国,倒是她的年轻一代人。

他们说我野蛮,说我想把英国拖回到野蛮时期去,可我却发现,倒是这种对待性的愚昧与僵死的态度是野蛮的。只有把女人的内衣当成最激动之事的男人才是野蛮人。我们从书中看到过女野人的样子,她一层又一层地穿三层大衣,以此来刺激她的男人。这种只把性看作是官能性的动作和抓摸内衣,在我看来实在是低级的野蛮。在性问题上,我们的文明是粗野、野蛮的,野得丑陋,特别是英国和美国。

听听萧伯纳是怎么说的吧,他可是我们文明最大的倡导者。他说穿衣服会挑逗起性欲，[1]衣服穿得少则会扼杀性——指的是蒙面的女人或露臂露大腿的女人们，讽刺教皇想把女人全蒙起来。他还说，世上最不懂性的人是欧洲的首席主教，而可以咨询性问题的人则是欧洲的“首席妓女”，如果有的话。

这至少让我们看到了我们这位首席思想家的轻佻和庸俗。半裸的女人当然不会激起今日蒙面男人太多的性欲，这些男人也不会激起女人太多的性欲。可这是为什么？为什么今日裸体女人反倒不如萧先生那个八十年代[2]的蒙面女人更能激起男人的性欲？若说这只是个蒙面问题，那就太愚蠢了。

当一个女人的性处在鲜活有力的状态时，这性本身就是一种超越理性的力量，它散发着其特有的魔力，唤起男人的欲望，于是女人为了保护自己而尽量遮掩。她蒙面，一副怯懦羞涩的样子，那是因为她的性是一种力量，唤起了男人的欲望。如果这样有着鲜活性力的女人再像今天的女人那样暴露自己的肉体，那男人还不都得疯了？大卫当年就为巴斯西巴疯狂过。[3]

可是，如果一个女人的性力渐衰，甚至在某种意义上已经僵死，她就会想吸引男人，仅仅因为她发现她再也吸引不了男人了。从

---

1 1929年9月13日萧伯纳在一次有关性问题的会议上发言，强调服饰能加强“性吸引力”并建议“首席妓女”就此指导大主教。萧氏一贯幽默反讽，此话或许另有背景。劳伦斯有所误会。

2 指十九世纪八十年代。

3 据《撒母耳记》记载，大卫王看中仆人乌利亚的妻子巴斯西巴，便与之同居使其怀孕，后设计使乌利亚战死沙场，从而娶巴斯西巴为妻并生子所罗门。

此，过去那些无意的、愉快的行为都变成有意的、令人生厌的。女人越来越暴露自己的肉体，而男人却因此在性方面越来越厌恶她。不过千万别忘了，当男人们在性方面感到厌恶时，他们作为社会人的一部分却感到激动，这两样是截然相反的。作为社会人，男人喜欢街上那些半裸女人的动作，那潇洒的样子，表达出一种反叛与独立；它时髦，自由自在，它流行，因为它是无性甚至是反性的。现在，无论男人或女人，都不想体验真正的欲望，他们要的是虚伪的赝品，全是精神替代物。

但我们都是有着多样的、时常是截然不同的欲望的人。鼓励女人们变得大胆，无性的男人反倒是抱怨女人不性感最多的人，女人也是这样。那些女人十分崇拜在社会上精明但无性的男人，可也正是她们最恨这些男人"不是男人"。社会上，人们都要赝品，可在他们生命的某些时候，人们都十分仇恨赝品，越是那些与之打交道多的人，越仇恨别人的虚伪。

现在的女孩子可以把脸遮得只剩一双眼睛，穿有支架的裙子，梳高高的发髻。尽管她们不会像半裸的女人那样叫男人心肠变硬，可她们也不会对男人有什么性吸引力。如果没有性可遮掩，那就没必要遮掩。男人常常乐意上当受骗，有时甚至愿意被蒙面的虚无欺骗。

关键问题是，当女人有着活跃的性力和无法自持的吸引力时，她们总要遮掩，用衣服遮掩自己，打扮得雍容高雅。所谓一千八百八十个褶的裙子之类，不过是在宣告着走向无性。

因为性本身是一种力量，女人们就试图用各种迷人的方式掩盖它，而男人则夸耀它。当教皇坚持让女人在教堂里遮住肉体时，他不是在与性作对，而是在与女人的种种无性可言的把戏作对。教皇和牧师们认为，在街上和教堂里炫耀女人的肉体会让男人女人产生“不神圣”的邪念。他们说得不错，但并不是因为裸露肉体会唤起性欲，不会，这很鲜见，甚至萧伯纳先生都懂这一点。可是，当女人的肉体唤不起任何性欲时，那说明什么东西出了毛病。这毛病令人悲哀。现在女人裸露的手臂引起的是轻佻，是愤世嫉俗，是庸俗。如果你对教堂还有点尊敬，就不该带着这种感受进教堂去。即便在意大利那样的国家，女人在教堂里裸露手臂也说明是对教堂的不恭。

天主教，特别在南欧，既不像北欧的教会那样反性，也不像萧伯纳先生这样的社会思想家那样无性。天主教承认性并把婚姻看成性交流基础上的神圣之物，其目的是生殖。但在南欧，生殖绝不意味着纯粹的和科学的事实与行为，北欧的人才这么想。在南欧，生殖行为仍带有自古以来肉欲的神秘和重要色彩。男人是潜在的创造者，他的杰出也正是在这方面。可这些都被北方的教会和萧伯纳式的逻辑细则剥得一干二净。

在北方已消逝的这一切，教会都试图在南方保存下来，因为他们知道这是生命中最基本的要素。一个男人，如果要活得完美自足，就得在日常生活中做一个有着潜在创造者和法律制定者意识的人，作为父亲和丈夫，这种意识是最基本的。对男人和女人来说，婚姻的永恒感对保证内心的宁静似乎都是必要的，即便它带有某种末日色彩，也还是必要的。天主教并不费时费力地提醒人们天堂里没有婚姻或婚姻中没有赐物，它坚持的是：如果你结婚，就要让婚姻永恒！人们因此接受了其教义、其宿命感及其庄严性。对牧师来说，性是婚姻的线索，婚姻是人们日常生活的线索，而教会是更为高尚生活的线索。

所以说，性的魅力对教会来说并不可怕，可怕的是裸臂和轻佻，“自由”、犬儒主义和不恭，这些是所谓反性的挑衅。在教堂里性可能是淫秽的或渎神的，但绝不应成为愤世嫉俗和不信其神圣的表达方式。今日妇女裸露臂膀，从根本上说是愤世嫉俗和无神论的表现，危险又庸俗。教会自然是反对这样做的。欧洲首席牧师比萧伯纳先生更懂得性，因为他更懂人的本性。牧师的经验是千百年来传统的经验，而萧伯纳先生却用一天的工夫做了一大跳跃。作为戏剧家，他跳出来玩起现代人虚伪的性把戏。不错，他可以胜任这个。那些廉价电影也可以这样做。但同样明显的是，他无法触到真正人性的深层，他难以猜到其存在。

萧伯纳先生建议说欧洲的首席妓女可以与他比肩做性咨询，而不是首席牧师。他把首席妓女看成与自己一样是可以做性咨询的人，这种类比是公正的。欧洲首席妓女与萧伯纳先生一样懂得性。其实他们懂得都不够多。像萧伯纳先生一样，欧洲首席妓女十分懂得男人的性赝品和刻意求成的次品；也正与他一样，她丝毫不懂男人真正的性，这性震荡着季节和岁月的节奏，如冬至的关键时刻和复活节的激情。首席妓女对此一窍不通，因为做妓女，她就得丧失这个才行。尽管如此，她还是比萧伯纳先生懂得要多。她明白，男人内在生命之深广而富有节奏的性是存在着的。她懂这一点，这是因为她总在反对它。世界的全部文学都表明了妓女之性无能，她无法守住一个男人，她仇视男人的忠诚本能——世界历史表明这种本能比他毫无信任感的性乱交本能要强大一点。全部世界文学表明，男人和女人的这种忠诚本能是强大的。人们不懈地追求着这种本能的满足，同时为自己找不到真正的忠诚模式而苦恼。忠诚本能或许是我们称之为性的那种巨大情结中最为深刻的本能，哪里有真正的性，哪里就有追求忠诚的激情。妓女们懂这一点，是因为她们反对它。她只能留住没有真正的性的男人，即赝品男人，她其实也瞧不起这种男人。真有性的男人在妓女那里无法满足自己真正的欲望，最终会离她而去的。

首席妓女很是懂这些。教皇也很懂，只要他肯思考一下，因为这些都存在于传统的教会意识中。可那位首席戏剧家却对此一无所知。他的人格中有一个奇怪的空白。在他看来，任何性都是不忠且唯有性是不忠的。婚姻是无性的，无用的。性只表现为不忠，性之女王就是首席妓女。如果婚姻中出现了性，那是因为婚姻中的某一方另有别恋因此想变得不忠。不忠才是性，妓女们全懂这个。在这方面，妻子们全然无知也全然无用。

这就是吾辈首席戏剧家和思想家的教导，而庸俗的公众又全然同意它——性这东西只有拿它当游戏你才能得到，不这样，不背叛，不通奸，性就不存在。直到轻佻而自大的萧先生为止的大思想家们一直在传授这种谰言，最终这几乎成真。除却卖肉式的赝品和浅薄的通奸，性几乎不存在，而婚姻则空洞无物。

如今，性和婚姻问题是最重要的问题了。我们的社会生活是建立在婚姻之上，而婚姻呢，据社会学家说是建立在财产之上。人们发现婚姻是保留财产和刺激生产的最佳手段，这就成了婚姻的全部意义。

可事实是这样吗？我们正在极其痛苦地反抗着婚姻，激情地反抗婚姻的束缚和清规戒律。事实上，现代生活中十有八九的不幸是婚姻的不幸。无论已婚者还是未婚者，没有几个不强烈地仇视婚姻本身的，因为婚姻成了强加在人类生活之上的一种制度。正因此，反婚姻比反政府统治还要厉害。

几乎人人都这样想当然地认为：一旦找到了可能的出路，就要废除婚姻。苏联正在或已经废除了婚姻。如果再有新的“现代”国家兴起，它们肯定会追随苏联的。它们会找到某种社会替代物来取代婚姻，废除这种可恶的配对儿枷锁。这意味着由国家奉养母亲和儿童，女性从此得到自立。任何一种改革的宏大蓝图中都包含了这个，它当然意味着废除婚姻。

我们唯一要反躬自问的是：我们真需要这个吗？我们真想要女性绝对自由，要国家来奉养母亲和儿童并从此废除婚姻？我们真想要这个吗？那就意味着男人和女人可以真的为所欲为了。但我们要牢记的是，男人有着双重欲望，即浅显的和深远的，表面的、个人的、暂时的欲望和内在的、非个人的及久远的巨大欲望。一时的欲望很容易辨别，但别的，那些深层次的，则难以辨别。倒是要由我们的首席思想家们来告诉我们什么是我们深层的欲望，而不是用那些微小的欲望来刺激我们的耳朵。

教会至少是建立在某些伟大的和深层的欲望之上的，要实现它们，需要多年，一生，甚至几个世纪。教会，正像教士是单身一样，是建立在彼得或保罗[1]那样孤独的基石上的，它的确是依赖于婚姻稳定的。如果严重损害了婚姻的稳定性和永恒，教会也就垮了。英国国教就是这样发生了巨大的衰败。

教会是建立在人的联合因素之上的。基督教世界的第一个联合因素就是婚姻的纽带。婚姻纽带，无论你如何看待它，是基督教社会的根本联系之关键，切断它，你就会倒退到基督教时代以前的国家。罗马曾十分强大，罗马的元老院议员代表着国家，罗马的家庭是元老院议员的庄园，庄园是国家的。在希腊时代情况也一样，人们对财产的永久性没什么感觉，反倒对一时的财富感兴趣，那情景令人吃惊。希腊时期的家庭较之罗马时期更不稳固。

但在这两种情况下家庭都是代表国家的男人。在有的国家，女人就是家庭或一直是家庭。还有一些国家中，家庭难以存在，如牧师国家，牧师的控制就是一切，甚至起着家庭控制的作用。还有某些国家，在那里家庭是不存在的，国家控制了每个个体，是直接、机

1 《圣经》中初期教会的主要领袖。

械地控制着。这情形就如同那些宗教大国,如早期的埃及就是通过牧师的监督和宗教仪式直接控制每个人的。

现在的问题是,我们想要倒退或前进到这些形式的国家统治中去吗?我们想成为罗马帝国的国民吗?甚至成为“理想国”的国民?就家庭和自由而言,我们想成为希腊时期城邦国家的公民吗?我们想把自己想象成早期埃及人吗?像他们那样受着牧师的控制,身陷宗教仪式之中?

要让我说,我会说不!说完不字,我们就得回过头来思考一句名言——或许基督教对人类生活做出的最大贡献就是婚姻了,是基督教给世界带来了婚姻,即我们所了解的婚姻。基督教在国家的大统治范围内建立起了家庭这个小小的自治区域。基督教在某些方面使得婚姻不可损害——不可被国家损害。或许是婚姻赋予了男人最大的自由,赐予了他一个小小的王国(在国家这个大王国之中),给予了他独立的立足点去承受和反抗不公平的国家。丈夫和妻子,一个国王,一个王后,几个国民,再有几亩自己的国土:这,真的就是婚姻了。它意味着真正的自由,因为对一个男人、一个女人和孩子来说,它意味着真正的满足。

那我们还要拆散婚姻吗?如果要拆散它,就说明我们都成了国家统治的直接对象。我们愿意受任何国家的统治吗?反正我不愿意。

而教会创造了婚姻并使之成为一种神圣物,男人和女人在性交流中连为一体的神圣物,只有死,没什么能把他们分开。即便被死亡分开了，他们仍然不能摆脱这桩婚姻。对个人来说，婚姻是永恒的。婚姻使两个不完整的肉体合二为一，促使男人的灵魂与女人的灵魂在终生结合中获得全面的发展。婚姻，神圣不可侵犯，在教会的精神统治下，成为男人和女人通向世俗满足的一条伟大道路。

这就是基督教对人类生活的巨大贡献，可它极易被人忽视。难道它不是男女达到生命完美的一个巨大步骤吗？是还是不是？婚姻对男女的完美是助力还是挫折呢？这是一个极重要的问题，任何一个男人或女人都要回答。

如果我们用非国教即新教的观点看自己，我们都是孤独的个人，我们最高的目标就是拯救自己，那，婚姻就成了一种障碍。如果我只是要拯救自己的灵魂，我最好放弃婚姻，去当和尚或隐士。还有，如果我只是要拯救别人的灵魂，我也最好放弃婚姻去当传道者和布道的圣士。

可如果我既不要拯救自己也不要拯救别人的灵魂呢？假设灵魂拯救在于我是一窍不通呢？“被拯救”在我听来纯属呓语，是自傲的呓语。假如我根本不明白什么救世主和灵魂拯救，假设我认为灵魂必须终其一生才能发展至完美，要不断地保养并得到滋养，不断发展不断完善直至终极呢？那又会怎么样？

于是我意识到婚姻或类似的什么才是根本。旧的教会最知道人的需要，这绝非今天或明天的事。教会要让人们为生而结婚，为灵魂活生生的生命完善结婚，而不是要拖到死后再结婚。

旧的教会懂得，生命就在眼前，是我们的，要过这日子，要活得完美。伯尼蒂克特[1]僧侣的严厉统治，阿西西的方济各的大溃退，这些都是教会天堂中的光彩。教会保存下了生命的节奏，一时又一时，一天又一天，一季又一季，一年又一年，一个时代又一个时代，在人们中间传递，教会的异彩是与这永恒的节奏同辉的。我们在南方的乡间能感受到它——当我们听到那教堂钟声，在黎明，在正午，在黄昏，这钟声与芸芸众生的声音和祈祷声一起宣告着时光，它是每天每日太阳的节奏。我们在节日的进程里感受到它——圣诞节、三王节、复活节、圣灵降临节、圣·约翰节、万圣节和万灵节。这是年月的轮回，是太阳的律动——冬夏至和春秋分，迎来一个个季节又送走一个个季节。它亦是男人和女人内在的季节：大斋期的忧伤，复活节时的欢乐，圣灵降临时的神奇，圣·约翰节的烟火，万灵节时坟茔上的烛光，还有圣诞节时分灯光闪烁的圣诞树，这些都表达着男人和女人灵魂中被激起的感情节奏，男人以男人的方式体验着感情的伟大节奏，女人则以女人的方式，但只有在男女的结合中这节奏才获得完整。

奥古斯丁说，上帝每天都创造一个全新的世界。对活生生的情感之灵来说，这真对。每个清晨都带来一个全新的宇宙，每个复活节都燃亮一个崭新的世界，它如同一朵初放的鲜花。同样，男人和女人的灵魂亦是日新月异，充满着生命的无限欢乐和永远的新鲜。所以，一个男人和一个女人一生都感到对方新鲜，因为他们婚姻的

1 伯尼蒂克特（约480—约543），僧侣，创立同名教会制度。

节奏与岁月的节奏是相伴相随的。

性是宇宙中阴阳两性间的平衡物——吸引，排斥，中和，新的吸引，新的排斥，永不相同，总有新意。在大斋期，人的血液流动渐缓，人处于平和状态；复活节的亲吻带来欢乐；春天，性欲勃发，仲夏生出激情，随后是秋之渐衰，逆反和悲凉，黯淡之后又是漫漫冬夜的强烈刺激。性随着一年的节奏在男人和女人体内不断变幻其节奏，它是太阳与大地之间关系变幻的节奏。哦，如果一个男人斩断了自己与岁月节奏的联系，斩断了与太阳和大地的和谐，那是怎样的灾难呀。哦，如果爱仅仅变成一种个人的感情而不与日出日落和冬、夏至和春、秋分有任何神秘关系，这是怎样一种灾难和残缺啊！我们的问题就出在这上头。我们的根在流血，因为我们斩断了与大地、太阳和星星的联系；爱变成了一种嘲讽，因为这可怜的花儿让我们从生命之树上摘了下来，插进了桌上文明的花瓶中，我们还盼望它继续盛开呢。

婚姻是人生的线索。但是，离开了太阳的轮回、地球的震动、星球的陨落和恒星的光彩，婚姻就没有意义了。难道一个男人在下午不是与上午的他不同，甚至完全不同吗？女人不也如此？难道他们之间和谐或不和谐的变奏不是汇成了一曲生命的神秘之歌吗？

难道人的一生不都是如此？一个男人在三十岁、四十岁、五十岁、六十岁和七十岁时都与以往的自己大不相同，他身边的女人亦然。不过，在这些不同之间是否有某种奇特的连接点？人的整个青年时代的阶段中难道就没有某种特别的和谐？——出生期、成长期与青春期；女人生命的变化阶段痛苦也是一种更新，逝去了激情但获得了感情的成熟；死期的临近是黯淡的，也是不平等的，男女双方深怀恐惧面面相觑，害怕分离，其实那未必真的是分离。在这一切过程中，是不是有某种看不见的，不可知的东西在起着平衡、和谐与完整的相互作用？就如同一首无声的交响乐那样，从一个乐章到另一个完全不同的乐章起着过渡作用，使迥然不同的乐章浑然一体。这种东西使男女两个全然陌生不同的生命在无声的歌唱中浑然一体。

这就是婚姻，是婚姻的神秘，它自会在这种现世生命中完善自身。我们完全可以相信：天堂里没有娶也没有嫁，这些都必须在现世完成，否则就永远完成不了。那些大圣人，甚至基督，他们活一遍，仅仅是为婚姻之永恒的神圣增添一种新的满足与新的美丽。

但是——这个“但是”像子弹一样击痛我们的心——如果婚姻从根本上和永恒意义上说不是阳物的[1]婚姻，且与阳光、大地、月亮、恒星、星球无关联，与日、月、季、年、十年和世纪的节奏无关联，它就不叫婚姻。如果婚姻不与血性相呼应它就不是什么婚姻了。因为血液是灵魂的物质，是深层意识的物质。我们是靠血液存在的，

1 原文为“phallic”，劳伦斯经常使用并推崇这个形容词，它甚至成了阐释劳伦斯思想的一个重大线索，原意指男性生殖器。在西方文化中男性生殖器是生殖力的象征，内涵颇丰富，但劳伦斯使用这个词时，有时也用来表示女性的性觉悟。无法意译，只有直译加注，由读者根据上下文判断其特定的含义。

是靠心肝生存、运动并获得自己的存在。在血液之中，知识、存在和感觉是一体，密不可分的——什么蛇或智慧果都不能让它们分裂[1]。只有当它们靠血性联结在一起，婚姻才真正成其为婚姻。男人的血与女人的血是两股永不相同的流水，它们永远也不会交融，甚至从科学上讲这一点也对。但也正因此，这两条河流才环绕起整个的生命。在婚姻中，这两条河水使生命变得圆满；在性中，这两条河水相触并更新自己，虽然永不相混相溶。我们是知道这一点的。阳物是一根血液的支柱，它充满了女人的血液之峡谷，男性的血液长河触到了女性血液长河的最深处，但双方都不会破界。这是所有交流中最至深的交流，任何宗教都懂这一点。事实上，它是最伟大的神话，几乎每个最初始的故事都在表现神秘婚姻的巨大成就。

这就是性行为的意义：交流，两条河水的相触，就像幼发拉底河和底格里斯河环绕起美索不达米亚平原，那里是天堂或者说伊甸园的所在，人在此获得了自己的起始。这就是婚姻，两条河流，两股血溪的交流，不是别的。所有的宗教都懂得这一点。

丈夫和妻子，两条血河，永不相同的溪流，他们相触，交流，从而更新自己，但绝不冲破最细微的界限，不相混相溶。而阳物是这两条河相汇的交点，它使两股流水成为一体，使这条河的双重性同一，这种一生中渐渐形成的一体之双重性是时光与永恒的最高境界。从这一体中产生了所有的属于人性的东西——儿童、美与精致，产

1 指《圣经》里知识与存在的分裂。

生了全部人类的创造物。我们知道上帝的意志就是希望这种一体持续终生——这种人类双股血流中的一体。

男人要死，女人也要死，两个人的灵魂是否分别回归造物主？天知道。但我们知道，婚姻中男女血流的一体性使宇宙完整了，完成了太阳和星星的流溢。

当然了，与之对应的东西是有的，那就是赝品。世上有虚假的婚姻，就像今日大多数婚姻一样。现代人只是个性而已，现代婚姻的发生是由于男女双方被相互的个性所“惊颤”——当他们对家具、图书、体育运动或文艺娱乐活动有着共同的兴趣时，当他们感到与对方说得来时，当他们相互钦佩对方聪明的头脑时。于是，这种智慧和个性的共鸣成为两性间友谊的良好基础，可这种基础对婚姻来说是灾难性的。因为，婚姻不可避免地导致性活动的开始，而性活动现在是，一直是，将来也还会是男女间精神关系的某种敌人。两个个性促成的婚姻会以肉体的仇恨而告结束，这句话都快成警句了。以个性相吸开始，会以仇恨告终，他们甚至无法解释这种仇恨。他们还要掩饰这种仇恨，因为这让他们感到羞愧。那些个性强的人，若因婚姻而生怒，往往会接近发疯，而且说不清为什么。

真正的原因是，两性间一味的精神交感和兴趣的共鸣终归是与血性的交感相敌视的。现代人注重性格对两性间的友谊有好处，但对婚姻来说却是灾难性的。总之，现代人还是不结婚的好，不结婚反倒可以使他们更忠实于自己的个性。

无论结婚与否，不幸总会发生。如果你只懂得个性的交感与个性的爱，这迟早要引起愤怒与仇恨，因为血性的交感和血性的接触受了挫，受到了否定。若是独身，这种否定会使人变得枯萎讨厌，可在婚姻中，只能产生愤怒。现在，我们无法躲避它正如同我们无法躲避雷电。它是心理现象的一部分。重要的一点是，性本身没有性满足和完美照样对性格和性格之“爱”言听计从。事实上，在“性格”促成的婚姻中可能有着比血性婚姻更多的性活动，女人总为永恒的情人叹息，而往往她是在性格婚姻中才能得到这样的情人。可这样的情人有着没完没了的欲望，永远也没个结果，也无法满足什么，于是她会十分仇恨他！

我谈论性时犯了一个错误：我总在说性意味着血性的交感和血性的接触，从技术上说是这样的。可事实上，几乎全部现代的性都是纯精神的，冷漠的，无血性的。这就是性格之性。这苍白、冷漠、诗意的性格之性（现代人都懂）产生了肉体的和心理上的效果。在这种情况下，男人和女人的两条血河交汇了，与血性激情和血性欲望驱使下的交汇一样。但是，血性欲望下的交汇是积极的，会使血液更新。而在这种精神欲望下，血与血的交汇就会产生摩擦，变得有害，会使血液变得苍白枯竭。性格、神经或精神的性活动对血液有害，是一种分解代谢活动；而火热的血性欲望之下的性交则属于一种新陈代谢活动。神经性的性活动可能一时间会产生狂喜，使精神兴奋，可这如同酒精或毒品产生的效果，会分解血球，是血液枯竭的过程。这就是现代人精力不好的原因之一——本来应该使人焕然一新的性活动却把人搞得疲惫衰竭。正因此，当那个小伙子不相信性能使英格兰复活时，我毫无办法。现代的性活动其实全是精神活动，造成了疲惫与衰竭。其后果只比手淫好一丁点儿，后者与死似无二致。

于是，我终于开始明白批评我的人为什么批评我抬高性的作用。他们只知道一种性的形式，事实上对他们来说只有一种性，那就是神经的、性格的、分裂的，即苍白的性。这东西可以说得天花乱坠，可以不当回事，但绝无半点指望。我很同意，同意这样说：别指望这样的性来使英格兰复活。

我还看不到任何使一个无性的英格兰复活的希望。一个失去性的英格兰似乎教我感觉不到任何希望。没有几个人对它寄予希望。我坚持说性可以使之复活，这样似乎有点愚不可及。眼下的这种性既不是我意中的也不是我想要的。因此我无法寄希望于它，无法相信纯粹的无性可以使英格兰复活。一个无性的英格兰！对我来说它没什么希望可言。

而另一方面，我们如何重新得到那种在男女之间建立起活生生联系的火热的血性之性呢？我不知道。可我们必须重新得到它，要么由下一代来做，否则我们就全然失落。因为通向未来的桥就是阳物，仅此而已，绝不是现代“精神”爱中那可怜、神经兮兮的赝品阳物，绝不是。

新的生命冲动绝不可能不伴随着血性的接触而到来，我指的是积极的真正的血性接触，绝非那种神经质的消极接触。最根本的血性接触是在男人和女人之间进行的，过去是这样，将来也还是这样，这是积极的性接触，同性恋次之，但它不仅仅是对男女间因精神之性造成不满的替代物。

如果英格兰要复活——这是那位认为有复活必要的年轻人的话——它靠的是一种新的血性接触，一种新的婚姻，它是阳物的复活而非仅仅是性的复活。因为阳物是男人唯一神性活力的古老而伟大的象征，意味着直接的接触。

这也意味着婚姻的更新——真正阳物的婚姻。更进一步说，这将是把婚姻重新纳入宇宙节奏中去，我们绝不可以没有宇宙节奏的，否则我们的生命将变得枯竭痛苦。早期的基督徒们试图扼杀异教徒们宇宙仪典的节奏，他们在某种程度上成功了。他们扼杀了行星和黄道带，可能是因为占星早已堕落成为算命把戏了。他们想要扼杀每年的节日，但是教会懂得：人并非只与人生活在一起，还与进化中的太阳、月亮与地球在一起，于是又恢复了那神圣的节日，几乎和异教徒没什么两样，从此信基督教的农民也和异教农民一样生息：日出时做祷告，然后是正午和日落，再就是古已有之的七日一循环，复活节，上帝的死与生，圣灵降临节，施洗约翰节的烟火，十一月万灵节时坟茔上死人的灵魂，圣诞节和三王节。几个世纪以来，人们在教会统治下就是循着这个节奏生息的。宗教的根就这样永恒地扎在了人们中间。一旦某一群人失落了这个节奏，这群人就等于死了，没希望了。但是新教的到来给人类生活中每年的宗教和仪典之节奏以重大打击。新教教徒几乎完成了这一使命。现在的人们不再随进化中的宇宙而调节自己，不再有仪典，不再服从其永恒的规律，没有这种永恒的需求了。相反，他们只与政治和公假日息息相关。婚姻，作为一种伟大的必然，也因为失落了那伟大的规律之摆动节奏而深受其苦，那宇宙之节奏本应永远支配生命的。人类真应该转身寻回宇宙节奏，走向婚姻的永恒。

这些都是《查泰莱夫人的情人》的注释，或者说是开场白也行。人有渺小的需要和深层的需要，我们疯狂地陷入渺小的需要中生活而几乎失去了深层的需要。有一种渺小的道德影响着人们，还有那渺小的需要，天啊，这就是我们赖以生存的道德。但还有一种影响男人女人、民族、种族和阶级的深层道德。这种更高的道德在很长时间里影响着人类的命运，因为它迎合了人的深层需要，它与渺小需要之渺小道德时常发生冲突。悲剧思想甚至告诉我们，人之深层需要是死的知识和死的体验，每个人都需要知道他肉体的死亡。但前悲剧和后悲剧时代的伟大思想（尽管我们并未达到后悲剧时代）告诉我们，人最大的需求是永远更新生与死的整个节奏——太阳年的节奏，那是肉体一生的年月，还有星星的生命年月，那是灵魂的不朽年月，这是我们的需要，迫切的需要。这是头脑、灵魂、肉体、精神和性的需要。求助于语言来满足这种需要是没用的。字词与道[1]是无法做到这一点的。该说的几乎全说过了，我们只需凝神谛听，可谁能让我们注意行动呢？四季的行动，年月的行动，灵魂周期的行

1 首字母大写的字词（Word）与道（Logos）有时都表示“道”。参见《约翰福音》第一章第一至十二节。

动，一个女人和一个男人的生命在一起的行动，月亮流浪的小行动，太阳的大行动，还有更大星球的行动？谁让我们去注意这些行动？我们现在要学习的是生命的行动。我们似乎学会了语言，可看看我们自己吧，可能我们说起来什么都行，行动起来却是疯狂。让我们准备好，让我们渺小的生命死去，在一种宏大的生命中再现，去触动那运动着的宇宙。

其实，这是一个“关系”的问题。我们必须回到与整个宇宙和世界的活生生、有益的关系中，其途径是每日的仪式和再醒。我们必须再次开始日出、正午与日落的仪式，点火与泼水的仪式，醒来与睡去的仪式。这是每个人和一家人的事，是每日的仪式。月亮和晨星及晚星下的仪式，男女应分开来做。季节的仪式是集体的事，男女一起列队而舞，表现灵魂的激情。男女一起做，整个集体一起做。而星年中大事件的仪式则是国家和国民的事。我们必须回到这些仪式上来，或者说我们必须让它们符合我们的需要。真实原因是，我们因为难以满足我们深层的需要而一天天烂下去。我们断绝了内在的养分和更新自己的巨大源泉之间的联系，要知道这源泉就在这宇宙中永恒地流淌着。人类的生命力正走向死亡，就像一棵连根拔出地的大树，它的根飘在空中。我们必须重新把自己根植于宇宙之中。

这意味着重返古老的形态。重返，意味着我们重新创造它，这比宣传福音书还难。福音书告诉我们说，我们都获救了。可看看今天的世界，我们会意识到，人类非但没有被从罪恶之类的东西中拯救出来,它几乎全然失落了,失落了生命,几近虚无和灭亡。我们得向回转,走过一段久远的路,回到理想诞生之前——柏拉图之前,回到生命的悲剧意识产生之前,再次自己站立起来,因为,福音书讲的通过理想获救及逃离肉体正好与人生的悲剧观呼应了。拯救和悲剧是同一事物,现在看来,它们都离题了。

回去,回到理想主义的宗教和哲学诞生并把人推入悲剧之轨之前的时代,人类最近这三千年来是向着理想、非肉体和悲剧的进发,现在它结束了。这就如同剧院里一出悲剧的结束,舞台上陈尸一片,更坏的是,这些尸首毫无意义,幕布就降下了。

但在生活中,幕布从未降下过。视野中依旧尸横遍野,总要有人去清除,总还有人要继续前行。这是明天的事。今天已经是悲剧与理想时代的明天,剩下的主角们全然呆滞了,可我们还要继续前行。

现在我们必须重建起被那些大理想主义者毁灭了的伟大的关系。那些大理想主义者根本上是悲观的,他们相信生命不过是无谓的冲突,要避免,甚至可以致死都避免。佛陀、柏拉图和基督,在对待生命的态度上可说是三位极端悲观主义者。他们教导我们说,唯一的幸福就是脱离生活,即每日、每年、每季的有生有死有收获的生活,要的是生活在“不可改变的”或者说是永恒的精神中。可大约三千年后的今日,我们几乎与季节的生活节奏全然脱离了,与生死收获没了关系,我们意识到这种脱离既不是什么幸福,也不是解放,而是虚无。它带来的是虚无的惰性。而那些大救星大导师们只会把我们与生活割断，这就是悲剧的附注。

对我们来说宇宙已经死了，怎么让它再生呢？“知识”扼杀了太阳，让它变成一只充满大气的球，上面有黑点；“知识”扼杀了月亮，把它说成是被死火山侵蚀的一片死亡土地，像患了天花一般；机器扼杀了地球，使它的表面变得崎岖不平。我们怎么能从这里夺回那个曾令我们无限欢愉的灵之天堂？如何重新找回阿波罗[1]、阿提斯[2]、得墨忒尔[3]、珀耳塞福涅和冥府？我们怎么能看到金星或拜迪吉尤斯[4]之星？

我们应让它们回来，因为我们的灵魂，我们深层的意识居于那个世界上。在理性和科学的世界中，月亮是一堆死亡之土，太阳是有黑点的气团。这是抽象的头脑聚集其中的世界。我们是在分离的状态下了解我们微小的意识世界的，我们就是这样在与世界分离的状态下了解世界的。可当我们与世界成为一体时，我们才知道地球是风信子花样的紫蓝色或火成岩样的红色；我们知道月亮给我们的肉体带来欢乐或从中偷走欢乐；我们知道太阳这头金狮的低语，他舔着我们就像一头母狮舔着幼崽，令我们勇敢起来，或者像一头恼怒的红狮张牙舞爪冲向我们。有各种各样认识的途径，有各种各样的知识。对人来说有两种认识的途径：一种是在分离状态下

---

1 阿波罗(Apollo)，希腊神话中的太阳神。

2 阿提斯(Attis)，罗马帝国时期人们崇拜的大神。

3 得墨忒尔(Demeter)，希腊神话中司农业的女神。

4 拜迪吉尤斯(Betelgeuse)，猎户星座中一颗颜色发红的巨星。

的认识，这就是头脑的、理性的和科学的；另一种是融合状态下的认识，这就是宗教的和诗意的。从基督教始，到新教终，终于失去了与宇宙的一体，失去了肉体、性、情绪、激情与大地、太阳和星星的一体。

但是，关系有三重：与活生生宇宙的关系，男女间的关系，男人与男人之间的关系。每一对关系都是血的关系，不仅仅是精神的关系。我们把宇宙抽象为物质与力量，把男人和女人抽象为分离的性格——分离的，不能融会的，于是这三种关系都失去了形体，死了。

没有什么比男人与男人的关系更死气沉沉了。我想，如果我们彻底分析一下男人对别的男人的感觉，我们会发现每个男人都把别的男人看成是威胁。这很奇怪。但是男人越是精神化，他们越把别的男人的肉体存在看成是一种威胁，对自己存在的威胁。每个走近我的男人都威胁着我的存在，甚至我的生命。

这丑恶的事实正是我们文明的基础。正如一本战时小说的广告说的那样，它是一本"友谊与希望、泥浆与鲜血"的史诗。这当然意味着，友谊和希望必须在泥浆和鲜血中完结。

当讨伐性与肉体的十字军与柏拉图一起迈开大步的时候，它要的是"理念"，要的是分离状态下的"精神"知识。而性是巨大的黏合剂，伴随着它巨大而缓慢的震颤，心的热能使融合在一起的人们感到的是幸福。理念哲学和理念宗教执意要扼杀它，他们这样做过，现在又这样做了。最后的友谊与希望的火花就被扼杀于泥浆与鲜血之中。男人都变成了分离的个体。“善良”成了今日一道油滑的命令——每个人必须“善良”不可。而在这“善良”之下，我们发现的是冷漠的心，是漠然的心，真令人心寒。每个男人都是别的男人的威胁。

男人只在威胁中相互了解。个人主义胜利了。若我是个彻底的个人主义者，那么，任何别人，特别是男人，就成了我的威胁。这就是我们今日社会之特色。我们彬彬有礼，是因为我们骨子里相互惧怕。

先是隔绝感，随后是威胁感和恐惧，它们注定会产生，因为与同胞间的一体感和集体感在消失，而增长的是个人主义和个性即孤独的生存感。所谓“文化”阶层率先要兴起“个性”和个人主义，率先陷入这种无意识的威胁与恐惧状态中，劳动阶级则会多保持几十年那种古朴的血性热情的“一体”，但随后也会失去它。随后阶级意识开始萌发，由此带来阶级仇恨。阶级仇恨和阶级意识的兴起，只能说明古朴的一体和古朴的血性热情丧失了，每个人真正在分离状态中意识到了自己。然后我们就有了一伙人仇视一伙人的对立斗争，内乱就成了坚持自我的必然结果。

这是今日社会生活的悲剧。在古老的英格兰，那奇特的血性把各阶级团结在了一起。地主乡绅尽管傲慢，粗暴，欺压百姓，可他们与人民总算是一体，也是一条血流的一部分。我们读笛福或菲尔丁的作品对此有所感觉。可在简·奥斯汀的作品中，这感觉就消逝了。这老姑娘强调“个性”而非性格，分离中的认识而非融会中的认识，她令我感到十分反感，可以说是一个不良、下作、势利的英国人，正如同菲尔丁是个善良而慷慨大方的英国人一样。

所以，在《查泰莱夫人的情人》中我们看到一个克利福德男爵，他是个纯粹的个性之人，与他的同胞男女全然断了联系，只同有用的人还有联系。他身上热情全无，壁炉全凉了，心已非人心。他纯粹是我们文明的产物，但也是人类死亡的象征。他善良的时候也不失刻板，他根本不知热情与同情为何物。他就是他，最终失去了他的好女人。

另一个男人仍然有着人的热情，可他被捕杀、毁灭了。那个爱上他的女人是否会真的与他同舟共济，是否真的捍卫他的生命意义，这甚至成问题。

我多次被人问起，我是否有意让克利福德瘫了，这写法是不是象征。文学朋友们说在他完完全全并有性力的情况下让他的女人离他而去，这样设计才好。

至于那“象征”是否有意为之，我说不上。至少在最初设计克利福德时没这意思。我开始设计克利福德和康妮时，我根本说不清他们是怎么回事或为什么。他们就是那样产生的。不过，这小说从头到尾整整写了三遍。我读第一稿时，发现克利福德的瘫痪是一种象征，象征着今日大多数他那种人和他那个阶级的人在情感与激情深处的瘫痪。我还意识到，如此这般技术地弄瘫了他，可能对康妮是不公正的，等于是把康妮弃他而去给大大地庸俗化了。但故事是自己跑来的，我只能任其如此这般保留它。不管这叫不叫象征，就其故事的发生来说，这是不可避免的。

小说写完近两年后的今天写下这些，并非要解释或阐明什么，只是表达一些感情的信念，或许可作为这本书的必要背景。很明显，写这书是在向传统挑战，因此要为这挑战态度说明点理由：让普通人震惊是一种愚蠢的欲望，绝不可取。如果说我用了禁词，也是有道理的——不使用淫词，不使用阳物本身的阳物语言[1]，我们永远也别想把阳物的真实从“高雅的”玷污中解救出来，对阳物真实最大的亵渎就是“将其高雅化”。同样，如果这位贵妇人嫁给了这猎场看守（她尚未嫁呢），这不是阶级中伤，而是冲破阶级的界限。

最后说一下，有人来信抱怨我对海盗版有微词而对首版却不说什么。首版是在佛罗伦萨出版的，精装本，颜色单调，是桑红色的，用黑色印着我的凤凰（不朽之象征，那鸟儿正从火中腾起获得新生），封底还有一道白。纸是好纸，用的是意大利手工压纸，奶白色。印刷虽不错，却流于普通，装订嘛，就是佛罗伦萨小铺子的订法儿。这书做得绝无特别的匠心，但让人愉快，总比不少“高档货”好。

若说有不少拼写错误，那是因为它是在一家意大利小厂排的版，是个家庭小厂，厂里无一人懂英文，既然无人认一个英文字，也就无可指责了。校样可怕极了，印刷者本可以出几页漂亮活的，可他那天醉了或出了别的毛病，于是那文字全飞舞起来，舞得让人毛骨悚然，根本不是英文了。若仍有大量错误，那也是一种福分，因为没有再多的错误了。

---

1 阳物语言，即“phallic language”。

有篇文章同情那可怜的印刷者，说他是上了当被骗去印这本书的。绝不是骗。那长一唇白胡子的小矮子刚娶了第二个老婆，告诉他说这书里有这样那样的英文字眼，而且是写某类事的，要是你因为印这书惹麻烦你还干不干？“写什么了？”他问。告诉他后，他以佛罗伦萨人满不在乎的口气说：“嗨，我的妈哎，我们天天干这种事儿！”这就算没问题了。既然这书没政治问题，也非有毛病，就不用考虑了，司空见惯的平常事而已。

不过，那是场战斗哩。奇迹是，这书就那么印出来了。当时的铅字只够排一半的，就先排了一半，印了一千份。为谨慎起见，二百份是用的普通纸，第二版也一样，然后拆了版，再排另一半。

随后是运输的斗争，书一到美国就让海关给扣了。幸好英国拖延了些日子才扣，所以，几乎整整这一版——至少八百册全进了英国。

随之而来的是庸俗的谩骂浪潮，这也难免。“我们天天干这种事儿。”那矮个儿意大利印刷者说过。“恶魔般可怕！”英国新闻出版界有人尖叫。“谢谢你终于写了一本真正关于性的书。我对那些无性之书厌倦了。”一位佛罗伦萨最有声望的市民对我说。“我不知道，说不清，这书是否太过火了？”一位谨小慎微的佛罗伦萨批评家说，他也是个意大利人。“听着，劳伦斯先生，你真觉得非这么说不可吗？”我说是的，非这么写不可。于是他沉思起来。“哼，一个滑头滑脑，勾引人，另一个是个性痴子。”一个美国女人这样评论书中的两个男人。“所以，我怕康妮的选择好不了，这种事儿，常这样儿！”

译后记

废墟上生命的抒情诗

摆在读者面前的，是一本在英美长期遭禁的世界文学名著。直到1960年代，当英国终于宣布开禁这本小说后，一度洛阳纸贵，高踞畅销书排行榜数周并长销至今。但比畅销和常销更重要的是，它的开禁标志着人类的宽容精神在劳伦斯苦恋着的祖国终于战胜了道德虚伪和文化强权。从此，劳伦斯作为二十世纪文学大师的地位得到了确认，劳伦斯学也渐渐成为英美大学里的学位课程和文学研究的一门学科。时至1990年代，劳伦斯研究早已演变成一种“工业”，得其沾溉获得学位、靠研究和出版劳伦斯作品为生的大有人在。劳伦斯若在天有灵，应该感到欣慰。

在中国，这部小说问世不久，文学界就报之以宽容与同情。林语堂和郁达夫的两篇评论文章影响甚广，他们结合中国的国情，将《查泰莱夫人的情人》与《金瓶梅》做了深入的比较，认为前者对性的叙述是全书中不可分割的一部分，有着鲜明的时代背景和象征意义，因此不能将其看作“淫秽”。郁达夫还认为，即使是性的叙述，劳伦斯的手法也是高明的，“使读者不觉得猥亵，不感到他是在故意挑拨劣情”。而郁达夫当年所下的结论即劳伦斯是“积极厌世的虚无主义者”则更是空前绝后精辟，他高屋建瓴地给劳伦斯文学下了定义。

几个杂志陆续出现节译，其后出版了饶述一先生翻译的单行本，但因为是自费出版，发行量仅千册。当年的中国内忧外患，估计人们都没了读小说的雅兴，这个译本就没有机会再版。光阴荏苒，五十年漫长的时间里中国读者与此书无缘。到1980年代，饶述一的译本在湖南再版，不久就被禁。但幸运的是，中国的学术与出版界对劳伦斯早就有了一个全面公正的认识。

除了这部小说外，劳伦斯还著有另外十一部长篇小说，五十多部中短篇小说，多部诗集、剧本、游记和大量的文学批评、哲学、心理学和历史学方面的著作与散文随笔。他还翻译出版了俄国作家托尔斯泰和陀思妥耶夫斯基及意大利作家乔瓦尼·维尔迦的长篇小说等，仅凭这些译文就足以称他为翻译家了。这位矿工的儿子，以自己非凡的文学天赋、敏感的内心体验、坚持不懈的意志和顽强的生命力，拖着带病之躯，在短短二十年的写作生涯中，为后人留下了卷帙浩繁的文学经典遗产，这不能不令人肃然起敬。不少研究家称其为天才和大师，是不无道理的。

大师自有大师的气度和风范，这自然表现在其不同凡响的文学创作上。他的四大名著《儿子与情人》、《虹》、《恋爱中的女人》和这本《查泰莱夫人的情人》，可说部部经典。《儿子与情人》被普遍认为是文学史上第一部印证弗洛伊德"恋母情结"学说的"原型"之作。《虹》和《查泰莱夫人的情人》屡遭查禁和焚毁，惹出文学和政治风波来，作者本人虽未遭"坑"，却也长时间内遭受监视和搜查，心灵备受煎熬，以至于对他"爱得心头发酸"的祖国终于失望而自我流放，浪迹天涯，最后病死他乡，做了异乡鬼。由此，我们甚至无法断定他是因了文学的孽缘才遭此厄运，还是厄运专门来锻造他的文学魂。

然而，在1985年出版的《现代英国小说史》中，这位旷世奇才的作品仍然被指责为"黄色淫秽"，并把开禁这本书作为"当前西方社会的道德风尚已经堕落到何种地步"[1]的标志。这也难怪，不用说那个年代，即使是当下，许多读者仍然停留在那个人云亦云的阶段，甚至不少知识分子，包括一些十分年轻的大学生，一提起劳伦斯的名字，仍想当然地一言以蔽之曰"黄色作家"。这归根结底是眼光的问题。偏见往往比无知更可怕，此话极是。

于是，当我们无法要求大多数非文学专业的人去一部部精读劳伦斯作品而后公正待之时，我们只有对这部家喻户晓的作品做个"眼光"上的评说。艺术的眼光往往需要靠一个人较为全面的发展来培养，需要时间。或许随着时光的推移，随着文明的进程，终于有

---

1 侯维瑞：《现代英国小说史》，上海外语教育出版社，1985年。

一天对这本书的争议和赏析都成了一种过时和多余。

当历史把我们毫不留情地置于一个尴尬的叙述语境中时，我们只有毫不尴尬地直面历史。

1984年笔者完成了国内第一篇研究劳伦斯的硕士论文时，国内还没有劳伦斯作品的译本(仅有个别短篇小说的译文，劳伦斯只是被当作一般的现代作家介绍给中国读者)，这个领域还被认为是禁地，因为他在非学术领域仍被看作“黄色作家”。八十年代后期劳伦斯作品开始大量出版，便有了三五成群突击抢译劳伦斯作品的壮观场面。三十年代的旧译《查泰莱夫人的情人》重印上市后，黑市竟出现高价抢购的热潮。在这种尴尬的阅读环境中解释劳伦斯的这部最有争议的小说，颇令人生出滑稽感。

称之为废墟上生命的童话，是一种久经考量的体认——是理性认识与情感体验交织积淀的结果。我无法不这样认为。

小说伊始，即是一场浩劫之后的一片废墟。这是第一次世界大战后满目疮痍的象征，也是大战后人之精神荒原的写照。

在这样的背景下，出现了野林子和林中木屋，里面发生了一个男人和一个女人的生命故事，一个复归自然的男人给一个寻找自然的怨妇注入崭新的生命，这怨妇亦焕发出女人之本色，唤起了这个近乎遁世的男人身心遥远地带无限的温情，激发出他身上近乎消失的性爱激情。他们在远离工业文明的地方体验着自然纯朴的爱情，体验着创造的神奇，双双获得了灵与肉的再生。浪漫而美丽，不乏乌托邦色彩，这简直是一部成人的童话。

劳伦斯生前好友理查德·奥尔丁顿曾长期从事劳伦斯作品的编辑和评论工作，他说过，这本书根本算不上一本性小说，因为它其实是“关于性的说教……是一种‘精神恋爱’”[1]。林语堂早在二十世纪三十年代就指出，劳伦斯的性描写别有一番旨趣：“在于劳伦斯，性交是含蓄一种主义的。”[2]这真是一种林语堂式的“会心之顷”的顿悟。时至今日，研究普遍认为，劳伦斯对性持一种清教徒的观点：“他之所以常常被称作清教徒，就是因为他认为性是生命和精神再生的钥匙，也因为他认为这是极为严肃的事情。”[3]1960年伦敦刑事法庭审判这本书时，文化学家霍嘉特就特别说这书“讲道德，甚至有清教之嫌”。此言令检察官困惑不解，转而问询文学家福斯特，福斯特抑扬顿挫地回答说：“我认为那个描述是准确的，尽管人们对此的第一反应是觉得自相矛盾。”[4]看似如此的矛盾，造就了劳伦斯这部小说之性宗教的特质。因此，霍嘉特在他那篇具有历史意义的《查泰莱夫人的情人》1961年版序言中称这本书是“洁净、严肃的美文”，“如果这样的书我们都试图当成淫秽书来读，那就说明我们才叫肮脏。我们不是在玷污劳伦斯，而是在玷污我们自己”[5]。

查泰莱爵士因伤失去性能力，本值得同情。但他的内心却十分

---

1 毕冰宾等译：《一个天才的画像，但是……》，北京金城出版社，2012年，第330页。

2 林语堂：《读劳伦斯》，载于《人间世》第19期，第34页。

3 弗兰克·克默德：《劳伦斯》，三联书店，1986年，第207页。

4 黑马：《霍嘉特：回顾〈查泰莱夫人的情人〉审判及其文化反思》，《悦读MOOK》杂志，2008年第9期。

5 Hoggart, Richard, Introduction, *Lady Chatterley's Lover*, Penguin, 1961, p. V.

麻木，对工人冷酷无情，对夫人康妮感情冷漠。他认定矿工只是工具，非用鞭子驱使不可。康妮只要能为他生个儿子继承他的事业和爵位就行，至于同谁生育，他倒不在乎，但绝对要求孩子的父亲来自上流社会，以不辱查家门楣。同他在一起，康妮虽生犹死。

正因此，当康妮遇上一身质朴但情趣脱俗的猎场看守梅勒斯时，便自然流露出了女性的软弱与柔情，备受失败婚姻折磨和工业文明戕害的梅勒斯立即情动于中，双方情色相生，一发而不可收，演绎了一场性爱激情戏剧。梅勒斯与康妮的丈夫形成了鲜明的对照：他是一个根植于自然、富有生命活力的“下等人”。他受过教育，但厌恶了他认为腐朽的文明生活，选择了自我流放，自食其力，寄情山水。

劳伦斯对现实的选择令人深思：他选择了森林为背景，选择了一个猎场看守而不是选择他情感上最为依恋的矿工来做故事的男主人公。猎场看守这种职业的人游离于社会，为有钱人看护森林和林中的动物供其狩猎，另一方面还要防止穷人偷猎或砍伐树木。这样的人往往过着孤独的生活。他们是有钱人的下人，是劳动者，但又与广大劳动者不同。在劳伦斯看来，这类脱离了俗尘的阶级利益、一身儒雅同时又充满阳刚气的男人最适合用来附丽他的崇高理想。而从根本上说，矿主和矿工虽然是对立的，但他们又是统一的：双方都受制于金钱、权利和机械，在劳伦斯眼里，他们都是没有健康灵魂的人。

从《恋爱中的女人》开始，劳伦斯的超阶级意识日渐凸显，在今天看来颇具后现代意义：劳伦斯从人类文明进程的悲剧角度出发，超越了现代经济学理论的认知范畴，即资本是靠对劳动力的压榨而达到积累的。事实上，后现代理论认为，资本是靠对不可再生的自然资源的掠夺“转化”而成的，劳动力不过是自然的一部分。劳伦斯注意到劳动力脱离自然后的异化特质，同时注意到劳动力在资本转化过程中主体性的丧失，对工人来说他们经历的是双重异化。而采矿这一行业更是对不可再生的人类资源无情掠夺的最典型范例，在剥夺自然方面双方都是参与者。在与自然的异化过程中，劳资双方成了对立的统一。矿工的罢工运动不过是在工资待遇上与资本家的对立，这并没改变其异化的本质。劳伦斯从而超越了剥削—被剥削阶级对立的意识，揭示的是整个文明进程中资本对人/自然的物化，揭示出对立的双方都是被物化的对象这样一个真理。所以尽管劳伦斯对于自己出生并生长于斯的矿工阶级在情感上万分依恋，称矿工是这世界上唯一令他感动的人，甚至称之为他的“家”，但他在理智上却选择脱离他们。有产者的冷酷无情与无产者的萎靡无奈都是文明异化不可救药的产物。（劳伦斯的有关论述详见其散文《还乡》《诺丁汉矿乡杂记》《我算哪个阶级》等。）

在资本主义工业文明如日中天之时，劳伦斯凭着其对人/自然的本能关爱，凭着其天赐的艺术敏感，触及了现代文明的种种弊端和疾病症候，其作品在后资本主义时代愈显功力，无怪乎他被称为预言家。如果说写实主义作家们如狄更斯、左拉等写的是社会的人，现代主义作家如普鲁斯特、乔伊斯等写的是人的意识的流动，劳伦斯则在写这些的同时，更加注重人的潜意识、前意识和肉体意识，注重性、性别、阶级、权力、劳动的异化和生态伦理，这些都是后现代主义文化关注的焦点，劳伦斯恰恰在文学中表现了这些，他的作品也因此跨越了写实主义、现代主义和后现代主义三个阶段而成为文学的常青树，真是难能可贵之至。一个穷工人的儿子能达到这样的艺术境界，除了造化使然，后天的生活经历和精神砥砺亦是关键——生活在肮脏的工业文明与田园牧歌式的老英国的交界地带，出身于草根，备受磨难，但艺术天分促使他孜孜以求，吸取的是那个时代最优秀的文化。他的创作超越了阶级出身和阶级仇恨，探究的是超然的真理。而他这样游走在各种文化群体之间的边缘作家本身，就是后现代主义文学研究所关注的话语上的天然“差异者”、意义的“颠覆者”和“消解者”。所以说，劳伦斯文学的魅力愈是到后资本主义时代愈是得到彰显。

劳伦斯试图创造一个文明与自然之间的第三者，这就是梅勒斯。在此劳伦斯超越了自身阶级的局限，用道德和艺术的标准衡量人，用“健康”的标准衡量人的肉体和灵魂，选择了梅勒斯这样的人做自己小说的英雄。而森林在劳伦斯眼中则象征着人与自然本真的生命力，象征着超凡脱俗的精神的纯洁。森林中万物的生发繁衍，无不包孕着一个“性”字。劳伦斯选择了森林，选择了森林里纯粹性的交会来张扬人的本真活力，以此表达对文明残酷性的抗争。

劳伦斯真是用心良苦，也真是书生气十足。他创造的简直是成人的童话！他才是“资本主义时代的抒情诗人”。是的，劳伦斯是在废墟和瓦砾上激情高歌的诗人，将全部的悲情化作温情，给人以信心。郁达夫在劳伦斯逝世后不久就读了劳伦斯的作品，他英明地指出：劳伦斯是个积极厌世的虚无主义者。此言极是。所谓厌世，自然是面对汹汹人势表现出的超然与逃避；所谓积极，当然是在看破红尘的同时依然顽强地表现出对人类的信心。于是劳伦斯选择了梅勒斯这样孤独隐居但性力强健的男人做他的理念传达者。这样的男人与世界的结合点只有自己最为本真的性了，他只与脱离了一切尘世丑陋的女人之最本真的东西接触，这就是超凡脱俗的性，与鲜花、绿树、鸟禽一起蓬勃自然地在大森林里生发。谁又能说梅勒斯不是一棵伟岸但又柔美的橡树？一个复归自然的文明男人，集强健的性力、隐忍的品质和敏感的心灵于一身，对女人和自然界的鸟兽花表现出似水柔情。中国只有郁达夫才能在劳伦斯刚刚逝世不久就做出一个这样透彻的判断。

一个要摆脱代表死亡与坟场的丈夫的鲜活女人遇上了梅勒斯这样一个卓尔不群回归自然的理想主义男人，在童话般的林中木屋里自然而然地相爱，演绎了一幕幕激情跌宕的生命故事。小说字里行间荡漾着的生命气息，幻化成大战后废墟上人性的希望祥云，富有强烈的艺术冲击力。

这种冲击力在于它童话般的真实性。在这个文本之内，劳伦斯构建了一个有血有肉的故事，用他自己的话说："任何东西只要是在自身的时间、地点和环境中，它就是真实的。"[1]我想这是一种源于现

1　毕冰宾译：《劳伦斯文集》第八卷，人民文学出版社，2014年，第255页。

实而超越现实的艺术真实，应当受到应有的尊重。

小说创造的是一种艺术的真实，只有基于这种认识，我们才能说《查泰莱夫人的情人》是一部象征小说：小说中每一样事物都具有象征意义，直至最后整个小说本身成了一个巨大的象征。林语堂谓之“含蓄一种主义的”性交，可能指的就是小说的象征性。

这部小说表层的自然主义与深层的象征主义之浑然一体，使其最终成为超自然主义的自然象征主义小说，这应该是解读这部小说的关键词。有西方学者认为，劳伦斯文学脱胎于维多利亚传统，但是对这种传统的反讽式模仿，意在颠覆刻板僵化的传统阅读习俗，洗涤被文明玷污了的字词，还其干净本质。这里指的是“四个字母”的禁词，由此劳伦斯文学超越了传统。[1]以子之矛攻子之盾，这需要非凡的勇气和胆识，将自己置于死地而后生，亦需要高超的技艺与雍容的姿态。劳伦斯受到激烈的攻击，多来自人们对其“矛”的世俗解读；劳伦斯受到追捧，则因为人们对其“攻盾”努力的嘉许。劳伦斯达到了自己的目的，但他付出了惨烈的代价，当了一回烈士：这本书在欧美被禁三十余年，在其他国家则长达七十余年甚至更久。但他最终还是获得了新生，他唯一要感谢的就是时间，时间可以涤荡一切陈腐、僵化与专制。他的创作终因其对摧残人性的工业文明的抗议、为人性解放的可能性所做出的努力，以及帮助当代人从虚伪的道德

---

1 Levine, George, “Lady Chatterley’s Lover” , D. H. Lawrence, etd. by Harold Bloom, Chelsea House Publishers, 1986, New York.

羁绊中得到解脱的“真诚不懈的渴望”吸引了全世界众多读者。[1]

了解了这一层意思，我们就把握住了这部小说形而上的内涵，而不至于停留在其表面的性描写上画地为牢，无端訾议。古语曰：“形而上者谓之道，形而下者谓之器。”艺术的真实往往是形而上的。从这个意义上去考察这部小说，我们完全有理由称之为“废墟上生命的抒情诗”，算一家之言，聊以代序。

同时，这部小说写作的一些历史和个人背景也是不可忽视的。任何一个作家的创作都是其独特的个性和主观性与时代背景与环境互动的结果。于劳伦斯，这样的互动就更为突出，在此略做交代。

1925年，劳伦斯还在美国和墨西哥漫游时，从十六岁开始长期困扰折磨他的气管炎和肺炎终于被确诊为肺结核三期。在没有抗生素的年代，这等于宣判了他的死刑。眼看大限将至，自己还在创作上徘徊，劳伦斯心急如焚。

他是不甘心自己长时间写不出力作的。1920年《恋爱中的女人》出版后并未引起轰动；后来的《迷途女》被认为是为钱而写的平平之作；《亚伦之笛》《袋鼠》《羽蛇》虽然独具匠心，但一时难以获得认可，评论寥寥，且抨击者为多；《林中青年》是与别人的合作，乏善可陈。而他一系列的中短篇小说和游记等也并非他的根本关切。长篇小说的写作，才是他的生命支柱，这来源于他对长篇小说

1 Михальская, Н. П., Пути Развития Английского Романа 1920–1930—х годов, Издадельство “Высшая Школа”, Москва, 1966, pp. 104–131.

的本能认知。查出肺结核三期后，他在给澳大利亚女作家莫莉·斯金纳的信中说："我还是想写一部长篇小说：你可以与你所创造和记录下的人物及经验生死交关，它本身就是生命，远胜过人们称之为生命的俗物……"[1]

这一年是他创作上的"休耕年"，他开始潜心于理论探索，写出了一系列小说理论方面的随笔。他的理论探索为他的扛鼎之作找到了关键词，这就是要张扬"生命"。其实劳伦斯在1912年与弗里达私奔到意大利北部的加尔达湖畔时，就已经通过直觉触及了未来十几年后生命最终结束之时一部惊世骇俗的小说的主题了，其理念在游记《意大利的薄暮》中已经初露端倪，他要做的只是等待和寻觅，寻觅将这理念附丽其上的人物和故事，从而将这理念戏剧化。这一等就是十四年，直到医生宣判了他的死刑。

随后他在1925年和1926年最后两趟回故乡，看到英国中部地区煤矿工人的大罢工，看到生命在英国的萎缩与凋残。他终于失望而去，彻底与阴郁冷漠的英格兰告别。他再一次回到他生命所系的意大利，明丽的意大利与阴郁的故乡两相对比，两相冲撞。在那里，他以羸弱的病体考察了意大利中部古代伊特鲁里亚文明的墓葬和完好如初的彩色壁画，伊特鲁里亚人充满血性的性格、自由浪漫的生活方式、对神灵的虔诚膜拜与对死亡的豁达，这些与基督教文明下人的物欲横流和人性的异化产生了鲜明的对比。劳伦斯深深地

---

1 见2002年剑桥版平装本《劳伦斯书信集》第五卷，第293页。

迷上了罗马人之前生活在这片土地上的意大利人真正的祖先伊特鲁里亚人："苗条，优雅，文静，有着高贵的裸体、油黑的头发和狭长的脚板。"[1]意大利的现实和远古都感召着劳伦斯。于是，潜隐心灵深处多年的小说主题终于得到戏剧化，终于附丽于梅勒斯和康妮两个生命的阴阳交流之上。这就是《查泰莱夫人的情人》，一本生命之书，一首生命的抒情诗。

本译本根据1994年企鹅公司出版的剑桥1993年版的平装本译出，意译了书后绝大部分注解并针对中国读者可能的阅读障碍增加了一些译者注解，这些译注得益于我多年来对劳伦斯的研究，亦得益于我在劳伦斯故乡的生活常识——我愿意把我读书得来的和在英国生活中得来的与本书有关的知识都通过注解来与读者分享，帮助读者贴近作品，这些是原著的注释所不能提供的。译者所撰的注解条目散落于翻译的注解条目之间，但都一一列出，如有错误，文责自明，以免牵连原注。

黑马

1993年1月5日

2004年7—10月改写

2009年3月修订

2017年2月修订

---

1 见2002年剑桥版平装本《劳伦斯书信集》第四卷，第84页。

图书在版编目（CIP）数据

查泰莱夫人的情人 /（英）D.H. 劳伦斯（D. H. Lawrence）著；黑马译．—南京：译林出版社，2021.1（2024.2 重印）
书名原文：Lady Chatterley's Lover
ISBN 978-7-5447-8396-5

Ⅰ.①查…　Ⅱ.①D… ②黑…　Ⅲ.①长篇小说 - 英国 - 现代　Ⅳ.①I561.45

中国版本图书馆 CIP 数据核字（2020）第 169502 号

查泰莱夫人的情人　[英国] D.H. 劳伦斯 / 著　黑马 / 译

责任编辑　宗育忍　唐洋洋
装帧设计　山川制本workshop
校　　对　王　敏　戴小娥
责任印制　颜　亮

原文出版　Penguin Books, 1994
出版发行　译林出版社
地　　址　南京市湖南路 1 号 A 楼
邮　　箱　yilin@yilin.com
网　　址　www.yilin.com
市场热线　025-86633278
排　　版　南京展望文化发展有限公司
印　　刷　江苏凤凰新华印务集团有限公司
开　　本　850 毫米 ×1168 毫米　1/32
印　　张　15.75
版　　次　2021 年 1 月第 1 版
印　　次　2024 年 2 月第 8 次印刷
书　　号　ISBN 978-7-5447-8396-5
定　　价　58.00 元